洞庭湖生态经济区建设与发展湖南省协同创新中心"人文洞庭"项目（湘教通［2015］351号）研究成果

兰芷探幽

——新世纪洞庭湖区域文学论

夏子科 张文刚等 ◎ 著

中国社会科学出版社

图书在版编目(CIP)数据

兰芷探幽：新世纪洞庭湖区域文学论／夏子科等著．—北京：中国社会
科学出版社，2017.8

ISBN 978-7-5203-1353-7

Ⅰ.①兰…　Ⅱ.①夏…　Ⅲ.①文学研究-湖南-当代　Ⅳ.①I209.964

中国版本图书馆 CIP 数据核字(2017)第 273428 号

出 版 人	赵剑英
责任编辑	任　明
特约编辑	陈肖静
责任校对	冯英爽
责任印制	李寡寡

出　　版	中国社会科学出版社
社　　址	北京鼓楼西大街甲 158 号
邮　　编	100720
网　　址	http://www.csspw.cn
发 行 部	010-84083685
门 市 部	010-84029450
经　　销	新华书店及其他书店

印刷装订	北京君升印刷有限公司
版　　次	2017 年 8 月第 1 版
印　　次	2017 年 8 月第 1 次印刷

开　　本	710×1000　1/16
印　　张	21.5
插　　页	2
字　　数	348 千字
定　　价	88.00 元

凡购买中国社会科学出版社图书，如有质量问题请与本社营销中心联系调换
电话：010-84083683

沅有芷兮澧有兰

——当代常德地方文学创作论略（代序）

夏子科

如果说，从"洞庭""沅澧""武陵""湘西北"一类地理名词中氤氲、蒸腾出来的"泱泱乎鱼米饶足之乡"① 气象更多地连接着一种乡土历史，表述着一种古老田园经验或牧歌人生的话，由"大湖股份""金健米业""环湖生态经济圈"等当代语汇所勾勒、描画的"今日常德"图景则显然具备了极为清晰的现代指向，表明了一种新的世纪关联与生存品格。这样的变化，必然会在建立其上的文学形态中得到反映，同时，也必然要影响创作者们的精神气质与艺术思考：既眷恋，又悖离；既放纵，又内敛；既宁静，又躁动；既充实，又渴望；既聆听，又谛视；既固守，又超越……而所有这类复杂的情感态度与智性选择又无疑都缘于一种爱——对置身其间、与自己血脉相连、休戚相关的文化母土和现实家园的一种本质之爱。

一 小说："叙述有意味的故事"

21 世纪以来小说界的"缤纷"和"热闹"似乎不大容易赢得常德那群"写手"们的注意，甚至连周边的"文坛岳家军"、湘西作者群及省城"湘军"余勇们也较难形成吸引。倒不是因为感觉迟钝，也并非有意闭塞视听，实在是因为他们自认为有自己的事情要做：叙述有意味的故事。这也并不等于说别人的故事就没意味，只能说各自的意味应该是各不相同的，或者说，每一位作家都应该通过一种故事积极寻找和努力散发真正属于自己意念中的那种意味。

---

① （清）应先烈：《常德府志序》，涂春堂、应国斌主编《清嘉庆常德府志校注》（上卷），湖南人民出版社 2001 年版，第 6 页。

　　具体来讲，小说家应看重和追求的是故事、意味和叙述三者的和谐一致，而其中起主导作用的就是那种由故事及其潜藏的意味所铸就的朴素的质地，所谓"风骨不飞，则振采失鲜，负声无力"①。"有些小说家对叙述技巧的热情过了头，他们痴迷于技巧，而疏远了故事本身"，此一做派，常德的小说作者们是不以为然的，他们否认有所谓"不要故事的小说"存在。同时，故事还不是目的，它必须载某种意味，"故事具有意味，也就具备了小说品质；小说故事缺乏意味，就没有魂魄，没有灵性，就难成其为小说，尤难成其为好小说"②。从这类认识出发，常德的小说创作开始了对意义——或即所谓"意味"的追寻。

　　这种意义，就其基本属性来讲，是那种融会、流贯在具体创作中的精神集合或意识形态凝结；就其蕴含而言，则是指凝聚在故事中的生产生活理念、思维方式、情感态度、风物习性等具有地域风格特色的精神文化现象；就表现形态来看，主要是通过流溢在生活与人性本来中的先楚文化遗留，表达一种历史追思和时代追问。

　　人们的观念中，楚文化实质是因"巫鬼"而灵异，因"淫祠"而浪漫，因"南蛮"而边缘，这实在是某种历史误会与文化错觉。事实上，先楚文化是北方中原文化与江南"蛮夷"文化的奇妙的结晶，是夷夏混一，而其主导部分、内核应该是那种勤恳务实、刚健有为的华夏农业文化。这一点，尽可以在楚人那种"老家在中原"的北望情结中，在先民们筚路蓝缕、垦荒创业的生存习性中得到证明，同样也可以在今天的文学创作中得到证明。

　　最典型的实证也许就是少鸿的长篇小说《梦土》（《大地芬芳》）。这部洋洋 70 万言的作品，是"唱给田土的深情恋歌"③，也是对一种母土文化及乡村个性的认同与皈依。湘湘山地的陶秉坤，虽然比不了关中的白嘉轩作为家族长老的风光威严，也不具备白嘉轩那样作为乡村儒者的雍容高贵，但是，他的辛苦遭逢却更能引发实实在在的生命感动，更富有人化

---

① （梁）刘勰：《文心雕龙·风骨》，戚良德注译，河南大学出版社 2008 年版，第 233 页。

② 少鸿：《叙述有意味的故事》，《水中的母爱——少鸿散文选》，远方出版社 2002 年版，第 150 页。

③ 魏饴：《唱给田土的深情恋歌——就〈梦土〉致作者少鸿》，《理论与创作》1998 年第 2 期。

意义与民间意义，也更能代表一种大地品格和楚文化精髓。这是一位背负太多传统约束与生存挤压的标本式农民，是一个穿越世纪的文化精灵。他活了近100岁，一生的憧憬和追求就是希望拥有真正属于自己的"一亩三分地"，其间，几乎每一次喜悦都缘自土地的魅力，几乎每一次打击都令他燃起对土地更炽烈的渴望。最后，他终于在人极之年，在田土中央，在快乐冥想与极端自足中安详地老去。想不到，这样一位勤勉、艰难的普通农民，一生守着无宗教的时日，却有着那样美丽的宗教归宿！他使人们不能不相信：失去了土地，便失去了根基；失去了依据，也便失去了家园和归宿。少鸿之外，曾辉的《财女》《情中情》，吴飞舸的《泪土》等长篇及其他一些中、短篇小说也体现了大致相似的固守与拷问精神。

　　说到"蛮"，常德这块土地上的人们历来是很吃得苦、"霸得蛮"的，屈原是这样，蒋翊武、宋教仁是这样，林伯渠、丁玲、翦伯赞是这样，未央、昌耀是这样，水运宪、少鸿等也是这样。这是一种极其儒化的"蛮"，其本质应该指向一种勤勉精进，其内涵则是一种较真和执着——较真得有些迂阔，执着得近于顽固。这是由龙舟运载过来的精进较真，是由楚辞喂养成熟的勤勉执着，是一种风骨、一种血脉，她无所不包，无处不在，所以才使得有的人居然能从楚辞中天才地读出"反腐倡廉"[1] 主题！看过蔡德东的《阴雨天》，你一定会强烈地体味到生存艰难中演绎着的人间温情；看过老戈的《嘟噜儿》及罗一德《丛荚井的故事》，从唱汉剧的"老嘎"和校总务"宋泽"身上，一定能感受到平常人生中绵延着的生命感动；看过欧湘林、白旭初的小小说，一定会发现简单朴素中的真实深刻；看过少鸿的长篇《溺水的鱼》，"尤奇"对生命和谐的执着追求会让人感佩不已……还有两个很有"意味"的短篇：满慧文的《艾艾》、李永芹的《轿二》。"艾艾""老板娘子"这两个女人以身家性命为武器向无爱的人生展开搏击，目的是维护一个女人的完整性——对爱和尊严的完整拥有，这中间显然缠绵着一种真精神、真性情——那种固有的"蛮"文化个性。

二　散文："带着村庄上路"

　　的确，整个常德就是一个"水气淋漓"的村庄，"良田，绿树，鸡飞

---

　　① 　吴广平注译：《楚辞·后记》，岳麓书社 2001 年版，第 416 页。

狗吠，炊烟缭绕，都氤氲在一派水气里"。"村庄里的物与事，每一个人，一条狗，一棵树，一片禾场，都有自己的名字，个性和故事，都跳跃着自己独特的色彩。"① 这样的一方水土养育了自己的文章，这样的文章也把一方水土带向了远方。

这里，有自己独特的历史文化个性。与先楚文化流韵、屈宋辞赋传统内质接近而又更早形成的，还有善德文化。史传上古尧舜时代，沅水之阴（枉渚）的枉山（后改称德山）孤峰岭上，隐居着一位名叫善卷的高蹈之士，因为积善行德，帝尧曾拜他为师，舜甚至要将帝位禅让给他，但他坚辞不受："斯民既已治，我得安林薮"，遂成就一种善德文化②。这种文化不同于一般所谓避隐文化，其实质应归属于儒家伦理文化范畴，是一种君为尧舜之君、民为尧舜之民的和谐期待，一种民族道德精神与民族性格渊源。千百年来，德山苍苍，德流汤汤，善卷的道德精神早已内化为一种集体规约，转化为一种民间日常伦理实践。接受着这一善德文化形态的濡染、烛照，平凡的生命才沐浴着一种温煦幸福，才带来了普通而真切的生命感动。少鸿常常期待着这种感动（《感动》），"一不小心"就在城里某个角落的那些盲人算命子那里体会了这种感动——感动于这种常常被忽略的生命也悄然滋长着绵绵执着的爱情，感动于他们虽然瞎眼而内心却那样的空明澄澈，感动于那种"拄杖依栏""像发出天问的屈原"似的形象以及"一种平和、从容、专注的笑"，一种"宠辱不惊，物我两忘的神情"！在"漫过了一九九八年夏天"的那场洪水中，母亲把漂来的一捆稻草毅然推给女儿，自己却被洪水卷走，从这里，少鸿又一次感受了一种母爱的伟大（《水中的母爱》），体会到"水中的母爱，比大地更真实，比许多的真理更像真理"。碧云则从"慢慢游"车夫那里，明白了"钱这东西，能让完美的人更完美，使残缺的人更残缺"的道理（《慢慢游》）。看来，"这个"水气淋漓的"村庄"里那些物事、人事及其特有的朴素中的真实、简单中的深刻，已经成为永远的散文母题。作为历史文化的一部分，这里也有令人沉醉的风物名胜。比如，桃花源里可耕田的宁谧安适与

---

① 王跃文：《与一个村庄的告别》，载《带着村庄上路》，湖南文艺出版社2003年版，第1页。

② 善卷事迹在《庄子·让王》篇、《荀子·成相》篇、《吕氏春秋·下贤》篇、（民国）钟毓龙《上古神话演义》等文献中均有记载。

柳叶湖的娴静翠碧（解黎晴《走在千古骚人的身后》《乘舟看柳色》）、水府阁的恢宏洒脱与招屈亭的傲岸坚定（彭其芳《水府阁眺望》《情系招屈亭》）、夹山寺的幽旷清寂（王荫槐《夹山觅踪》）、花岩溪的轻盈灵秀（少鸿《白鹭之忧》）；令人酽酽至于微醺的擂茶（少鸿《桃源识得擂茶味》）、令人馋涎欲滴的风味小吃（王泸《津市风味小吃》）、令人蚀骨销魂的辣（罗永常《悠悠辣椒情》）等就是代表。面对这样的"村庄"，由不得你不心下戚戚、默然神往。

这里，还有作为母土与家园的浪漫温馨。就这一意义层面而言，"村庄"已渐次模糊了最初的物质形态而被黏附了更多固守色彩与形而上思考。正如卢年初所体味的那样，"我开始把村庄像糖一样含在嘴里，稍不留神，香甜就脱口而出"（《带着村庄上路》）。村庄的一切都是那么轻盈美丽，万物皆灵，即事可文："故乡的树……显得拘谨、谦卑……它们才真是故乡的魂灵"（《故乡的树》）；"男人的鱼腥味是把年味带进来了"（《乡里的年味》）；"往深处听去，仿佛有锅碗瓢盆碰响，叫你顿生回家的念头……平原深处，一片葱茏树荫下，屋舍俨然，恰是我忘不了的家"（修客《澧阳平原》）……同时，对这个村庄本质之美的固守实际上也就表达了某种对抗。"这世界并不像我现在所处的橘园这般满目清新，空净幽爽，而是随处可见浮尘滚滚，雾气漫天……稍一不慎，雾就可能淹没人身体里两件宝贝：心和灵魂。"① 这里所体现的，恰恰是一个"村庄"对于那些出门人、对于时代的胸襟与关爱。

三　诗歌："鲜嫩的蘑菇长出来"

关于诗歌创作，也许有必要提一提代表常德的那块"文化招牌"、那一堵"以常德古城几千年历史为纵轴线，以当代中国最高水平的书画艺术为横断面……准确反映常德古城的风采和现代常德人的精神风貌"② 的"中国常德诗墙"，毕竟那上面镌刻着当代常德的部分诗作，但这样的文化工程显然还不是常德诗歌的全部。

与小说作者们的态度有所不同，常德的诗人们同外部诗歌步履保持了

---

① 龚道国：《穿过大雾·自序》，湖南文艺出版社 2001 年版，第 3 页。

② 杨万柱：《城市文化：城市化进程中不可忽视的问题》，《湖南社会科学》2002 年第 6 期。

协谐一致：既现实过，也现代过；朦胧过，也新生代过；先锋过，也实验过，态度十分合作。不过，他们毕竟又不是天外来客，作为屈宋的后人，其创作内质仍然同自己母土文化根柢及家园现实存在之间有着无法割裂的精神纠结，由此也培植、生长了自身艺术个性。其创作发生，恰如诗人杨亚杰在她的诗集《折扇》中所表露的那样，"一天又一天/日子层层叠叠/堆成形状怪异的/记忆的小山……山的周围/一些鲜嫩的蘑菇长出来/顶破忧郁的心情……有位荷锄的小矮人/常常奇迹般地出现……向你捧出/语言的金子"，所以，艺术创作的灵感不会凭空降临，"鲜嫩的蘑菇""语言的金子"当然也不能随意在别人的园地里采摘和攫取。

从杨亚杰那里又可以得到这样一种启示：诗歌来源于一种诗性态度，而这也是作为一名诗人的必备素质。以这种态度去体味记忆的窖藏、聆听现实人生，便时时会碰撞出诗意的发现。如果进一步细分，又有所谓主观、客观两种态度。从主观的诗性态度出发，就会有对生活本然或人性本来之上的诗性赠予，或者说赋予本然形态以诗的意味，杨亚杰、龚道国等大抵属于这类主观诗人。从客观的诗性态度出发，就会有对本然形态固有诗情画意的索要，而所谓本然就是一种客观在场，修客、周碧华等基本属于这类客观诗人。当然，一般情况下并没有这样严格的区分，尤其就具体创作来讲，两种态度常常并不是不能相互融会的。

于是，一种诗性的土壤与诗性态度便"长出"了缤纷的诗的意象和美丽的思辨的花朵。在修客看来，汨罗江一直深悔自己成全了一个无谓的悲剧："屈子/你何必像离弦的箭/怀念那把弃你的弓……如今花开如月/五谷丰登/诗人/别为那楚王朝神伤"（《汨罗吊古》），这到底是修客在劝慰屈子，还是屈子在告诫修客呢？在《夹山寺猎踪》的高立，满心期待着能找到闯王的"轰轰烈烈"，无奈只觅得一种"把失败的成功垂名青史，却把不败的正义修炼在庙宇"的喟叹！所幸的是，在常德的土地上"长出"的这类天才造句，如今已过洞庭、下长江，同那些优秀的物产一道"畅销"海内外了。

称诗为"鲜嫩的蘑菇"或"语言的金子"是很恰当也很精妙的：无须太多修饰，里外皆见质地，一如真纯大方的灵魂，总是那样毫无愧疚地裸露着！这其实也提出了一种要求：诗歌创作应尽力摒弃矫揉造作，避免"做诗"。真正的好诗是朴素的，是能指丰富、内涵深刻的。就诗的语言来讲，一定程度上需要充分发挥汉语表意的灵活性和伸张力，但过于随意和不确定，将是苍白的和十分危险的！周碧华、修客等诗人写诗并不多，却都是触摸灵魂的好诗，比如周碧华《祥林嫂》中就写道："沿着悲剧的线索/我再一次走到鲁镇的小河边/这条江南的小河/外表比鲁四老爷还斯文/可是！祥林嫂，你不要靠近/一只白篷船藏着满舱的阴谋/停泊在岸边已有几千年……"短短的几句话，掀开的却是纵横几千年且至今仍潜藏在社会的人性的各个层面的一缕恶的幽魂，可谓掷地有声、撼人心魄！借此我们也在瞩望着常德文学或即整个环洞庭湖区域文学的未来！

（原文刊发于《文艺争鸣》2004 年第 5 期）

目　　录

第一篇　现象论

第二篇　作家论

第三篇　作品论

第四篇　影响论

第一篇　现象论

　　近年来，洞庭湖畔有两个文学现象值得关注和研究，即桃花源诗群和武陵小小说现象。桃花源诗群主要汇集了一方福地桃花源及周边区域的诗歌作者，骨干成员主要有胡丘陵、罗鹿鸣、龚道国、庄宗伟、杨亚杰、邓朝晖、谈雅丽、刘双红、余志权、唐益红、章晓虹、陈小玲等；在此之前，生活于斯而诗名鹊起的周碧华、黄修林等人所倡导的"新乡土诗"应该说是桃花源诗群的前身。张文刚从三个方面解读了桃花源诗群：首先是地理的。这群诗人行吟在"沅有芷兮澧有兰"的湘西北，北枕长江之虹霓，南拥桃花之斑斓，东含洞庭之波光，西执凤凰之彩翼，在这天然的诗歌版图里写诗、饮酒、做梦。其次是文化的。深厚的文化渊源和底蕴成就了这群诗人的文化胸襟和诗歌梦想。陶渊明的《桃花源记》是一个庞大的具有隐喻意义的文化符号，它不仅连接起在这片土地上生长和游历的诸多才情卓异的文人奇士，捧出了一串串璀璨的文化珠宝，而且诗化、美化了这方传奇的山水，使之成为后来者羡慕和向往的仙界福地和精神家园，同时召唤、激发着一代又一代文人墨客浪漫而诗意的文化想象力和表现力。正是在这种精神血脉的流注和贯通中，桃花源诗群展示了自己既具有共性又富有个性的风采。再次是诗性的。"桃花"是这群诗人笔下一个共有的诗性意象，它以明亮、斑斓色彩和温暖、和谐的内涵在其象征的意义上渲染出诗人内心的向往和眷恋，拼贴出一幅幅春意盎然、和谐共生的图景。桃花源诗群是一个具有地域特色并打上了某种文化、审美胎记的诗歌群落。张文刚撰文着重分析了桃花源诗群的生态化和生活化的抒写特征，认为诗歌的生态化抒写是一种"关系描写"，侧重人与自然、人与人的关系，既有现实批判，更有理想守望和诗意建构，是中国传统山水田园诗歌、闲适诗歌精神的一种当代呈现；而生活化抒写则是一种"现实关怀"，侧重现实生活中的场景、氛围和气息，带有更多原生态或草根性的韵味与意趣，诗人观察、感悟和表达生活的过程就是意义追问或心灵自适、精神漫游的过程。肖学周对胡丘陵长诗的命名问题进行了探讨，认为胡丘陵的长诗应称为"人文抒情诗"，以区别于"政治抒情诗"。"人文抒情诗"就是具有深切人文关怀的长篇抒情诗，它以重大事件为题材，以个人的视角切入，以强烈的激情渗透，具有宏阔的视野，能够呈现人类的生存境遇和前景，在书写中始终坚持以人为本的人道主义立场，对政治与道德等伤害或抑制人性的因素均持超越态度，以最大限度地促进人的自由与幸福。对女诗人杨亚杰、邓朝晖等人的诗歌创作，张文刚和肖学周分别撰文进行了分析。

武陵小小说现象，是指常德活跃着一批小小说作者，其中白旭初、戴希、伍中正位居"全国小小说50强"，他们相互学习、影响和促进，形成合力，创作出了一批产生较大影响的小小说作品，逐渐成为一个具备鲜明地方特色的文化品牌，引起国内外文学界的重视。正如《小小说选刊》主编杨晓敏先生评价说："常德已成为当代微型小说的重镇。"郭虹在《武陵小小说现象》一文中指出，常德小小说的特质是"写实"而又兼善"变形"、"哲理"而又富含"诗意"；汪苏娥撰文分析了常德小小说的湘楚文化特色和现实品格。郭虹、汪苏娥还分别对戴希小小说中的时代精神、创新意识等进行了细微剖析；对其他一些小小说作者如凌鼎年、蓝月的创作及特色予以勾勒。

第一章　桃花源诗群

第一节　桃花源诗群的生态化抒写

诗歌，这昔日高悬在我们头顶的气势壮观的瀑布，已落地潜隐为心灵河床上的涓涓小溪。在经历了太多的诗歌旗号、口号和争辩之后，诗歌走向了静寂与平和，回归了常态与本真。桃花源诗群就是开在诗歌的春天的一树寂静的花朵，以其蕴藉、谦和的姿态，热烈、深挚的情感，明亮而略带忧伤的色彩，在心灵和大自然的春风里驻足歌吟，呈现出一种生态化抒写的诗性智慧和审美趣尚。

桃花源诗群至少可以从三个方面解读。首先，桃花源诗群是地理的。这群诗人行吟在"沅有芷兮澧有兰"的湘西北，北枕长江之虹霓，南拥桃花之斑斓，东含洞庭之波光，西执凤凰之彩翼，在这天然的诗歌版图里写诗，饮酒，做梦。是他们在抒写诗歌的图腾和密码，是诗歌在抒写他们的足迹和追寻。其次，桃花源诗群是文化的。深厚的文化渊源和底蕴成就了这群诗人的文化胸襟和诗歌梦想。陶渊明的《桃花源记》是一个庞大的具有隐喻意义的文化符号，它不仅连接起在这片土地上生长和游历的诸多才情卓异的文人奇士，捧出了一串串璀璨的文化珠宝，而且诗化、美化了这方传奇的山水，使之成为后世者羡慕和向往的仙界福地和精神家园，同时召唤、激发着一代又一代文人墨客浪漫而诗意的文化想象力和表现力。正是在这种精神血脉的流注和贯通中，桃花源诗群展示了自己既具有共性又富有个性的风采。再次，桃花源诗群是诗性的。"桃花"是这群诗人笔下一个共有的诗性意象，它以明亮、斑斓的色彩和温暖、和谐的内涵在其象征的意义上渲染出诗人内心的向往和眷恋，拼贴出一幅幅春意盎然、和谐共生的图景。桃花源诗群是一个具有地域特色并打上了某种文化、审美胎记的诗歌群落，是当今诗坛一个不容忽视的诗歌现象。

　　桃花源诗群的骨干成员主要有庄宗伟、龚道国、罗鹿鸣、张天夫、刘双红、杨亚杰、邓朝晖、谈雅丽、余志权、余仁辉、冯文正、唐益红、章晓虹、陈小玲等人。在此之前，生活于斯而诗名鹊起的周碧华、黄修林等人所倡导的"新乡土诗"应该说是桃花源诗群的前身。我这里不对桃花源诗群作全面的评析，只从生态化抒写这个角度进行一些梳理。

　　表现和谐是桃花源诗群生态化抒写的一个重要特征。生态的最高境界是和谐。自然生态追求的是万物和合、各得其所，生命生态追求的是人与自然、人与人的相融相通、诗意相处，心灵生态追求的是平和宁静、涵纳万象。可以说，一部中国诗歌史就是一部诗学意义上的生态史。农业社会自然生态的原始静穆，民风民俗的淳厚，心灵的单纯和唯美以及由此激发出来的诗意想象，滋生了早期诗歌的生态化描写。那些吟咏山水、抒发性灵的诗歌大都是表现和谐生态的典范之作。随着时间推移，自然生态在工业文明、城市文明的包围中发生了种种改变，社会生态、政治生态被置于中心话语地位，诗人也开始从对自然的歌唱转为对政治、革命和主流话语的关注。从新诗取代旧诗，一直到20世纪80年代，诗歌在整体上都保持了一种政治书写和英雄主义、乐观主义精神，生态如同在现实生活中一样，在诗歌描写中也遭遇了冷落，甚至被放逐。当21世纪人类吹响生态文明的号角，诗歌也必然拨动诗性生态的琴弦。正是在这个背景下，桃花源诗群关注并表现和谐生态与生态和谐。这种和谐，既有自然生态的和谐，也有人与自然、人与人的和谐，更有人自身心灵的和谐。

　　诗歌永远是大自然和人类心灵的知音，甚至可以说，诗歌就是用文字的符码砌建的一方诗性的自然空间和心灵空间。唯其这样，诗歌写作才成为"诗意地栖居在大地上"的方式之一，成为一种最具有体验性、灵性也最具有诗性的话语活动。桃花源诗群的诗人，用各自的理解和表达方式抒写着"桃花源胜景"，以及人游走、拥抱、销魂于自然万物中的那份自在和惬意。经历了漫长的"高原之旅"回到故乡并一脚踏进"桃花源"的诗人罗鹿鸣，其长诗《屋顶上的红月亮》，一改他在青藏高原时期雄浑、冷峻、滞缓的风格，变得朴素、纯粹、亲切，仿佛现代版的诗歌《桃花源记》。《桃花源记》中的"仿佛若有光"在罗鹿鸣笔下浸润、放大为故乡"灵魂的光芒"：乡村弥漫出来的纯净之光、人性之光与红月亮的神性之光相融合，召唤着过去甜美的记忆并漂洗着一个现代人的疲惫的灵魂；对美、爱、自由、明亮和静谧的赞美与眷恋，羽毛一般舒放出诗人的心灵之光。由此诗人的心灵和村庄、红月亮相走相亲、相融相谐，呈现出一片大和谐与大智慧，印证了"生存就是一片大和谐"这个至上的真理。这是一个久远的令人倍感亲切的乡村童话，更是一个现代工业文明社会到来之后叫人越发珍惜的寓言。"生态"的意义也从"童话"和"寓言"中得到深层次的体现。当诗人把"高原"赋予他的那份厚重、坚韧和对生活的信念，以及城市经历带给他的那种焦虑和忧思，与乡村叙事、乡村抒情结合在一起的时候，实际上他是在追寻一种记忆中的生态梦想，并渴望延续、放大这种梦想。罗鹿鸣的诗歌感性中有理性，诗思飘逸腾挪，意象新奇跳转，往往于铺叙中融抒情，在抒情中含哲理。

罗鹿鸣写诗正如他摄影一样善于"取景抒情"，"镜头"伸缩转换，胜景迭出，情感充沛；另一个久居"桃花源"的诗人龚道国则擅长"写意抒怀"，在看似对大自然的随意点染中表达着内心的诉求。他的组诗《赏桃记》《松雅河记》在对桃树、桃花、河流、泥土等意象的吟诵中，反复渲染、求证并赞美着一个大主题，即"和谐"。"花去果熟/香散甜聚。一棵桃树终其一生/在内心里安居，在枝叶间轻移"（《一棵桃树》）；"我看见草牵着草/相互扎根。叶子叠着叶子，一片厚实穿着/另一片厚实，爱抱着爱，安生立命"（《亲爱的大地》）。这是一种淡泊自守、相依相亲的景象和境界，是写景，更是写心、写情，写一种大自然与人类的生态理想和生态守望，追求并体现了一种"自然心灵化，心灵自然化"的艺术表达效果。其诗情有一个酝酿、积蓄和爆发的过程，往往在平淡的描写和叙述中出其不意，用具有穿透力的语言点化和升华，把表象引向深入，把疏松拉向紧密，把平淡推向高潮。这不仅仅是一种表达的功力，更是一种诗性智慧的结晶。

桃花源诗群中两位颇有才情的年轻女诗人谈雅丽和邓朝晖，诗风较为接近，都习惯用清丽的语言、优美的意象、舒缓而有张力的节奏来抒发作为女性诗人的那份细腻、微妙而内敛的感情。她们都喜欢对着自然和自我言说，那种自言自语的从容表达，那种心灵的感悟和精神的触摸，那种诗意瞬间的定格和日常细节的渲染，那种移情于景、心物交融的内在化抒写，使她们的诗歌具有一种气定神闲的姿态，一种优雅纯净的抒情气质，一种超越了简单的具象和表象的思想深度。她们在神秘、和谐的大自然面前袒露自己的心灵，表现心灵的和谐；更重要的是表现心灵如何摆脱孤独、寂寞、恐惧、世俗而走向和谐、宁静和愉悦。这个心灵超越、精神升华的过程，得之于自然万物的启悟和救赎，得之于对生命、青春和爱情的感悟和认识。表现经由沉浮、挣扎而抵达心灵的和美与平衡，较之于直接表现心灵的和谐与自洽更加富有动感，也更加艰难。"我身陷入暗流与漩涡的双重包裹/却不惊惧这泥沙俱下的水域/我将近于渔火，相似于渔港码头的一丛芦苇"（谈雅丽《夜航船》）；"那一晚后，我们越加慈悲，善良/因我们听了一夜的水语/这一夜的水语就是命运的救赎/永不停息的爱和宽恕"（谈雅丽《蓝得令人心碎的夜晚》）；"就像我，就像我们/在每个夜晚不安的河水中/感觉自己在微微地下沉"（邓朝晖《夜晚》）；"我安心于自己栖息的枝头/对于曾经激烈的内心/也已宽恕"（邓朝晖《安居》）。犹如锦缎上的丝线，这样的句子遍布她们诗歌的缎面，以其细腻、柔韧和绵长刺绣出女性诗人困惑中的清醒、窘迫中的坚持和内心的富有与宽厚。

这样描写和谐生态的诗人和诗作还可以列举出很多。张奇汉的"村庄"诗歌在"写意画"似的神韵中描绘出了一幅恬静和谐的生态乡村图；宋庆莲的"乡土"诗歌在"梦呓"般轻灵的诉说中表达了对大自然、生命以及爱情的感悟和感恩；刘双红、杨拓夫的"故乡"系列诗歌有一种岁月变迁中与故土灵息相通的亲近感、负重感和疼痛感；李富军的"桃花"系列诗歌在抒写大自然的清新诗意的同时富含一种历史文化的斑斓和厚重；彭骊娅的"抒怀"诗歌往往在新奇的想象和比喻中打开纯朴、浪漫的心灵之旅，把传统诗歌中的美丽、原初、消逝、等待、叛逆等主题演绎得富有现代感。

以一种平常的心态和放低的姿态写作是桃花源诗群生态化抒写的又一特色。就生态构建的本质意义上讲，人与自然的关系，亦即人如何看待、对待自然以及如何看待自身的位置和作用，是至为重要的。只有尊重、善待乃至敬畏自然，也只有去掉人类自我中心、自我膨胀的意识和观念，才能构建和谐的自然生态和社会生态。这种生态观念反映在诗歌创作上，就要求诗人在对待写作以及对待生活的问题上，不刻意抬高、炫耀写作者的身份，"不做作，不卖弄"，秉持一种平常的心态和谦恭的姿态，俯下身子，贴近生活，化平淡为神奇，熔凡俗为诗意。就中国新诗创作来看，曾经不少诗人是以精神领袖、社会拯救者和担当者的身份来写作的，夸大了自身和诗歌的作用，疏离生活而据守心灵之一隅，架空内容而醉心于语言文字之游戏，结果导致诗歌的"水土流失"，出现营养不良、精神贫血等症状。那么新诗在步入新的生态文明时代也面临着诗歌观念的调整，在写作者心态和身份的转换上，桃花源诗群很有代表性。

在诗歌旅途一直匆匆"赶路"的女诗人杨亚杰，曾出版《三只眼的歌》《折扇》等多部诗集，最近又将近年发表的新作拟结集为《和一棵树说说话》。我曾为她写过诗评《从"抒情"到"书写"》，认为在她的笔下，诗歌还原为生活的诗性描画和勾勒，还原为童年、乡村、普通人的视角和表达方式，从细节、情境到语言和叙述风格，都弥漫着朴素的诗意。这一点在她近年来的写作中体现得更为鲜明和彻底。她写日常生活，那些微小的毫不起眼的场景、事件和人物，被她有滋有味地书写着，传达出来的也许是一点小感觉、小情趣和小启示，但又分明蕴含着作者的大敏锐、大思考和大智慧。而当她描写身边或记忆中的那些大事件、大场景和大人物时，她又能还原出一种生活的现场感、亲切感。她写诗，她也是在用诗歌来生活、思考和对话，用生活的语言写诗，用诗歌的情怀生活，在她身上，诗歌和生活几乎是叠合的。这是一种诗歌观，也是一种生活观的体现，在这种状态中诗人的写作是惬意的、快乐的，生活是幸福的、满足的，心灵是和谐的、滋润的。还有什么比这些更重要呢？初读她的诗作，有点像看一壶"净水"，清澈、透明，似乎看不到什么；继读她的诗作，有点像看一泓小溪，清澈透明的下面招摇着一些"水草"，静卧着一些"卵石"；再读她的诗作，有点像看一条江河，清澈透明的只是语言的浪花，回旋的则是深长的意味和韵味。这是一种追求，也是一种境界。

在抒写日常生活的同时，把写作的眼光和立足点放低，这是桃花源诗群诗人们生态化抒写惯用的策略。放低自我，缩小自我，温良谦让，是对他人的友善和尊重，对事物规律的理解和遵循，对大自然的聆听和敬畏，是一种生存智慧；是为了从大地、泥土、一切普通的事物和底层人物的身上获得一种启迪，汲取一种力量；同时也是为了寻求一种生活的恰当位置，一种内心的和谐感、满足感和愉悦感。冯文正的《农民工兄弟》《远去的补碗人》《我骄傲的橘子》，龚道国的《在低潮处闲居》《亲爱的大地》以及组诗《祖国，我看见你》，邓朝晖的《低语》《野菊花》《尘世之外》，谈雅丽的《船娘》《北小河》《方圆百里》，熊刚的系列诗歌《铺路工》《架线工》《泥水匠》，等等，诸多作品，在平凡和朴素中提取诗意，从僻野之地和生活底层发现纯粹与崇高，或娴静，或奔放，或朴拙，或绚烂，或贮满幸福和沉醉，或满怀赞美与感恩，营造了一种和乐、静美的氛围，描绘了一方人与自然、人与人诗心相通、诗意共处的生态家园。

审视和反思是桃花源诗群生态化抒写的又一维度。对自然万物和人类自身的审视和反思是构建生态文明社会的一种内在批判动力。只有审视和反思，才能发现人类在走向文明的过程中付出了怎样的代价，在和自然的关系上还存在哪些问题和不足，从而调整我们的观念和前进的步伐。作为诗歌，在生态化的抒写方面既要表现并赞美和谐、诗意、谦恭的一面，又要具有一种思考的深度和批判的锋芒。桃花源诗群的部分诗人在写作中具备了这种审视、反思和批判的勇气。余志权的城市系列组诗就直接审视城市生态，包括物化生态空间、文化生态空间和人际关系生态环境等，表现了城市的扩张和掠夺，乡村和农民"被城市化"的痛苦和无奈，幽默和讽刺之中有一种悲凉和愤激之情。章晓虹的诗集《城市飞鸟》有相当一部分是写城市生态的，写城市的车轮、高楼、霓虹灯、酒杯等种种物象，意在表现城市的拥挤、灰暗和遍布的欲望陷阱对自然性和人性的压抑、摧残；这种表现是在湖泊、森林、荷花、飞鸟等大自然优美的意象的参照和衬托下完成的，因而隐含的"城市生态批判"和"乡村生态向往"则一目了然。张惠芬歌吟绿色自然、健康自然的诗歌，剖析了现代人身上的某种"病痛"和"颓废"，寄予着对人的心灵生态的关注。陈小玲的诗歌表现自己在城市里的孤独、迷茫、忧郁以及"无处可逃"的窘境，渴望心灵的抚慰和精神的救赎。唐益红的诗歌是关于流逝、燃烧、忧虑和救赎等主题的表达，在对时间、人生特别是爱情的审视和反思中，有一种希冀打通古今、融会万物的气势和怀抱，有一种决绝的姿态和超拔的气质，有一种紧张感、尖锐感和疼痛感。与另外一些女性诗人那种平和温婉的表达不同，她是激烈的、奔放的、燃烧的，她想用这种方式拒绝平庸、浅薄和循规蹈矩，希望抵达内在、自我和深刻。正如诗作《我希望我的衣衫是我的马》所表达的那样，希望生命包括爱情被一匹野性的"能点燃出火焰"的马所包裹，在自我心灵的搏斗和较量中冲出"危机四伏的暗夜"。这种奔腾的、燃烧的情感，是一个现代诗人对自己生存的环境冷静观察、体验和思索的结果。

作为一个诗歌群体，桃花源诗群除了文中所说到的诗人之外，还有一批人数可观的诗歌作者，较为活跃的有胡诗词、黄道师、刘冰鉴、刘浩、彭淼、汤金泉、戴希、杨孚春、张奇汉、张晓凌、谭晓春、麻建明、海儿、谢晓婷、曾宪红、张庆久、聂俊、肖友清等，还有张文刚、肖学周等一批评论家正在参与其中。近两年，这个群体在《诗刊》与澳大利亚《酒井园》等诗歌刊物频频集体亮相，在《人民文学》《诗刊》不时获奖，在诗坛的影响正在日益扩大。尽管如此，我认为现在桃花源诗群还没有形成自己共同的诗歌主张和观念，诗人之间在艺术表达、抒情方式和所达到的思想深度等方面还存在较大的差异。目前，就我所接触到的诗作来看，从大的方面讲，诗歌在如何把握和处理俗与诗、显与隐、散与聚、言与意、情与理等关系方面还有所欠缺，有时呈现出某种"生态失衡"的状况。就具体的方面讲，有些诗歌描写和铺叙太多，沿袭传统而缺乏创新；有些诗歌较为单纯明朗，而淡化了应有的厚实和深刻；有些诗歌有意象有佳句，但没有一种完整感和场域的气息；有些诗歌善于表达内心的感受和情绪，但没有放进更多的光和影、更多的气象和胸襟，等等，这些都是值得今后在创作中加以注意的。正如龚道国在诗歌《一棵桃树》中所写的："让一种站立向上下用力/向下去的，一脚踩进了土/扎向深处，坚持着隐蔽和挖掘"，启示我们诗人在创作中"上下用力"，向下，深入生活，贴近泥土，亲近自然；向上，加强修养，陶冶性情，训练诗艺。唯其"上下用力"，桃花源诗群才会像春天斑斓多姿的"桃花"一样，繁花似锦，生机勃勃，美不胜收。

（张文刚　　原文刊发于《文艺报》2011 年 8 月 22 日）

第二节　桃花源诗群的生活化抒写

诗歌，唯有触摸、聆听和感悟，从诗歌语言的村庄抵达一个被创造的镜像世界，好与不好、美与不美，都带有个人的喜好和阅读印记，一旦说出也许就是流逝或者改变。但又不得不说，总有一些诗歌在风沙中坚守下来，成为岁月历久不衰的植物，这也就具有言说和传播的可能性。我对桃花源诗群的感受和理解已在 2011 年写成《桃花源诗群的生态化抒写》①一文，发表于《文艺报》，就桃花源诗群的特质、诗人队伍和生态化抒写的审美追求进行了简要介绍和概括，引起了诗坛的一些关注。这里，我亦

---

① 张文刚：《桃花源诗群的生态化抒写》，《文艺报》2011 年 8 月 22 日。

不打算全面评析，仅从生活化抒写的角度谈点阅读体会与感想。

生活化与生态化，虽只有一字之差，究其内涵却大有不同。就桃花源诗群而言，诗歌的生态化抒写是一种"关系描写"，侧重人与自然、人与人的关系，既有现实批判，更有理想守望和诗意建构，是中国传统山水田园诗歌、闲适诗歌精神的一种当代呈现；而生活化抒写则是一种"现实关怀"，侧重现实生活中的场景、氛围和气息，带有更多原生态或草根性的韵味与意趣，诗人观察、感悟和表达生活的过程就是意义追问或心灵自适、精神漫游的过程。应该说，是特殊的地理环境和文化背景赋予这群诗人一种审美眼光和胸襟。湘西北的秀山丽水，尤其是桃花源厚重的文化底蕴和由此滋生的丰富的想象力，从基调和基质上成就了这群诗人的诗歌理想和怀抱。"生态化"与"生活化"这两个关键词的拈出，是为了叙述和分析的方便，其实在诗歌中二者有时是彼此渗透、融会贯通的，并没有一个十分明显的分界。

桃花源诗群的生活化抒写，首先体现在物质生活的层面。诗群中活跃着一批女诗人，她们热衷于描写大自然和日常生活，借以表达个人的情趣、生活态度和爱情立场。河流山川、月夜星光，乃至一场雪、一棵树或一只蚂蚁，都能唤起她们的诗情并予以有意味的构思和表达，她们凭借敏锐、细腻和心灵的穿越往往能从自然物象中发现新的意义，并赋予自然山水一种人格化、心灵化的丰盈呈现和灵性表达。从自然意象的撷取来看，她们尤其青睐和擅长运用"花"和"水"的系列意象来抒情达意，桃花、樱花、菊花，甚或芙蓉花、油菜花，在其诗歌中或感情浓郁，或性情散淡，或朴素无华，斑斓多姿、摇曳生辉；洞庭湖、沅江、澧水，甚或清水湖、花岩溪，在其诗歌中或灵动深情，或蜿蜒奔涌，或静美如画，水汽淋漓、诗意沛然。谈雅丽、邓朝晖、唐益红、章晓虹、龙向枚、陈小玲、张慧芬、张小玲、宋庆莲等女性作者，"花"的意象掩映着她们诗歌的精神高地，"水"的意象生成她们诗歌版图上的蓝色"海洋"，这些都带有鲜明的地域色彩，也烙上了独特的抒情风格。"花"的意象和"水"的意象是一方地理风物的存在，也是女性身体和心灵的隐喻，成为她们抒写乡愁、寄寓爱情、慨叹流光的象征物。在自然景物的描写方面，谈雅丽和邓朝晖的诗歌风格较为近似，含蓄、轻灵，富有浓郁的生活气息。谈雅丽有着细腻的观察和想象，善于捕捉细节和场景，把生命安放在大自然的怀抱里，凝视、倾听和感悟自然界的一切，表现人身上的自然性、诗性和大自然的神性、灵性，传达出平凡、朴素、深挚和丰富的情感，营造和追寻一种诗歌乌托邦的境界，渴望一种诗意的生活。邓朝晖表达的则是平凡生活中的诗意，善于描写和铺排景致，将诗境与尘境打通，用语言的芳香酿造出一种"微醺"的气息和氛围，传递出祥和、温暖的感觉。近年来邓朝晖的诗歌风格似乎有一些变化，开始从纯净、朴素走向丰厚、神秘与斑斓。尤其是她的那些表现边地和少数民族地区的诗作，在对独特的自然风物和风俗礼仪的描绘中有着较为丰富的内涵和表现力。

在表现日常生活和自我生存空间时，这些女诗人似乎不避唠叨，不胜其烦地罗列和描写生活中的种种道具与场景，从琐碎和非诗中提炼出完整、圆融和诗意。阅读者需要拨开那些看似芜杂的枝叶才能见到潜隐在生活深处的花朵和果实。厨房、客厅、卧室等一些个人生活空间和油盐酱醋、锅碗瓢盆等一些生活的必需品成为诗歌的题材，她们以一种满足或欣赏的态度触摸身边的人事和带有体温的日常器物，努力发掘俗世生活中的真情和温暖，从平凡和庸常中找到精神的皈依和寄托。邓朝晖的诗集《空杯子》第一辑"安居"中的大量诗作，如《回到》《夜晚》《苍茫》《厨房里》等几乎都是描写日常生活以及对生活的感受与感悟，也有对平凡者、弱小者的关注和赞美，钟情于"微小的世界"和"内心的花瓣"（《这么多》）。在这个熙攘的多元化的时代，正如当年诗人叶芝所言"每一个人都是自己的中心"，众多诗人都在按照自己的方式和理解写作，有些诗人甚至远离生活和时代的烟火气息，自我中心、自说自话，沉溺于内心的虚妄和想象的暴力之中，其结果当然是诗歌的日益碎片化、封闭化和小众化。作为桃花源诗群中的女性作者，虽然也有人把诗歌当作一种极度私密乃至自恋的宣泄，但从总体上说诗歌不是封闭的"围城"，也不是孤芳自赏的"后花园"，而是与生活息息相通，是关于生活的诗歌，是生活溶解于内心而又在内心得到升华的诗歌。生活，是她们创作的灵感和对象；创作，是她们的一种生活样态和方式。她们写作诗歌似乎就是一种普通的日常劳动，如同种花、做饭、拖地、洗涤一样，自由自在、随情适意。写作成为她们日常生活中的一部分，一个有机的关联体，诗歌及其写作就是她们每天都要重复的劳动，就是她们打开或关闭的门窗和打扫过后洁净的地面，这种劳动因其精神的活跃和心灵的突围而带给她们更多的身心愉悦。因而对她们来说，诗歌成为表现日常生活和个人生存空间的象征性符码和载体，也表达和确证了自身诗意而快乐的存在。

　　桃花源诗群生活化的抒写，同时体现在文化生活的层面。文化景观、文化事件、文化仪式、文化名人和文化经典等都是这群诗人取之不尽的资源和宝藏，这种文化因子的摄取和提炼使得他们的诗歌带有更多的文化意蕴和鲜明的地域色彩。当然这种文化的内涵和气息，不是简单的添加或拼凑，而是像盐一样无声无息地溶解在水里，成为一种味道和审美趣尚，这也要求作者把那些理性的结晶有机地融入诗歌的感性描写和诗意形式中，让读者在领略诗歌美感的同时接受文化的熏染和启迪。向未（向延兵）的诗歌，有一种浓郁的宗教文化气息。著名诗人雷抒雁、韩作荣、李小雨等都曾为他的诗集作序，把他的诗归入禅诗之列，他说的虽是佛道轮回，"其本质亦是世道人心，对人生的理解和洞悟"①。寺庙袈裟、青灯黄卷、晨钟暮鼓、水中月、镜中花，等等，都是他的诗作信手拈来的意象。诗人以一颗宁静之心、慈善之心看宇宙、看人生，字里行间充溢着静穆、恭谦和大慈悲，洗濯、宽解着尘世的烦恼、纠结和困惑。他的诗作处处散发着那种虔诚与干净，"甚至是深刻的安然与浓厚的恬淡"②。唐益红的诗歌，向着时光深处挖掘，越过魏晋直达三皇五帝传说的时代，在对看似原始、蛮荒的村落、河流、田野的描写与想象中，有一种撩人的气息从岁月深处奔涌而出，这就是文化积淀、发散和延续的魅力。陶潜和传说中的善卷是她诗歌中的两位文化巨人，成为她诗歌表现的直接对象或隐性背景，也确立了她诗歌的文化基调和氛围，这就是对洁身自好和善德文化的一种诗性表达和渲染。当作者把这种历史叙述、诗意想象与现实生活对接时，就可以看出其诗作的当下意义和价值承担。因而作者在直接表现现实生活题材时，常常会以今观古或依古寻今，试图在"温暖的灰尘"之下打通文化的潜流。

　　曾有过高原生活经历的罗鹿鸣，对大自然有着神秘的感悟和表达。他写高原的戈壁瀚海，也写家乡小村的青山秀水，他的仿佛现代版《桃花源记》的抒情长诗《屋顶上的红月亮》弥漫着纯净的人性之光和神性之光。这样一个对大自然情有独钟的诗人，近来诗歌表现的内容和风格开始

---

　　①　韩作荣：《背对红尘，梦幻空花——读〈春天的宽恕〉》，长江文艺出版社 2013 年版，第 3 页。

　　②　李小雨：《回家与出家的心路——序向未诗集〈回头者是谁〉》，长江文艺出版社 2014 年版，第 2 页。

有所变化，这种变化体现在诗作有了更多的人文色彩和文化内涵。他最近创作的组诗《汉字越千年》给人耳目一新的感觉。他笔下的汉字有一个动态生成、生生不息的过程，从"字"到"词"，再到"句子"和"段落"，在汉字的扩展和聚合中体现了人的智慧和创造力。汉字既是文化的载体，承载和传续着中华民族文明的烟火，记录和演绎着岁月长河中的沧海桑田和喜怒哀乐，同时又构成文化的一部分，也就是文化本身，有着迷人的魅力。作者在对汉字打量和咏叹的背后，实际隐含着对人和社会的思考，正如汉字如何组字成词、连词成句、由句谋篇一样，人也由孤独、游离而融入社会文明的大环境，从而产生巨大的聚合力和能动性，书写历史画廊中的华彩乐章。越千年的汉字，在作者笔下就是一部社会的文明史，一个民族的兴盛录。作者构思新巧，想象丰富，笔墨灵动飘逸，特别是运用了大量生活化的比喻，赋予汉字以生命的活力和气息，静态的汉字就变成了通灵的经脉和富有思想感情与人格高度的血肉，令人肃然起敬而又思绪邈邈。诗歌是语言文字的艺术，作者对汉字的审视和玩味，其实还包含了对诗歌语言运用方面的思考，包括如何炼字、遣词，如何造句、结撰和谋篇，所以可以说这首组诗也是对诗歌艺术的叩问和探求。

桃花源诗群的生活化抒写，还体现在心灵生活的层面。"诗言志"，诗歌是最能表达诗人内心感悟、体验和志趣的。无论是日常叙事，还是写景状物，都会有内心的映射与应和，表现出诗人的心灵维度和操守。桃花源诗群正如其命名所昭示的，诗人的创作蘸着"桃花"的斑斓和绚丽，寻找着这样一方心灵的净土和乐土，这里充满友善、和谐与美，阳光、温暖，远离世俗喧闹，拒绝庸俗丑陋。作为这个群体中一直坚持诗歌写作的诗人杨亚杰，近些年受"新湘语诗歌"的影响，尝试用富有生活气息和乡土特色的语言表达内心的真实和真纯。从早年的诗集《赶路人》《折扇》《三只眼的歌》，到新近出版的《和一棵树说说话》，不论抒情方式、语言风格怎样变化，唯有一点没有改变，那就是在尘世中的心灵守望和诗意追寻。就如我在诗集《三只眼的歌》序文《从"抒情"到"书写"》①中所说的：作为诗人，当在常人的"双眼"之外还睁着一只美丽的"诗眼"；作为人类，当在日月两只巨眼的眨动之中还睁开虹眼、雨眼、雪眼、

---

① 张文刚：《从"抒情"到"书写"》，载杨亚杰《三只眼的歌》，远方出版社 2003 年版，第 4 页。

星眼，岂止是"三只眼"，应当是无数只眼。杨亚杰近年来的诗作依然是对诗意生活的寻找和坚守，和早年诗作有所不同的是，她不再单纯地借景抒怀或托物言志，更多的是一种内心表白和诉说。她往往借一点小因由、小事件把自己摆在对立面来审视，或把自己作为朋友来倾诉，将内心深处的困惑、矛盾、悔恨或欣喜、幸福、感动等种种情绪和盘托出，毫不隐瞒和掩饰，而这一切都是对如何"做人"的逼问和考量。最近她写作的《我想活成一首诗》简直就是她的人生宣言："我的首就是身子啊亭亭玉立/我的诗就是骨子里散发的香气。"而在另一首诗歌《春天里开得最烂漫的花都没有名字》中，她对诗坛不重诗歌而追逐名气的做法提出了批评。

　　诗歌写得越来越纯粹的诗人龚道国，在不断寻求拓展和超越，近年来的诗作有了更开敞的视界和更厚实的底蕴，尤其是有了更多内心的体验、沉吟和感悟，将自然物象心灵化、情意化和人格化，追求人与自然、人与人、人自身心灵的大和谐。正如他在新近出版的诗集《神采》"自序"中所言："要感谢大自然的提醒，让我在喧嚣之中安然静下，空明透彻……我发现，我们置身的事物总有一种神采蕴含其中，让人可以拨去浮尘，找到内心的认同，抵达美好的沉静，能够从中获得身心之适，风骨之韵，气闲之境。"在他的诗作中，物即是心、心即是物，心物交融，能够把自然万物的"神采"折射或沉潜为心灵的光芒，也能把心灵的光芒集束、投映为自然万物的"神采"。诗人杨亚杰曾撰文赏析他的诗作，看到了这一特点："一边用心感悟自然、人生和社会，拓展心灵疆域，提升心灵境界，一边以旺盛的精力和热情，修炼性情，从容写作。"[①] 诗界诸多名家在他的《神采》出版后也给予很高的评价，其中对他"强大的与自然对话的能力"、"努力接近事物的本质"以及心灵化的表达更是好评有加。

　　以上从物质生活、文化生活和心灵生活三个层面对桃花源诗群生活化抒写这一特色进行分析，是基于分析的方便所做的概括和提炼，在诗歌文本的实际情形中，更多的时候是相互渗透和浑融的。对于桃花源诗群及其创作，我会予以持续关注，还将从别的角度切入撰写评析文章。

　　　　　　（张文刚　　原文刊发于《创作与评论》2015 年第 12 期）

---

① 杨亚杰：《带着家园行走——素描龚道国和他的诗》，《芙蓉》2011 年 2 月。

第三节 胡丘陵长诗的命名问题

20世纪前十年，胡丘陵连续写了四部长诗：《2011年，9月11日》（2003年1月写，2008年11月改）、《长征》（写于2006年10月13日）、《2008，汶川大地震》（写于2008年9月29日）和《拂拭岁月：1949—2009》（写于2009年春节）。其中，《拂拭岁月：1949—2009》为《拂拭岁月：1949—1999》的扩展版，将起初的新中国50年扩展成新中国60年，其主体部分于20世纪完成，1999年由湖南文艺出版社出版。就此而言，《拂拭岁月：1949—2009》是书写时间最早、定稿最晚的长诗，而且由于它采用了编年体的开放结构，仍可继续扩展。这四部长诗选择的都是重大题材，其中《长征》属于历史题材，可以说它既是红军艰难的突围史，更是人类意志与生存极限的较量史。其余三首均为当代题材，体现了诗人用诗歌处理重大现实的尝试。《拂拭岁月：1949—2009》可以视为《长征》的续篇，但包含着历史的中断或跳跃；《2001年，9月11日》与《2008，汶川大地震》是一对姊妹篇，这两部长诗真实地呈现了现代灾难的残酷场景，并在一种末日来临的处境中对人类的命运展开了追问与深思：究竟谁是人类的真正敌人，是人本身还是某种潜在之敌？这些作品无疑形成了中国新世纪新诗的一座连绵峭拔的丘陵：其视野开阔宽广，其气势跌宕起伏，其高度令人仰视，凡此种种造就了这些诗的分量与厚度，值得深入探究。本文着重探讨对这些长诗的命名问题。

迄今为止，对胡丘陵长诗的命名呈现出混乱状况，主要有"第三代政治抒情诗""后政治抒情诗""新政治抒情诗""史诗""大诗"等不同的名目。这些命名当然各有道理，但也体现出论者对这些作品的认识差异。因此，清理现有的命名便构成了胡丘陵长诗研究的首要问题。

将这些作品命名为"政治抒情诗"的论者显然占多数："第三代政治抒情诗""后政治抒情诗""新政治抒情诗"等。不可否认，胡丘陵身为地方官员的政治身份对这种命名构成了潜在的暗示，论者顺理成章地借助作者的身份命名了他创作的诗歌，这种命名显得非常自然，也很保险。而且，作者选取的重大题材以及诗中体现出来的政治倾向显然也支持这种命名。但同样是"政治抒情诗"的命名，却出现了"后""新"与"第三代"的差异。我对一切以"后"或"新"命名的论断不以为然，原因只有一个：这只是一种严重的依附性说法，而非真正的命名。从根本上说，"政治抒情诗"才是命名，在它前面加个"后"或"新"与其前身区分开来，这至多算依附性说法，无论论者以此强调连续性或差异性，都不足以显示命名能力。在我看来，这种几乎全然无效的命名癖体现了现代研究者的创新焦虑：只有创新的强烈愿望，却无创新的真正能力，便热衷给研究对象起个"新名字"，以此区分于此前的研究者，从而显示自己的创新能力。这种糟糕的学风所及，使不少研究者丧失了古人对前辈谦逊的继承态度。在某种程度上可以说，这是过于强调创新的副作用。就此而言，我欣赏谢冕先生的文章题目："走向成熟和机智的政治抒情诗"，他径直沿用了前人的命名，并针对论述对象做出谨慎的添加，以突出其新特点，从而保证了判断的有效性。

相对来说，"第三代政治抒情诗"这个判断把论述对象放在历史序列中，做"第一代""第二代""第三代"的排列。像"走向成熟和机智的政治抒情诗"一样，它强调的是继承性，或本质的相似性，只是在不同时代里呈现出某种新动向，以此做代际区分。就此而言，"第三代政治抒情诗"比所谓的"后政治抒情诗"具体一些，在命名上也有可持续性，换言之，可以有"第四代政治抒情诗""第五代政治抒情诗"之类的说法。更重要的是，它无追"新"逐"后"之弊。试问一句，"新政治抒情诗"或"后政治抒情诗"之后该叫什么呢？在"新"的前面再加个"新"或在"后"的前面再加个"后"，或交叉使用，如"后新思潮"？

另一个使用较多的称谓是"史诗"，持此论断的主要是蓝棣之和陈超。蓝棣之是胡丘陵访学时的导师。他把《2001 年，9 月 11 日》称为"现代史诗"，把《拂拭岁月：1949—2009》称为"后政治抒情诗"。陈超把《长征》称为"灵魂史诗"，以强调其抒情性。把《2001 年，9 月 11日》称为"新派时事诗歌"："总之，在我看来，这应算是一部'新派时事诗歌'的成功之作，不仅是意味的成功，也是艺术的成功。"① 言"时事"而非"政治"，这显然是更符合作品实际的论断。这个命名让我想起

---

① 陈超：《心灵对"废墟"的诗性命名》，转引自胡广熟编《走向"大诗"的可能》，中国言实出版社 2013 年版，第 20 页。

杜甫的"三吏""三别"，可谓古代最成功的时事诗，一组从细部切入时代的见证之作。陈超未集中评论《拂拭岁月：1949—2009》，他在评论《2008，汶川大地震》时所拟的题目是"撼动心灵的智性哀歌"，仍在强调其抒情性。并在该文中把这批诗称为"个人化的现代时事诗"："……他那些处理重大社会历史文化题材的长诗如《拂拭岁月》《2001年，9月11日》《长征》等，语境开阔，细节扎实，有自己独特的融现实主义与现代主义于一体的措辞方式。……我以为，就个人化的现代时事诗写作而言，胡丘陵堪称少数翘楚之一。"①"个人化的现代时事诗"显然是对"新派时事诗歌"的发展。从"新派时事诗歌"到"个人化的现代时事诗"，未变的是"时事"，"现代"尤其是"个人化"这两个限定词增强了命名的准确性。从根本上说，"个人化的现代时事诗"从属于"个人化的历史想象力"。陈超认为"个人化的历史想象力"是指"诗人从个体主体性出发，以独立的精神姿态和个人的话语方式，去处理我们的生存、历史和个体生命中的问题。在此，诗歌的想象力畛域中既有个人性，又有时代生存的历史性"。可以说，胡丘陵的这些长诗恰好符合陈超的这个论断。从个体主体性出发，独立的精神姿态，个人的话语方式，这些胡丘陵都做到了，而且处理的都是人类生存和历史中的大问题。由此可见，陈超回避了"政治抒情诗"之类的传统概念，体现了他的命名能力。在我看来，陈超的批评非常贴近胡丘陵的作品，应该是目前的胡丘陵长诗批评中最准确有效的。但用"时事诗"来界定胡丘陵的这些长诗也有泛化倾向，未能突出其本质。而且，"时事诗"显然侧重于叙事，与陈超本人强调的抒情性也有所冲突。

值得注意的是，胡丘陵也是一个理论素养深厚的批评家。考察胡丘陵本人的陈述与相关研究者的论断，不难看出某些微妙的裂隙。"有人将这些诗称作'后政治抒情诗'，有人称之为'新政治抒情诗'。孩子生下来了，名字让别人叫去。我想，别人之所以如此称呼，或许是为了在'后新思潮'面前为政治抒情诗正名；或许是为了不再使政治抒情诗还原颂

---

① 陈超：《撼动心灵的智性哀歌》，转引自胡广熟编《走向"大诗"的可能》，中国言实出版社2013年版，第162页。

歌的职能，回到那令人伤痛的、诗人丧失自我的时代。"① 这里显然体现了作者对研究者理解的同情。与其说这是对"后政治抒情诗"之类说法的肯定，不如说是对"政治抒情诗"的更新。

胡丘陵对史诗大体上也持类似的更新态度。在《2001 年，9 月 11 日》的跋中，他写道："这一切并非'史诗'的诱惑，而是一些东西憋在心里作痛，不写出来就不得安宁。当然'史诗'并非我个人的渴望，文字叙述本身就是个人心灵被撞击的历程。"② 无论是"心里作痛"，还是"个人心灵被撞击"，都可以解释胡丘陵诗中强烈的抒情性。就此而言，"灵魂史诗"这个命名比较准确，诚如陈超所言，其长诗不仅是抒情性的，更是个人化的。而个人化正是增强其抒情性的重要原因。如果说这里显示的是作者对"史诗"的回避或躲闪的话，在《长征》中，胡丘陵分明把史诗作为自己的追求目标了，并将其定位为"生命史诗""精神史诗"和"汉语史诗"三个层次：

长诗《长征》区别于同一题材的传统叙事诗歌，也区别于传统的政治抒情诗，它展现生命在不同环境下的生长或消亡，力求写成一部生命史诗；

长诗《长征》将以长征的主要事件和人物为线索进行写作，但区别于传统的英雄史诗，它更多的是深入不同人物的心灵世界，力求写成一部精神史诗；

长诗《长征》将以现代诗的特殊肌质、构架、严密的细节呼应及个人独立的异质融汇的话语去穿透人类历史上这一独特的事件，充分体现现代汉语诗歌的气质与魅力，力求写成一部汉语史诗。③

选题报告中拟定的这些目标表明作者是雄心勃勃的，既要区别于传统的政治抒情诗，又要区别于英雄史诗，并在艺术性上确立了很高的标准。在我看来，"生命史诗"对应着以人为主体的叙事，"精神史诗"对应着深入人心的抒情，"汉语史诗"对应着动人心弦的艺术感染力。尽管作者

① 胡丘陵：《一次精神的历险》，转引自胡广熟编《走向"大诗"的可能》，中国言实出版社 2013 年版，第 54 页。

② 胡丘陵：《2001 年，9 月 11 日》跋，转引自胡广熟编《走向"大诗"的可能》，中国言实出版社 2013 年版，第 178 页。

③ 同上书，第 228 页。

在这里流露出疏远政治抒情诗、亲近史诗的倾向，但这几首长诗本质上却是抒情的。《2011年，9月11日》和《2008，汶川大地震》是地道的抒情诗。因为事件本身均非延续性，而是瞬间性的，实质上就是陡然一震、轰然一撞，这就很难在叙事的维度上展开。尽管《长征》与《拂拭岁月：1949—2009》以叙事为基本因子，但由于作品深入人的心灵世界而生成了抒情品格和沉思倾向，可以说它们具有抒情性与智性交融的特点。因此，我倾向于把这四首诗归为抒情诗，但并非政治抒情诗。

　　说到政治抒情诗，首先有必要讨论一下政治。政治有狭义与广义之分，平常所说的政治是狭义的政治，或者说是官场政治；广义的政治指的是日常政治，如家庭政治，父母对子女的管教，夫妻中一方对另一方的支配，如此等等。就此而言，我不太认同詹姆逊那种"一切事物说到底都是政治的"泛政治观。因为政治属于人际关系，而非"一切事物"本身。日常政治是普通人之间的相互关系，官场政治是阶级与政党之间的斗争与和解关系。我相信即使在革命加恋爱的现实中也仍然存在着比较纯粹的爱情。说到底，日常政治即使存在，也会淹没在亲情爱情当中。书写此类对象的作品只能称为亲情诗或爱情诗，而非政治诗。"政治抒情诗"中的"政治"指的显然并非日常政治，而是官场政治。

　　胡丘陵的这些长诗尽管也存在着政治倾向，但程度并不相同。如果说《拂拭岁月：1949—2009》的政治性比较鲜明的话，《2008，汶川大地震》就几乎没有什么政治性。老子说："天地不仁，以万物为刍狗。"在地震中，毁灭人类的大地就是养育人类的大地，但并不能把大地视为人类的敌人。值得赞赏的是，胡丘陵没有把地震政治化，而是写出了在灾难中无辜被中断的众多生命以及种种血淋淋的现实。像"9·11"这样的事件，貌似国际政治争端问题，还涉及民族矛盾和宗教冲突，但政治只是表面，从根本上说，它仍是人性问题，那种不惜牺牲生命以完成复仇的恐怖活动，以及由此造成的人类前景，构成了该事件的核心。在这首具有全球化视野的作品中，作者以寻常之词提炼出了深沉的诗意："将毁灭的方向，当成/回家的方向"，"生命和使命，同时撞上/美利坚，美丽而坚固的大厦"。"毁灭"与"回家"在汉语里竟奇妙地并置在一起，而且"毁"与"回"同音；"生命"与"使命"的并置更精彩：这不是两条命，而是一个携带着使命的生命。"美利坚"被拆解成"美丽而坚固"，结果却是美丽被撞毁，坚固被击碎，可谓叹息难抑、感慨弥深。尤其精彩的是，此诗用标点符号做小标题，一个令人震惊的"！"，一个引人深思的"？"，如此等等，一连用了6个标点符号。这些符号不是单纯地玩形式，而是恰切而精到地传达并强化了内容。我认为这是此诗最有创造性的地方，应该是汉语诗歌中以标点符号作为题目的首例。

　　毋庸置疑，在这四首长诗中，政治性最强的是《长征》，但《长征》并未把两党之争这个政治事件作为绝对的中心，而是游移在政治性与人性之间。在部分章节中，作者甚至把人性置于政治性之上：

　　　　将军们在两张不同的地图上
　　　　指点着这同一山石头
　　　　于是，两种不同颜色服装的尸首
　　　　为了这一山石头
　　　　躺在这石头上
　　　　不同的领章帽徽
　　　　流出的，竟然是同一种颜色的血液①

　　这是《长征》第三节《阵地》的片段。按照马克思主义的观点，政治是存在于人类社会中的阶段性事物，也是终将消失的事物。换句话说，人性比政治性更永恒。就现存政治来说，完善的政治可以维护人性，拙劣的政治则是反人性的。战争是政治的极端形式，显然是反人性的，对它的解构源于对人的同情。正如作者所说的："多年的追求，我渴望形成这样一种诗歌样式：既直面现实，紧贴时代，具有思想和道德深度，又解构意识形态的写作方式；既有大生命大灵魂的历史载力，又有个人人格的独立与坚韧；既有传统文化优秀成分的衍生，又有现代意识的观照；既运用'先锋'写作语言，又能为大众所解读。"② 可以说这是胡丘陵对自己诗艺的全面总结。其中的"意识形态"基本上就是"政治"的别名。作者把它作为解构的对象，这不是盲目的冲动，而是因为在他心目中存在着比政治更硬的标准，那就是人。在一次访谈中，胡丘陵说："作为一个诗人，

---

　　①　胡丘陵：《胡丘陵长诗选》，人民文学出版社2009年版，第39—40页。
　　②　胡丘陵：《一次精神的历险》，转引自胡广熟编《走向"大诗"的可能》，中国言实出版社2013年版，第56页。

我可以'不为五斗米折腰',但是为了老百姓,五升米我也'折腰'。"①
在这里,以民为本的政治实践与以人为本的诗歌创作合二为一。与其说这
样的诗是政治抒情诗,不如说是人文抒情诗。就此而言,胡丘陵的这些长
诗并未突出题材的政治性,而是有意消解其政治性。从这节关于"不同
颜色服装"与"同一种颜色的血液"的描写中,我倾向于把这首诗的题
材视为"重大现实",而非政治事件。用"重大现实"涵盖或取代"政治
事件"的理由是,这些描写中体现了非政治或超政治的倾向:它不是对
战争的歌颂,而是对作为战士的人的哀挽。

按洪子诚的《中国当代文学史》,"政治抒情诗""这一概念的出现,
大约在 50 年代末期或 60 年代初"。②可以说,这个概念的提出源于当时
歌颂新中国的强烈需要,它是《在延安文艺座谈会上的讲话》确立的政
治标准第一、艺术标准第二,这个原则下促成的诗歌与政治的联姻,也是
对长期以来存在于中国诗歌里的"文以载道"传统的激活。用这个概念
追溯中国古代诗歌,可以说存在着两种准政治抒情诗:一种是屈从式,此
类写作主体一般是官场的成功人士。所谓的"文以载道"本是官方的要
求,逐渐变成写作者的迎合式本能,并成为中国的一种文学传统。所以,
古代诗人总是自觉或不自觉的官方屈从者。像王维做到右丞相,是唐代官
职最高的诗人之一,因此《王右丞集》中有不少"应制"之作,什么
"愿将天地寿,同以献君王",什么"太阳升兮照万方,开阊阖兮临玉
堂",如此等等。如果他后来未淡出政治,可能也就是一个为政治唱赞歌
的御用诗人;另一种是偶尔独立式,这类写作主体往往是官场的失意者。
屈原的《离骚》是自传式抒情诗的典范,有一定的政治性。他因"忠而
被谤"、才德出众反被流放而流露出对楚王的怨恨与愤懑之情,但并未背
叛,甚至他的自杀与楚国灭亡也存在着直接关系。正如范仲淹概括的,屈
原及其他诗人大多"居庙堂之高则忧其民,处江湖之远则忧其君"。

胡丘陵显然是独立的,他既不屈从,也不迎合,他的写作是出于表达
内心激情的需要。从表面上看,屈原也在面对时代发言,但他始终是所属
阶层中的一员,这是专制社会权力渗透的必然结果;而胡丘陵生活在民主

---

① 柳宗宣、胡丘陵:《诗歌,为什么对我重要》,转引自胡广熟编《走向"大诗"的可
能》,中国言实出版社 2013 年版,第 233 页。

② 洪子诚:《中国当代文学史》,北京大学出版社 1999 年版,第 74 页。

社会里，其独立性为古人所无。作为地方官员，尽管也有压力，尤其是政治方面的压力，但他注重以诗歌抵抗"现实生活中的压力"，力求在政治与诗歌之间达成平衡："因为我平常接触的政治太多了，天天就是那个政治，我就是要回到我自己的心灵上来，这是我创作的一个动机。"① 回到心灵，这正是造成其作品抒情性的成因。在这些长诗中，他根除了那种代群体立言的写作方式，写出的是个人面对重大现实的真切感受，发出的是自己内心的声音。尽管诗人未以第一人称书写，但他是共和国60年、"9·11"事件、长征、汶川大地震这些重大现实的见证者（主要通过书籍、电视、互联网等文献资料），并和它们进行了广泛深入的对话，写出了这些有感于心、有益于人的厚重诗篇。我注意到，胡丘陵特别看重自己的第一感受，为此他甚至拒绝修改："这个心灵的东西只有那个时候写出来，我怕修改之后会把原始记录修改掉。"也许只有从这个角度出发，才能更好地理解他对自己作品的定位："我个人的追求，不是想写一首政治抒情诗，也不是现代史诗，我当时的追求是想写一部人类的精神史诗。尽管这个事发生在二十一世纪，但我认为是二十世纪人类的一个终结，我仍然把它看作二十世纪的一个事件，只不过是这个事件为我多年来渴望要写一部大诗找到了出口而已。"② 谈到《2001年，9月11日》这首诗时，胡丘陵明确否定了政治抒情诗和现代史诗，而把"人类的精神史诗"和"大诗"作为自己的写作追求。相比而言，我认同"精神史诗"，它接近陈超概括的"灵魂史诗"。把这种全球视野与人类关怀兼具的作品称为"大诗"似乎不如叫作"精神史诗"。据我所知，"大诗"是海子的用词："诗有两种：纯诗（小诗）和唯一的真诗（大诗），还有一些诗意状态。"海子在这里所说的"大诗"其实是对纯诗的否定，当然也是对自己正在创作的《太阳·七部书》的命名："但这一次是在中国，伟大诗篇的阵痛中！"③ 这是他在《太阳·断头篇》代后记里的话。由此可见，海子所说的"大诗"指伟大的诗，其实就是史诗的别名。胡丘陵似乎很看重"大

---

① 胡丘陵：《胡丘陵长诗〈2001年，9月11日〉研讨会发言摘要》，转引自胡广熟编《走向"大诗"的可能》，中国言实出版社2013年版，第226页。

② 同上书，第225页。

③ 海子：《动作（〈太阳·断头篇〉代后记）》，转引自西川编《海子诗全编》，作家出版社2009年版，第1035、1037页。

诗"，他把王万顺的文章《走向"大诗"的一种可能》作为自己评论集的书名。

　　按通常的说法，政治抒情诗的代表人物是贺敬之和郭小川。但郭小川是个复杂的诗人，他以政治抒情诗人著称，但也写了一些表达自己独立思考和个人困惑的诗，这些偏离政治抒情诗的作品曾遭到批判。就此而言，作为新中国诞生时期的产物，政治抒情诗的高潮已经过去。但只要政治还存在着，政治抒情诗就不会终结。不过在郭小川之后，继续沿用"政治抒情诗"这个名目是不明智的，把它用在胡丘陵的这些长诗上尤其不符合事实，因为胡丘陵的这些作品既非代群体立言，也不是颂歌。所以，"政治抒情诗"以及加上某些修饰语的"政治抒情诗"事实上已不能涵盖这些作品，更不能显示其特质。

　　同样的，史诗也不能准确地涵盖这些作品。按黑格尔的意见，史诗在内容上是"一个民族的'传奇故事'"，在写作上则"按照本来的客观形状去描述客观事物"。① 很显然，胡丘陵的这些诗并不符合黑格尔的史诗观。在谈到史诗的发展史时，黑格尔认为"只有在希腊才有完备的或正式的史诗……所以史诗和雕刻都在希腊原始时代达到过去没有人超过，将来也不会有人超过的高度完美"，"中国人却没有民族史诗，因为他们的观照方式基本上是散文性的……他们的宗教观点也不适宜于艺术表现，这对史诗的发展也是一个大障碍"。② 且不说胡丘陵的这些诗并不注重民族性，单从客观叙事上来说就不符合。"精神史诗"与"灵魂史诗"中的"精神"与"灵魂"都是在强调主观性，这切合胡丘陵长诗的实际。正如黑格尔所说的："与史诗对立的是抒情诗，抒情诗的内容是主体（诗人）的内心世界，是观照和感受的心灵……"③ 把胡丘陵这些抒情诗以其对立物"史诗"来指称显然是不妥的。就此而言，准确命名胡丘陵的这些长诗并非易事。

　　结合前面对《长征》的分析，我认为可以把胡丘陵这些长诗称为"人文抒情诗"，以区别于"政治抒情诗"。顾名思义，"人文抒情诗"就

---

　　① ［德］黑格尔：《美学》第3卷（下），朱光潜译，转引自《朱光潜全集》第16卷，安徽教育出版社1990年版，第92、100页。

　　② 同上书，第158—159页。

　　③ 同上书，第92页。

是具有深切人文关怀的长篇抒情诗，它以重大事件为题材，以个人的视角切入，以强烈的激情渗透，具有宏阔的视野，能够呈现人类的生存境遇和前景，在书写中始终坚持以人为本的人道主义立场，对政治与道德等伤害或抑制人性的因素均持超越态度，以最大限度地促进人的自由与幸福。正如诗人不无奢侈的祈愿：

> 让地球村庄的人们
> 都欢聚在和平的树荫下
> 共度一回
> 诗歌的节日
> 2016 年 3 月 12—13 日

（肖学周　　原文刊发于《世界文学评论》2016 年第 7 辑）

第四节　从"抒情"到"书写"
——杨亚杰的诗歌

　　杨亚杰最近辑成一本诗集，名为《三只眼的歌》。此前，她已出版诗集《赶路人》。作为一个在诗歌旅途匆匆赶路 20 余载的女诗人，不论文学的季节如何变换，蛙声四起绿荫匝地的夏也罢，蝉鸣疏落雁横寒空的秋也罢，她始终怀抱生命和诗歌赋予她的激情，奋然前行。这注定了她的寂寞和孤独。不单文学之景观斗转星移，而且整个社会的生态环境和精神领地也烟笼雾罩。诗意早就在常人的路上失落！不少人睁大"两只眼睛"，把功名和利禄当作人生至上的追求。一个从《诗经》以降被诗意熏蒸了数千年的华夏古国，"飞流直下三千尺"的激情和怀抱也日见消瘦和空落了。在这样的背景下，杨亚杰手持一面灌注古典诗意的镜子，映照心灵的姿容和生活的脚步，就显得难能可贵了。

　　作为诗人，当在常人的"双眼"之外还睁着一只美丽的"诗眼"；作为人类，当在日月两只巨眼的眨动之中还睁开虹眼、雨眼、雪眼、星眼……岂止是"三只眼"，而应当是无数只眼。宇宙之与人的精神遇合而诞生无限诗意，就在于人类有这样无数只尚未关闭永远也不会关闭的

"眼睛"。在写"三只眼的歌"之前，杨亚杰在人生和诗美的路上就已经开始四面搜索，八方寻找，诗歌因此而呈现出一种内容和情感上的丰富性。她用一只眼瞩望"理想的国度"，这里有大海和花朵、自由和圆满；她用一只眼打量"灰色的影子"，这里有坟墓和陷阱、寂寞和伤痕；她用一只眼直逼"媚态的笑脸"，这里有树的距离和路的迷宫，有"一旦相逢/握手就见血痕"的感慨和忧愤。她写了理想、现实和人生境遇，不是那种单纯的轻灵小唱，也不是那种一味地阴郁感伤。生活的光色和心灵的感应被转化为一种富有时代感和现实感的主题。但这些诗歌大多是诗人苦思冥想的结果，有些诗作可以说是为着某一题旨或情思而幻想与激发出来的。也就是说尚缺少真切的生活体验和唯我独有的创作视点作为支撑。于是就免不了追赶并融入诗歌潮流和审美时尚，个性也就随之湮没在"沿途"的绿荫和繁花之中。虽有时"女性意识"也赋予诗人一种特别的眼光，写出了像《仪式完毕之后》这样一些好诗，但同样未能超出同时代诗人的歌唱。敏锐、清醒、大胆、目光的多纬度扫视和思维的多向性出击，分明开始了一次艰难的孕育。

《三只眼的歌》诞生了！杨亚杰的诗歌个性和才情就从这里开始显露。以个人的生活和情感经历作为线索，用"天部""人部"和"地部"来结撰，在叙事中抒情，在抒情中寓理。还是那份内在的激情，却能平淡出之；还是那些平常的意蕴，却能找到贴切的载体。不再单纯是梦中的幻异之景和心中的美丽意象，也不再纯粹是人生表白和愤世嫉俗的情怀。诗歌还原为生活的诗性描画和勾勒，还原为童年、乡村、普通人的视角和表达方式，从细节、情境到语言和叙述风格，都弥漫着朴素的诗意。已经开始体现出一种可贵的独创性，从诗歌命名到整个诗意建筑，从诗体样式到语言表达。而更令人思索的，还是"三只眼的歌"中的寓意。

"一只眼的歌"命名为"天部"，从出生写到走出家门，遭遇"大海"。所有的天真、单纯、神秘、渴望在大自然的天光云影中都被摄进"一只眼"中；这"一只眼"便如露垂悬着黎明，如花盛开着春天，如月朗照着夜空。这一只眼是向上的，仰望着蓝天白云、月色星影，正如幼年站在"小背篓"里："你的下巴搁在/篓沿　正好让眼睛露出来/陆地上绊脚的石块/污秽的水坑　正好看不见"（《小背篓》）。童年是美好的、快乐的、是一尘不染的。"天底下"就是自由的家，"石头"是亲密的朋友，"大雪"是美丽的情怀，而"流星"则飘忽着神秘的遐想。那些写给母亲、哥哥的诉说亲情的诗,那些写给蓝花花衣、悠悠纺车的托举清纯和至真至善的诗,那些写给割谷、摘毛栗的歌唱劳动和成长的诗,那些写给板壁屋、棉梗火的表现古朴和温暖的诗,既是诗人的真实、美好的记忆和一生享用不尽的财富,又聚合、延展为人所共有的童年情结和乡村情怀。因而这些诗歌能让所有充满自然天性和真趣的人感到亲切、温馨。"天"的力量是不可阻逆的,宇宙的鸟语花香和社会的天风海雨注定同时融进人生的道路。杨亚杰用相当的篇幅描述了20世纪中期那一段特殊岁月的奇异景观和精神现象,而同样是以"一只眼"烛照当年自我的真诚和单纯,以及那份生命的疼痛感和幸福感。

"两只眼的歌"命名为"人部"。那只对"天"仰望和歌唱的眼睛在"密密匝匝的人群里"显然不够用了,于是在生活的镜像前睁大两只"辛苦的眼睛",仰视也一改为平视甚或火辣辣的逼视。从日月汲取灵光的那只"天眼"依然在,依然有那么多美的瞩望和流连。这主要体现为自我在人生路上的渴求、守护和追寻:对知识和人生价值的强烈渴求,对自信、自尊和美好人格的小心守护,对命运前景和心灵归宿的苦苦追寻。作为普通人,作为诗人,作为女性,那种"傲世出尘"的风骨,那种"奋然前行"的姿态,是尤其令人感佩的。而这一切就注定了她的孤独,灵魂里的孤独。因为当她用"另一只眼睛"打量众生时,人的虚伪之象、平庸之态、欲望之火使她感到难堪、羞愧而手足无措。小时候的背篓、那个桃花源中的世界不复存在了。这是一种更真实更残酷的存在。对此诗人有一种冷眼旁观的清醒和透彻的认识。因而诗人的孤独是一种获得精神超越之后的孤独,是一种"美丽的孤独"。

"三只眼的歌"命名为"地部",蕴含的内容更为丰富。"天"给人以幻想,"地"才是生命的依托。天荒地老,万物归一。一切都向着地沉落和遮藏,"地"于是穿通物质的外壳而成为一种灵性灌注的象征体:历史、现实、生命、灵魂、自然、文化……浑然而成灵息的寓所。诗人睁开"三只眼睛"、睁开无数只眼睛向着大地俯瞰和突进。这是深入自我内心和事物本质的一次全方位的透视。写长江、泰山、未名湖、圆明园一类名胜古迹,不单是赞美和感叹,更是把自己摆放进去,表现山水对自己精神的孕育和灵性的激发;写绘画、音乐、舞蹈、戏剧一类艺术大地上的奇葩,思考的是生命的燃烧和灵魂的痛苦;写那些沉淀于历史和大地深处的伟大的人格和不朽的诗魂,是为了铸造和提升自己以及民族的灵魂。同时也描写了大地上平凡的事物、平常的心态，甚至也描写了丑陋和罪恶。这一切都获得了生活的原生气息和厚重的历史感与现实感。

《三只眼的歌》有叙事的框架，但并非叙事诗。叙事是零碎的、细节式的，提供的是抒情、感悟的背景或线索；而"天、人、地"三维组合的宏大结构和宏阔视野，又把事件和情境纳入一种哲学思考的范畴；每首诗由两节构成，加上标题就成三处风景，与"三只眼"暗合。这些都是杨亚杰苦心经营后的独创。绚烂之后对平淡的回归，虽然也接受了第三代诗歌和新写实小说等文学潮流的影响和启示，但又不是简单的模仿。实际上是诗歌逐渐融入了诗人生命的本真状态，成其为一种朴素而带有诗性的生活方式，于是就有了从有意而为之的刻意"抒情"到自然而然的随意"书写"，从匆匆"赶路"的激情奔涌到俯仰宇宙的从容表达。这也是顺时而动的一种诗歌策略。商业、浮躁的时代容不下太多的抒情，人们需要的似乎不是情绪的野马而是心灵的港湾，得以在紧张和劳累之余放松和休息，这时候诗歌最好成为清茶而不是烈酒，成为随手可触的平常之物而不是遥远的海市蜃楼。20世纪90年代的诗歌发生的整个精神个性的改变，就是对激情与崇高的远离而对平淡与凡俗的贴近。杨亚杰的诗歌显得生活化、朴素化，但又不乏骨子里的激情和血脉里的火焰。她用平凡习见的事物和场景作成湘西的一只"小背篓"，而把自己染过梅香浸过溪魂的心放在背篓里，用永远的童贞编织梦想；长大的、成熟的是她的"眼睛"，是那一双歌哭与共的"肉眼"和那一只自在如风的"诗眼"，是从超越世事纷争洞若神明的"天眼"，到回归生活感悟众生的"人眼"，再到追根溯源化入悠悠诗魂的"地眼"，这是从天性到人性和神性的延续与深化。是众多的"眼睛"使诗人打开了自己的心窗：是个人独有的体验，也是历史风雨和时代情绪的表达；是向着记忆的搜寻，也是对着现实的逼问。这就与当年盯着天空高呼"我不相信"和守望内心"和梦对话"的诗人不同，也与当年睁着两只尘俗的、欲望的眼睛穿行在个人的衣食住行或意识幽冥中的诗人不同。作为女性诗人，也有对女性心灵、生存和命运的关注，但又不是带着固有的性别意识含泪泣血的诉说和呐喊，更多的是以"普通人"而非女性身份介入生活，观察与思考、潜泳和奔走，甚至有时候那份冷静的烛照、恍然后的豁达与大度更带有几分男人气质，这就有助于她更完整更深入地走进事物的内心、触摸生活的本质。在诗歌精神和诗歌艺术上，她接受前人的影响比较多，也比较杂。一个"多眼"并置、前瞻后视的诗人当然不会安于守着哪一家哪一派。杨亚杰的诗歌有浪漫气息、现实情怀，也有现代主义诗歌的眼神；她接受了古典诗歌和新格律诗派的影响，又受到早已被中国诗人尝试借鉴运用的十四行诗的启示；她诗歌体现出来的入世精神以及对多种技法的综合运用，明显有七月诗派和九叶诗人的风度，而内心激情的漩流和对日常生活、平常心态的靠拢，则可看出当年舒婷一代的姿态和第三代诗人以降诗歌的面孔。值得引起注意的是，广采博纳也可能导致个性的消解甚至丧失。作为诗人，不仅要在纷繁驳杂的生活中"守着自己"，在艺术精神和艺术个性方面也要"守着自己"。

用"一只眼"的单纯和天真守望过去的岁月和心灵的天宇，用"两只眼"的敏锐和澄澈打量人生的旅途和人事的沧桑，用"三只眼"的神秘和超然深入事物的本质和生活的真谛，就会在"赶路"的短暂一生中从容自在、俯仰自如、怡然自得，虽然可以不必是一个诗人，但一定是一个充满诗性的人。杨亚杰的诗歌给人的哲理启示就在这里。

（张文刚　　原文刊发于《湖南文理学院学报》2004 年第 5 期）

第五节　高出生活一公分

——试析邓朝晖诗歌的"原谅"主题

其实，我们只有生活，其余的一切，如工作、爱情、梦想，无非是生活的组成物或衍生物。除了生活，我们真的一无所有。但是，在当代诗歌里，生活也许遭到了严重的忽视。不少诗人写的并非本原的生活，而是生活的衍生物或附属物。在诗学中，生活往往被称为现实。因此可以说，当代诗存在着一种脱离现实（生活本原意义上的现实）的倾向。注意，我说的是脱离生活本原，而不是脱离生活，生活是脱离不了的，一个人写得再玄幻，也仍然是生活的一部分。

书斋生活不是本原的生活，精神生活也不是本原的生活，梦想生活更不是本原的生活。本原的生活只能是现场的生活，真实的生活，繁杂的生活，循环的生活，有问题的生活，需要应对和处理的生活。事实上，每个人都有自己的本原生活，但是个体的本原生活毕竟是有限的，只有极少数诗人能通过自身的本原生活写出大众的普遍情感。因此，这里所说的本原生活主要是指与他人密切相关的生活。他人作为一个群体在诗人作品出现的数量大小以及频率多少，这在一定程度上体现着相应的普遍性程度，即诗人与他人的呼应程度。杜甫的伟大在这里，歌德的伟大也在这里，他们都是与他人形成广泛呼应的典范作家。在《浮士德》中，歌德列举了知识分子生活的普遍模式与诸多可能，当学者生活、爱情生活、政治生活、艺术生活被一一经历之后，诗人在改造自然的美丽瞬间停顿下来。自然正是本原生活的原型，社会生活则是其扩展形式，其标志是直接和人发生关系。书斋生活、精神生活以及梦想生活只与虚拟的人发生关系，因而属于本原生活的衍生形态。在某种程度上，本原生活的广度构成了诗歌作品广度的基础，因此，苛求一个本原生活狭窄的诗人写出富于广度的作品是不现实的。

面对本原的生活，当代诗人主体明显呈现出分化的倾向：亲历，参与，见证，这可以视为积极的一脉；旁观，隔膜，回避，则是消极的一脉。目前的状况恰恰是许多诗人处于消极的一脉里。从根本上说，这是诗人主体的身份属性决定的。当代诗人大多是受教育者，准知识分子，在书斋里过着一种循环往复的精神生活。同时，诗人大多是体制中的一员，这就决定了他们只能在限制中寻求或根本不去寻求表达的自由空间，以至从未获得或逐渐丧失了面对生活本原发言的机会、勇气和能力。

在这种背景下来看，朝晖写的显然是本原生活之诗，当然，这种本原生活经过了作者的女性身份折射，从而使她的作品呈现出一种细腻绵密的特色。

> 原谅我爱上了这块方寸之地
> 原谅这些油盐酱醋、锅盆碗盏
> 大米和小米
> 他们是洞庭湖和松花江
> 是南方的阴柔和北方的壮阔
> 是我和你
>
> 我和你
> 竹木筷和青瓷小碗

蔬菜被划割的伤痕还在
盐是不是鱼流下的泪水
小米粥煮出的日子一天天重复和疲惫
哦，原谅我仍在烟火之上忙碌
左手操刀右手洗尘
这些生活的煎熬和温暖

　　在我看来，从这首《厨房里》切入朝晖的诗是极相宜的，饮食这种最日常的生活在诗中得到了精微而广阔的呈现。问题不在于这位家庭主妇做饭的过程，而是她对做饭这种生活的态度。我认为"原谅"是诗中的关键词。这个词在本诗中出现了三次，也许它出现的次数并不重要，重要的是它揭示了诗人与生活的关系。一般来说，需要原谅的对象是否定性的，"原谅我爱上了这块方寸之地"，"原谅我仍在烟火之上忙碌"。它包含的意味是，"我"不该爱上厨房这块方寸之地，也不该在烟火之上忙碌。可以说，"原谅"这个词的张力效果在这里得到了鲜明地呈现。因为诗人通常被看成俗人的对立面，甚至被视为不食人间烟火的人，而在这里，这个在传统中异常高贵的名字竟然贴在一个正在做饭的家庭主妇身上。或许这让作者本人也不免觉得有些不适，这就是"原谅"出现在诗中的心理动机。不能说这里没有包含世俗的压力，但诗人已将这种压力转换为一种背景，并由此勾勒出她对生活的态度：在一种不无自嘲的氛围中认可了自己的诗人身份，以及诗人与家庭主妇的合一性。就此而言，诗人需要的并非他人原谅，而是自我原谅。这里面包含的观念是，作者并不因为自己是个诗人就脱离了现实生活，以至高高在上不做俗事，但也不愿完全沉溺于现实生活，甘于被现实生活奴役。在我看来，《厨房里》这首诗体现了朝晖对生活的普遍态度：高出生活一公分（至少在作诗时应这样），并由此形成了她诗歌的"原谅"主题。

　　从这个时代来看，高出生活一公分之所以必要，是因为这是成为诗人的必要条件。既然民主社会已经否定了等级社会，任何人所做的都不再是纯粹的雅事和俗事，而是雅俗并作。因此，过于高出生活已经不合时宜了。但诗人仍有不同于俗人之处，因为他们始终不肯低于生活，不肯失去应有的自由精神，不肯放弃他们心目中的自我形象。就此而言，诗人的原谅貌似对生活的妥协，其实是对自我的坚持。理解了这一点，就会明白

"原谅"这个词为什么频频出现在朝晖的诗歌里，并构成了其"原谅"主题。《春天里》也是一首体现"原谅"主题的诗，诗中出现了三次"原谅"：

> 原谅我一时的迷失
> 原谅我不够坚强
> 原谅我和自己背道而驰

从表面来看，这三个"原谅"都是对自己的原谅，是诗人和生活相遇后被改造的供词。生活让"我"一时迷失，生活让"我"不够坚强，生活让"我"违背自我，这是曾经的事实，它足以表明生活对人的强大塑造力。但把它们放在"原谅"之后，明显体现出诗人的超越意向。诗人在这里请求原谅，其实恰恰是出于对他人的体谅。因为这首诗是把"我"放在他人之中来写的：

> 更多的人在春天里埋葬
> 更多的人等待命运的安排
> 春天里
> 有那么多的苦痛和甘甜
> 那么多疲倦的人还在途中

在这里，诗人对自己的原谅已经转变为对他人的悲悯，因为他人遭遇的几乎是和我一样的生活，因而也承受着生活同样强大的塑造力。至此，对自己的原谅已经被对他人的悲悯覆盖。"原谅"主题扩展成了悲悯主题。

《在河上吹风》也出现了"原谅"这个词，"原谅我忘了你"。它包含的意思是，"我"不该忘了你，并为意识到这一点而感到不安。但问题是你还记得"我"吗？可以说，该诗就是由"原谅"这个词展开主题的：

> 风越来越大
> 我们谈天，说地，抱紧孤单的身子
> 好象稍不留神

就会被风带走

送到河流或者时光的深处

稍不留神

我们就会被这个世界遗弃

在这里，"原谅"主题骤然得到提升：其实我们每个人都很脆弱，我们不仅怕被遗忘，更怕被遗弃。面对被遗弃的命运，我们不知道该企求谁的原谅，如果需要原谅，或许我们应该相互原谅？因为我们的生命随时都会"被风带走""被这个世界遗弃"。

基于对朝晖诗歌"原谅"主题的了解，不难看出，"宽恕"主题是"原谅"主题的变体。和原谅相比，宽恕更具力度，它是对一种更大错误的原谅。在《安居》中，诗人这样写道：

是的

就像无法回到

曾经姹紫嫣红的青春

我也无法赶往遥不可及的未来

就像一只疲于迁徙的飞鸟

我安心于自己栖息的枝头

对于曾经激烈的内心

也已宽恕

此时的诗人站在流逝的过去和虚幻的未来之间，她表示要安于现在，并对过去的自我进行了极大的纠正甚至是彻底的否定："对于曾经激烈的内心/也已宽恕。""曾经激烈的内心"不是当时对生活的美好梦想吗，为什么要宽恕它？诗人的这种内心斗争分明呈现了美好梦想已被无情生活改写的事实。人对生活的适应主题由此凸显出来：人只有适应生活才能活下去，得以安居，并赢得内心的安静。就此而言，我们都是被生活毁坏的人，只是毁坏的程度不同而已。对于被毁坏之后的我们来说，宽恕的必要性在于，它为我们继续生活提供了基本的理由和动力。由此来看，"宽恕"在这里已经成为诗人平衡自我与生活关系的一种方式。

朝晖诗歌中"原谅"主题的意义在于，这个深入生活的诗人留下了一份相当真实的道德体验和精神记录。作为一个具有优质感受力的诗人，她不但写出了这个时代的本原生活，写出了诗人的生活存在感，而且捕捉并提炼了"原谅"这一富于时代特色的主题，从而为这个时代的本原生活提供了一份独特的文本。

（肖学周　　原文刊发于《诗探索·作品卷》2012 年第 4 辑）

第六节　当代诗写作中的自我复制问题

鲁丹有将世界诗意化的感受力，但在表达上存在着自我复制问题：词语的复制与诗意的复制。前者不难发现，后者却不易辨识。既然这组诗名为《打量》，《打量》应该是有分量的一首诗，我却发现了它的破绽。该诗不长，全引如下：

有没有谁和我一样，
反复打量过众多星星中的一颗，
以为它垂下的光束可以修复内伤？

而且在反复之后，
有没有觉得它越来越亮？
以至于现在，它无中生有，还发出浓烈的光芒。

问题出在后一节的第一行。"而且在反复之后"，这显然是个残句，容易引起误解或不解。我知道作者这样写是为了避免重复，但"反复"后面的"打量"是不宜省略的，因为"打量"是本诗的主题词，是一个需要强化的词。不过，我要说的问题不只是"打量"应不应该省略，而是"而且"这个词是否有必要出现。"而且"，这是一个有损诗意的词。在我的印象里，它常出现于议论文中。作者用"而且"这个词显然是为了表示递进关系，这是把诗歌当成文章来写的征兆。我的意见是，一个成熟的现代诗人应避免使用"而且"这样的词，要靠词句本身的变化体现出相应的关系。事实上，"反复打量之后"与前面的"反复打量过众多星星中的一颗"已显示出此种内在关系。在这方面，中国古诗提供的经典传统是直接把名词和动词组合在一起，无须"而且"这样的非诗意连词来结构。

　　和"而且"一样，"以至于"这个词也是文章用词，同样可以变换处理。在此诗中，这是最长的一句，它变乱了此诗的节奏（如果此诗有节奏的话）。我对这种散文化句法非常抵触。我一直认为，现代汉诗最大的问题不是押韵不押韵，也不是诗行整齐不整齐，而是词句凝练不凝练。散文化是现代汉诗之敌，正是它导致诗句散漫不节制。不错，古人曾以文为诗，以变化诗句内部结构、调整诗歌节奏，但是必须看到以文为诗是在诗行整齐的框架里展开的。这种框架保证了作者在探求节奏多样化时不失其稳定性。而现代汉诗的散文化大多是无节奏，或破坏诗歌节奏的。如果你问有何节奏可言，作者会说"我靠的是情感节奏"。但是情感节奏如果不被艺术化，它仍然不是艺术。我的意见是，与其按情感节奏分行，不如直接去写散文。而且，这行诗内部有两个逗号。我一般不认可诗行内部的标点符号，尤其是一行诗内部有两个或两个以上标点符号时。这倒不是对翻译诗的偏见，而是因为这样做往往会破坏诗歌的自然节奏。在我看来，"它无中生有"交代得太清楚，近乎蛇足，完全可以略去。"至今还发出浓烈的光芒"就行了。

　　类似于"而且""以至于"这种消解诗意的关联词在鲁丹诗中还有一些。试看《芙蓉山》：

　　　　我一路追了数百里追到安化，
　　　　芙蓉山终于坐下来休息。
　　　　估计被我追得有点急，
　　　　所以远远望去它还止不住跌宕起伏。
　　　　以致剧烈起伏的部分，
　　　　一度高过天空。

　　　　其实我追它而去没有别的意思，
　　　　只是想蹭它的高度用一用，
　　　　以便直接加入闲云，
　　　　实地考察洁白和轻盈——

闲云之所以闲，

我看主要是因为它就地放下了芙蓉山群峰。

我不喜欢这个作品，写得太理性了。理性是诗歌之敌，它会将诗意抽空或稀释。第一节中的"所以""以致"都可以去掉。第二节中这样的词更多，几乎每行都有"其实""只是""以便""之所以""是因为"，真是写得太周密了。这还是诗吗？不错，现代诗中有一类是讲究精确性的，但那是建立在词与物之间的精确，而不是这种严密的逻辑。由此可见，鲁丹的诗中存在着文章笔法。这种笔法突出的诗都不成功，那些克服了文章笔法的作品就会好些。

《静止的马》是一首有想象力的诗，可以说将抽象的时光具象化了，同时也写出了诗人的存在感。在诗中，诗人将深秋的阳光比成一匹静止的马，第二节第一句是这样写的："但我不能说因为它自己都没有认出自己，它就不是一匹马……"原来是两行，这里写成一行是否更合适？这样的句子就是散文句式。或许这是由思辨性造成的，但并非没有改进的可能。"但"有必要用吗？"因为"去掉有何不可？两个"自己"是否使一个显得多余？"我不能说它没有认出自己，它就不是一匹马……"是降低还是提高了表达效果？说到"因为"，在鲁丹诗里有时竟然是和"所以"连用的，一种典型的文章写法："因为听不懂，所以我回到了自身。"（《蓼叶湖》）"因为无所事事，所以只替它仰望夜空——"（《夜宿茶马古道之高城》）。由此可见，鲁丹诗歌的修辞问题不仅在于连词嗜好与文章笔法，还在于他唯恐表意不明，习惯于多余的强调，两个"自己"就是证明。

与此类似的还有数量词："一只甲壳虫从枯草尖下来，把秋天往前拖动了大约半米。"（《深秋》）"……已高于地面约70公分。"（《稻田》）"绸缎更加柔软，约莫一丈二尺三寸。"（《夜宿茶马古道之高城》）相同的不仅是数量词，而且每个数量词前面都有个"约"或"约莫"，它似乎是精确的，但又是估计的，很明显的模式化迹象。从总体上说，无论是连词还是数量词，这些都属于词语的复制。

所谓诗意的复制就是对相同景物的反复表达，或许背景各异，但总体上仍在写同一个事物。这实际上也是一种复制，诗意的复制。在这组诗中，有好几首都写到黄昏，有的突出其黑："河风吹拂，风吹过这群黑色的鸬鹚时，吹散的黑色慢慢染黑了整个河湾。"（《鸬鹚》）；有的突出其静，如《蓼叶湖》：

> 黄昏来临，蓼叶湖渐渐平静。
> 轻一些的仍浮在水面，那不过是幻影。
> 重一些的必然沉入湖底，黄金也不要了。
> 蓼叶湖适合储存被我浪费的光阴。
>
> 岸边香樟与罗汉松语调暗绿。
> 风泄露了它们不同的口音。
> 因为听不懂，所以我回到了自身。
> 相比暮年，一群蚂蚁从树顶扯下的暮色略轻。

之所以全引这首诗，是因为它不仅显示了诗人对黄昏时刻的不同描绘，更重要的是诗中的"轻""重"感，与"重"相比，"轻"写得更精彩："相比暮年，一群蚂蚁从树顶扯下的暮色略轻。"暮色与暮年分别对应着一天的晚景和一个人的晚景，尽管是一次次暮色带来了一个人的暮年，暮色比暮年略轻，时间感比生命感略轻，这当然体现了作者以人为中心的立场，很容易得到认同。如果作者只是在这一首诗中写了对物的轻重感，自然不失其体物入微的诗心。但是如果把它模式化，甚至用轻重衡量一切事物，那就不免重复了。

> 一棵松树的暗绿是有重量的，
> 它尖塔形的外观也是有重量的。
>
> ——它这样的坚持也是有重量的，
> 我甚至借用了它的凝重来压了压这人世的轻浮。

这首《松树》写的仍是对事物的轻重感。单看此诗，没有什么不好。但把它放在这组诗里，就会发现它的同类："我甚至借用了它的凝重来压了压这人世的轻浮。"（此句中的"了"和"来"完全可以去掉！）在《蓼叶湖》中，是暮色比暮年略轻；在这里，是用松树的凝重压人世的轻浮，意境虽异，思路则同，将二者归于同一思路的复制品并无不可。事实上，作者的这种轻重思维同样出现在《卵石》里："但在一条河的中游，它们一路承受的超过了自身的重量。"写到一定程度，自我复制几乎是难免的，这是由生活的狭隘性、经验的有限性和技艺的稳定性造成的，但这种自我复制常常不被作者察觉。在较好的情况下，持续的自我复制会出现一首成功之作，不过，也可能每一首都很平庸，在彼此的复制中分享事物的某些共性。在这种情况下，最可贵的是作者的反观与警觉。

事实上，自我复制不仅体现在写作思路上，更体现在写作技艺上。从技艺上说，写作是有阶段性的。对于大多数非天才作家来说，这是必然的。因为写作技艺的提高需要时间，其区别仅在于每个阶段的时间长短。在同一个阶段，无论写什么，其实诗艺都在一个档次上，一味地写下去也未必能进入新阶段。更多的阅读、深入地反思，甚至主动地停顿可能更有效。因此可以说入门之后，写作的难度在于能否不断突破自我，获得提升。因为写作是个动态过程，提高并非唯一的方向。很多时候可能只是惯性前行，既不提高也不下降，如果中断了对相关资养的吸收，下降了也不奇怪。从鲁丹的这几首诗看，《松树》比较成功。因为它写的不是轻与轻的比较，也不是重与重的比较，而是轻与重的比较。短短的四行诗没有败笔和赘句，写松树的重量由表及里，并陡然与人世的轻浮建立了巧妙的联系。

写作的自我复制现象尽管有其必然性，但也不是不存在问题。在这个网络复制时代里，似乎诗歌也可以批量生产了。不少作者忙着写，然后在不计其数的刊物之一上占据一张或数张属于自己的白纸。到底有多少作品是发自内心，不吐不快的，又有多少作品是出于占据刊物纸张的欲望被炮制出来的？就此而言，"你为何写作？"不仅可以揭示自我复制式写作的成因，而且是根本的一问。每个有意不断提升自我的作者都应该把这根本的一问放在心上。

（肖学周　　原文刊发于《诗刊》2016 年第 5 期）

第二章　武陵小小说现象

第一节　一道亮丽的风景

——悦读《常德小小说选集》

　　一个事物的发展，既有其时代的因素，也是其自身运动发展的必然趋势。审视小小说这条蜿蜒的河流，其源头可追溯至魏晋南北朝时期的志怪小说与轶事小说，甚至可追溯至更远的先秦时代的《山海经》和《穆天子传》，以及汉代班固所著《汉书》中的部分篇目。但小小说的兴盛还是在魏晋时期。

　　志怪小说何以在魏晋南北朝时期出现前所未有的盛况？首先是和当时宗教迷信思想的风行密切相关。我国自秦汉以来，神仙之说盛行，汉末又大畅巫风，加之道教的兴起，佛教的传入，巫师、僧侣大都"张皇鬼神，称道灵异"（鲁迅《中国小说史略》）。而整个魏晋时期，社会动荡不安，人民生活不保，生命也常受到威胁，因而极容易接受宗教迷信思想的影响。在这种情况下，出现了很多记录灵鬼怪异的小说是必然的。而志怪一类，又以干宝的《搜神记》成就最高，虽然作者主观目的是宣扬宗教迷信，但其中亦保留了一些人民按照自己的愿望编造的神异故事，所以具有一定的人民性。又魏晋时期清谈玄理、品评人物之风兴起，这就促成了记录人物轶事小说的出现。与志怪小说不同，轶事小说是以现实人物的言行为对象，具有写实性。刘义庆的《世说新语》即是魏晋轶事小说集大成者。它广泛地反映了由汉末至晋士族阶级的思想、生活面貌，其艺术价值正如鲁迅所说"记言则玄远冷俊，记行则高简瑰奇"。它善于把记言和记行结合起来，在细节中突出人物的性格和精神面貌，其语言精练含蓄，隽永传神，具有了小说的初始规模，对后世影响很大。这一时期，无论是志怪类的《搜神记》《续齐谐记》，还是记事类的《世说新语》《绿窗新语》，都有不少短小精悍的小小说。

虽说小小说古已有之，但中国古代文学的分类界线一直比较模糊，直至唐传奇的出现才开始明确。然而小小说也一直属于短篇小说。随着改革开放，经济的腾飞，人们生活节奏的加快，一方面，读者有了"速效刺激"的审美诉求；另一方面小小说的作者几乎都是从事各行各业的业余作者，他们没有大块的时间来营构鸿篇巨制，正所谓"残丛小语"是也。从文学自身的发展来看，新时期首先迎来的是短篇小说的潮头，而后来向两极延伸，一方面短篇小说的篇幅越拉越长，向中篇发展；另一方面追求精短，于是，小小说渐渐独立出来，与长篇、中篇、短篇一起组成了小说的"四大家族"。

在当代小小说这一族谱上，有一道亮丽的风景赫然其间——常德小小说作者群。是这一群作者推动了小小说的发展繁荣，抑或小小说的发展驱动着他们的创作激情，抑或二者相激相荡，才有了今天的硕果，这个问题已不重要。重要的是在沅江边上的这座历史名城里活跃着以白旭初、戴希、伍中正等为代表的位居"全国小小说50强"的小小说作者群，同时他们也活跃在当今中国文坛的大舞台，所以，《小小说选刊》的主编杨晓敏先生评价说："常德已成为当代微型小说的重镇"，事实证明，此言不谬。

作为这一作者群向2011年新年献礼，《常德小小说选集》出版了。该集收录了46位作者的小小说123篇。这篇篇作品，犹如颗颗明珠，不仅见证着生活海洋的波涛汹涌，也折射着七色阳光——形成了当代中国文坛上一道不可多得的风景。

一 这是一道写实的风景

微型小说，因其来源于"街谈巷语"，所以，它与生俱来就有贴近生活的优势。这里所谓"写实"，并非指简单地描摹现实的风貌。而是不仅忠实地反映现实生活的愿望，更需要对生活的切肤感受和深刻洞察，引起读者对于现实的思考和美学判断。因此，写实，必然使小小说具有较高的认识价值和审美意义。

欧湘林的《红嘴儿》，作为这个集子的首篇，它反映的是一支小小的口红改变姑娘们的面貌进而改变山里人的传统观念的思想主旨。就作品的写实性带给我们的认识价值而言，刘绍英的《渔鼓》和《三棒鼓》两篇不能不提。这位在澧水河边长大的女子，性格中既有着大河的豪气，又有着似水的柔情。集子中除了《停电》（也是写实之作）之外，其余6篇可视作澧水篇系列，而其中《渔鼓》《三棒鼓》亦可视为姊妹篇。渔鼓和三棒鼓是流传于湘西北沅澧流域一带的民间曲艺形式，因为缺少文化生活，而民间艺人说唱的又是武松打虎、梁山伯与祝英台等颇带传奇色彩的故事，所以每逢农闲时节，抑或传统节日、红白喜事，就会有渔鼓、三棒鼓艺人的表演。正是他们，那些英雄的传奇才得以流传，也正是他们，向一些无知的心灵开启了一扇扇可以欣赏清风明月的窗。可是，那种闲坐听书的日子已经随着时代的车轮永远地载走了。当农村青壮年涌进城市，他们留下了老人和儿童，同时也把电视机留给了乡村。永远也播不完的电视剧成了乡村主要的消遣方式，所以，时至今日，作古的不仅只有刘老倌，还有渔鼓和三棒鼓，还有那种田园牧歌式的乡村生活，正如苍凉的不仅是长哥的声音，还有作者的内心。这两篇作品的可贵之处在于作者对当代生活、对时代精神所作的历史观照：一个新事物的出现，必然以一种旧事物的消亡为代价，这就是新旧交替的规律。但是物质生活如此多彩的今天，人们为什么还要对过去的岁月念念不忘呢？这不是"怀旧"二字承载得了的，因为失去的不仅是时光，更重要的是宝贵的历史文化财富。

就其写实性而言，集子中还有一类是带有明显批判意味的。比如欧湘林的《野味》，穷得叮当响而指望着市里的希望工程款改造危房的白校长，福至心灵变戏法一般弄来五花八门的所谓"野味"，正当他惴惴不安之时，却意外得到好消息，他如愿以偿，可是，他还没来得及高兴，却又得到了上级还要再来吃一顿"野味"的指示。尺水之中，波澜迭起，层层推进。正如清人刘熙载所说："短篇宜纡折，不然则味薄。"（《艺概》）……《野味》行文曲折有致，富有余韵。如果说这篇《野味》对现实的批判还比较温和的话，那么戴希的《羊吃什么》则要犀利一些，一个养羊专业户成功了，但相关不相关的部门纷纷前来，巧设陷阱，弄得户主啼笑皆非。这两篇作品有着异曲同工之妙，同是写现实的丑恶和小人物的无奈，都是生活中的喜剧，也都是苦涩的喜剧。喜剧是把无价值的撕破给人看，现实中我们不难找到与之类似的现象、类似的人物，但作者并非只是呈现现实的风貌，而是让人们涩涩地笑过之后深深地思考。

写实性还表现在作者对当代人心理的深刻呈现。一个社会的变革，必然带给人们心灵的震荡，这些自然也逃不过目光敏锐的作者的眼睛。集子中收录了一些异曲同工之作，除了上述两篇之外，还有白旭初与李富军的《夫妻舞伴》，这两篇作品，准确地把握了当今家庭中夫妻貌似和谐的神离。伍中正的《紫桐》《周小鱼的爱情》和刘绍英的《苇叶青青》亦然，都是感叹纯真时代的逝去和时人拜金风气的盛行。

写实的"实"，对于可以虚构的小小说来说，不应作实有其事来理解，正如鲁迅所说："创作则可以缀合、抒写，只要逼真，不必实有其事也。"（《怎么写》）他又说，虽"不必是曾有的事实，但必须是会有的实情"（《什么是讽刺》）。因此，这"实"，无非是指曾经有的或者按事物的发展逻辑可能有的实事。亦即追求真实感，以达到艺术的真实。白旭初的《寄钱》，表面上似乎是母亲需要儿子寄生活费也就是寄钱，实则表现了当今的老人对亲情的深层渴望，在父母眼中，钱，只是亲情的载体。胡秋菊的《拯救》，通过一个孩子的心灵疾病，折射出当代家庭以及社会的疾病。两篇作品，取材都很小，但却具有深远的时代意义。彭其芳的《擦鞋女》以第一人称的口吻叙述，给人一种亲历感，也增强了其真实性，更折射出当代人的心理疾病。

二　这是一道饱含哲理的风景

面对人类宏大的精神世界，哲学家也感到困惑。因为在科学技术时代，理想主义激情已失却鼓舞人心的魅力，而且科技思维模式已经浸渍了哲学及其他人文科学，人们开始将人的任何一种状况加以量化，包括生活的质。比如幸福，人们试图将其量化为住什么房子、开什么车子、拥有多少金钱或者做到什么级别的官位。但当时人正在把幸福分解为许多要素，而又试图计算这些要素的质之时，戴希却在严肃地思考这个浅显而又深奥的问题，并通过《我们都幸福》提出了自己的看法和见解。《我们都幸福》，叙述的是苏老师与一群有生理缺陷的学生围绕着"我不幸福""怎样才幸福"这两个问题的对话，通过苏老师睿智的启发，最后得出不幸只有一点点，幸福却有那么多，所以"我们每个人都幸福"的结论。这一人生哲理不仅为这群特殊的孩子打开了通往幸福的大门，也向世人开启了一扇可以欣赏清风明月的窗。生活在纷繁复杂的现代社会，人们无可选择地永远告别了田园牧歌式的单纯，常常庸人自扰式地为芝麻小事而纠结，甚至事事追求完美，殊不知残缺才是完美的，正像无与伦比的断臂维纳斯。因此，忽视已经拥有的美好，那才是最大的不幸。作者通过一个很浅显的故事，揭示生活中晦暗不明的现象和生命的超越性意义，严肃地破解生命之谜、人生之谜。作者的意图不外乎通过那些追问，那些感悟，发人深省，并借以表达善良而美好的愿望：每个人都幸福。正如《别林斯基论文学》中说："我们时代的艺术应该是在当代意识的优美的形象中，表现或体现当代对于生活的意义和目的、对于人类前途、对于生存底永恒真理的见解。"戴希善于在时代进程中发现问题。集子中收录的《死亡之约》，取材于历史，却警醒着世人。所谓"死亡之约"说的是唐太宗和朝廷关押的死刑犯的约定：李世民在贞观七年腊月初八，准许在押的 390 名死刑犯不受任何约束地回家看望他们的妻儿老母，并约好来年即贞观八年九月初四主动返回朝廷大狱伏法。而罪犯们居然没有一个爽约，被罪犯们的诚信感动，李世民当即宣布：赦免所有囚犯。故事到这里，"以诚心换取诚心"的主题已经很鲜明了。但作者为了更深一层，在史料的基础上进行了大胆的想象和加工。贞观十四年，在国家危难之际，390 名被赦囚犯主动请求上战场，英勇杀敌，用自己的血肉之躯换来了国家的安定。这个结尾在前一主题的基础上升华到了"以诚心换忠心"的高度——可谓化腐朽为神奇。

少鸿的《穿错鞋》，通过丈夫醉酒穿错鞋而导致离婚的故事，揭示了细节决定命运的生活哲理。李永芹的《擦鞋匠》，叙述的是"我"和一个擦鞋匠打交道的故事，揭示了生活中的许多平衡就是靠不平衡来维持的道理。真可谓言近而旨远。这世上没有绝对的平衡，只要心态平衡了，就没有不平之事。在平凡中蕴含深刻的人生哲理。罗永常的《逃逸的鱼》，全文用隐喻、象征的手法，塑造了一位正气凛然的副市长的形象。作品有两个层面，显性层面叙述的是一对父子钓鱼的故事，而隐形层面则是宏发房产开发公司总经理想得到一块黄金地皮，不惜用各种诱饵诱惑副市长冯宽上当终不可得，巧妙的是作者借用戏剧中对话推动情节的技巧，将这两个层面交织在一起，表面平静而暗潮汹涌。哲理意味虽不是那么浓，但其意蕴则富有警世性：只要保持清醒的头脑和高洁的品格，就永远也不会做别人钩上的"鱼"。

三　这是一道富有诗意的风景

罗丹告诉我们："美是到处都有的。对于我们的眼睛，不是缺少美，而是缺少发现。"（《罗丹艺术论》）这里所谓美，就是生活中富有诗意的部分。此所谓诗意包含两层：一是语言的节奏及词语组合的华美，具有诗的表现形式；二是指内在情感意蕴具有诗的质素，而能将二者融合并生动地呈现于读者面前才能称得上真正的富有诗意。从某种角度而言，生命的意义在于生命的诗化。只有通过体验、回忆、想象，生命才能诗意地存在，才能与本真对话，才能走向审美的人生，这是生命美学的意义所在。从这个意义上看，文学艺术家要比其他人幸福得多。品读这个集子，就会有浓浓的诗意氤氲左右，而尤为拨动读者心弦的当属《渔鼓》《三棒鼓》和《美人如花隔云端》，前两篇出自刘绍英之手，后者为唐静所作，虽同为女性作者，同为诗意浓郁之作，但其诗意却有着不同的风格。初识刘绍英，是一次文友的聚餐，如今的聚餐意义已不在"餐"，而在于"聚"。席间，刘女士表现出的豪气不仅不让须眉，竟有压倒须眉之势，这次聚会，她的大气给我留下了深刻印象。拿到这本集子，又见到了她的名字，就想见识一下她的文笔。但她的作品，却向我敞开了另一扇小窗，让我窥见了这位豪放女子苍凉的心境。与她在聚会时的表现完全背离的是一种对于时光流逝的感伤情怀。与刘绍英敏感与历史的变迁不同的是文文静静的唐静的心思则更加细密，感情之弦更细更柔，只需轻轻一触，就会奏出幽幽的乐音。《美人如花隔云端》，题目就很诗意，而作品表现的又是青春的美好与成长的苦涩，感伤的是青春与爱情的流逝。更难能可贵的是，作者将一段刻骨铭心的美丽恋情写得云淡风轻，就如她笑靥里的轻愁。

　　少鸿的《生命的颜色》是一首生命的赞歌，它有着诗的意境，有着歌的旋律。在这篇小制作中，读者见识了专业作家对小说环境的渲染，情节的截取以及人物形象的塑造。最可贵的是作品中的几个片段描写，语言充满画面感：水灾过后的满目荒凉、蜷曲在树杈上的躯体、从记者脚底下、从泥沙中弹跳出来的那一株绿色棉花苗，犹如电影中的特写镜头，带给读者以强烈的视觉冲击，同时也震撼读者的心灵。

四　这是一道变形的风景

　　小小说产生初始即有志怪与写实两大支流，只是在文学发展的历史长河中，这两条支流往往呈现此消彼长的态势。但在当代，志怪一支已不常见，即使有，一般也不放在小小说里。正如生活的五味、阳光的七彩、读者的多层次、文学欣赏的多元决定了小小说作者的不同追求。让人惊异的是，在《常德小小说选集》中，居然有人远袭小小说志怪的传统，以达到对现实作变形反映的目的。读者看这样的风景，就如看哈哈镜一般。

海蠡的《野人》即是该集中这一类的代表作。作者假借邑人赵某与好事之富翁敷衍成文。作品表现的是今人之事，篇幅短小而内涵丰富，赵某为获取百万奖金捉拿野人，几年如一日，虽九死犹未悔，最终反被人当作野人悬赏捉拿。这个故事对当今媒体的胡乱炒作、类似赵某的愚蠢的执着，都具有很深的讽刺。作者虚构怪诞的故事以影射生活的怪诞。与海蠡志怪风格有异的是胡逸仁的《关于这次医疗事故》，光看这个类似于汇报材料或调查报告的题目，读者就可略知作者所持的叙事立场。这是一位亡者的自叙，他无比屈辱的活，无比凄凉的死，无比风光的下葬。作者采用变形的手法，使作品中的人物摆脱了自然规律的束缚，用第一人称叙述其生前身后之事，唯其采用第一人称，才能让人看到风光葬礼背后隐藏的屈辱和悲凉。作者用异常冷峻的口吻，异常犀利的笔锋，解剖人情世相，力透纸背。俗话说：当局者迷，旁观者清。而这一局中人却始终异常的清醒。他清醒地看着自己被朋友算计，看着自己的女人投入别人的怀抱；他清醒地看着自己完整的家变得破败，自己也由一家之主变为家里的多余人；他清醒地看着亲人将他扔在医院，然后弃病危的他而去；他清醒地体会自己一点一滴地死去，清醒地看着家人与自己平静的告别；他清醒地看着亲人朋友将自己死亡的意义无限放大；看着自己风光的下葬；看着儿女继续着各自的前程；清醒地看着女人抹去了一切关于自己的痕迹；看着自己的家走进新的时代。这种清醒，加重了其悲剧色彩。就悲剧理论而言，这个悲剧与崇高无关，这只是一个平凡的小人物的悲剧，唯其如此，才能打动读者的肺腑。

由于作品比较丰富，精品也不少，又由于时间和篇幅的限制，难免挂一漏万，这是很遗憾的事。但我会继续注视着这道风景，解读这道风景。

（郭虹　原文刊发于《常德小小说选集》2011 年第 6 期）

第二节　武陵情怀的微小说创作

随着信息社会的高度繁荣，尤其是互联网的发展，导致文学艺术在接受层面发生了巨大的变化。受数字信息时代的强烈冲击，主流文学消费者的概念逐渐消亡，新的读者更青睐于快餐式的阅读方式，这是因为大众的艺术消费在时间上过多地体现在碎片时间，他们对文本的要求更加短平快。因此，故事完整、语言通俗、节奏明快、篇幅简短的微小说成为文学消费的新宠，由边缘体裁逐渐走进主流社会。微小说创作也不再是作家忙里偷闲的妙手偶得，而逐渐成为大量主流作家专注精耕深作的肥田沃土。不仅如此，大量作家由自发转向自觉，组织各种论坛互相交流创作经验，树立旗帜，锻造风格，使其逐渐壮大成一种新时代的文化风景线。这其中，不乏各种地域特点的作家联盟，自觉地把微小说创作与地方文化结合起来，形成具备浓郁文化风格的文学创作思潮。而就影响力而言，湖南武陵微小说作家群体的创作风格最为鲜明。

在湘西北文化名城常德（古称武陵郡），自觉且高产的微小说创作作家达 40 余人。其中，位居"中国小小说 50 强"的作家有戴希、伍中正、白旭初等赫赫有名的微小说大师，在全国有较大影响的微小说作家有欧湘林、刘绍英、夏一刀、唐静、聂鹏、彭美君、杨徽等。如此多的作家团结在一起，互相学习，互相影响，形成合力，逐渐引起国内外文学界的重视，大量的文学评论界的介入也使得武陵微小说真正从自发走向自觉，逐渐成为一个具备鲜明地方特色的文化品牌。近年来，武陵微小说除文化界的追捧之外，也得到了当地政府、作协的有力支持，大批武陵微小说作家生来就具备湖湘文化传统中的精神风貌，大量作家不仅是作家学者群体的领军人物，更是当地政府、传媒和文化界的领袖，他们摩拳擦掌，创作之初就以湘楚文化为根基，立志把武陵微小说创建成国内最具地方文化特色的文学品牌。在产品、政策、文化底蕴和领军人物齐备的情况下，武陵微小说已经成为当代小说界继往开来的文化品牌。因此，分析和研究武陵微小说文化现象，挖掘武陵微小说背后深层次的文化积淀和社会现象，既是武陵历史文化发展赋予当代地方文化建设的题中之义，也是微小说界理论建设和文艺创作的内在诉求。笔者阅读了大量武陵微小说作品，并因研究武陵地方文化的缘由，与武陵微小说的领军作家有过深入沟通，对于武陵历史文化乃至微小说文艺创作感同身受，有着强烈的文化认同和期待。

首先，武陵微小说最鲜明的文化特色在于作品所共有的乡土情结。武陵微小说每年有千余篇作品问世，内容海阔天空无所不包，但其所共有的文化趋同则是，大量微小说都在描绘湖湘文化固有的风景明秀、纯真古朴、旖旎瑰丽的乡土田园风光。在秀丽的乡土文化氛围的慢生活下塑造故事情节，展现人物命运，使微小说的故事蒙上了浓浓的艺术情结。这与其他一般的微小说风格相比较来说是绝无仅有的，因为当代微小说文化的繁荣，从根本上说，是信息社会发展和市场选择的结果，因此，在主流文学形态边缘化的时代背景下，微小说在很多情况下附庸和服务于大众单纯的感官刺激。因此，大量的微小说简短简洁，注重故事情节的讲述，在语言风格上平淡化口语化，以最简单直接的方式进入读者视听，最大可能地不让读者去费脑筋思考就完成消费。因此，在纯消费观念的主导下，当代微小说的大量作品要么追求猎奇的故事情节、要么强调消遣风趣的小品特色，从而变得整体娱乐化，丧失了文艺作品一贯的思想性和艺术独立性。但武陵微小说与之不同，大量的武陵作家在创作中显示出自己独特的风格，长期受到武陵文化风气的熏陶和影响，因而在创作中刻意地追求武陵文化固有的乡土气息，从而折射出强烈的文化气息。

武陵是古文化重镇，其历史文化源远流长。爱国诗人屈原在这里创造了有别于中原中庸文化的另一种文体——楚辞；陶渊明在这里开创了山水田园派诗作的先锋，将武陵人以捕鱼为业探寻桃花源的经历变成历代士人追求和谐乐土的标的和典范；延及近代，沈从文多次沿沅江而上，把独立于主流文化之外的湘乡文化带到北京胡同幽暗的灯光下，向正在全盘向西方学习的"德先生"和"赛先生"输入一个传统的保守的本土式的文艺创作蓝本。古往今来，武陵文化一直作为一种独立在主流之外的另一种主流而生生不息，影响和造就了一代又一代的武陵学者文人，以输出乡土文化来坚守传统的精髓并造就独特的文化风气。在主流小说式微、微小说方兴未艾之际，武陵文化借助微小说所折射出来的文化风格也一如既往地沿袭了这种湖湘文化的乡土情结。作家戴希、白旭初的作品就具备沈从文遗风，以勾勒湘西北明媚秀丽的风景来反衬人物心理描写而见长，他们的微小说中，惯于树立淳朴的农民形象，用慢生活下的自然景物来反衬人物内心，并通过城市化过程中城乡两种文化之间的矛盾冲突来塑造人物性格和展现人物命运，从而使文本彰显出强烈的人文气息和艺术造诣，把武陵的地域文化气息展现出来。著名农民作家伍中正的作品《籽言》完美地诠释了这一风格，作品描写了留守妇女籽言朴素单纯的思想和情绪，以及与在外打工精神出轨的丈夫之间忠贞的爱情。"沅有芷兮澧有兰，思公子兮未敢言"，文章中细致入微的人物心理活动，通过秀丽、朴素的湘西北农村生活画卷反衬展现出来，给人扑面而来的湘西北人文气息，仿佛置身在静谧的乡野生活中，目睹了槐花烂漫、炊烟袅袅的乡土景象，亲历了农村妇女辛勤劳动、眷恋故土、思夫心切的思想情怀。武陵微小说新秀夏一刀在笔下表现的敢作敢为、敢爱敢恨的人物形象，无不展示出湘西北男人无所畏惧的精神气质。武陵微小说作品完成了微小说创作从完全附庸于市场消费到打造独立的艺术典范的救赎。

其次，武陵微小说在文艺创作方法上，具备强烈的浪漫主义风格。武陵文化作为湘楚文化的核心组成部分，其孕育的浪漫主义文风由来已久，可以说武陵是中国式浪漫主义文学的摇篮。早在屈原及其前战国时期，武陵文化中的浪漫情愫就由楚辞完美地表现出来。屈原奇服异装，登伶舟涉江，朝发枉陼，夕宿辰阳，遍历武陵每一寸热土。将武陵地区的神话传说、民俗风情、巫觋文化和自然景观通过楚辞进行加工，并融入个人悲怆的遭遇和愤慨，使武陵文人学者浪漫主义精神异彩大放，百代留名。丰富的想象、奇异的传说，以及渗透着悲剧的主观思想，彰显了武陵文化满满的浪漫主义精神。武陵作家群在微小说创作的道路上世袭了这一精神风貌。将乡土传说和奇闻逸事融入现代民生中，瑰丽怪异的故事，通过夸张、反衬和白描注入微小说的叙事风格中，在武陵微小说艺术性的基础上兼具了故事性和节奏感，实现了艺术性和思想性的巧妙融合。著名微小说作家戴希在微小说创作中运用的夸张手法与武陵文化的浪漫主义精神一脉相承。作品《每个人都幸福》是一篇脍炙人口的佳作，文章描述了乡村老师执教一群残障儿童的奇妙经历，通过残障儿童之间相互补缺的幸福观，安慰了受伤的灵魂，谱写了一曲和谐美满的心灵篇章。而其作品《羊吃什么》《领导上镜问题》等则通过极度夸张的手法，将小人物在遭遇官僚主义作风的重重重压之下的忍俊不禁刻画得淋漓尽致，是消极浪漫主义的创作大师。而作家李海蠢的倾心之作《搅》则将武陵文化的浪漫精神表现得恰到好处。《搅》描写了主人公借用封建巫觋迷信，于月圆之夜搅动水缸，以通灵之术唤起戊子思归之情，然此搅心之术最终以噩耗告终，令人思痛之余，对于文中长期处于战乱和最底层的封建妇女的处境哀叹有加，对于其身世之悲，处境之艰，遭遇之苦，思想之禁锢而产生的凄凉在读者心头如死水之澜，搅心不已。此种微小说通过浪漫的手法表现悲剧的思想主题，有意境有思想有深度，匠心独运，也集中地表现了武陵文人悲天悯人的情怀。

最后，武陵微小说在创作内容上以关注社会现实为最终指向。

一部伟大的作品，无论是浪漫主义风格还是现实主义手法，它的终极考量大多指向现实人生，表现他们的生活，揭示他们的心灵轨迹，表现出强烈的人文关怀。如戴希的《请进包房》表现走出去的一群，缺乏公共道德意识，因为过于吵闹被请进包房，以为是受到了优待，涌出盲目的大国优越意识。这是对刚刚有些富有的国人缺失公共道德文明素养的优雅拷问，在无数国人涌出国门的时候，什么才是我们必须通过自身赢得世界的尊重，是仅仅有强大的国力为后盾，还是需要结合个体修为的进一步提升？他的《扶贫》《领导上镜问题》《羊吃什么》《天堂地狱》更是将问题聚焦在官场上。变异了的扶贫折射出教育存在的腐败；领导上镜问题可以看出官场的媚俗文化泛滥，打着"讲政治"的幌子，将真正的政治玩弄于股掌之间；羊吃的任何东西都可以成为相关权力部门滥用权力的借口，这里法律法规靠边，潜规则甚嚣尘上，基层的创业者不堪重负；《天堂和地狱》则以浪漫的笔调讲述了一个贪官在面对地狱和天堂时的抉择，表现了人性中的贪婪无耻，是对现实人生的有力鞭挞。

不仅如此，武陵微小说在表现现实人生之际依然体现出浓厚的人文关怀。如夏一刀的《荆轲之死》，这是在物欲横流的时代内心依旧有对艺术的追求和梦想，有不为五斗米折腰的精神，这里有作者的寄托和理想，也是对现实的真实反映。又如伍中正的《周小鱼的爱情》与夏一刀的《阿雅的爱情》，都是表现爱情这一主题，但是，却有着惊人的相似。小小说的结局都是女主人公最后在爱情和现实面前选择了现实。周小鱼离开了爱她的显峰，和来村里投资的老板阮离城好上了；阿雅这个优雅的音乐教师，最后也是放弃了阿水，嫁给了老板天佑。戴希的《每个人都幸福》，用寓言的方式讲述故事，每一个身体有残缺者，预示着每个人身上都会有先天的缺陷与不足。金无足赤，人无完人。只是每个人都觉得不幸福，是因为他们没有发现自身存在的价值和意义，一旦点亮，幸福也就产生了。虽是寓言，关注的却是现实生活中人们普遍焦虑、幸福感缺失的现实。作者试图开一剂良方，在失落的日子里重拾幸福的感觉。

从以上分析可以看到武陵微小说浓郁的地方文化特色，包括湘楚文化和湘西北文化的影响。这种乡土情结深刻地影响了武陵微小说创作的价值取向、想象天地和审美形态，也积淀成了武陵微小说创作的文化特质和文化基因。

（汪苏娥　　原文刊发于《湘江文艺评论》2017 年第 1 期）

第三节　浅谈戴希小小说的当代性品格

文学的当代性，除了可以按"当下"这个时间界定外，其本质意义的界定，还应该包括两层含义：第一，指文学作品是否具有鲜明的问题意识，是否具有质疑现实、警醒世人的先锋性。第二，任何时代都有它自身的现代性或曰当代性，尼采曾说："所有的历史最终都来到了现代性。"（在当下的语境中，"当代性"这一宽泛的词，其实就是这一意涵上的"现代性"）因为当代性是每一个新颖性的开端都在每一个当下环节中再生的问题。而作为当代人，文学家的任务就在于穿透现实世界的表象揭示其深层的本质，从繁华中看到凋敝，在热闹中看到孤寂，从流行的事物中提取出它可能包含着的在历史中富有诗意的东西，从过渡中抽出永恒。

所以，作家应该立足于瞬息万变，泥沙俱下的此时此地，从中把握、萃取出堪为经典的质素来。为了使任何当代性都值得变成具有历史意义的古典性，必须把人类生活无意间置于其中的神秘美提炼出来，使之成为永恒的诗意美。

从这一点上来说，任何一门艺术的生命力皆在于其"当代性"，小小说亦然。这个判断首先是从小说的历史中得来的。

小说自产生之初就带有这个特质。小说本是源自民间的文学样式。桓谭将《世说新语》称为"残丛小语"，《汉书·艺文志》认为它是"街谈巷语，道听途说者之所造也"。到唐代，仍称"小说者，街谈巷语之说也"（鲁迅《中国小说史略》）。直至明代，仍把杂录、志怪、传奇、丛谈等归入小说一类。而清代则将杂事、异闻、琐语三类称为小说。总之，传统中的小说属于"街谈巷语"，这表明：其一，小说产生于民间，其作者都是下里巴人，所反映的都是民风、民情、民心，在民间广泛传播。其二，这一文学样式不仅不被封建统治者所重视，甚至是极力贬低和排斥。虽然后来也为文人接受并有文人专门加工创作，但其文学之末流的地位直至清代也没有改变。小说演变至今，"街谈巷语"之风已逐渐微弱，但小小说却承袭了该文体产生之初的这种特质——草根性。小小说的这种特质决定了它的当代性。

"草根"直译自英文的 grass-roots。有人认为它有两层含义：一是指同政府或决策者相对的势力；二是指同主流、精英文化或精英阶层相对应的弱势阶层。陆谷孙主编的《英汉大辞典》把 grass-roots 单列为一个词条，释义是①群众的，基层的；②乡村地区的；③基础的，根本的。笔者认为，它应该具有两个特点：第一，顽强。应该是代表一种"野火烧不尽，春风吹又生"的生命力，新时期小小说的繁荣充分证明了这一点；第二，广泛。遍布每一个角落，小小说因其篇幅短小，不需要有大量连续的阅读时间，所以读者甚众，刊载也不需要太多的版面，便于传播。因此，"草根性"就是平民性、广泛性、贴近性。由于贴近生活，小说作者更容易感触时代的脉搏，更容易体验到生活中富有诗意的质素，也就更方便记录现实生活的点点滴滴，并用将这些片段组成广阔的历史画卷，在时代的不断变迁中获得永恒的意义。

小小说的创作队伍也体现这一特点，他们绝大多数是从事各行各业的业余作者；他们的文学素养和文化程度也参差不齐，他们甚至没有专业作家那样娴熟而高超的技巧。戴希就是其中颇具代表性的一位，这位农民的儿子，毕业于湖南卫校，长期任职于基层政法系统。但是，生活的土壤，催生创作的激情，让他的作品保留了这个时代生命的活力，呈现出一种健康向上的格调。

因为扎根生活的沃土，可谓源头活水。戴希的创作始于 1992 年，迄今已发表微型小说 300 来篇，其题材可谓广采博取，时空跨越古今中外，亲情、友情、爱情；家庭、社会；官场、市井。人物上至皇帝、市长、局长、厂长、科长，下至小姐、乞丐。戴希说，他的小说题材皆源于生活、工作中的所见、所闻、所历。作品中所叙无一不是身边之事，所写无一不是身边之人。比如《谁狠》中利用职权争强斗狠的 D 科长和 G 科长，《老子是劳改犯》中举着砍刀抗税的雷公，《炫耀》中那个虚荣而可悲的七七，昧着良心贪图不义之财反而被骗钱财的裴奶奶，屡教不改总吃剩饭的"母亲"，都是我们熟悉的"当代"人，在他们身上有着鲜明的时代印痕。即使是一只鹦鹉、一条京巴狗也无不折射出"当代"人生世相。一篇讲述村小学校舍请求上级拨款维修的汇报材料的旅行的《危房》，不惜牺牲环境引进外资、被卖了还在数钱的《都是我的错》，让人啼笑皆非的

《死去活来》，机关潜规则的《民主评选》，对私人企业不予保护、反而纷纷剥皮的《羊吃什么》，等等，都是我们熟知的"当代"事。这无数的小浪花构成当代生活的广阔图景，因此，阅读他的小小说不仅能看到生活的本相，体会生活的原味，更能感受到时代的生活气息。

小小说的"当代性"还有着更深一层的含义，那就是它在表现"当代"人物质生活的同时，更能表达、传递着"当代"人精神生活中最新的震荡和最新的感悟，延续、记忆着人类精神生活中绵长久远的追问、困顿、挣扎、搏斗。戴希的小小说也不例外，它撷取的是一个场面、一段对话、一个镜头，但却能表现当代人精神生活中最新的感动、矛盾、迷茫和追问。它就像一粒种子，饱含着春苗的希望、夏花的灿烂、秋实的喜悦，我称之为"小制作，大担当"。人民文学出版社出版的戴希小小说集子《每个人都幸福》，共收录其作品153篇，这些作品如同闪闪发光的明珠，每一颗都有一个闪光之点，按不同的光点，作者将其分为几大类：有的反映东西文化的碰撞，有的针砭时弊，有的是以动物世界折射当代众生相，还有的揭露现实世界的荒谬——可谓主题多样。

还有叙写情感一类，也不乏精品。比如《装修》，取材于当代人生活中的一件平常事，但随着房子装修的进程，一间充满阳光的小屋也随之搭建而成，其间洋溢着人与人之间关系的和谐与美好，感人至深。没有一颗美好的心灵，是不可能营造出如此诗意的氛围，传达出如此美好的情感的。这种美和诗意，只要有人类存在就会需要，而不仅是当代——这就是我所谓"可能包含着的在历史中富有诗意的东西"，是"从过渡中抽出的永恒"。

《别林斯基论文学》中说："我们时代的艺术应该是在当代意识的优美的形象中，表现或体现当代对于生活的意义和目的、对于人类前途、对于生存底永恒真理的见解。"戴希小小说集开卷之作《我们都幸福》，叙述的是苏老师与一群有生理缺陷的学生围绕着"我不幸福""怎样才幸福"这两个问题的对话，通过苏老师睿智的启发，最后得出不幸只有一点点，幸福却有那么多，所以"我们每个人都幸福"的结论。这一人生哲理不仅为这群特殊的孩子打开了通往幸福的大门，也向世人开启了一扇可以欣赏清风明月的窗户。生活在纷繁复杂的现代社会，人们无可选择地永远告别了田园牧歌式的单纯，常常庸人自扰式地为芝麻小事而纠结，甚至事事追求完美，殊不知残缺才是完美的，正像无与伦比的断臂维纳斯。因此，忽视已经拥有的美好，那才是最大的不幸。作者通过一个很浅显的故事，揭示生活中晦暗不明的现象和生命的超越性意义，严肃地破解生命之谜、人生之谜。作者的意图不外乎通过那些追问，那些感悟，发人深省，并借以表达善良而美好的愿望：每个人都幸福。我想这也应该是这篇小小说被多次转载，并收入《2009 年中国小小说精选》的主要原因。

　　"当代性"还应该是作家在全球化浪潮冲击下越发强烈的本土意识和因社会贫富分化而激发的现实关怀。这个集子中最能体现一个作家的社会责任感和道德良知的应该是《良心》。作品以刚分配在派出所工作的公安大学毕业的高才生的视角，叙述了一家私营饲料厂猪饲料被盗后，"我"奉所长之命前去破案的故事。上天助人，"我"顺着蛛丝马迹找到了"盗贼"，但正当"我"兴高采烈人赃俱获之时，眼前之景却让我惊呆了：一家三口正坐在桌边用餐，丈夫、妻子、女儿每人端一碗清汤寡水、又涩又黄的稀粥狼吞虎咽。主人告诉我"是猪饲料汤"，那一刻，我似乎什么都明白了，可又什么都没明白。眼前这对下岗夫妻："病恹恹的"男人希望进拘留所，因为那里有米饭吃，女人也是一副"憔悴的模样"——这一切强烈地震撼了"我"，"我"不仅没抓他们，反而给了 200 元的慰问金，并如实报告给了所长，盗窃案就这样不了了之。这是一个特殊时期下岗职工生活的缩影，有着鲜明的时代烙印。虽然情与法的矛盾伴随国家的产生早已存在，但《良心》却有着"当代性"意义——错位的现实带给人们精神的困惑。事物的本质往往让人触目惊心，一个有良知的人该如何面对，当法律所不能及之时，还得借助道德的力量，可谓言近而旨远。

　　戴希善于在时代进程中发现问题。这本集子的压卷之作《死亡之约》，取材于历史，却警醒着世人。所谓"死亡之约"说的是唐太宗和朝廷关押的死刑犯的约定：李世民在贞观七年腊月初八，准许在押的 390 名死刑犯不受任何约束的回家看望他们的妻儿老母，并约好来年即贞观八年九月初四主动返回朝廷大狱伏法。而罪犯们居然没有一个爽约，被罪犯们的诚信感动，李世民当即宣布：赦免所有囚犯。故事到这里，"以诚心换取诚心"的主题已经很鲜明了。但作者为了更深一层，在史料的基础上进行了大胆的想象和加工。贞观十四年，在国家危难之际，390 名被赦囚犯主动请求上战场，英勇杀敌，用自己的血肉之躯换来了国家的安定。这个结尾在前一主题的基础上升华到了"以诚心换忠心"的高度。虽然是历史性的题材，其意义却有着鲜明的当代性。

在物欲横流、传统道德秩序已被打破又尚未重组的今天，到处充斥着虚情假意，戴希从历史中提炼出美好，用一个小故事来承载厚重的历史文化内涵，来承载一个作者的社会责任，来呼唤当代人道德的回归、诚信的回归——不仅老百姓，还包括管理者。

戴希小小说不仅反映了中国社会加速现代化、社会转型和社会矛盾的变化，还反映了人们精神世界的纷繁复杂，以及人们审美趋向多元化的现实。所以，他的作品的"当代性"品格，还表现在不断地求新求变。戴希不仅写小小说，还写散文和诗歌。仅就他的小小说，也是随物赋形，格局不一。有的呈现着散文的感性，有的甚至如散文诗章，有的干脆就是诗体，有时也用寓言。就篇幅而言，有袖珍式的，也有稍长一些的，可以说题材广泛，主题多样，风格多变。我们知道，短小的作品，容易予人一览无余的乏味之感，所以，清人刘熙载在《艺概》中指出："断篇宜纡折，不然则味薄。"戴希深谙此道，他的小小说，匠心独运，尺水之中，波澜起伏。比如《良心》不仅情节结构极尽曲折之美，人物心理亦极富变化之妙。接到破案任务，"我""暗下决心"一定"又快又准"地破获此案。由于案件毫无头绪，"我"又"不禁犯愁"。然而天不绝人，"我"终于发现蛛丝马迹，感觉成竹在胸，不禁一阵"窃喜"。但正当"人赃俱获"时，"我"却"大吃一惊"。真相大白之后"我""心生怜悯"，只能选择"忐忑不安"地离开。目睹杂草丛生一片破败的服装厂大院，"我"的心田也一片"荒凉"。直至结案，"我"仍在"遭受良心的折磨"。正如荷迦兹《美的分析》中所说："变化产生美。"《良心》带给读者的正是一种动态之美。但是荷迦兹又说："我的意思是指一种有组织的变化"，"因为没有组织的变化、没有设计的变化，就是混乱，就是丑陋"。这就要求作者首先要在合乎生活逻辑的基础上求变化，情节组织合乎情理，这才不会"乱"。其次要在单纯中求变化，这才会产生美。《良心》将单纯的情节线索和复杂的人物心理变化线索交织在一起，单纯中有一种繁复的美感。客观现实与情感世界互为表里，极大地拓展了小小说反映社会生活的空间，极大地满足了当代读者多元的审美诉求。

戴希总是不断努力使自己的作品从一个侧面凸显特定时期的时代特

征、价值观念、文化取向和审美追求，呈现出鲜明的"当代性"品格。

（郭虹　　原文刊发于《青年作家》2011 年第 10 期）

第四节　发出时代的强音

——读戴希小小说集《面具》

我不止一次向读者推荐湖南作家戴希的小小说，这一来是源于我一直以来对小小说作家的关注，二来更是源于戴希小小说作品的可读性。戴希是位高产的作家，长期以来专注于小小说写作和研究，目前已经出版《玫瑰与仙人掌》《爱的谎言》《秘密约定》《想听听你的声音》《每个人都幸福》《谁最珍贵》《一个人的生存状态》《依旧是太阳》《恨铁不成钢》9 本作品集，而新作《面具》也已于近日面世，成为笔者力荐的作品集之一。

戴希的小小说，选材涉猎社会生活的各个方面，聚焦当前社会生活的热点问题，截取某些具有代表性的片段，揭露各种暗藏的思想矛盾，以其强烈的批判现实主义手法，发出了时代的强音，成为小小说这个新兴文学体裁在探索中发展的一个典范。

追溯批判现实主义在文学文本中的使用，已经有 200 多年的历史。一方面，批判现实主义立足于现实，具有与时俱进的特点，显示出鲜活的生命力。另一方面，批判现实主义勇敢面对现实，以前瞻性的思想对现实生活进行批判和超越，具有强烈的"入世"精神。

戴希的小小说正是恰如其分地借用批判现实主义力量，达到了令人意想不到的思想性和艺术性高度。整体来讲，批判现实主义在戴希小小说中的应用，使其作品出现了三种鲜明的特性。首先，戴希在视角上具备极强的思想倾向性，以一种先入为主的眼光来捕捉和过滤客观现实生活，使惯常事件通过重组展现出隐藏在故事背后的潜台词。其次，在语言特点上更加的"入戏"，使用文学消费对象——读者所需要的话语来组织语言表达，出神入化地反映了读者的心声，达到了作家向读者顺畅传递思想的目的。再次，戴希使用批判现实主义来武装小小说，有意无意地表达了作家进行现实批判过程中的各种内心征战，从而在作品思想性突出的基础上实现了艺术性的扩张。

　　戴希小小说在主题和选材上具有鲜明的特点，这种鲜明的特点可以简练地总结为"有视角的白描"。谓之白描，是因为戴希的小小说大多从生活出发来生产"思想"，客观的现实生活是写作的出发点，但绝对不是写作的最终归宿。立足于现实，因此，作品是现实的作品，事件是真实的感人至深的事实，这也是很多读者读完戴希小小说后强烈感受到绝非虚构的感觉，让读者产生强烈的情感共振。

　　戴希的小小说作品，遣词造句十分"入戏"，所谓清水出芙蓉天然去雕饰，用最简练朴素的语言进行有视角的白描。这使得作品在叙事风格上融入了文学接受主体，用读者最想接受的方式来进行写作，用读者最惯常的思维和语言来引导读者进行最直接的思考，最大化地降低作品接受门槛以提高作品影响力，借读者的眼睛进行观察，借读者之口进行对现实的批判，最终回味无穷。戴希所有的小小说读来轻松舒畅，毫无赘余之感。在阅读戴希小小说的过程中，阅读的目的就是阅读，阅读的意义就是阅读本身。

　　随着经济社会的快速发展，人们原有价值和道德判断受到前所未有的冲击，信息和社会的发展所带来的种种问题造成了过多的人性污点。戴希小小说的批判现实主义正是在这种社会基础上滋生并发展起来的。作家立足社会现实，在各种啼笑皆非的矛盾冲突中展现对现实的批判和控诉。然而，随着批判的深入，我们会逐渐发现批判现实主义的意义绝非只在于对现实的批判。作家陷入了思考之中，并试图从各个方面找到产生这些问题的原因。《警车开道》《中国人、德国人》《请进包房》《轻轻地推开窗户》等作品以横向对比法从文化的角度探索劣根文化对人性本真的侵蚀。《领导上镜问题》《扶贫》《没有儿科》等作品则从纵向出发，从体制建设的角度寻找不合理的制度对人的道德产生的异化。然而，揭露、思考只能作为作家的主观世界，而绝非世界观的层面。简单地说，对现实生活的揭露和批判并不是批判现实主义的终极目标。作家试图在批判的基础上建立一种新的道德信仰，来疗救读者在文本故事的批判中受伤的心灵。于是，《每个人都幸福》《老子是劳改犯》《皮带传奇》等作品就是在这样的心理动机下写成的。令人欣喜的是，作家在对现实的捕捉—描摹—批判—试图重塑的过程中，其复杂的内心征战，逐渐反映在作品中，形成了一种特殊的艺术特色，那就是前文所说的有视角的白描，这种白描日久娴熟，类似一种冷眼旁观，又好像饱含千言万语，而在读者方面则感觉到作品的日益含蓄和丰腴，让人读来五味杂陈，衍化出一千个哈姆雷特来。

简短的文体，朴素的语言，深邃的思想，跌宕的情感，以及写作理念上的"春秋笔法"。这一切，为读者提供了丰富多彩的文学作品，为当前小小说的创作提供了丰富的实践经验和理论总结。我相信，戴希的小小说将会在批判现实主义的道路上走得更远。

（汪苏娥　　原文刊发于《湖南工人报》2012 年 11 月 2 日）

第五节　冷眼旁观看世界
——评戴希小小说集《冷眼旁观看世界》

戴希的新集子冠名《死亡之约》，耐人寻味。如果要问读完这本小小说集最大的感受，个人感觉是在各种五味杂陈的情感上的一种不寒而栗的"冷"。这冷在于眼光，不介入个人思想和价值判断，冷眼旁观，如冷镜返照。这冷在于语调，平铺直叙，看似冷言冷语，不夹杂旁白修饰，如冷月无声。这冷更在于态度，剥离了主观感情，专注故事文本的呈现，游离于思想和观念之外，如空如虚，如冷风过境。

冷眼旁观的视角在很多批判现实主义作品中都有比较集中的表现，作家在作品中往往不直接表达个人的情感、思想和态度，只是用一种独特的眼光、视角，从社会生活中捕获一些情境抑或矛盾对立，给读者一个全新的思路。在很多情境下，这种独特的视角也是作家要传递给读者的思想。因此，眼光和视角在很大程度上代替了话语观点向读者说话，作家以静默表达对社会假恶丑的不屑或决裂，当愤恨和悲恸达到无声的境界之时，震荡在读者心中的情感也往往能够荡起强烈的余波。

戴希的小小说继承了批判现实主义的冷视角，但又有些许的不同，因为传统的批判现实主义是带着思想和情感去捕获一些人物和事件的，这种冷的视角背后有更明显的价值观，或是批判、或是嘲弄、或是悲悯。戴希则不同，他的作品中的冷视角更多表现为一种不加渲染的瞥见，一种不假思索的快门，他的作品呈现的是一个搁浅的静止的与己无关的世界。这种视角带给读者的信息有两个方面，一方面是文章在解读上的多样性和多重性，另一方面是批判上的更加深刻和延长。解读的多样性和多重性表现在读者一般猜不透作家的真正用意，而单从文本方面我们可以有不同版本和理解，可以说，作家在十字路口用略带麻木的眼光瞥见了一些麻木的人和事，而读者跟随这种眼光来到了十字路口，则可以根据作家提供的视角从不同的方向寻找不同的答案。这使得作品在艺术方面达到了一个新的高度。这一点在作品《玫瑰与仙人掌》中得到了很好的体现。这篇文章寥寥几十字完成了作家眼光的惊鸿一瞥，作品中仙人掌以丑为美，大肆喧嚣，向玫瑰进行了种种控诉。而玫瑰却只是嫣然一笑，文章至此，戛然而止。这给读者太多想象的空间，并能解读出不同的版本。这种不夹杂明确思想的冷眼旁观也在批判上让小小说这种简短的文学样式表现出较强的批判力度。同时也使得冷视角这一批判现实主义利器发挥了别样的作用。

如果说冷视角构建了戴希小小说思想体系的话，那么冷的语调则填充了戴希小小说的艺术轮廓。戴希作品中的语言表现出朴素、平实、中立和简短的特点，常以着色清淡，冷语相加，给人震撼。戴希的冷语之冷，不在于他的冷嘲，而是读者读到深处，觉得应该批判和嘲弄之时，戴希却依然如我，事不关己，冷漠地讲述着故事，更有甚者，作家还在理应批判和嘲弄之处反其道而行之，站在事情的丑恶面做一种恶人先告状类型的反驳，令人着实如寒流侵袭，其冷无比。作品《今儿个高兴》可谓一波三折，作家自始至终都隐藏在话语背后，没有表达明确的思想意图。在理应批判时，他更加入戏地选择了叙述和赞美，给人以不寒而栗的冷，真是"本应直中曲，他却曲中直"的巧妙。这种冷的语言在戴希的作品中俯拾皆是，《恼人的空气》中，作家描述了一个长期呼吸被污染的空气、在国外纯净的空气中反而难以适应的中国游客。作家只字未提国内空气污染的状况，也始终没有一句批判性的文字，而是一直在描写该中国游客在国外的遭遇。最后，医生得知该游客是中国人，立即使用汽车尾气为其抢救并将其挽救。在这样的冷幽默中，作家一贯坚持的"认真化了的语言"发挥了特效，让读者深刻感受到国内空气污染的严重，和国民对环境污染的麻木心态，令人沉思，令人心寒。

当文学沦为纯粹的消费品，小小说实在像一根救命稻草，表达一种立场，临摹一种集体无意识的尴尬。戴希不愧为驾驭小小说的高手，他的很多作品，剥离了作家个人作为叙事主体在文本中的思想和情感，用一种

"冷的态度"去处理作品的主题，让文章更简短、通俗，也更为深刻直接，更易被消费时代的读者所接受。戴希作品的"冷态度"并不是没有态度，事实上，他的多部作品之间互相印证，表达了明确的态度，这种态度就是批判现实主义的态度。而我们这里所说无态度是戴希作品在态度明朗化的基础上实现的不表态，和在某些峰回路转的情况下的态度多样化，把原本简单的故事深刻化，把原本单纯的故事衍生演进，从而引导读者进入思考，给人一种关于心门的叩问，一种关于心痒无处挠的悬念。戴希的作品都是入世的，而意念却又都是出世的。人们所能看到的，是他在批判、嘲弄、讽刺、冷漠后面所隐藏的文化拷问。

（汪苏娥　　原文刊发于《文艺报》2014 年 4 月 28 日）

第六节　论蠢猪的创新意识

——读戴希的微型小说《如果不报案呢》

记得还是启蒙教育的时候，我们曾经听过一个唤作"萧规曹随"的典故。这其中的意思今天想来可以理解成另一种解释，亦即好的导师有时候不是告诉你应该做什么，而更重要的是，不应该做什么，或者说应该坚持什么。我经常在思考一些关于创新意识的问题，如我们的创新意识是否具备优越性，我们的创新意识的本质是什么等，后来就都放弃了，因为我发现，这个问题真不是一介草民可以想清楚的。那么，既然扮演不了英明神武的萧何，那得空神往一下游手好闲的曹参应该也是可以的。我要感谢湖南常德的小小说作家戴希，读了他的作品，我感觉到作家以启示性的口吻使我越来越多地接近了培养创新意识不应该做什么，应该坚持什么这个问题的所在。当然，作为一个社会单独个体，我更多地希望读者大人们能和我有相同的感受和体验，那么最好的办法无疑是大家能够读到如戴希等作家导师们更多更高质量的文章了，所谓如沐春风，正是这个意思，然而我不能保证所有人这么做，所以我还是最好能狗尾续貂地阐述下个人对于戴希文章的发散思维。

戴希是善于捕捉的导师，他总用精确的镜头捕捉到生活中饶有情趣的图景，从而挖掘出图景背后深层次的灵魂。小小说《如果不报案呢》讲述了这样一则故事，贪官李森白的老婆金铃子被小区保安胁迫，抢劫了保险柜中的 5000 万财物。自以为是的保安料定金铃子不敢报案，然而金铃子向来颐指气使，不甘受人威胁，于是报警，并自作聪明地把 5000 万赃款报成 300 万合法收入。然而警察很快破案，两个自以为是的保安如数上缴了 5000 万赃款，李森白由此案发下狱。案发后，李森白、金铃子和两个保安都进行了深刻的总结：两个保安认为赃款来路不明，金铃子不会报案。而金铃子认为隐瞒赃款数额，掩盖非法性，保安不会如数上缴。李森白则推敲得更为透彻，进行了诸如"少报数目""如果不报案呢"等各种假设和推理……当事人的种种假设各不相同，但是他们得出的结论却出奇的一致：对方是蠢猪！

这种蠢猪式的认识观着实让人忍俊不禁。显然当事人的每一个举动都是经过周密思考、层层推理而得出的，并且都不按常规出牌，富有创新意识，不仅绝非"蠢猪"，而且还相当聪明。那么，是什么使他们处于窘迫的境地，又是什么扼杀了他们的创新成果呢？

首先，我们应该看到，蠢猪式的创新意识有几个鲜明的特点。第一，它有着严密的逻辑推理，层层深入的分析和假设，一方面使得蠢猪式的创新意识具备强烈的科学性，另一方面也给予行为主体莫大的自信心和自我优越感，也在一定程度上使其一叶障目不见泰山。如文章《如果不报案呢》中所刻画的那样，所有主人公都是善于思考推理的主儿，事前事后都对自己的行为进行了预测、假设和推断，有目标，有总结，堪称严谨。就这一点来说，蠢猪式的创新意识是科学的。第二，蠢猪式的创新意识是大胆的、反叛的，这在一定程度上体现了其作为"创新意识"的独特性和先进性，他在一定程度上是对固有思维模式的强烈反叛和冲击，表现出非常规的思维和行径。正如小小说中所描写的，抢劫的不是劫匪而是保安，作案的过程不是夜黑风高而是青天白日正大光明，作案后也没有毁尸灭迹，而是大摇大摆谈笑风生。女主人公金铃子原不该报警却铤而走险，报警过程却也深思熟虑煞费苦心，隐瞒赃款数量以为可以暗度陈仓。至于男主人公李森白就更加谙熟世故，表现出老练的一面。他事发后，不仅对劫匪保安的犯罪动机进行了天衣无缝的推理和揣测，更是对金铃子的每一个思想举动都进行了层层假设和分类讨论，并得出多个能够规避风险的结论。就这一点来说，蠢猪式的创新意识是勤劳的。第三，蠢猪式的创新意识是以结果为出发点的，而且多半是以失败的结果为出发点。主人公总是从失败的结果出发进行合格推理和假设，从结果推导过程，具有强烈的逆向思维的特征，逻辑严密，从而得出貌似科学的结论，这也是形成第一点"增强行为主体莫大自信心和自我优越感"的缘由。但同样，以结果为出发点的创新思维也注定了其失败概率居高不下的特点。因为结果多数是失败的，所以其建立在失败基础上的创新意识无论其多么的合理，多么的严谨，其结果也只能是失败，或者是关于失败的假设。这种归纳性的创新意识非常中国，他导致我们在多半情况下注重经验而忽略规则，产生知其然而不知其所以然的混沌式自满。比如像传统、像中医等，人们惯性地认为老的即是好的，而且深信不疑，成为"保皇式"的维护，诸如老专家、老学者、老医生、老将、老臣、老鸨、老子天下第一等关于对老的孜孜不倦的维护。第四，蠢猪式的创新意识具有排他性，如戴希文章中所述，《如果不报案呢》的主人公所做的推理和假设的科学性和合理性是建立在强烈排他性基础上的，说得直白一些，就是，主人公的理论是一种自我的解构，是一种一厢情愿的理论，这种理论不允许外来思想的侵扰。所有主人公对自身行为的评价有一个共同的特点，那就是在说明自身思维的合理性时，他们都认为所有的因素都是聪明的。保安认为金铃子是聪明的，所以不应该去报案，金铃子认为保安是聪明的，所以不会如数上报，李森白认为金铃子和保安都是聪明的，所以他们既不会抢劫，也不会报案，更不会如数上报赃款。然而，当行为的结果出现挫败时，他们则一致认为行为的因素都是蠢猪，保安认为金铃子是蠢猪，竟然报案，金铃子认为保安是蠢猪，竟然全款上缴，李森白认为金铃子和保安都是蠢猪，竟然把钱财藏在家里，被抢后竟然报案，报案后竟然全部上缴……最后，所有原本应该聪明的人都变成了蠢猪，而种种大胆的创新思维也都变成了蠢猪的创新意识。

蠢猪的创新意识来源于社会转型时期人们信仰的缺失，一些人生活在"精神的废墟"上，做官的官德丧失，做平民的公德淡漠，人格卑劣，只要有利可图，什么都想得出来，足可见这些人人心的败坏和原有价值体系被肢解而产生的人们灵魂的彷徨。

（汪苏娥　　原文刊发于《名作欣赏》2013 年第 2 期）

第七节　祸患常积于忽微，智勇多困于所溺

——评戴希小小说《将军的瓶子》

　　湖南作家戴希以小小说创作见长，经常掘古铄金，就地取材，于口耳相谈中，信手拈来，于平淡朴实的故事中提炼发人深省的思考。《将军的瓶子》就是这样的例子。作家截取了一个特定的历史人物，并描述了一个子虚乌有的故事，看来为妙手偶得，实为用意深远。文章以称赞宋太祖赵匡胤"杯酒释兵权"开始，突然转入该历史事件后大将军"周侗"的生活经历，描写了周侗解甲归田后把玩古董，暗自成癖，最终为古瓶所累，最后丧志于器物之中，最终置之死地，但其妻悬崖勒马，碎瓶让其求生的故事。前后对比，春秋笔法，似有深意。

　　关于将军周侗的故事，鲜见于宋的稗官野史之中，且作家删繁就简，载义于小小说之中，故考据该事件显得不合时宜，一来作家定格历史人物于"杯酒释兵权"之后，二来于文章中，关于宋太祖"神呵"的钦佩，与文章中故事几成断章，而作者用笔寥寥，缄口未提用意何在，令人捉摸却不知何意。这前后对比，才令人发觉作家的用意似乎隐藏在关于历史选材的机巧之中。

　　从文章中，我们似乎看到了两部分内容，一部分是作家说了什么，即说了一个历史人物周侗因受古瓶之累，最后被其妻砸碎玩物，挽救其于丧志之时的故事。这是文章的显层次意思。显层次的意思直言不讳地告诫读者要时时警惕，不为小小物质所迷惑而丧失灵魂。另一部分则是作者没说的，即作家在中立的语言后暗藏的个人立场和关于社会人生的思考，以及借故讽喻的明确指代，才是作者真正要表达的意思。可以说是该篇具有批判现实主义文风的文章所要表达的灵魂之所在。

　　孟夫子常教导我们要"知言养气""知人论世"，这给我们破解戴希关于《将军的瓶子》的用意提供了理论依据。首先，我们所说的"知言养气"，可以理解为通过作家的生活环境、思想品德和其他辞章论述来推论和总结作家经常与行为中暗含的关于社会人生的思考和思想。戴希的文章一贯取材广泛，语言朴实凝练，借平实的故事来批判现实，尤其是作家大量的官场小说，常常通过一些生活琐事来鞭挞官场贪腐之后的人心之恶，深层次地追溯官场险恶的来源，对其思想、文化、教育等因素进行揭

露。因此，我们可以得知，戴希的小小说是批判的，是具有明确所指的，这明确的所指就是对于现实的批判。

北宋文学家欧阳修的《五代史伶官传序》中对唐庄宗李存勖是非常惋惜的。（李存勖状貌雄伟，弓马娴熟，胆略过人，勇猛善战；稍习《春秋》，略通文义，尤喜音声、歌舞、俳优之戏。可以说是一个文武全才，然而他宠幸伶官，最后落得个"身死国灭"的下场。）欧阳修总结后唐庄宗李存勖因宠爱乐工伶人以致国破身亡的历史教训指出："夫祸患常积于忽微，而智勇多困于所溺。"祸患的发生常常是由于一些小的失误积累而成的，智慧而又勇敢的人常常被自己所喜好的东西所困惑。

祸患常积于忽微，智勇多困于所溺。当今高度发达的社会，经济生活富裕，为人所溺的东西特别多，花样也层出不穷，女人、宝玉、房屋、车子、古董……应有尽有，一些官员不能洁身自好，不就是被"所溺"困住的李存勖吗？由此而纷纷落马的官员，给我们敲响了警钟：小错铸成大错，小节摧毁大志。轻则伤及自己，重则危害国家和人民的利益。戴希的《将军的瓶子》再一次告诫人们：以史为镜，无论是官员领导，还是寻常百姓，都应该从中吸取李存勖灭亡的教训。

"仁者见仁，智者见智"，"一千个读者眼中有一千个哈姆莱特"。戴希的《将军的瓶子》采用"春秋笔法"，提供了巨大的审美空间，期待有更多读者的发掘！

（汪苏娥　　原文刊发于《名作欣赏》2014 年第 5 期）

第八节　虚实之间见功力

——凌鼎年小小说三题印象

虚实之论，源于先秦道家哲学中以虚无为本、有无相生的理论，所谓"大音希声""大象无形"以及以此为基础产生的传统文艺思想中的"大美无言"皆由此衍生。虚实之论是我国古代传统美学观之一，并广泛运用于文学、绘画、书法，甚至园林艺术等各个领域的创作和评论。古往今来的文学艺术家莫不重视虚实之法的运用。清代叶燮在《原诗》中提出"虚实相成，有无互立"的观点。金圣叹认为"须知文到入妙处，纯是虚中有实，实中有虚"。文学创作过程中，应该虚者实之，实者虚之，有无相生，虚实互用，艺术形象才具有较高的典型性，而无固定刻板的模式，也才具有含蓄蕴藉，简练沉潜之美。在中国古代文论中，虚与实各具相对独立的内涵，又包含历代文艺创作实践积淀的二者之间辩证的丰富内容。同时，它还和有与无、心与物、形与神、情与镜、空灵与质实等审美概念存在着横向互渗的复杂关系，大致说来，在文学艺术创作中，所谓"实"指的是文学创作的对象、材料等，即生活中真实发生和出现的人和事；"虚"指的是艺术家想象和虚构的部分。但在具体的文学作品中，由于作家艺术造诣不同，虚实运用的技巧亦有别。由于篇幅的限制，微型小说更讲究虚实的处理。让读者在有形中领略言外之意，从有限中延伸至无限，获得广阔的艺术空间。

凌鼎年先生的小小说三题，题材各异，风格不同，却颇富张力，这完全得力于作品中虚实手法的巧妙运用。

设若以形象为实，其承载的意义则为虚。那么，《武松遗稿》则是以实写虚，虚虚实实，让人虚实莫辨。作家叙述的是一个考古发现中的一堆"牛屎"，在专家眼里却是"宝贝"，经过专家"处理"后变成"武松遗稿"并成为"国家一级文物"，进而引发"专家们"关于武松墓及"遗稿"真伪、武松观点的正确与否的"学术界"的激烈争论并由此波及社会大讨论的故事。这个故事虽然不一定已经发生，但绝对可能发生。其中地址确切，人物武松历史上也实有其人，可谓"实"；但一堆牛屎变成武松遗稿明显带有艺术的夸张，可谓"虚"。经过漫长的地下岁月，古墓中的某种物件变成"牛屎是完全可能的，而这堆牛屎经过专家处理变成"武松遗稿也是符合逻辑的。因此挖掘出的那堆"牛屎"和"武松遗稿"则为实，而"专家"究竟如何"处理"的过程则为虚。整个故事辐射到社会的方方面面，尤其是所谓的学术界，这也可以说是一场极其无聊无中生有的学术论争。作家客观地叙述这个故事，意在讽刺当前所谓专家学者不尊重历史、极其庸俗的学术态度，虚实互藏，含蓄婉转。

与此不同的是《国王、宰相与狮子》，这篇小说初看起来有点类似于寓言，故事明显是作家杜撰的，虽然世界上也曾有过暴戾的国王，但用这种方法来对付政敌微乎其微，是为虚。但读完小说，却让人恍然大悟，作品卒章显志，揭示了"民意难违"的主题，从而使这个虚构的故事又落到了实处。故事虽虚构，但描写却落实。开头一段描写："国王的权力已达到了巅峰状态，几乎所有的重要位置都安排了他最信得过的亲信，如皇宫侍卫队队长是他小舅子，宰相是他的二叔，财政大臣是他的表哥，吏部尚书是他的连襟，兵部尚书是他的侄子……"几笔就交代了这是个任人唯亲的国王。大臣与狮子决斗的血腥、宰相的规劝、宰相的出场、宰相与狮子的"决斗"以及观众迥然不同的情态，描写真实细腻，栩栩如在目前，此为实；国王的心理，狮子饲养者私下的行为则为虚。这样的以虚代实，曲折有致。刻画了一个昏聩、残暴典型的君王形象，表达了"民意"即"天意"，民意难违的主旨。

与之比较，《走出牢房后》又是另一番景象。如果眼前为实，则过往为虚。眼前是走出监狱的朱浩任满腹屈辱和仇恨，只有一个念头，那就是"我要报复！我要报复！！一定要报复！！！"三个"报复"，言仇恨之深，报仇之切。但是当他来到火车站候车时，出狱后遇到的第一件事却淡化了他的仇恨、"动摇了"他报复的决心。这是一件看似极其平常但对朱浩任来说又是极不寻常的事情：一个农村来的"满脸阳光"的打工妹因为内急竟将自己的所有物件交给朱浩任看管，这不是一些普通的物件，对朱浩任来说，这是一份责任，一份即使误了回家的车也不能辜负的沉甸甸的信任。尤其那女孩说"你是好人，我一看就知道你是好人！"的声音一直在他脑海里回响。就是这句话使他感到"一股暖流温麈全身"，并由衷地感叹："信任真好！"在这些实笔之中作家穿插了一些回忆，这个有良知、有道德的好青年救人反被冤枉，并被判入狱，有冤无处申诉，拾金不昧反被人嘲讽，还有老乡带来的关于母亲的消息，这些虚笔来交代朱浩任仇恨的原因。这样的虚实相济，不仅交代了事情的来龙去脉，而且丰富了作品的内涵。其中警察的质疑、被救者家属的态度、法官的判决，赋予了作品纵深之感。

有人认为，微型小说受到篇幅的限制，很难写出深邃的思想，也显示不出什么高超的技巧。但是小小说的魅力来源于作家对内外世界的灵敏把握和传神表达，因此，在构思和技巧上最为讲究。凌鼎年小小说三题以形象为实，以意为虚者有之，只凭想象展开者有之，以眼前之境为实，以回忆为虚者亦有之。皆能寄直于曲，寄锋于婉，寄显于隐，寄理于喻，兼具思想的纵深和现实的厚重。

（郭虹　　原文刊发于《四川文学》2013 年第 4 期）

第九节　从生活到艺术

——蓝月小小说四题文本解读

众所周知，艺术来源于生活，但是生活离艺术究竟有多远的距离，则是个很复杂的问题。尽管在物质生活空前丰富的今天，人们试图将艺术融入生活，甚至将生活艺术化，但是生活不可能等同于艺术。生活与艺术永远都是红高粱和高粱酒的关系，是郑板桥"眼中之竹"与"手中之竹"的关系。因此，哪怕是一样的红高粱，由于酿酒师不同、所采取工艺不同，其品味、纯度也不同。即使同一酿酒师，也不可能酿造出完全相同的高粱酒。就如同在和平的年代，我们大多数人过着平常的日子，接触着平凡的人群，经历着琐碎的人事。但是，由于作家个性、修养、经历有异，追求不同等原因，以其作品会呈现出不一样的风采。

蓝月是一位追求艺术个性的作者。她的近作，即《阳光穿过的早晨》《空位》《霜白》和《一朵花儿的绽放》小小说四题，不仅将目光投向社会底层，观察、体会小人物的生存状态，更将笔触延伸至他们的精神世界、心灵世界，表现他们的无奈，他们的孤独——这种无奈和孤独既有社会性的，也有自然性的。

生老病死是不以人的意志为转移的自然规律，千百年来，人们就不遗余力地寻找能战胜这种自然规律的良方，可是在强大的自然力面前，人类认识到了自己的无能为力——这自然就成为文学艺术永恒的主题。蓝月小小说四题中也同样涉及生老病死。这四篇小小说描述了四个人物，由于孩子太多，无法养活，只得送人的母亲，最苦的是明明知道了孩子的下落，却只能在霜繁露重的凌晨悄悄地看一眼；在如花的年岁却身患绝症的"弟弟"；每天清晨等待在老槐树底下买粉皮的老太太。《空位》似乎与生死无关，但这位含辛茹苦养育儿子成人的农民父亲的遭遇，却也是生之艰难的主题。

在文学的类别中，小说是最不受时间、空间限制的一种。那些洋洋洒洒的鸿篇巨制，一写就是几十上百万字，上下几千年，横跨数万里，人类历史，大千环宇，尽可兼容并包含于其中，展开的是恢宏的巨幅画卷，表现的是作家对典型的人物形象、复杂的人物关系、纵横交错的情节线索的操控能力。微型小说虽然不能展现人物活动的大舞台，也不能再现长篇的历史风云，但其短小的篇幅则要求作者具有非凡的提炼功力。

蓝月善于将平凡升华为不平凡，在琐碎的生活中提炼出艺术的精华，将零散的人事熔铸为凝练的艺术。《阳光穿过的早晨》，作者将目光投向一个被人忽略的、每天清晨都在槐树下等着买粉皮的老太太。尽管在她跟前走过无数的人群，但他们无不步履匆匆，没有人会停下匆忙的脚步来听她述说，也没有人会认真地和她聊上一两句，任她自言自语，自生自梦，即使是她的儿子、孙子，只有"一根和她一样乌漆麻黑的拐杖，一条毛快掉光的老黑狗不离左右"。因此，她只能沉入她年轻的梦境。这位老太太尽管年轻时是村里绣花的"一只鼎"，但同样也逃不脱衰老的宿命。这是无数衰老生命中的一个，但作者通过"这一个"生命的状态，通过她内心的孤寂和对生命衰败的无奈，写尽了人生的悲凉。谁能不老！不管生命之花如何灿烂，也摆脱不了如同烟花般熄灭的命运，但是，老人的悲凉和寂寞，是因为子女儿孙对老年人的漠不关心。

《空位》也是我们生活中每天都会发生的平常故事。这个千辛万苦将儿子供养，期望儿子出息的乡下汉子，好不容易等到儿子出息了，成家了，却飞了——因为儿媳"不愿上大山里来"，儿子当然也就不回家了。于是，这位思子心切的父亲踏上了探亲的路途。但是作者笔触并没有停止在这个层面上，而是将笔锋对准小市民这个群体。本来坐公交车的市民也是生活在社会底层的人群，但即使在同一层次上，这位农民父亲仍然受到了歧视。作者把市民与农民放在一个场面中，并使之形成鲜明的对比，不着褒贬，则优劣立判。也许是作者不忍心如此剖开人性的丑陋，才特意安排那个小女孩的转变，给作品抹上了些许亮色。这一次的遭遇给这位农民父亲的心理打击是沉重的，甚至直接导致了他放弃探望儿子的打算，尽管儿子已近在咫尺，他却黯然地踏上返乡的路途。小小说道出了子女和养育他们的父母的脱节，父母在他们心里其实早已成了若有若无的"空位"。

《霜白》讲述的同样是小人物的故事。因为生活所逼，三丫生下来就被送走了，留给父母无尽的伤痛。相对于母亲的泪水，将这种痛楚深埋的沉默的父亲则更让读者动容。

与以上三题不同的是，作者赋予《一朵花儿的绽放》某种象征的意蕴。作品中一株花朵与"弟弟"的命运交错起来，正值花季的"弟弟"

突患恶疾，终日缠绵病榻，爸爸上班，姐姐上学，除了偶尔停在窗台的小鸟，就只有姐姐为他捡来的那株花儿陪伴。可是，他突然发现有只虫子正在啃食着那株带给他一丝期望的、含苞待放的花，他拼尽所能去除掉虫子，却进了重症监护室。这篇小说精彩的结尾也让人为之叫好，姐姐奔跑回家为弟弟抱来了那株即将绽放的花，而且虫子也不见了。可是弟弟呢？一个生命的绽放是否对应着另一个生命的陨落呢？作者不忍直接呈现这个悲剧的结果，留给读者以充分的想象空间。

　　微型小说因其微小，不便于展开人生的大舞台，也不便于描绘巨幅的时代风云。蓝月深知这一点，所以她特别注重将琐碎的生活转化为细节的艺术，她的小小说中的细节描写真实、生动。《阳光穿过的早晨》选取老太太"买粉皮"这个细节，不仅是人物的主要活动，也构成作品的主要内容，同时，这个细节也蕴含了人物对往事的深深眷恋。"她梦见年轻的自己，年幼的儿子，儿子快速地扒着一碗饭。儿子说，妈妈，你烧得咸菜粉皮真好吃。好吃就多吃点，多吃点长得快。"作者通过人物的梦境描写，不仅交代了这个行动的原因，同时，也写出了这颗苍老心灵对年轻时代的怀念和对亲情的渴望。这是老人漫长岁月中的一个微小的生活细节，但是作者却赋予其深层的内蕴，不仅典型，而且感人。

　　真实是细节的生命。真实的细节描写不仅能刻画人物性格，表现人物细微复杂的思想感情，而且还能以一蕴万，以小见大。《空位》中有这样一段："他肩上斜挎着一个人造革黑包，右手提了蛇皮袋惴惴不安地踏上公交车，说同志买票。司机乜了他一眼说，自己投币一块钱。他以为自己听错了，多少？一块钱！哎。他开始翻口袋，摸出一个硬币，投这箱子里？对。当，硬币掉下去了。他笑了。张望了一下，找了一个空位坐下来，他把蛇皮袋塞进椅子下面，然后将后背惬意地靠在椅背上。"读到这里，不能不为作者细微的观察、感同身受的体验和细腻地呈现而叫好。作者通过对人物的服饰、语言、神情、动作以及心理的描写，不仅揭示人物的内心世界，而且暗示了人物的身份，也预示了人物的遭遇，让人物立体地站在了读者的面前。

　　这四题小小说还有不少可圈可点之处，比如，《一朵花儿的绽放》的精巧构思，尤其是《阳光穿过的早晨》，每读一遍，都会有不一样感受、感动、感慨。蓝月写微型小说的时间并不很长，但是她能自觉地将对微型小说的理解与思考，融入小小说创作之中，不能不让人刮目相看。我相信，假以时日，蓝月一定会写出更成熟，更精湛的小小说作品。

（郭虹　　原文刊发于《小小说大世界》2016 年第 1 期）

第十节　搅不完的余波，伤不完的心

——评李海蠡微小说《搅》

李海蠡先生是常德武陵文化名人，朋友圈里这样评论他："他左手写字，右手写文，还有一只神秘的手镌刻。"他多才多艺，勤奋不辍，笔耕不止。最近他创作了一系列的小小说，小说或以诗情画意动人心弦，或以主题深刻感人肺腑。他的小小说《搅》就是一篇能触及人的灵魂的深刻的作品。

小小说《搅》以"搅"为明线，描写了主人公借用封建迷信，于月圆之夜搅动水缸，以通灵之术唤起戌子思归之情，然此搅心之术最终以噩耗告终，令人思痛之余，对于文中长期处于战乱和最底层的封建妇女的处境哀叹有加，对于其身世之悲，处境之艰，遭遇之苦，思想之禁锢而产生的凄凉在读者心头如死水之澜，搅心不已。此文有意境有思想有深度，匠心独运，也由衷钦佩李海蠡先生悲天悯人的情怀。

文章中的主人公没有名字，作家用鼠儿娘来指代，看似轻松亲切，实则富有深意，在小农生产方式下的封建妇女，素来没有独立的人格尊严，他们附庸于男人之下，永远处在从父、从夫、从子的盲从之中，因此代表自己姓甚名谁的符号都借用儿子的名字。这里作者写得很轻松，读者读了之后却感到非常沉重。

没有自己的名字的主人公鼠儿娘，在丈夫盲从地参加一场战争之后，又盲从地在家凭一己之力养活全家，为封建的家长制毫无怨言地付上自己的青春年月，在这样的情景下，其婆婆以搅水缸的举动召唤参加太平天国运动的鼠儿娘的丈夫，但鼠儿娘竟然担心丈夫在外因念家分心而加以阻止，不自觉地成为男权社会的卫道者，后其婆婆因劳累致死，鼠儿娘在经历了家世跌宕之后，对于其自身的最大反抗，就是在月圆之夜，继承了其婆婆的命运，承担起搅水缸的职责。鼠儿娘是千百年来中国封建社会所有妇女命运的一个缩影，在人生的道路上，她们只是一味地盲从，于是她们艰难竭蹶，经历惨淡的人生。

鼠儿娘的公公，也就是封建家长制符号的太爷却截然相反，对儿子缺位的家庭不承担任何责任，首先借一次小中风好吃懒做，继而收到儿子的抚恤金吃喝嫖赌以致瘫痪而一命呜呼。

在文章的结尾，鼠儿娘终因长期地搅水缸盼来丈夫的喜讯，却要儿子对丈夫的残肢行跪拜礼，不由使人战栗。鼠儿娘既是封建礼教的受害者，同时又是封建礼教的守道者，悲定思悲，悲何如哉！在封建思想荼毒下灵魂苍白若此实在令人汗颜。

另外，文章使用童子的眼光进行白描，在诗化的语言上流露出苍凉凄楚的留白，反射出月下那一缸死水于搅无果的清愁。

（汪苏娥   原文刊发于《小小说大世界》2015 年第 9 期）

第十一节   武陵新秀夏一刀微小说中的
人物形象分析

人们常常认为创作打工文学的平民作家都是不拘一格、性情怪僻的文艺范屌丝，经常特立独行，行为怪异，清贫潦倒。而今天我笔下的这位文学痴迷者却改变了人们的这种认识。他是很有经济头脑的打工仔，有车有房，物质条件充裕；他经营自己的小家庭，日子过得有滋有味；他参加各种文学聚会，交往得有情有义；他抓住一切空闲进行文学创作，作品声名远扬。他就是被中国小小说沙龙评为 2013 年中国小小说十大新秀之一的夏一刀。

夏一刀本名夏新祥，常德市鼎城区长茅岭人。高中毕业。十八岁开始成为泥瓦匠。后来开始转行做装修，现成为某装饰公司项目经理。丰富的人生阅历为他的文学创作提供了各种素材。夏一刀从初中时代开始迷恋文学，对文学知识的积累主要是碎片化的阅读。在雨天、中午、深夜街道的简陋的条件下，在朋友打牌、逛街、喝酒的时刻，他如饥似渴地阅读，如痴如狂地练习写作，并与各种文学创作者交流心得，快速提高。日积月累，他的学习经历和阅读数量已经远远超过了多数科班出身的大学生。他从发表一些小品文开始，逐渐向散文小说等领域进军，近年来，受武陵小小说文化思潮的影响，夏一刀开始创作小小说并一发不可收拾。现已发表小小说近百篇。

从夏一刀的人生阅历中，我们不难想象，一个出身农村来城市打工的作家，是怎样在简陋的学习环境中用生命创作的。他融入生活，拥抱文学，热爱生命，创作艺术，并塑造一个个鲜活的形象，谱写出通俗流畅，深受广大读者追捧的华彩篇章。

2015 年，夏一刀在《桃花源》杂志发表的小小说《野猪横行的日子》被《小小说选刊》转载，获得小小说界的一致好评。这篇作品写的是在"文化大革命"那些风雨如晦的日子里，身为队长的父亲在饥饿的驱使下，为了让村民多吃一口饭，带队偷窃公共粮食，并有意造成野猪横行的假象，以此来达到少交公粮、迷惑上级的目的。但最终事情被揭发，父亲因而遭受非人迫害。作品虽然写的是一个乡村小故事，但这个小小的故事却包含着深刻的社会内涵，触及当时的政治层面，有着很深的关于社会和人性的思考，塑造了鲜明而独特的父亲形象。

首先，作品标题《野猪横行的日子》巧妙而有深意。野猪表面上是指危害农作物的动物，实际上读者还可以作更深一层的解读，暗示当时社会恶人当道，就像野猪一样横行，标题意味深长。其次，《野猪横行的日子》中的父亲形象塑造非常成功。作品一开头就写父亲经常教育自己的三个孩子："饿死事小，失节事大。"父亲高大上的形象深入孩子们心中。然而就是这样一位父亲，为了达到少交公粮的目的，却撒着弥天大谎，不仅欺骗县上来的领导，还领着一帮村民，在晚上大肆偷窃队里的粮食，并造成野猪糟蹋粮食的假象来迷惑领导，这分明是表里不一，嘴上说的是一套，实际上行的是另一套。然而了解那个时代的人再清楚不过了，父亲的这些做法是时代所迫，是村里人的生存所迫。父亲冒着政治上、人格上的极大风险，只不过是想让村民少饿肚子。父亲不仅不是一位诓骗者，而且还是一位敢作敢为、敢担当的好队长。

作者在塑造这个人物形象时用了很多具有浓郁生活气息的生动细节。如"爹出早工回来，拖起一个土坯碗到锅里盛粥。站在灶边，呼噜噜一阵响，一碗水一样的稀粥就到了肚里。母亲说，还吃一点干饭吧，吃一点菜。爹说，饱了饱了。就拍拍肚皮，坐在门槛上抽叶儿烟去了"。一个有着三个孩子的父亲，在那个割资产阶级尾巴的年代，在那个饥饿的年代，一家之主的父亲只有自己默默地隐忍和付出，而父亲的这一切只有母亲看在眼里，疼在心里。又如作品中九岁的"我"出于对野猪横行的好奇，在月夜里想对野猪糟蹋粮食弄个究竟，不想看到的竟是偶像父亲带领一帮村民在地里大肆偷窃队里的玉米，"我"感到非常吃惊，父亲在我心目中的形象轰然倒塌，写到这里，作者又很好地插入一个细节"父亲赤着膊，挥舞着大手把掰下的包谷集中在一起，然后一遍一遍地数，之后一个一个地数给疤子们"。父亲冒着身败名裂的风险偷苞谷，原来他不是数给自己，而是数给队上填不饱肚子的村民。读到这里读者才真正理解父亲的用意。父亲是一个具有大爱的人，作品挖掘出在饥饿年代最底层干部闪光的人性，让人们还留有一分余温。但"我"不懂，我举报了父亲，父亲遭到了非人的折磨。这里作者写道："跪下，县干部一声断喝。爹跪下了一条腿。一个干部飞起一脚将爹的另一条腿踢弯下去，那干部又开五指，将爹高昂着的头使劲按压下去。"父亲只"跪一条腿"，"头是高昂着的"，父亲是队长，他不领罪其他村民就要遭到殴打，为了保护其他村民，他只有挺身而出，但他绝不向恶势力低头，作品写父亲只跪了一条腿，另一条腿是别人踢跪的，很好地写出了父亲内心的纠结和挣扎，同时我们也可看出父亲大义凛然，一人做事一人担的豪迈。《野猪横行的日子》就这样真实地写出了父亲深层人性的善良、敢当担这些闪光点，这在一篇微小说里是难能可贵的，

　　还有他的另一篇作品《男人皮军》，讲的是一个在建筑工地做着小包工头的五好男人，与发廊小姐相爱，抛家弃子，最后落得个鸡飞蛋打的故事，表面上看皮军喜新厌旧，为了一个发廊小姐，不惜抛弃妻子净身出户。实际上皮军是一个敢爱敢恨，敢于承担，敢于追求真正爱情的男人。两年后发廊小姐离开了他，他的前妻也原谅了他，几次要求复婚，皮军完全可以回归家庭，但他拒绝了。皮军虽然孤独，什么也没有了，但他留下了自尊。

　　《老人与井》写的是一个双目失明的老人瞎伯拿出自己一生的积蓄委托年轻力壮的黑牛打一口善卷老井惠泽相邻，老井打好，老人含笑而离世的故事。故事的内涵也很深刻，老人一定要在老井"善卷井"原来的位置打一口井，这是很有深意的，在武陵善卷被称为德祖（道德高尚的祖先），而老人正是传承了德祖的遗风，临死之前也要善泽相邻。黑牛也秉承了这一美德，最后不折不扣找到善卷老井所在位置，完成老人瞎伯的心愿。这是善的传承，这是善的延续，我们既看到了武陵人的善良厚道，也

看到了武陵美好的遗风。

　　小说历来是以塑造人物形象取胜的，微小说同样具有小说的这一特点，但要在小小的篇幅里成功地塑造人物形象，难度非常之大，武陵小小说新秀夏一刀不光做到了，而且塑造的人物形象非常成功和有深度，我们可以见出他创作的功力，夏一刀的创作可以说才刚刚开始，我们希望看到更典型更丰满的人物形象出现在他的笔下。

　　　　　　　（汪苏娥　　原文刊发于《桃花源》2016 年第 1 期）

第二篇　作家论

　　昌耀（1936—2000），原名王昌耀，湖南省常德市桃源县人。1950 年参加中国人民解放军，入师文工团。1954 年开始发表诗作。1955 年调青海省文联。1958 年被划成右派，后颠沛流离于青海垦区，1979 年平反。后调任中国作协青海分会专业作家。出版的诗集有《昌耀抒情诗集》（1986）、《命运之书》（1994）、《一个挑战的旅行者步行在上帝的沙盘》（1996）、《昌耀的诗》（1998）等。2000 年诗人过世后有《昌耀诗歌总集》行世。昌耀在中国新诗史上是一座高峰，其历史地位已为人共识。昌耀逝世后，其诗歌被当作一种"诗歌现象"格外引人注目。著名诗人邵燕祥认为"昌耀是以自己的语言、韵律唱自己的歌的为数不多的诗人之一"；诗评家燎原认为昌耀峥嵘奇崛的艺术个性"像青藏高原一样"，"由于一般人难以企及的海拔高度，反而成了幽闭自己的关隘"；骆一禾等人认为"昌耀先生的诗歌作品是中国新诗运动里那些最主要的实绩和财富之一"。张文刚在《高原：昌耀诗魂》一文中从意象的角度分析了昌耀诗歌的独特魅力，认为昌耀用极具个性的富含诗意的双手托起了一方莽莽苍苍的"高原"，托起了一个美丽而厚重的诗歌意象，这是一方延绵不断的生命高地，是一方涌动不息的灵魂古堡，是斧砍刀削的悬崖峭壁，是精雕细刻的雪峰冰山；昌耀的诗歌在对作为自然、生命和灵魂的"高原"的描写中，寓含了对历史、现实和自我的反思。肖学周从昌耀的诗歌文本《烘烤》出发，分析了诗人的命运、诗人与时代的关系等。

　　少鸿，本名陶少鸿，湖南安化人，现居湖南常德，毕业于西北大学中文系。曾出席 1991 年的全国青年作家会议，1997 年的全国中年作家会议和中国作协第六次、第七次、第八次代表大会。现为湖南省作家协会名誉主席，国家一级作家。著有长篇小说《梦土》《少年故乡》《溺水的鱼》《郁达夫情史》《抱月行》《花枝乱颤》《大地芬芳》，小说集《花冢》《天火》《生命的颜色》等。夏子科认为，少鸿的小说阈限大体经纬在 20世纪湘西北的资江、沅水流域，由穿越世纪的"两江"勾连起一个叫作"石蛙溪–莲城"的基本格局，由这一格局舒卷山川沟壑，摇荡年华日月，蒸腾生命气象，从中凸显出来的，便是一种极具"成心"、极富质感的大地品格；这种大地品格具体体现为大地根性、大地智性和大地诗性的内在融合。张文刚在与少鸿的访谈中，就作家的生活经历、创作旨趣、风格与技巧、爱好与性情等方面进行了深入交流。在谈到人生经历时，少鸿坦言自己和乡村有着割不断的精神联系："虽然在乡下只呆了八年，但那是我的青春期，是我一生中最重要的岁月。我进城几十年了，当过工人、进过大学、做过机关小干部，但无论身份如何变化，还觉自己是个乡下人，还眷恋着老家那片峡谷中的土地。我写过各种题材的小说，但很大一部分是写乡村生活的，其缘由不光是熟悉那里的世俗人情，我想主要还是因为有种割不断的精神联系吧。故乡永远是你的精神胎盘，无论你走到何处，都有条看不见割不断的脐带与之相联。"周娅从湖湘文化的角度审视少鸿，认为少鸿自幼就受湖湘文化的浸染，走近他，会发现他既有农人的勤奋与执着，又有湘楚文人的温文儒雅，他笔耕出的那方精神领地有着深厚的楚文化积淀。

第一章　昌耀论

第一节　高原：昌耀诗魂

聚敛太阳的激情，摄取冰峰的圣洁，采摘内心深处孤独、沉默、忧伤的花瓣，酿成诗歌的虹彩；以驼峰为舟，以鹰翼为帆，穿行在历史与现实、生命与灵魂的高原；既有古代边塞诗人的雄放和苍凉，又有现代西部诗歌的厚重和幽深；用具有神性的诗歌语言歌唱和哭泣，所有的光芒凝成雨夜一道惊空的闪电，尔后生命的脚步又如奔马匆匆远去……这就是昌耀。昌耀逝世后，他的诗歌被当作一种"诗歌现象"格外引人注目。著名诗人邵燕祥认为"昌耀是以自己的语言、韵律唱自己的歌的为数不多的诗人之一"，"昌耀不是那种善于推销自己的人。他甘于寂寞，远离官场和尘世"。① 诗评家燎原认为昌耀峥嵘奇崛的艺术个性"像青藏高原一样"，"由于一般人难以企及的海拔高度，反而成了幽闭自己的关隘"。② 骆一禾等人认为"昌耀先生的诗歌作品是中国新诗运动里那些最主要的实绩和财富之一"③。我们透过昌耀生前出版的《昌耀抒情诗集》《命运之书》《昌耀的诗》等诗集以及他逝世后出版的《昌耀诗文总集》，可以看出昌耀的确是一位优秀的诗人，时间的"河床"将会测出他诗歌所达到的高度。昌耀用极具个性的富含诗意的双手托起了一方莽莽苍苍的"高原"，托起了一个美丽而厚重的诗歌意象，这是一方延绵不断的生命

---

① 邵燕祥：《有个诗人叫昌耀》，转引自昌耀《命运之书·序》，青海人民出版社1994年版，第1页。

② 燎原：《西部大荒中的盛典》，青海人民出版社1992年版，第80、120页。

③ 骆一禾、张扶：《太阳说，来，朝前走——评"一首长诗和三首短诗"》，转引自昌耀《命运之书·序》，青海人民出版社1994年版，第3页。

高地，是一方涌动不息的灵魂古堡，是呼喊，是沉默，是狂歌，是叹息，是斧砍刀削的悬崖峭壁，是精雕细刻的雪峰冰山。

一

在昌耀诗歌中，高原是作为一个泛意象而存在的。有时候出现的是高原这个显形意象，包括它的替换意象荒原、古原、草原、裸原、莽原、岩原、雪原，等等；而有时候高原只是一个隐形意象，充当了诗歌话语特定的空间背景。诗人以凝重饱满、激情内蕴的笔调描写了神秘、充盈、美丽的高原，表达了一种深深爱恋的诗化的情感倾向。高原意象，在昌耀笔下主要包含这样三个层次的含义。

第一个层次：作为自然的"高原"——"好醇厚的泥土香呀"

昌耀把诗歌带到他赖以生存的这块"天地相交"的地方，对大气磅礴、五彩斑斓、灵动多姿而又充满古朴原始气息的高原景物进行了剪贴和点化：冰山雪岭，荒原古壁，红狐大雁，旱獭鹿麂，夏雨雷电，雪豹冰排，奔马的汗息，羚羊的啸吟，驿道的驼铃，古寺的钟声……构成了一种鲜明的画面感，或是伸手可触的特写，或是棱角分明的远景，或是万物性灵的灌注和流溢，或是众生内力的跃动和奔突。一方面诗人极写高原的粗犷、凛冽、壮观以及蕴藏的无穷的生命力：

　　　四周是辉煌的地貌。风。烧黑的砾石。

　　　是自然力对自然力的战争。是败北的河流。是大山的粉屑。是烤红的河床。无人区。是峥嵘不测之深渊。……

　　　是有待收获的沃土。
　　　是倔强的精灵。(《旷原之野》)

不必计较他的诗体形式，因为他急于把感受深刻的高原印象记录下来：众多景物的排列构成一种流淌不绝的悲怆情韵和傲岸精神。另一方面诗人又写出了高原的柔情和浪漫气质。这里有柔美的天空、幽幽的空谷、静谧的夜晚，有染着细雨和青草气息的爱情。

而同时诗人又时时撩开高原历史的帷幕，在"沙梁"那边展示出美如江边楼船的骆驼、青铜宝马和断简残编。就这样诗人用奇瑰的诗歌语言打开了高天下神奇的"一角"：荒蛮而妩媚、粗犷而多情、坚韧而古雅、野性而诗意的高原！

而行走在高原的诗人，又着重突出了三样景物：山、鹰、太阳。山以其高耸、鹰以其飞翔、太阳以其灼烁给"高原"意象增添了魅力和内涵。诗人反复沉吟："我喜欢望山。"他为"望着山的顶巅"而激动，为"边陲的山"造就了胸中的峥嵘块垒而自豪。而"从冰山的峰顶起飞"的鹰，双翼抖落寒冷，使人血流沸腾；诗人也常常神游天际，"享受鹰翔时的快感"。高原上的太阳如同神明：

> 牧羊人的妻女，每日
> 要从这里为太阳三次升起祷香。(《烟囱》)

可见高原上的这三样景物，构成了诗人的心灵向往和精神图腾，也构成了高原人的胸襟和气度。由此，山、鹰、太阳不断向上拓展，引领人的目光向着至高至美延伸，成为"高原上的高原"：庄重超迈，激情横空，光芒四射。

第二个层次：作为生命的"高原"——"大漠深处纵驰一匹白马"

对大自然的贴近，必定也是对生命的抚摸和谛听。高原的原始气象和神秘气息，人与自然的亲密与对立，人的弱小和微不足道，似乎回到了人类的初始阶段，因而人便有了更多的对生死的体验，对苦难的体味，对宇宙大化的体悟，有了更多的人生的悲壮、悲怆、感伤和痛苦。

在强大的自然力面前，人也渴望而且在不断变得强大。昌耀诗歌的生命意识首先体现为一种"巨人情怀"和"英雄情结"。《高车》一诗显然是诗人生命理想的寄托："高车的青海于我是威武的巨人。/青海的高车于我是巨人之轶诗。"在该诗小引中诗人还写道："我之难忘情于它们，更在于它们本是英雄。"巨人和英雄以其形体和精神的高大屹立于天地河汉之间，永远怀着"生命的渴意"，"踏着蚀洞斑驳的岩原"，"驻马于赤岭之敖包"，"俯首苍茫"，聆听河流的"呼喊"和冰湖的"坼裂"，感受"苏动的大地诗意"。巨人情怀和英雄情结归根结底是对生命的关切，是对生命运动中体现出来的意志和毅力、激情和憧憬、崇高和伟岸的敬重，也是对高原体内流布的孕育了人生命的"倔强的精灵"的崇拜。这种英雄情结和生命英雄主义的仪式化,"与西部壮烈的土地、强悍的人种形成恰如其分的对应与契合",使昌耀诗歌和西部文艺所共有的开拓奋进精神显得"更内在、更激烈、更持久"①。

英雄崇拜导致人生一种前行的姿态。由此我们看到的抒情形象大多是一个"赶路人""攀登者"的形象:驼峰、马蹄、汗水、血迹、太阳般的燃烧、死亡般的沉寂。诗人借以逐渐走进高原和生命的深处,走进花朵和雪峰的灵魂。于是诗人惊叹于"一个挑战的旅行者步行在上帝的沙盘"(《内陆高迥》);沉吟于在草场和戈壁之间比秋风远为凛冽的"沉沉步履"(《天籁》);骄傲于"我的裤管溅满跋涉者的泥泞"(《干戚舞》)。《峨日朵雪峰之侧》把生命的征服、坚守和渴望表现得惊心动魄:

> 这是我此刻仅能征服的高度了:
> 我小心翼翼探出前额,
> 惊异于薄壁那边
> 朝向峨日朵之雪彷徨许久的太阳
> 正决然跃入一片引力无穷的山海。
> 石砾不时滑坡引动棕色深渊自上而下一派訇鸣,
> 像军旅远去的喊杀声。我的指关节铆钉一般
> 楔入巨石罅隙。血滴,从脚下撕裂的鞋底渗出。
> 啊,此刻真渴望有一只雄鹰或雪豹与我为伍。
> ……

可见"赶路"和"攀登"是一种生命的坚持,也是一种心灵的飞翔,从前行和攀登的身影中体现出来的强悍和苦难仍然是一种英雄情结。

当"巨人"俯首苍茫的时候,就自然滋生了一种"悲怆"的情绪。昌耀诗中的"旅行者"常常听到"召唤",也常常陷入"回忆"。召唤使之超越痛苦和苦难,而回忆则使之在岁月和道路的褶皱里抚摸高原的伤口和心灵的疼痛。于是便有了飞翔与盘桓、呐喊与沉默、疾行的蹄铁与疲惫的身影。这种"英雄式"的痛苦既是个人的、高原的,也是整个西部的、整个民族的。《听候召唤:赶路》一诗就表现了这种多重形象叠合导致的

---

① 李震:《中国当代西部诗潮论》,青海人民出版社 1993 年版,第 70、95、130 页。

内心的伤痛：沿着"微痛如听箫"的记忆牵来了一条历史的"血路"；"血路：一支长途迁徙跋涉的部落。血路：一个在鞍马血崩咽气的母亲"。

而当卸去一切外在的东西，这种生命意识便直接指向对人的"存在"的思考。不是哲学意义上的发问，而是一种感性的直观，一种穿过岩石、旷原的生命诘问，一种透过鸟啼、雪孕的神秘思绪，是生命的时钟置于辽阔的原野发出的"嘀嗒"之声。速朽与永恒、古老与年轻在生命的镜像前更加澄澈。一旦拆解了生死的密码，对有限的"存在"便倍加珍惜，伴随着生命的"前行"和"攀登"就有了一种至上的精神渴望。这同样是一种深藏的英雄情结。

景物的精神内涵和人的生命意志、心灵渴望的交融奏鸣出一种大漠雄风的"英雄气"，一种回肠荡气的"高原魂"。这种刚烈不屈、自强不息的精神是西部高原时刻涌动的春潮，也沉淀为一个民族性格的精魂和骨架。昌耀笔下的西部高原，是一种原始的生命力的象征，是人类社会的缩影。而作为一种精神现象，这种生命力的纵驰和横溢，则潜伏着西部高原特有的文化传统，即父性文化传统。历久形成的父性文化的因子，在耕种、战争、迁徙和繁衍的轮回中，有如"巨人"的身影和气息笼罩着原野。在那里，"父性主体神如那轮不朽的西部太阳，照耀着那养育生命、养育创造力的亘古荒原，照耀着那野性狂烈的野马群"①。

第三个层次：作为灵魂的"高原"——"彼方醒着这一片良知"

高天厚土之间呈放的是毫无遮蔽的随时接受阳光和云彩爱抚的诗意灵魂。《听到响板》写在"一片秋的肃杀"中听到"响板"："骤然地三两声拍击灵魂。"还有什么比这来得更直接呢？躯壳隐去，是一片灵魂的原野！而高原这种地理上的高度，对尘世的超脱而对青天的逼近，使这一方生民具有一种仙风道骨之感：

> 不时，我看见大山的绝壁
> 推开一扇窗洞，像夜的
> 樱桃小口，要对我说些什么，
> 蓦地又沉默不语了。(《夜行在西部高原》)

---

① 李震：《中国当代西部诗潮论》，青海人民出版社 1993 年版，第 70、95、130 页。

这是灵魂美丽的洞开和无言的诉说。诗人就沉浸在这种美好的氛围里：

> 他启开兽毛编结的房屋，
> 唤醒炉中的火种，
> 叩动七孔清风和我交谈。
> 我才轻易地爱上了
> 这揪心的牧笛和高天的云雀？
> 我才忘记了归路？（《湖畔》）

在高原，语言是多余的，只有高山、灯火、音乐直接和心灵对话，和灵魂共舞。

高原，"世代传承的朝向美善远征"的高原，把爱、美和良知托向了高天云霞、冰山雪莲。昌耀的抒情长诗《慈航》以"不朽的荒原"作为舞台，以个人的"伤口"和时代的"暴风"作为背景，在心灵的"慈航"中演奏的是"爱"的千古旋律："是的，在善恶的角力中/爱的繁衍与生殖/比死亡的戕残更古老、更勇武百倍。"

> 当横扫一切的暴风
> 将灯塔沉入海底，
> 旋涡与贪婪达成默契，
> 彼方醒着的这一片良知
> 是他惟一的生之涯岸。
> 他在这里脱去垢辱的黑衣，
> 留在埠头让时光漂洗，
> 把遍体流血的伤口
> 裸陈于女性吹拂的轻风——
> 是那个以手背遮羞的处女
> 解下袍襟的荷包，为他
> 献出护身的香草……

在诗人眼中，高原就是"生命傲然的船桅"，就是"灵魂的保姆"，就是"良知"的"彼岸"和"净土"。这首诗涵容了古今、生死、善恶、苦难与爱情、夜晚与黎明、"昨天的影子"与"再生的微笑"等多重意蕴，而主旋律则是不断复现的对爱、美和良知的深情礼赞。高原，是这样一方"灵魂"的净土："雪线……那最后的银峰超凡脱俗，成为蓝天晶莹的岛屿。"《慈航》是一首非常优秀的诗作，可以说在中国新诗史上占有重要的地位，但是这首诗及其价值还没有被充分地发掘出来。"昌耀的《慈航》一诗，至少可以说是没有得到足够评价和充分重视的作品。如果我们对这样的诗依然保持沉默而不给以应有的肯定，让岁月的尘垢淹没了它的艺术光彩，或者是在若干年之后再让人们重新发掘它，对于我们这一代人来说，起码不是一件光荣的事，或者应该说是一种批评的失职和审美的失误。"①

在昌耀的诗歌中，自然的高原、生命的高原和灵魂的高原是浑融的，共生共存的：自然中蕴藏着巨大的生命力，回荡着灵魂的呼喊；生命中内含着自然的悍野、诗意和冰清玉洁的灵魂；灵魂就是高天下一片裸陈的未被污染的土地，就是这土地上走动的芸芸众生。从荒原、古原到雪线、银峰，诗人在不断提升着这样一方"高原"，这样一方富有情义和灵性的高原。作为生命的高原和作为灵魂的高原，如同"山""鹰"和"太阳"一样成为"高原上的高原"：挺立、飞翔、闪烁。高原不再是一个单纯的地理上的概念，而是灌注着生命和灵魂、历史和文化、地域和种族、人性和神性等多种因素的复合体，是一个浪漫而悲壮、诗意缭绕而令人刻骨铭心的高原！

二

昌耀置身高原，深深地爱着这"群峰壁立的姿色"，这"高山草甸间民风之拙朴"。而当他以一个现代知识分子的身份来审视和反思"高原"的蛮荒、驳杂和粗粝时，则又满怀忧思。这种审视和反思主要有以下三个向度。

第一个向度：历史反思——"我将与孩子洗劫这一切"

高原保留着更多历史的陈迹和化石，上面刻写着贫穷、衰朽、战争、

---

① 叶橹：《杜鹃啼血与精卫填海——论昌耀的诗》，转引自昌耀《命运之书·序》，青海人民出版社 1994 年版，第 336 页。

残忍、隔阂这样一些文字。原野上有"未闻的故事","哀悯已像永世的疤痕留给隔岸怅望的后人";有"被故土捏制的陶埙",吹奏着"从古到今谁也不曾解开的人性死结"。诗歌中一再出现的"城堡"已成为一个象征,成为另一个封闭的、荒凉的古原。《哈拉库图》表达的是"城堡,宿命永恒不变的感伤主题":

> 一切都是这样寂寞啊,
> 果真有过被火焰烤红的天空?
> 果真有过为钢铁而鏖战的不眠之夜?
> 果真有过如花的喜娘?
> 果真有过哈拉库图之鹰?
> 果真有过流寓边关的诗人?
> 是这样的寂寞啊寂寞啊寂寞啊

在诗人看来,光荣的面具已随武士的呐喊西沉,城堡是岁月烧结的一炉矿石,带着暗淡的烟色,残破委琐,千孔百疮,时间似乎凝固了,"无所谓古今","所有的面孔都只是昨日的面孔。所有的时间都只是原有的时间"。站在城堡上,抚摩历史"高热的额头",诗人满怀着美好的期待:"仰望那一颗希望之星/期待如一滴欲坠的葡萄。"《空城堡》用"我"和"孩子"两代人的眼光——亦即"现实"和"未来"两重身份,看待和走进"城堡":

> 而后我们登上最高的顶楼。
> 孩子喘息未定,含泪的目光已哀告我一同火速离去。
> 但我索性对着房顶大声呵斥:
> 出来吧,你们,从墙壁,从面具,从纸张,
> 从你们筑起的城堡……去掉隔阂、距离、冷漠……
> 我发誓:我将与孩子洗劫这一切!

诗人对历史的态度是矛盾的,一方面眷顾于高原"昨天"拓荒者的足迹和音乐的盛典,敬畏于历史的古老和肃穆;另一方面又在"太寂寞"的感叹中含有对历史凝固的反思和超脱。

第二个向度：现实反思——"神已失踪，钟声回到青铜"

现代文明的脚步给古老的高原带来青春活力的同时，也使高原的精神海拔开始陷落。地表在倾斜，诗意在流失。"偶像成排倒下"，"伪善令人怠倦"：

> 不将有隐秘。
> 夜已失去幕的含蕴，
> 创伤在夜色不会再多一分安全感。
> 涛声反比白昼更为残酷地搓洗休憩的灵魂。
> 人面鸟又赶在黎明前飞临河岸引领吟唤。
> 是赎罪？是受难？还是祈祷吾神？
> 夜已失去修补含蕴，比冰霜还生硬。
> 世界无需掩饰，我们相互一眼看透彼此。（《燔祭》）

不少人失去了精神追求，失去了内心的激情，陷入迷狂，变得空虚、浮躁和平庸。"生命不能承受之轻"与高原的厚重底蕴构成反差。"荒原"已失去了其原初的质朴和内在的富有，逐渐延伸到人的精神领域，成为荒凉的代名词：

> 淘空，以亲善的名义，
> 以自我放纵的幻灭感，而无时不有。
> 骨脉在洗白、流淌，被吸尽每一神经附着：
> 淘空是击碎头壳后的饱食。
> 处在淘空之中你不辨痛苦或淫乐。
> 当目击了精神与事实的荒原才惊悚于淘空的意义。（《淘空》）

在外界因素和自我心灵的作用下，精神被慢慢淘空；"骨脉在洗白、流淌"一句，则暗含着高原历史精神的富有和饱满，赋予淘空这种"现实存在"一种悲剧性的色彩和意义。

对现实的反思，也就导致对高原昔日生活的回瞻，在历时性的心理跨越中构成一种对比："然而承认历史远比面对未来轻松。理解今人远比追悼古人痛楚。"（《在古原骑车旅行》）

　　第三个向度：自我反思——"谁能模仿我的疼痛"

　　诗人的自我反思，以及由反思带来的孤独、焦灼和痛苦，表明诗人作为一个知识分子的那份清醒和对人格的坚守。当人声喧嚣、欲海横流时，诗人问自己："是否有过昏睡中的短暂苏醒"（《划过欲海的夜鸟》）；当在暗夜里因痛苦而哭泣时，诗人告诫自己："人必坚韧而趋于成熟"（《夜者》）；当止步于岁月的"断崖"而感觉自己是"苟活者"时，有"莫可名状之悲哀"（《深巷·轩车宝马·伤逝》）。更多的时候，自我反思和高原反思是联系在一起的。他的《伤情》组诗，所"伤"者，绝不仅仅是个人情感的失落，更是对高原蒙尘纳垢的伤感，同时也包括对个人精神历程的检视："我以一生的蕴积——至诚、痴心、才情、气质与漫长的期待以获取她的芳心"，可是"她"却投向了那个"走江湖的药材商"的怀抱；被"良知、仁智与诗人的纯情塞满"的人，被嘲笑是"城市的苦瓜脸""田野上的乌鸦嘴"。显然这些都是诗化的寓言故事。

　　在现代精神荒原面前，诗人自己也有一种被"淘空"的感觉，因而感到恐惧、虚脱和焦渴。《生命的渴意》为古原上"到处找不到纯净的水"而痛苦，并期望着一种"醒觉"。可见诗人的反思和理性批判是为了寻找纯净的"水源"，以润泽干枯的原野。实际上，诗人是抚摸着整个中华民族的版图，既痛苦地承受历史和现实的沉重，也深情地据守历史和现实中的诗意。他不容许理想中的"高原"诗意摇落，止步不前。他常常听到"巨灵"的召唤："巨灵时时召唤人们不要凝固僵滞麻木"（《巨灵》）。这种来自幽冥之中的雷霆之声，其实也是诗人心底深情的呼唤，是古老中国经久不衰的呐喊。

三

　　高原，在昌耀笔下是一个被生命化了的意象。他"以沉郁、苍劲，也以高致、精微征服了诗坛；在他的诗中，土地所繁衍的一切已与心灵、语言融为一体，他，是大西北无数生命的灵魂"①。对高原意象的钟情，源于诗人的人生经历、追求和对艺术的看法。具体来说有以下三个因素。

　　第一个因素：人生追求——"向着新的海拔高度攀登"

　　喜欢"望山"的昌耀，一生活在仰望中，活在渴求和寻找中。他的

----

　　① 韩作荣：《诗人中的诗人》，《昌耀的诗》，人民文学出版社 1998 年版，第 1、3 页。

面前永远有一座不断接近而不能最终抵达的高山，他苦苦地跋涉着，他的诗歌就是他"在路上"的向往、惊赞和内心独白。《僧人》一诗可看作是他的人生宣言。他宣称自己是一个"持升华论者"，他把自己比作托钵苦行的僧人，带着信仰向着"高山极地"攀登。这个"新的海拔"，就是他在别的诗中一再提到的灵魂的寓所和精神的家园。这就不难理解他的巨人情怀和英雄情结。他的"巨人"与"英雄"梦想，实际上是他的一种精神投射，是对平庸和"平面"的拒绝，是对诗意、激情和心灵高度的追求。

于是诗人常常寻找另一个"自我"。他借呼喊的河流寻找着自己的"另一半"：

> 这里太光明，寒意倾斜如银湖。
> 峭壁冻冰如烛台凝挂的熔锡。
> 这里太光明，回旋的空间曾是日珥燃烧的火海。
> 我如何攀登生满鸟喙的绝壁？
> 我如何投入悬挂的河流做一次冬泳？
> 我如何承受澄明的玉宇？
> 太纯洁了。烟丝不见袅袅。
> 穹顶兀鹰翼尾不动，不可被目光吞噬。
> 这里太光明。
> 我看到异我坐化千年之外，
> 筋脉纷披红蓝清晰晶莹透剔如一玻璃人体
> 承受着永恒的晾晒。（《燔祭》）

这个在"光明殿"里的"我"，就是已经登上了"新的海拔高度"的精神自我。由此可见，诗人笔下的高原不仅仅是地理上的高山厚土，同时也是诗人心中诗情氤氲的高原，是诗人的梦幻城、理想国，或者说就是诗人在向着"新的海拔"攀登过程中的另一方精神的高原，是诗人抵达至善至美的人生境界过程中的美丽村庄。

第二个因素：艺术信仰——"我们都是哭泣着追求唯一的完美"

诗人是一个理想主义者，生活中是这样，艺术上也是这样。诗人曾表白道："我一生，倾心于一个为志士仁人认同的大同胜境，富裕、平等、体现社会民族公正、富有人情。这是我看重的'意义'，亦是我文学的理想主义、社会改造的浪漫气质、审美人生之所本。"（《一个中国诗人在俄罗斯》）对于诗的功能，他作了这样的解释："诗，不是可厌可鄙的说教，而是催人泪下的音乐，让人在这种乐音的浸润中悄然感化，悄然超脱、再超脱。"（《与梅卓小姐一同释读〈幸运神远离〉》）于是他怀着如同地火的"内热"，"梦想着温情脉脉的纱幕净化一切污秽"（《烘烤》）。他把艺术的理想和生活的完美统一在"梦想"中，有时候就免不了失望，就感到无奈和伤心。但诗人是执着的，始终打着他的理想主义的艺术旗帜。

第三个因素：生命历程——"我们早已与这土地融为一体"

昌耀，这位 20 世纪 30 年代出生于湖南常德的诗人，经历一段军旅生活后于 1955 年自愿参加大西北开发来到青海。1956 年调青海省文联任创作员，参加创办文学杂志《青海湖》，并担任编辑工作。1957 年，在青海贵德乡间体验生活时，为勘探队员创作的诗歌《林中试笛》被诬为"反党毒草"而被打成右派，先后在湟源、浅山等地劳动改造，继而因写下近万言的《辩护书》而罪加一等被投进西宁监狱。1959 年，被流放到祁连山深处的劳改农场，在这里度过了 20 年痛苦而漫长的岁月①。昌耀是以一个"外来者"的身份进入青藏高原的。陌生感和距离感使他得以更加诗意地、更加清醒地观察和感知高原生活，而他因诗歌带来的生活磨难又使他贴近并逐渐融入那一片荒蛮而神奇的土地。"他感受着自己现实的生命，并一层层地向着深处伸触渗透，感触着历史焰火之下庞大的生命文化根系，感触着远古流民的目光和血脉。"② 诗人在这片土地上要指认的，是一种精神属性的生命。诗人脱掉了个人苦难的"外衣"，也消隐了自我的凡身肉胎，只剩下教徒般虔诚的"灵魂"，与高原的灵魂对视和对话。

难怪这样深深地爱着"高原"！对高原的爱，就是对生命理想和艺术理想的挚爱，就是对人生历程和心灵历程的珍视。爱使他忧伤，不是因为个人的幸福或苦难。深入骨髓的伤痛来自高原上极端的美和美的悄然流失。诗人灵魂的哭泣和"语言的哭泣"，使他的诗歌充满了一种无法抵挡的"疼痛感"。踏入昌耀用诗歌雕刻的"高原"，观赏者也会随时放弃

---

① 罗鹿鸣：《昌耀小传》，《桃花源诗季》2010 年夏季刊，第 210 页。

② 燎原：《西部大荒中的盛典》，青海人民出版社 1992 年版，第 80、120 页。

"阅读"，而像诗人那样代之以精神的触摸和灵魂的喊叫！绝端的美，会让人有一种眩晕的幸福的疼痛感；凝固的历史和美的流失，又给人一种迷茫的伤心的疼痛感。诗行的跳跃有如钟摆，心灵的疼痛被置入一个广大的时空。一切都聚合了、收敛了，高原以一种扑面的诗意和一种透骨的感伤，花朵般地窒息和重锤般地击打着心灵；此时感应着诗歌气息的心灵就成为另一片"高原"，像诗人那样"娇纵我梦幻的马驹"。于是诗美的获得也是一次能量的耗损，心灵的疼痛也是一次精神的升华。杭州诗人卢文丽1990年为昌耀的《淘的流年》（后因为种种原因诗集未出版）作序，有这样美丽的文字："他笔底那特有的神奇的青海高原，一次比一次强烈地震撼着我的心。作为一个把生命付诸于美和真理，怀有天地自然之大爱的诗人，他所有的冷峻、坚毅、沉雄不露，超脱一切私利和计较的宽博胸怀，令世俗的虚浮尘嚣一触即溃黯然遁离。这来自于一种内心的力量，正如他在一封信中所写，是一种愈挫愈奋的创造精神，为着美的理想而不稍作懈怠的意志，一种善恶抗争的魅力。是的，正是这种内在的生命力和创造力，他的诗歌才具有如此震慑灵魂的作用，使人脱低级而向高尚，脱卑俗而向纯粹，永远焕发着勃勃的生机并为人们所钟爱。"[①] 这段话是透彻的，既是一个读者获得阅读震撼后的心灵随笔，更是作为一个诗歌知己为昌耀所作的人格造影和精神画像。

四

是这样一方绵延的西部高原。这里有着直观的纯粹性和极端性，仿佛在显示某种方向给人以提示，夺人心魄、摄人灵魂。"它不是暧昧含混的山水与人群，它有严峻清醒的选择性，它不是陈腐乏味的人文蕴含，它的原始、高贵、神秘和牺牲色彩有着新鲜的信仰力度。它滋生浪漫与传奇，是奇迹的诞生之地，它白银与黑铁的英雄时代仿佛仍蛰伏于民间，歌谣与花束、甘泉与舞姿、刀戟与野心、人种的穿流、语言的汇聚、伤与飞、灵与肉、难色与狂欢……这些还没有被技术和机器所销蚀。"[②] 正是这样一方西部高原，使昌耀获得了一种心理上的"势"。居"高"临下，他就能看清"青藏高原的形体"，就能握住黄河的源头，就能听到"巨灵"的召

---

① 昌耀：《昌耀的诗·后记》，人民文学出版社1998年版，第422页。
② 韩子勇：《西部：偏远省份的文学写作》，百花文艺出版社1998年版，第75页。

唤；就能在对高原的占有中获得一种生命的"高度"，获得一种从容的心境，获得一种"灵魂的乐音"，从而去消解个人的苦难、孤独和寂寞。由此也影响到他的思维和语言表达。高原的裸露、旷远、朴野和神秘，使诗人的目光在感觉和理性的流转中有一种神性的光芒。对高原圣洁诗意的陶醉，对历史悠远钟声的倾听，对岩层中蛰伏的宗教气息和文化氛围的感悟，使诗人常常能够超脱一切外在的羁勒而进入心灵的自由状态，深入事物的本质而达成物我的内在契合。同时，天地的高远宏阔给诗人带来了思维的跳脱和跌宕，造就了诗歌的凝重之气和飘逸之态。生与死、动与静、刚与柔、美与丑、历史与现实、物质与欲望、真切与虚幻、快乐与痛楚、经验与超验……种种体验、感觉、思绪包罗胸中，奔突流走，化为诗性空间的层峦叠嶂、断崖峭壁，从而构成了诗歌的张力场，也激活了读者的审美想象力和领悟力。有人认为昌耀已进入"意态写作"的区间，与"情态写作"不同，即不再单纯是自我的外化，生成经验性意象，而是依据"抽象与内聚"原则，生成超验性意象①。这个分析切中了昌耀一种独特的思维方式，即带有寓言特质的思维方式。实际上昌耀是情态写作与意态写作并置，他的思维常常在实与虚、情与意、此与彼之间流转和跳跃。

　　昌耀的诗歌语言也具有"高原"特色，显示出可以触感的"韵律"。他的诗歌在体式上非常自由，他是一个"大诗歌观"的主张者和实践者："我并不强调诗的分行……没有诗性的文字即便分行也终难称作诗。相反，某些有意味的文字即便不分行也未尝不配称作诗。诗之与否，我以心性去体味而不以貌取。""无论以何种诗的形式写作，我还是渴望激情——永不衰竭的激情，此于诗人不只意味着色彩、线条、旋律与主动投入，亦是精力、活力、青春健美的象征……"②所以他的那些诗句参差错落的诗歌和那些根本就不分行的诗歌，更能传达出一种高原特质和气息。昌耀的诗歌语言不是流畅的表达，更不是滔滔不绝的倾诉，而是节制和涵泳，甚至显得有几分郁闭和滞涩。这是置身高原的一种独特的叙述方式：浑莽、凝重、危岩高耸、参差连绵，从而更好地表达了诗人雄浑、沉郁、深挚的感情。有学者撰文认为昌耀是一个"口吃者"，并对此进行了精神分析：是灾难让昌耀成为一个口吃者，是灾难的后遗症让昌耀自始至终都

---

① 李震：《中国当代西部诗潮论》，青海人民出版社 1993 年版，第 70、95、130 页。

② 昌耀：《昌耀的诗》，人民文学出版社 1998 年版，第 422 页。

在口吃的氛围中进行创作，它让昌耀在更多的时候不是去说，而是去体验，去观察，他说出的句子是不连贯的，因为他嘴巴的反应跟不上他本来已够慢的观察，这时观察本身不得不无可奈何地停下来，等待嘴巴那艰难的吐词。① 这个推测和分析应当说是比较准确的。昌耀自从几首小诗惹祸后，在长达 20 多年的流放、劳改期间，作为一个"异类"，他的嘴长期被剥夺了，语言上的交流被认为是多余和额外的。据说，在青海广袤无垠的土地上，孤独的昌耀甚至渴望有一只狼过来和他交谈。曾经在青海生活过多年的诗人罗鹿鸣与昌耀多有接触，他在《迟到的怀念》中写道："在我们眼中的昌耀，的确迂腐，也显得拘谨，与他的诗冷峻的一面有些相似，却与其诗旷达的一面相去甚远。"② J. G. 赫尔德说，大自然用她那双善塑的手，充满母爱的为其作品——人——添上了最后一笔，这一笔是一个伟大的箴言："不要独自一人享受，而要用声音表达出你的感受！"③ 当昌耀不能用声音流畅地表达时，强烈的感受和情感在胸中左奔右突，继而化为艰难的言说。这是一种滞重、痛苦的表达！

　　昌耀因此而区别于古代山水诗人和现代其他西部诗人。古代山水诗人主要是在对大自然的陶醉之中寻求心灵的放达或隐匿，而昌耀对大自然的表现有一种精神维度和人格高度作为支撑，不仅能俯身融进大自然的雅韵诗意，而且能够超越具象，在更大的时空中注入现代理性精神。即使是古代边塞诗人也只是把"边地"的惨烈和悲壮作为人生境况或战争气氛的一种渲染，也就缺少昌耀这样对审美对象多层次、深层次的审视。当大批现代西部诗人立足时代激情或着力开掘西部古老文化时，昌耀更多地深入到西部自然背景下的生命体验和心灵游历之中，而且自觉地以西部高原为思维和情感的依托，表现自我以及人类一种梦幻般的对"精神海拔"的企羡，一种永远的生命凝眸和心灵向往。金元浦在怀念昌耀的文章《伶仃的荒原狼》一文中，用诗意、激情而又富有理性的笔调分析了昌耀如泣如诉、如歌如吟的诗歌，他指出，面对神秘、蛮荒的大自然，昌耀进行了超越悲剧的直接审美升华，诗人将西部的大自然直接作为鲜活而沉默的生命进行审美观照，使之直接成为诗人审美解悟的对象，这样，"西部大

---

① 敬文东：《对一个口吃者的精神分析——诗人昌耀论》，《南方文坛》2000 年第 4 期。

② 罗鹿鸣：《迟到的怀念》，《桃花源诗季》2010 年夏季刊，第 214 页。

③ ［德］J. G. 赫尔德：《论语言的起源》，商务印书馆 1998 年版，第 3 页。

自然内部的生命之流，它的生命的节奏和生命的律动，与人类的生命的节奏和情欲的律动、与作者内在的审美情感之流在结构上达到异质同构"①。可见，昌耀不同于传统诗歌的"托物言志""以物喻人"，而以直接审美表现自然与人生的内在节奏和韵律为目的，通过一种审美飞跃达到一种心物交融、主客无分、自然与人合一的整体境界。并在这一审美意境中，通过对时间的感悟，在瞬间体验到一切生命的永恒本质。在意象的选择上，以"高原"这一巨型意象作为背景，在多层次复迭意象构成的蕴含丰富的情感流中，让读者获得一种朦朦胧胧、无可言传的审美意味。正如有的诗评家所说：读昌耀的诗，你会发现真实的人生之旅，被放逐的游子寻找家园的渴意以及灵魂的力量。现实精神、理性的烛照、经验与超验，有如"空谷足音"，充满了魅惑。那独有的声音既是坚实，也是虚幻；既有着古典的儒雅，又颇具现代意味。昌耀就是昌耀，他不是任何艺术观念的追随者，他以虔诚、苛刻的我行我素完成了自己，以"仅有的"不容模拟的姿态竖起了诗的丰碑②。

（张文刚　　原文刊发于《求索》2002 年第 3 期）

第二节　作用于身体的时代氛围

——昌耀《烘烤》阅读札记

"任何一件艺术品，无论是诗还是钟形屋顶，均可理解为作者为自己绘制的肖像，因此，我们不必煞费苦心在抒情诗中区分作者本人和作品主人公的声音。概而言之，这种鉴别毫无意义，那抒情的主人公一准是自己的写照。"③ 就抒情诗而言，布罗茨基的这句话具有无可置疑的正确性。因为抒情诗就是富于主观性的诗。这种主观性足以使每首抒情诗成为诗人

---

① 金元浦：《伶仃的荒原狼》，《诗探索》2000 年第 3—4 辑。

② 韩作荣：《诗人中的诗人》，转引自昌耀《昌耀的诗》，人民文学出版社 1998 年版，第1、3 页。

③ ［美］布罗茨基：《奥登诗〈一九三九年九月一日〉析》，转引自布罗茨基《从彼得堡到斯得哥尔摩》，王希苏、常晖译，漓江出版社 1990 年版，第 493 页。

的精神自传，但大多是片段性的精神自传。在我看来，只有那些在片段中蕴含整体的抒情诗才有可能成为诗人的自画像。《烘烤》就是诗人昌耀绘制的一幅非凡的自画像：

> 烘烤啊，烘烤啊，永怀的内热如同地火。
> 毛发成把脱落，烘烤如同飞蝗争食，
> 加速吞噬诗人贫瘠的脂肪层。
> 他觉着自己只剩下一张皮。
>
> 这是承受酷刑。
> 诗人，这个社会的怪物、孤儿浪子、单恋的情人，
> 总是梦想着温情脉脉的纱幕净化一切污秽，
> 因自作多情的感动常常流下滚烫的泪水。
> 我见他追寻黄帝的舟车，
> 前倾的身子愈益弯曲了，思考着烘烤的意义。
> 烘烤啊。大地幽冥无光，诗人在远去的夜
> 或已熄灭。而烘烤将会继续。
> 烘烤啊，我正感染到这种无奈。①

　　在这幅自画像中，首先值得注意的是它的不单纯性。也就是说，诗人并不着力于为自己画像，而是把画像放在特定的处境中展示出来。其中，占主导地位的竟然不是画像，而是处境。所谓"烘烤"正是特定的处境对画像的"烘烤"。1992 年 1 月 18 日至 2 月 21 日，邓小平到武昌、深圳、珠海和上海等地视察，就进一步深化改革开放的政策发表了一系列谈话，史称"南方谈话"。"南方谈话"标志着市场经济时代的确立，并极大地促进了中国经济的快速发展。昌耀这首诗就写于 1992 年 9 月 25 日晨 5 时，诗中的处境大致体现了 20 世纪 90 年代初期中国的商品化氛围："这个时代，无一不可成为商品。"② 而画像中的人物是诗人，但并不限于

---

① 昌耀：《昌耀诗文总集》，青海人民出版社 2000 年版，第 555 页。
② 昌耀：《一个中国诗人在俄罗斯》，转引自《昌耀诗文总集》，青海人民出版社 2000 年版，第 726 页。

诗人自己，而是诗人这个群体。诗中运用了"他"和"我"这两个人称，"他"固然可以视为"我"的分裂和外化，也可以看成诗人对同类的描述："我见他追寻黄帝的舟车，前倾的身子愈益弯曲了。"由此可见，这首诗反映的是诗人与时代的关系：90年代的中国商业社会"烘烤"着贫困潦倒的诗人，而诗人拒不改变自己的身份，并在被"烘烤"中痛苦地"思考着烘烤的意义"，思考着诗人的存在状况以及自我拯救的可能。

人与时代的关系本来是个大问题，诗人却借助"烘烤"这个富于身体感的词语把它具象化了。在我看来，几乎所有大诗人都是注重描述身体感的。换言之，即通过身体写心灵。"烘烤"的深刻之处在于它描述的是一种炙热的身体感，也是心灵的受苦状态。这首诗开篇就是诗人的反复咏叹，"烘烤啊，烘烤啊"。昌耀是个习惯于用"啊"的诗人，在这个抒情被叙事放逐的时代里，昌耀诗篇中的"啊"显得格外突出。在《络腮胡须》中，他甚至写了一行"啊"字，共十九个。这不是诗人词语贫乏的证据，也不是对陈词滥调的沿袭，而是源于诗人内心的激情赞美，深沉咏叹，或无以名之的悲伤。

至于本诗的主题词"烘烤"，也不是诗人首次提到。早在1979年，昌耀在《无题一》中就写下了"我长久忍受过沙风的烘烤"这样的句子，此处的"烘烤"只是物理事实，跟诗人生活的地域有关：

> 中午，太阳强烈地投射在这个城市上空,
> 烧得屋瓦的釉质层面微微颤抖（《凶年逸稿》）

青海广漠的腹地在炎阳炙烤下长期处于干旱状态，"烘烤"其实是西北人的生活氛围和日常体验，这表明昌耀的烘烤感由来已久，甚至它已经成为诗人生命感的一部分。然而，直到20世纪90年代昌耀写出《烘烤》时，"烘烤"才被提升到了隐喻的高度。在这首诗中，诗人说"烘烤"他的不再是高悬在西北上空的太阳，而是"永怀的内热"。何谓"内热"？在《昌耀评传》中，燎原先生认为此诗的基本背景是昌耀与S的恋爱失败，是"一个灾难性的情感故事"的终结之作。[①] 因此，这里有必要梳理一下昌耀的婚恋生活。1973年1月26日，昌耀与藏族姑娘杨尕三结婚。

---

① 燎原：《昌耀评传》，人民文学出版社2008年版，第385页。

年底，长子王木萧出生；过了两年，女儿王路漫出生；又过了两年，次子王悄也出生。新婚不久，昌耀夫妇便有不和，后来关系日趋紧张。1989年，昌耀与杨尕三分居，他住在书房里；1990年6月，昌耀在担任西湖诗船大奖赛评委时认识了杭州女诗人S，在日后的通信中逐渐对她产生爱意。1992年7月，昌耀向法院提出离婚，11月获得批准，从此他一个人住在办公室里。此时，昌耀这个陷入唯美幻觉中的诗人已经完全被S所吸引，他甚至想辞职南下，与S生活在一起；然而，迎接他的却是一个令他痛不欲生的结局：S回避了他。就这样，诗人昌耀成了一个"单恋的情人"。由此来解释诗人的"内热"当然是可以成立的。但是，如果把此诗限于一场不幸的恋爱事件，无疑会削弱它的意义。在我看来，这首诗集中体现了昌耀的内心焦虑，是昌耀后期的代表作。这个判断的基本依据是"内热"前面的三个字："永怀的"，也就是说，这种"内热"并不局限于婚恋的失败，甚至也不局限于某个时期，因为诗人分明预感到源于"内热"的"烘烤"将持续到他身后：

　　　　烘烤啊。大地幽冥无光，诗人在远去的夜
　　　　或已熄灭。而烘烤将会继续。

　　由此来看，理解此诗首先要把握"内热"的生成要素，这样才有可能理解究竟是什么在"烘烤"着诗人。弗洛伊德认为造成人类痛苦的因素共有三种："痛苦来自三个方面：来自我们自己的身体，它注定要衰老和死亡，甚至无法免除作为危险信号的焦虑和痛苦；来自外部世界，它能用最强大的和最无情的破坏力量对我们大发雷霆；最后，来自我们和其他人的关系。"[①] 令我感到吃惊的是，弗洛伊德的这段话对昌耀竟然如此具有针对性。换句话说，诗人昌耀似乎经历了人各方面的痛苦。依据昌耀本人的生活顺序，他的痛苦首先来自外部世界。且不说1953年他在朝鲜前线负伤，以至"脑颅颞骨凹陷骨折"，成为"三等乙级"残废人员。[②] 单说他被打成右派的经历就足以让人领会外部世界给他带来了多么巨大而漫

---

　　① 弗洛伊德：《文明及其不满》，转引自弗洛伊德《一个幻觉的未来》，杨韶刚译，华夏出版社1999年版，第13页。

　　② 燎原：《昌耀评传》，人民文学出版社2008年版，第21页。

长的创伤，昌耀从 1957 年开始落难，直到 1979 年才获得平反。可谓蒙冤早、平反晚，他承受的苦难几乎贯穿了新中国成立以来的所有动荡年代。在此期间，他的父亲落水而死，他的母亲跳楼身亡。然而，这些事件似乎并未促成他的"内热"，即使有些微的烘烤感，也基本上处于潜抑状态。在我看来，昌耀的"内热"是随着商品经济时代来临的：

> 烘烤如同飞蝗争食，
> 加速吞噬诗人贫瘠的脂肪层。
> 他觉着自己只剩下一张皮。

在这里，诗人把内热外化为"地火"，浑身的毛发已被它燎尽；并将"烘烤"比喻成飞舞的蝗虫，而自己成了被竞相啄食的对象。这几行诗富于砍削感，犹如刽子手手执利刃将一个"犯人"实施千刀万剐的惩罚。所以，诗人接下来说"这是承受酷刑"。如果从烘烤的角度来说，这种"酷刑"更接近商代的"炮烙之刑"，而诗人就是那些行走在灼热烙铁上的人。至此，在一个崇尚财富的社会里，执着于美的诗人终于意识到自己成了穷人，以至于穷得无力向世人展示他辛辛苦苦创造出来的美。但是，昌耀的与众不同之处在于，他既不放弃诗歌，也不消极等待，而是呼吁"诗人们只有自己起来救自己"，并独创了一种诗集出版的方式：

> 鄙人昌耀，为拙著事预告读者：出版难。书稿屡试不验。现我决心将《命运之书——昌耀四十年诗作精品》自费出版"编号本"以示自珍自重自爱自足（序号以收到定金先后排列，书于版权页并加盖戳记）。这本书只印 1000 册，现办理预约，每册收款 10 元，愿上钩者请速告知通信处并将书款邮汇西宁市青海省文联昌耀（邮编810008）。①

就此而言，"烘烤"诗人的是贫困，或者说是商品经济时代的财富。正是那些不为自己所有的财富促成了诗人的"内热"。对于贫困的诗人来

---

① 昌耀：《诗人们只有自己起来救自己》，转引自《昌耀诗文总集》，青海人民出版社 2000 年版，第 572 页。

说，这几乎是一种贯穿性的核心因素。昌耀后期与修簧的恋爱正是被金钱破坏的。修簧本来与昌耀有共同的诗歌爱好，但她却嫁给了一个"走江湖的药材商贩"。钟情爱美的诗人一下子被金钱打败了，昌耀痛苦地写道：

> 是的，朋友，今天是我最为痛苦的日子：我的恋人告诉我，她或要被一个走江湖的药材商贩选作新妇。她说，她是那个江湖客历选到"第十八个"才被一眼看中的佳人。
>
> 是的，朋友，滚滚红尘于今为烈。我以一生的蕴积——至诚、痴心、才情、气质与漫长的等待以获取她的芳心，而那个走江湖的药材商仅须说一句"第十八个"，她已受宠若惊。但我仍深深依恋着她，称她是"圣洁的偶像"。她本也就是圣洁的偶像，而金钱才是万恶之源。①

在商品经济时代里，也许只有和商人相比，诗人的身影才会显得格外清晰。那么，诗人究竟是怎样的一群人呢？

> 诗人，这个社会的怪物、孤儿浪子、单恋的情人，
> 总是梦想着温情脉脉的纱幕净化一切污秽，
> 因自作多情的感动常常流下滚烫的泪水。
> 我见他追寻黄帝的舟车，
> 前倾的身子愈益弯曲了，思考着烘烤的意义。

这里不仅有对诗人身份的界定，也有对诗人形象的塑造："前倾的身子愈益弯曲。"身子的前倾和弯曲既体现了诗人不懈的努力，也揭示了现实的沉重以及从中摆脱的困难。事实上，这个雕塑感很强的形象还蕴含着另一种张力关系：生活于现代的诗人试图逃避现代而回归传统，"追寻黄帝的舟车"。在诗人看来，传统是极其美丽的世界。昌耀既是艺术上的唯美主义者，也是坚定的传统主义者。在我看来，《致史前期一对娇小的彩

---

① 昌耀：《无以名之的忧怀》，转引自《昌耀诗文总集》，青海人民出版社 2000 年版，第 690 页。

陶罐》足以和济慈的《希腊古瓮颂》相媲美。

与形象塑造相比，更值得重视的是昌耀对诗人身份的界定："怪物"针对的是整个社会，"孤儿浪子"针对的是家庭，"单恋的情人"针对的是恋爱。三者具有内在的连续性。正因为诗人是社会的怪物，所以他们往往无家可归，却又自作多情。值得注意的是，"怪物"这个词其实是普通人对诗人的评价，昌耀把它写入诗中正好体现了社会对诗人的压力。诗人对此当然不能认同，甚至不无愤怒，但也难以否认。所以，他所有的只是有限的抵制而已。《勿与诗人接触》显示的正是昌耀这种复杂的态度。同样，诗人的温情也终究不能抗衡尘世的污秽，正如作为诗人的昌耀不免输给药材商人。但是，诗人自有诗人的尊严，尽管有滚烫的泪水相伴。在昌耀设计的名片上，他名字下面印着四个词语："男子·百姓·行脚僧·诗人。"① 值得注意的是，昌耀始终坚持"诗人"的身份，但他把"诗人"这个称谓放在了最后。而前面的三个称谓似乎毫无必要，那些能给他增加荣耀的头衔，如青海省政协委员、青海省作协副主席之类的职务都没有被印在名片上。在我看来，昌耀意在用这个名片表明他是个纯粹的诗人，而且是个与众不同的诗人。"百姓"表明他的平民立场，"男子"却不只是性别的指称。因为昌耀是个有英雄情结的诗人，对于他来说，英雄情结就是男子情结的核心。可资为证的是，昌耀在诗中两次写到雄性器官：一次写牛，"一百头雄牛低悬的睾丸阴囊投影大地"；一次写自己，"穿牛仔裤的男子紧绷的裆头显示那一隆起的弹性美"。至于"行脚僧"对昌耀更具深意。在某种意义上，诗人就是僧人——崇尚精神生活的怪癖男人，他们没有家庭，被社会和人群所抛弃。就此而言，"行脚僧"可以视为"社会的怪物、孤儿浪子"的脚注，这对于具有神性倾向的昌耀来说尤其合适。正如他在《艰难之思》中所说的：

> 诗人更是苦行僧。是苏联小说里我曾结识的那个在雪地上赤脚行走而不改其乐的、孩子般纯情的、善良而超脱的斯多葛派老哲人。是那个"生年不满百，常怀千岁忧"的多愁善感之士。是永远的被蒸馏者……我所理解的作家或诗人当是以生命为文、以血之蒸馏为诗

---

① 燎原：《昌耀评传》，人民文学出版社 2008 年版，第 351 页。

的，非如此不足以聘其文、明其志、尽其兴。①

在这里，昌耀提出了"蒸馏"这个词，并和"烘烤"形成了对应关系。作为"永远的被蒸馏者"，诗人昌耀冒着自身生命被"蒸馏"的代价而拒不回避"烘烤"。也许正因为坚持了诗人的立场，昌耀成了婚恋方面的失败者。于是，这个钟爱美丽异性的孤身男人陷入了寂寞之中：

> 一切都是这样的寂寞啊，
> 果真有过被火焰烤红的天空？
> 果真有过为钢铁而鏖战的不眠之夜？
> 果真有过如花的喜娘？
> 果真有过哈拉库图之鹰？
> 果真有过流寓边关的诗人？
> 是这样的寂寞啊寂寞啊寂寞啊……②

在寂寞的"烘烤"中，诗人昌耀陷入了对历史的怀疑，在无边的孤寂中，他甚至开始怀疑自身存在的真实性。这无疑是对昌耀的严峻"烘烤"。从杨尕三到王阿娘，再从 S 到修簧，昌耀先后经历了多次不幸的婚姻和失败的恋爱。更加不堪的是，在和妻子杨尕三离婚前后，长子王木萧竟成了他的"敌人"：帮助妈妈打爸爸。这一点尤其使昌耀耿耿于怀，甚至当他后期病重时也不肯原谅这个孩子。试看他儿子写的一段回忆文字：

> 从小到大，我没有照顾过父亲一次，今天我要为父亲洗一次脚。我马上打来一盆温水，放在床下，轻声地说："爸爸，我给你洗洗脚吧！"父亲没有应声。我轻轻地托起父亲的双脚，父亲固执地缩了回

① 昌耀：《艰难之思》，转引自《昌耀诗文总集》，青海人民出版社 2000 年版，第 401、408 页。
② 同上书，第 469 页。

去……我又一次捧起父亲的双脚，这次父亲没有拒绝……①

　　以上所述构成了昌耀和其他人的主要关系，属于弗洛伊德所说的痛苦的第三个方面。而由此带给诗人的欲望悬空与寂寞弥漫成为他心中不断蓄积的"内热"，它和贫困复合在一起，时刻"烘烤"着无以为家的诗人。

　　至于身体，更是集结了昌耀所有的痛苦：破碎的家庭、经济的贫困，富于敌意的时代氛围，在这些因素的长期"烘烤"下，诗人昌耀身患顽症——腺性肺癌。此时，"烘烤"诗人的因素变成了不可缓解的病痛。在顽症与子女之间，昌耀分配了他有限的金钱：到 1999 年 10 月第一次住院时，昌耀的存款共为四万三千元。他把四万元送给子女，只留给自己三千元。② 此时，昌耀深知自己的病已无治愈的希望，他只想尽快摆脱贫困、寂寞与病痛的"烘烤"。就此而言，这个分配具有遗嘱的意味。2000 年的春天（2000 年 3 月 23 日），昌耀从医院的病房跳下来，终于结束了这个时代对他的"烘烤"。

　　　　　　（肖学周　　原文刊发于《武陵学刊》2010 年第 6 期）

---

　　① 王木萧：《父亲，我长大了》，转引自燎原《昌耀评传》，人民文学出版社 2008 年版，第470 页。

　　② 燎原：《昌耀评传》，人民文学出版社 2008 年版，第 476 页。

第二章　少鸿论

第一节　少鸿小说的大地品格

艺术品格关乎艺术生命。艺术品格学的理论核心应该指向那种凝结在具体艺术品中、涌荡着创造者自身个性、气质、才情、器识之类元素的特别成色与特殊质地。真正有成就的艺术家往往就是那些"蘸着自己的血液和胆汁来写作的作家"①。他们总是在追问，在寻找，为发现和凝练这样的成色与质地而不遗余力，比如，韩少功植根传统文化土壤的文学努力、莫言力图散发自己独特"气味"②、通过胸中"大沟壑、大山脉、大气象"表达"大苦闷、大悲悯、大抱负"以及"大精神""大感悟"③的小说实践，等等。

诚如有的论者所言，"和他心爱的人物陶秉坤一样，少鸿从来没有忘记自己脚下的土地，是一位真正在大地上行走的人。能这样行走的人，眼里便只有世事如潮、人间沧桑，胸中吐纳的只是对生命途程的感怀、悲悯和关切，体内缭绕的便是智性的芬芳"④。三十年来，少鸿的小说阈限大体经纬在20世纪湘西北的资江、沅水流域，由穿越世纪的"两江"勾连起一个叫作"石蛙溪—莲城"的基本格局，由这一格局舒卷山川沟壑，摇荡年华日月，蒸腾生命气象，从中凸显出来的，便是一种极具"成心"⑤、极富质感的大地品格。

---

① ［法］左拉：《论小说》，北京师范大学中文系文艺理论教研室编《文学理论学习参考资料》（下），春风文艺出版社1982年版，第896页。

② 莫言：《小说的气味》，当代世界出版社2004年版，第1页。

③ 莫言：《捍卫长篇小说的尊严》，《当代作家评论》2006年第1期。

④ 夏子科：《少鸿小说的意义阈》，《湖南工业大学学报》2012年第5期。

⑤ 刘勰：《文心雕龙·体性》，戚良德注说，河南大学出版社2008年版，第229页。

一　大地根性

　　少鸿小说的一大质地，是由区域历史及山水自然所彰显的文化根性与生命本性。湘西北、武陵、沅水、资江，这不是一组普通的地理名词，而是令人望去就会怦然心动的一串字眼，其原因，大抵在于这片热土连接了某种历史，牵绕了太多沧桑。这里的天空、河流以及花草、鸟兽，这里的楠木、黑松林以及水稻、红薯，这里的小镇、田园以及扎排、龙舟，这里的义士、贤达以及愚妇、村夫，这里的哭泣、歌声乃至巫觋、鬼魅……这里的一切，都映现着久远年代的肃穆身影，氤氲了往古岁月的神秘气息。

　　这种往古积淀，主要表现为自先楚而降、绵延不已的勤恳踏实、执着虔诚之类血脉、精神。谈到这类积淀，人们不无道理地认为是一种"楚文化积淀"①。此处所言楚文化如果不是特指成王分封以来的中原主导文化，如果没有忽略此前更早的三苗文化、善德文化、8000 年前的彭头山文化甚至采集与狩猎文化，则"楚文化积淀"一说是相对完整、可靠的。强调这一点是有必要的，因为就事实而言，少鸿小说透射的文化精神往往更具自然生命气息与先楚意味。陶秉坤（《梦土》或《大地芬芳》）这一人物几乎就是楚地先民的化身，是对祖先"筚路蓝缕，以启山林"事迹的诠释和印证。对于土地的痴迷、虔敬，使陶秉坤形象已然成为古老农耕文化的符号和象征，尤其是那双青筋盘绕、十指虬曲的手，那把犹如身体的一个部分和天然"器官"的锄头，那种燃烧的热望与蓬勃的生命激情，这一切无不激荡着古老文化的回音。的确，文化本来就意味着自然、原始。文化自一开始就与大地品格相关联——culture（文化）一词的本义即"开垦""耕作"，而 civilization（文明）只是后来人工、人为的城市化结果。也许正是基于这样的认识，诗人库泊才会说，城市是人造的，乡村是神造的。

　　中篇小说《红薯的故乡》《九三年的早稻》也是积淀、散发着古老文化气息的优秀文本，前者缠绕着牧歌意绪，后者释放了某种大地感伤。"红薯"的"故乡"问题是一个关涉人类自身身世、颇具形上意味的"天问"。红薯充盈着生命的汁液，从久远的过去年代走来，以最简单、最朴实、最宽和、最谦逊的形式表达关切与牵挂，延续着父母对孩子般的情

---

　　① 何镇邦：《花冢·序》，转引自少鸿《花冢》，湖南文艺出版社 1998 年版，第 5 页。

愫，恰恰是在这里，人类找到了自己的真正故乡。小说可谓标本式地"实录"了从储种、蓄肥、着床、培种、松土、掐秧，到栽种、锄薯、翻藤、守夜、收获、加工生产、生活过程，揭示了古老的生存经验。无论哪一方水土，无论怎样的艰难时世，看到这样的记录和经验，大概都会收获一种慰藉，唤起一种记忆，重拾一种理由——日出日落的安澜，天地神灵的期待，江南采莲的怡悦，东篱采菊的闲适……这类事实和经验提示、寓言了某种现代存在的可能。《九三年的早稻》则流露出古典感伤和深深的现代忧虑：传统耕作文化的危机与出路问题。冬生，似乎是世纪末最后一位耕者，又抑或是新一代希望。父母双亡，高考落榜之后无奈返乡，冬生在邻居毛老倌、又福嫂指点、帮扶下跌进日子，扛起艰难。此时，外面的世界正冷冰冰地闹哄哄着，打工的喧嚷如潮水来袭，一阵接一阵。喧嚷之于冬生本不构成太多吸引，只为暂避一种特殊的生活麻烦，他才仓皇南下，碰壁后能去的地方还是只有家，而成熟的早稻、厚实的泥土以及同样厚实的又福嫂也在以亘古的平静表达着接纳。也许，冬生的心中，荒芜的不只是田园，也不只是又福嫂那样的女人——大地根基、家园理想，这些才是"归去来兮"的全部理由。

《梦生子》《红鸟》《皇木》《花冢》《冲喜》等早期创作表明，根性或本性的东西是需要甄别，需要扬弃、再造的，否则，它就只是痼疾，是掣肘。"梦生子"身上的愚昧性、"红鸟"羽翼下的欺骗性、"皇木"培植的奴性、"花冢"远遁着的顽固性、"冲喜"折射出的荒诞性……这些都只能是一种精神毒性与文化劣性。对于这样一类习性，少鸿的态度是决绝而坚定的，那就是与20世纪80年代寻根思潮相协谐，参与了文化批判的集体实践。这是世纪之初鲁迅式"国民性"批判以来又一次比较集中的文化大清理，应该说，这样的清理是必要的，同时也使人们对于大地根性的认识走向完整、深入。

精神血脉也好，文化遗留也罢，往古岁月积淀并不总是一些难以捉摸的影子，它们常常会附丽于某一具体形态，由此而使那些根性或本性获得一种标识，烙下区域历史的印记。这些形态，有时是历史人物形象，有时是历史文化事象，有时是地方特有自然物象，更多时候则是某种区域人文经典的实际在场。小说《溯流》所追溯的就是一条历史之流，所演奏的是一曲灵动的水文化交响。这是一条渊源深厚的河流。千古流淌的沅水，至今依然流动、鲜活着我们熟悉和温暖的面影：泽畔行吟、从枉陼逆流而上前往辰阳的屈原；伏波将军马援的三千兵马以及青浪滩幸存的杨姓士兵；五强溪的五位好汉；沈从文先生和他笔下的柏子，以及先生的大表哥……千古流淌的沅水，又是一条率性自由的河流：后生和他那为爱殉身的母亲；透着水鬼般邪气的促狭的水猴子；把人生"相好"看得最重要的东、桂莲、小旅馆老板娘……这些水汽淋漓的形象张扬甚至放纵着楚地个性，演绎了别样的生命质地。长篇《大地芬芳》、中篇《白鹭河排佬》等作品的关注视域在资江两岸，其所展示的当是所谓湘楚文化个性。人们大多承认，楚文化是有荆楚、湘楚之分的。荆、湘之间较为确定的界线就在沅水流域，这一界域的语言、习俗乃至地理环境等都更具荆楚平原特点。资江沿岸湘楚文化颇具山地个性：沉默而丰富，局促而热烈，厚重而飞扬。从小淹镇走向大世界的著名历史人物陶澍就是这种山地文化的代表，双幅崖七星岩的星光因此而成为一种象征、一种烛照和"悬临"①，成为"耕读传家"的典范，成为陶秉坤那样的普通山民心中的楷模。

历史文化事象，主要包括特殊习俗（比如龙舟、上梁、冲喜、冥婚、赶尸、卜卦）、历史事件（比如辛亥革命、常德保卫战、侵华日军细菌战罪行）等；自然物象则涵盖花草树木鸟兽虫鱼等天地万物。这类事象或物象同样激扬着真精神、大气象，即便一棵楠木（《皇木》）、一根松树（《黑松林》）、一只赶山狗（《赶山狗》），也可以回荡一股或凄怆、或悲壮的"国殇"品格。

区域人文经典的实际在场，所指当然是那些流贯在少鸿小说故事、人物、语言、结构、细节等之中的具体文化秉性，比如楚辞的忧愤、坚韧、奔放，比如老庄的通脱、恣肆、老猾，比如傩巫的怪诞、神秘与民歌的率直、热烈。显然，这样的楚文化特质是必定要赋予作品某种特殊品格的。即就巫觋之事来看，楚地"信巫鬼，重淫祀"早已是不争的事实，这和"子不语怪力乱神"、周人"事鬼敬神而远之"的北地正统大相径庭，着实十分有趣，大概也是楚地之为楚地的基本表征吧。其实，楚人很是慧黠，明知鬼乃无稽之谈，却依然要做得一丝不苟，何也？鬼者，神也；神者，人也，娱神的最后不过是为了娱人！少鸿是很清楚这点的，所以，作

---

① ［德］马丁·海德格尔：《存在与时间》，陈嘉映、王庆节合译，生活·读书·新知三联书店 2006 年版，第 287 页。

品写到的鬼神之事终究也不过是人世之事。但是，从《皇木》《花冢》等文本实际来看，那些阴森森影绰绰的场景仍然造成了不小的阅读冲击："冷汗从背上渗出来，酉知道碰上岔路鬼了。若没别人唤醒他，他将永远在这山谷里绕圈子。""赶尸人从腰间掏出个葫芦，呡了一口什么东西，向那尸体迎面喷去，接着微闭双眼念念有词。尸体忽然自己坐了起来……木偶一般向前走。""酉肛门一紧，不敢出声，讷讷地辞别赶尸人……回头一望，只见一堵悬崖壁立在那里，没有石桌石凳，也没有赶尸人。"（《皇木》）"我是在那个阴沉的暮春的傍晚发现黑影的跟踪的……我转身往回走，这时那黑影悄然出现，飘飘忽忽跟在后面。"（《花冢》）看看，这也许就是楚地和那些看透了生死的楚人。再看看"山鬼"意象。学者们考证，山鬼就是巫山神女，是追求爱情、渴望幸福、期待永恒的人们共同的寄托。然而，即令这样的情爱女神也很难把握自己命运，"风飒飒兮木萧萧，思公子兮徒离忧"。这是否就是一种生命真实、一种大地本质呢？神巫尚且如此，凡人又当如何！如果说，又福嫂（《九三年的早稻》）们还没来得及品味自己"粲然一笑"中的真正宿命时，素云（《服丧的树》）们却像"等待戈多"似的，从一开始就在清楚、坚执地等待着，直到"意外地"死去——仿佛一位现代"山鬼"。

二　大地智性

少鸿小说的又一质地，是那种立足大地、源自大地的理性思考。由特定地域特殊生态景观、风土习俗、文化品格、乡村情感或乡土精神、乡土理念等文化因子聚合而成的那种整体状态，我们姑且名之曰"原乡况味"，少鸿小说注重发掘这类况味并以此承载表达某种大地思考。

费孝通《乡土中国》说，中国社会的基层是乡土性的；《易》说"至哉坤元，万物资生"；《管子》说"地者，万物之本原，诸生之根菀也，美恶、贤不肖、愚俊之所生也"；诗人们说"村庄是人类的胎盘""井是脐带"……这类表述，都袒露着深刻的土地意识，阐发了乡土、大地的原型或母体意义。这是一种命定，是无法摆开的情结与纠缠，一旦失去这种联结，人就将饱尝失去归宿的无根之苦，就将经历孤独无依的精神流浪。《红薯的故乡》表明，故乡既是自古以来就有红薯的地方，也是红薯特别能够生长的地方，更是适宜人类生存的地方，故乡、土地、红薯、人，这些是密不可分的一个整体，是家或者家园、田园的全部内涵。《九三年的早稻》蕴含的土地意义即在于，土地是母性的，相应地，女性也是命的土地，她们都是需要耕作、需要浇灌、需要呵护的。这样看来，无论对土地还是对自己女人，常年在外而又无生殖功能的毛又福都是没有尽到职责的，而依据哈贝马斯那种所谓"商谈伦理学"（Discussethics）观念，冬生与又福嫂的不伦结合便具有了某种现实合理性。自此，土地与女性两位一体的意识成为少鸿体悟、把握大地的基本认知方式和表达方式，成为后来的一种写作常态。少鸿小说中，纯婚恋问题的文本也许只有一个：《服丧的树》。它试图告诉我们的是，爱情的树生长在最初的土地上。梅山村下放期间，素云爱上了陈辰。她十分珍惜自己的初恋，还在"扎根树"上偷偷刻下了两人的名字。返城后，素云进了纱厂，同曾子铭结了婚，随即又离了婚。下岗后，找到一家地处偏僻的宾馆上班，并邂逅了同样单身的许杰。然而，正如楚狂接舆曾经感叹的那样，"福轻乎羽，莫之知载"①，婚姻、邂逅都没能给素云带来幸福，她真正想要和内心坚守的，是童话一样"种"在山上的初恋。也许，所有女性都是不能容忍对于初恋的背叛的，一旦遭遇背叛，所谓爱，也就只是岁月风干的供桌祭品！这便是一种集体的悲剧，一个残忍的悖论，于是，素云就必然地有了那样一个神女般石化的结局。中篇小说《皇木》《花冢》也在一定的智性高度表现出不同的土地意识。单一地定性"酉"这个人物似乎有些难。或者可以说，这是一名孤独英雄，他让我们记起那些为王朝的倾覆而殉身的人，比如屈原，比如王国维。作为一名吃着皇粮的世袭采官，酉的职责是将发现的上等楠木组织采伐后扎簰贡往皇都。酉是很英雄气的，一生行止颇显悲壮，悲壮到近乎诡秘；酉又是孤独的，孤独到连他的儿子卯也不愿合作的地步。酉是替皇室尽忠的英雄，在寒来暑往、光阴流转中逐渐地忘却大地，步入虚妄，背负起背离大地的孤独，同那容与不进，淹回凝滞的皇簰一道，最终只能化为历史的陈迹。和酉的自我背离与背离的孤独相区别，《花冢》中的"我父亲"却是被世俗放逐而走进死亡的，这种死亡表达的便是一种大地回归与回归的安详。"父亲"是位乡下裁缝，苦恨年年压金线，为他人做嫁衣。怎奈好人多舛，世事无常，"父亲"罹患了麻风抑或天花之类传染病。面对不幸，"父亲"毕竟不同于祥林嫂。他的善良和内心的强大在于，自己一个人静静地走出村庄，即使事隔多年痊愈，

---

① 《庄子·人间世》，吉林文史出版社2001年版，第28页。

也因为担心吓着大家，只能潜回家园，门户紧闭。"父亲"好了，村人病了——那些堪称顽固的狭隘使"父亲"成了健康的鬼魂。他宽容、迁就了这样的狭隘，"穿着他亲手制做的一套黑色西装，搀着母亲的手，庄严地走向山坡"去"欢喜成仙"、走向新生和永恒。那坟冢上的荞麦花，一如土中沉睡的人无言的祝福与期待，期待"鲁四老爷"们阴魂早散，祝福祥林嫂们得到拯救……

　　与上述大地思考相呼应，少鸿小说在历史的社会的人性的不同布景上解剖乡间"恶心"，表述一种悲剧体验与大地关怀。《梦生子》《红鸟》是二而一的姊妹篇，同属所谓寻根小说。少鸿并不讳言当初的拉美"爆炸"冲击波给予自身的创作冲击，但我们宁肯愿意相信，曲尺镇和镇上那些曾经的荒诞、诡异面目，其内质，仍然只是一种民族固有的表达方式。因为，庄周个性、楚地风格早已完成思想和经验储备，同时，20世纪革命，特别是十年"文化大革命"往往同民众期待及人性本来相抵牾的事实所引发、提供的，也只能是中国化的思考与批判。就实际情形看，从"禄子"到"雷黑儿"，从禄子他娘到雷黑儿的"堂客"李子花；从亢奋到魔障，从肉体到灵魂都上演着"革命"对大地的奸污、呈露着令人战栗的悲苦与凄怆，难怪雷黑儿会感觉"脸皮一块一块地掉下来，如半生不熟的肉片"。荒诞的"革命"制造了"革命"的荒诞。受害的土地愤怒地肤浅、幼稚了，以肤浅对抗愚弄，以幼稚"欺骗"欺骗，这，就是恣意率性的楚文化精要，是透着凄凉的苦难智慧。还有一个颇堪玩味的人物：镇长。真跟陶秉坤（《大地芬芳》）感慨的那样，"我们石蛙溪，山好水好，可是一样的风水不一定出一样的人"。这个人浑身上下都"存在着一种老犬的狡黠，一种给人以奇怪印象的狡黠"①。长期的农村基层干部经历使他培养了"一种低飞的才能"，而且"岁数越大越不要脸"②，曲尺镇的悲剧往往就是他直接酿成的。对这种受恩于大地而又自觉背弃大地的"恶之花"，对脑满肠肥晃荡于大地之上而又恬不自知的所有那些浅薄、奸猾、腐恶、虚伪，必当剪除后快。果然，《龙船》《冲喜》以及《歌王之殁》《美足》等创作更具体地展现了各类缺失，更清晰地表达出不同的批判指向。"冲喜"陋习至今已不太能够见到，而作为一个怪胎，

---

① 林语堂：《中国人》，郝志东、沈益洪译，学林出版社1994年版，第19页。
② 同上书，第66页。

作为 20 世纪最后的田野事实，那种一如既往的别扭、恶心依旧令人窒息，那种"濒临冥界"、行将覆亡的愚昧、蛮横依旧令人震撼，而颇具警醒意味的是，"罗妈"那样嗜痂成癖的人尚未死去！"龙船"的昂奋、精进特质如果不凝集在更广阔的生命舞台，则某种局限和狭隘便会被放大，这个时候，合作似乎更能够体现宝贵的现代品格。这一点，在《法西斯菌》中同样得到证明。日本人飞临常德发动细菌战，因为细菌感染死亡的第一例是一位名叫蔡桃儿的少女，但是，比这一史实更让人痛心、愤怒的却是民众的麻木、无知和唤醒他们的艰难。这种贯穿世纪的国民性批判今天看来依然是十分必要的，所以，《歌王之殁》中，歌王的过去与蜕变就有了清晰的现代指向。歌王原先不叫歌王，叫"歌鸟"。歌鸟的家在山谷，那里树木葳蕤，花草繁茂，洋溢着苞米的香味。歌鸟身体雄壮健旺，歌声穿云裂帛，居然因此而引发空难。"我"和"乐"好不容易将他带到城里，希望他的原生态能给城市一些新的东西——不，让城市看到自己的曾经，可是事与愿违——歌鸟已被城市同化得惨不忍睹。从这一象征、隐喻式文本不难看出，"唤醒"的努力仍在继续，而思考与批判的重心已经发生转移：伴随物化与泛商的脚步，人类在土壤匮乏的路上渐行渐远，一些新生之恶的面孔正变得越来越清晰，譬如掠夺，譬如病菌、雾霾和沙尘。

三　大地诗性

少鸿小说还呈现出诗的质地——对大地诗意的索要，根植于生命之流的诗化叙事与判断。

在人们的潜意识里，"诗"与"骚"还是有区别的。同样拿槐树比兴，北地就做得比较质实粗放："小槐树，槐树槐，槐树下面搭戏台。人家的小哥哥早来了，俺家小哥哥咋还不来。"南方则显得比较古灵精怪："高高山上一树槐，手把栏杆望郎来。娘问女儿望什么，我望槐花几时开。"如此看来，诗是以《诗》三百篇为代表的风土文化，骚是以屈《骚》为典范的浪漫文化，似乎，"骚"是比"诗"更显诗性的诗。这种比较当然没有太多必要，但至少还是证明了两类不同的事实存在：对大地诗意的刻意索要和浪漫赋予。

大地本身展现了一种诗意自然。青山满目，俯仰皆诗："青山默默地伫立，洁白的雪花轻轻地飘落，松林穿上了白绒绒的雪袍，岭上岭下一片雪白。太阳出来，雪水从枝头滴下，松林里滴滴答答奏起一片美妙音乐"
（《黑松林》）；"头上，被重峦叠嶂圈定的那块天空，云已全部散去，湛
蓝如洗；岸上的灌木摇曳着树冠，蜡质的叶面银子似的闪着斑斑的光点"
（《白鹇河排佬》）……水是流动的诗："白鹇河被峡谷挤疼了，怒吼着，
蹦跳着，往前扑腾翻滚。大浪摔在岩石上，玻璃似地碎裂开来。峡谷里河
浪的轰鸣震耳欲聋"（《白鹇河排佬》）……即便是陶秉坤（《大地芬
芳》）那样的山民也常常会感受、涌动某种诗意："他贪婪地嗅着泥巴的
气息，不时地扬一下鞭，但那竹枝做的牛鞭并不落到牛背上去……一只丁
丁草鸟落到牛背上，尾巴一翘一翘，啼啭得十分动听，犹如珠子在瓷盘里
滚动。又有一只瘦腿鹭鸶飞来，落到田里，伸出长喙，啄着田里的螺
蛳。"正所谓"一切景语皆情语"，这类诗意不是孤立的、游离于小说之
外的点缀，相反，它们是经过选择的、与人的心境或事件发展的情境相契
合的必然要素，是小说整体的有机部分，而这一点恰恰满足了所谓抒情体
小说或诗化小说的基本要求。

　　大地同时也展现出诗性的生命自然。初看起来，白鹇河那位"排
佬"与海明威笔下的桑提亚哥（Santiago）"老人"颇为相似，究其实
质，却依然是一位流淌着先楚文化血液的自然之子、倔蛮硬汉。战胜卑
怯懦弱，征服急流险滩，寻求价值实现，这便是排佬们的宿命，因此，
借用庄一夫（《溯流》）的话来说，"水是他们生命的一部分，是他们
心灵的寓所，精神的家园，是塑造他们个性的元素……"水是抵达安
宁、自由的唯一通道，是灵魂获救的最后证明。"白鹇河排佬"曾经是
一位失败者，败得很惨，散排落水后连短裤都被撕烂冲走了。没人会同
情一位失败者，人们毫不留情地嘲笑、羞辱了他，连定了亲的妹子也走
了，相好的女人也鄙夷他"不是个男子汉"……从此，他的腰开始佝
偻了。多年以来，"排佬"一直不能原谅自己，在痛苦、自责和不屈中
顽强地等待着，尽管等出了"一张酱色的核桃壳似的脸"，尽管等成了
一个驼背，尽管时过境迁，人群尽散，撑排行当几成历史。"再撑一次
排，成功地撑一次排，是他此生的最后愿望。""这张排对他太重要，
这不是排，是他这个人，是他一生的结局。"经历艰难，"白鹇河排佬"
终于征服凶险、证明了自己。"衰老的生命此时此刻坚强得如钢似铁"，
眼角却"渗出一颗亮晶晶的东西"。登上码头，走在空寂的街道，"他
只想以生命的全部大笑"。他一身轻松，那驼背居然又直了！这真是一

部典型的浪漫传奇。沿着这一诗性生命轨迹，人们是否能够想起，日子之上应该还有一些别的什么？是的，顽强，忠贞，尊严，甚至崇高，尤其在这样一个"英雄气短"的年代，"排佬"的这类诗意的传奇几乎已经是一种奢侈。"白鹭河排佬"之外，少鸿又在他的鸿篇巨制《大地芬芳》中发掘了另一位排佬形象：水上飙。不同的是，水上飙的诗性人生更有一种英雄传奇色彩。他的生命开始于"排古佬"却并未止于排古佬，或者说，他的生命价值和意义并不是在"水上"得到最后实现的。年轻的时候，这位"能日死牛的飙后生"颇有绿林精神，极端适意率性，被陶秉坤救成"堂客"的黄幺姑就是因为同他恋爱而遭遇沉塘之祸的。他不慎弄死族长，躲进山中，收养了义女山娥，一刀阉了奸污自己女儿的劣绅吴清斋，在安华县城一头撞进革命。以后的岁月，水上飙逐渐走向自觉，最终成为坚定的革命者，而年轻时的快意恩仇也随之升华为革命的英雄主义，在剿匪战斗中抱着匪首一同坠下悬崖。令人钦敬而又伤痛的是，这位一生英雄的"排古佬"，不曾从革命中获取任何个人利益，却用苦难的一生抒写着诗性的壮烈与纯粹，比较而言，他的生命传奇应该更具世俗拯救意义。这样的生命诗意还有很多，比如陈梦园（《大地芬芳》）"烹汤杀寇""慷慨赴死"的凛然、肃然，又比如尤奇（《溺水的鱼》）皈依自然的温暖、安然，后者因为象征式地回答了"魂归何处"的现代诘问而获得一种更高诗性。

现代小说中最能发掘和记录大地诗意的作家就是孙犁，少鸿的发展却在于，某种诗性思考、诗性判断沉淀其中，濡润着小说的整体构建，不是点缀，不是色彩，而是内在旋律，或者说就是一种整体表达方式。尤其像《赶山狗》《乌麂》一类短篇，不光有着诗的内质，不光是整体方式，还兼具诗的外形——诗的跳脱，诗的节奏、诗的句式等。"赶山狗"形象已被人格化。它知道自己无法对抗命运——从猎狗变为菜狗的命运，便自行找到一个机会惨烈地死去，保持了自身作为猎狗的完整性。"乌麂"是山民娄贵的个人要求得不到满足便向乡干部撒气的手段和工具，尽管不免失之农民式的狡黠，又未尝不通透着某种诗性的智慧，欢跃着普通人的快意。至于小说中那些具体的诗化语言，像"酉的日子全装在褡裢里""酉觉得岁月真是蛮不讲理，残酷无情""风的舌头舔凉了他的身体""清凉的夜气水一样掠过酉的身体"（《皇木》），等等之类，早已是一个常见事实。这也难怪——小说家的少鸿，他的起点本来就是一位诗人。

（夏子科   原文刊发于《创作与评论》2013 年第 6 期）

第二节 少鸿小说的意义阈

一般来讲，阈的所指是某种精神维度，或文学思想意义的深度、广度和高度。意义深、广度是根系，是大地的厚重，是历史纵深，是绵延的"人生之心境情调"；[①] 意义高度则是花朵，是智性的芬芳和未来召唤，是海德格尔特指的那种缄默的本真能在。

对于写作经验，少鸿一直是审慎甚至回避对待的，这一"缄默"态度使他很少"慷慨地捐献'创作谈'"[②] 之类文字，只有一个例外，那就是有关文本意义或"意味"的阐述。在他看来，作家的最大收获和价值实现"不在于他写了多少作品……而在于他建立了自己的一块精神领地，他可以邀请人们来这块领地上做客，领略心灵世界的旖旎风光，让人们认识他，也认识人们自己"。[③] 据此，少鸿进一步认为，"所谓小说创作，简而言之，就是叙述有意味的故事"。[④] "我要考虑赋予故事某种意味，让意味弥漫其间，让它从文本中氤氲起来，散发出来，进而感染读者。没有意味的故事难以成为小说，更难以成为好小说。"[⑤] 在这种观念支配下，少鸿创作力图超越经验，直面灵魂，自觉追问和探寻人的存在，就实际情形而言，21 世纪以来接连出版的《溺水的鱼》《花枝乱颤》《抱月行》《大地芬芳》等长篇小说也的确呈现着一个个具备丰富可能性的寓言状态，由此构筑起属于他自己的精神领地和意义世界。

---

① ［德］吕迪格尔·萨弗兰斯基：《海德格尔传》，靳希平译，商务印书馆 1999 年版，第 7 页。

② 陶少鸿：《水中的母爱》，远方出版社 2002 年版，第 140 页。

③ 同上书，第 135 页。

④ 同上书，第 153 页。

⑤ 吴了然：《与少鸿谈〈抱月行〉》，《长篇小说月报》2008 年第 5 期。

一　那个孤独的人

那个孤独者的本质实即主观思想者，是立足个体此在而又连接和通往"上帝"或所谓终极存在的一种精神自我。有"意味"的是，孤独的个体常常要面对一些悖论式的生命尴尬，正如柏拉图《泰阿泰德篇》记载的那位泰勒士先生一样，一心仰观天象，不慎跌入井中，结果被侍女嘲笑：你急于了解高天之上，却忘了脚边身旁一切！无独有偶，20 世纪末人文精神大讨论中，"躲避崇高"的那一群与"拒绝妥协"那一派几度交锋，煞是热闹，最终仍只落得个"废墟嘲笑废墟"[①] 而草草收场，回头看看，躲避者不见得就那么恶俗不堪，而拒绝者也未必就那么冰清玉洁。其实，按照海德格尔的解释，此在之外还有一个共在，它们是蜗牛在壳中式的一个整体，而那孤独者同时也必然地和"常人"世界有着千丝万缕的联系，"此在首先是常人而且通常一直是常人"[②]，唯其如此，他才能在人生"被抛"历程中不断消解那些悖论式尴尬并从而获得一种诗意栖居品格。所以，躲避也好，拒绝也罢，问题症结就在于忽略了整体可能而把一个方面推向极端。

尤奇、袁真（或者还有那个秦小谨）都是被抛和栖身"官场"的孤独者。应该加以区分的是，这个官场并不完全等同于一般所是的那个官场，其意义指向已经被充分虚拟化、能指化。对此，少鸿曾明确表示："我也不太认可官场小说这一说法，我写的是官场人小说。文学关注的是特定环境中的人，官不官场，只是人物所处环境而已。"[③] 这类区分、界定本来是必要的、有价值的，值得商谈的是，"官场人"这一颇具歧义的说法仍然只是意识到了人的存在的主导事实，相对弱化了此在与共在作为一种结构整体的本体论意义。换言之，人（尤奇、袁真）与环境（官场、周围世界）是鱼水一样密不可分的结构整体，他们之间是一种相互影响、相互作用、相互补充、相互依存的关系（尽管往往是那种悬浮、冲突的联系）。强调这一常识绝非意指少鸿企图拔着自己头发脱离地球，

---

① 愚士：《以笔为旗——世纪末文化批判》，湖南文艺出版社 1997 年版，第 8 页。

② ［德］马丁·海德格尔：《存在与时间》，陈嘉映、王庆节译，生活·读书·新知三联书店 2006 年版，第 150 页。

③ 吴了然：《与少鸿谈〈抱月行〉》，《长篇小说月报》2008 年第 5 期。

相反，一般所是的"那个"官场环境恰恰是需要加以弱化的，如此才凸显出"这个"官场环境的在场及人的"在其中"意义。那么，"这个"官场又是什么呢？米兰·昆德拉认为，"答案首先要求人对世界是什么有一种想法。对它有一个本体论的设想。在卡夫卡眼里的世界：官僚化的世界。办公室不是作为许多社会现象中的一个，而是世界的本质"①。"……和约瑟夫·K在法庭或土地测量员K面对城堡的处境一样。他们都处在一个世界中，这个世界不过是一个巨大的迷宫式的机关，他们逃不出那里，永远不明白它。在卡夫卡之前，小说家经常把机关揭露成个人与社会利益冲突的竞技场。在卡夫卡那里，机关是一个服从它自己的法则的机械装置，那些法则不知是由什么人什么时候制定，它们与人的利益毫无关系，因而让人无法理解。"② 可见，"这个"官场不是那种"个人与社会利益冲突的竞技场"，其"在场"意义十分重要，不仅不能弱化，相反应成为一种理性自觉，因为它就是世界，所涵盖、呈露的是人的利益（冲突）和世界的本质。

　　办公室是机关或"这个"官场的细胞。这个所在，如此纤小如此庞杂，如此空洞如此真切，仿佛牵系着世间万物和一切可能，又仿佛通往一个巨大的虚妄、虚无。这就是那个汇聚了诸多世故、摇曳着万般风情的"常人"，是那个"鲁四老爷"和弥漫在鲁镇上空及每个角落潮冷的空气……这个所在，好像什么都不缺，唯独缺少人——那种被海德格尔习惯称作的"本己的自己"；这个所在，所有祥林嫂们都将无可饶恕，所有"本真的自己存在"都将无处遁形。难怪不幸栖身于此的两位可怜的孤独者——尤奇、袁真刚一出场就都上演着（精神）逃离的悲剧。袁真是那种纯得让人心痛、美得无可挑剔的知识女性。她的逃离方式很沉静：上办公楼楼顶去"透口气"。这一再自然不过的举动居然引起一场轩然大波："常人"们骇然以为她要跳楼了；秘书长吴大德匆忙前往"现场"信誓旦旦做劝说工作；几乎所有人都坚信袁真这下子"仕途"无望了；丈夫方为雄颇觉殃及池鱼、沮丧至极；表妹吴晓露甚至凭借色相代为寻求解释……被荒诞"包裹"的袁真好笑之余，也体验着一种彻骨的凄怆！这

---

① ［法］米兰·昆德拉：《小说的艺术》，孟湄译，生活·读书·新知三联书店1992年版，第45页。

② 同上书，第98、99页。

一场景不由使我们联想到约瑟夫·斯克沃雷奇讲述的一个真实的故事：一位捷克籍工程师前往伦敦参加学术研讨，回来就发现自己成了官方报纸所披露的叛国者。上帝！他再也无法安宁地生活了——监视、窃听、跟踪、悻然、噩梦终于使他真的移民到了国外。① 这一情形，西方人称为卡夫卡现象，中国人叫作众口铄金。由此可见，庸常的力量对一切纯粹而言只是一种恶心、一种孤独和悲哀。再看看"那个孤独者"尤奇。他的逃离方式更具某种形而上的苍凉意味，一出场就发出一声亘古旷世的"天问"："什么是我该待的地方？"这一追问立即暴露出他全部的生命尴尬：贫寒的出身，卑贱的职位，微薄的薪水，虚伪的上司，"庸常"的妻子，沉重的义务……不，这些都不算什么，常态的日子并不可怕，"畏惧"常态并不能解决问题。这条"溺水的鱼"、这个年轻男人的全部委屈就在于：何处安置灵魂。实际上，他是非常清楚"自己"的真正需要的——睿智的思想的阳光、理想与信念的空气、真诚的情感的水，也许，这才是他该待的地方。

如果说知识者的精神孤独主要表现为这种极致对立、对抗的话，民间孤独形态是否更具一些融合、调和性质？或者说，民间孤独更基于某种情感的、道德的、诗性的选择？

把覃玉成跟水上飙放在一起对比考察是很有意味的（尽管不是同一作品中的人物）。他们绝对是两种不同类型的日常存在，而在"本真的自己存在"意义上却又表征着高度的同一：逸出常态，回归孤独。覃玉成患有（后天）心因性性功能障碍，惧怕女人裸体，"不喜欢"女人，新婚之夜便逃离洞房去追逐一把月琴，这一去就是他的一辈子。常态来看，他的确就是个不可理喻、只知迷琴的"玩货"，过日子几乎一窍不通。然而，也正是这种无经验成就了宝贵的执着和本真，使他以一种懵懂的轻盈、精神的健全扛起了生的艰难与沉重，使南门小雅这样的好女人心甘如饴地坚守、相伴一生。与覃玉成不同，水上飙体格壮实，生命力健旺：喜欢和追求乡村女子黄幺姑，却又终生未娶；孤身一人，却又背负种种牵挂；无根无业，却能四海为家；性情桀骜，却能虔诚追随革命。相对而言，水上飙更具常态色彩，但常人却很难有他那样的快意恩仇，率性自由

① ［法］米兰·昆德拉：《小说的艺术》，孟湄译，生活·读书·新知三联书店1992年版，第96、97页。

境界，因而，他又只是一个传奇、一种渴望，同覃玉成一样，本质上是诗意的、孤独的。

至此，需要强调的是，孤独现象涵盖和建树的是清晰而坚定的生命高度和精神气度，其本质并不指向迷惘、无助之类负面意义——上述人物已经证明了这一点。

二　大地芬芳

秘书长吴大德这样指责袁真："（跑到楼顶）你不怕死吗？"袁真颇感好笑，心里嘀咕道：活都不怕我还怕死？这话说得好，倒过来说就更好、更具一种向死而生的勇气。《创世记》有言："你是从土而出的。你来自泥土，仍要归于泥土。"佛家也说："生本不乐。"诚然，生命维艰，死是最广泛的事实，是命定和无奈的终极，是每一此在与生俱来的不可逾越的可能性或"与众不同的悬临"（海德格尔语）。但是，生的意义向来就是在超越死亡阈限的途程中得到显现的。"向死存在的意思并不是指'实现'死亡，那么向死存在也就不能是指：停留在终结的可能性中。"① 这就像鲁迅先生笔下的那位匆匆过客一样，明知前面是坟，仍要奋然前行，更何况"那里有许多许多的野百合，野蔷薇"，死亡所见证、所激励的恰恰是九死未悔的坚韧和向死而在的新生。

和他心爱的人物陶秉坤一样，少鸿从来没有忘记自己脚下的土地，是一位真正在大地上行走的人。能这样行走的人，眼里便只有世事如潮、人间沧桑，胸中吐纳的只是对生命途程的感怀、悲悯和关切，体内缭绕的便是智性的芬芳。

20 世纪是少鸿小说最主要的"曾在"，资江北岸的石蛙溪、沅水之阳的莲城是确定的大地，涌流、绵延、蒸腾于大地之上的所有那些忧烦、期待、操劳、撞击、挣扎、恶心、惊叹、好奇、愉悦、狂欢等极具民间特质的"人生之心境情调"随即氤氲、散发为"芬芳"的意义世界，这一世界才最终"赋予"大地以新的姿态和品质。所以说，"作品使大地成为大地"②。石蛙溪

---

① ［德］马丁·海德格尔：《存在与时间》，陈嘉映、王庆节译，生活·读书·新知三联书店 2006 年版，第 300 页。

② ［德］马丁·海德格尔：《人，诗意地安居——海德格尔语要》，郜元宝译，上海远东出版社 2004 年版，第 101 页。

这一大地形态的意义在于，它是南中国百年乡村的象征，"在其中"的陶秉坤是那些岁月的见证人，土地和人成为贯穿世纪的生命主题。活了 102 岁的陶秉坤为土地而生，为土地而死，有着近乎顽固的土地意识，这一意识就像那七星岩的星光，"悬临"、照亮他"方圆五十里，上下百余年"的人生。地之吐生万物。的确，土地是血脉，是延续，是踏实，是安慰，是生生不息的生命之流。整个 20 世纪就是土地问题的世纪：土地契约；土地争夺；打土豪、分田地；土地革命；土地战争；土改；土地公有；土地承包；土地开发……土地问题撼动世纪风潮，摇荡万家忧乐。从一位百岁老人的视角诉说百年情态，虽不是什么新奇创造，却仍然是十分必要和非常务实的，这种民间态度或民间视角所特具的方法论意义，使人们获得了关于百年乡村"曾在"清晰、完整、真实的印象。在陶秉坤意识深处，土地才是安身立命的根本，其他都不过是浮云，是无价值、无意义的。他的一生表明，对土地的眷爱是生命的最后理由。四时流转，泥土芳香，薯藤乱爬，草茎甘洌，甚至牛背上丁丁草鸟的啼啭、瘦腿鹭鸶的闲适，一切都有着"说不出的熨帖和惬意"。缘于然之爱或赤子之爱，才有了与土地问题密切关联的企望、忧思、受难和争斗，即便对待乡土地上的那一系列"革命"，价值评判与取舍的依据仍然是土地。土地意识赋予这一价值标准以更为本真的属性，合乎这一标准，"革命"便获得一种乡村合理性，否则就只是灾难。较之石蛙溪，莲城这一大地形态更多废墟性质和精神荒原意义。这是一个无根的所在。"被抛"的人群酷似"溺水的鱼"，跌跌撞撞，争先恐后，真可谓"花枝乱颤"，呈现着冷冰冰的闹哄哄：机关小人物尤奇满眼是"灯红酒绿""高谈阔论"之类"俗流"；市委办公室科员袁真承受着肉体和精神的双重"强奸"；保卫科长徐向阳求证了冠冕堂皇的下流；民间艺人南门秋、覃玉成面对折磨和荒诞弹奏善良、诉说纯粹……看来，这真是一个已然迷途、值得怜悯、亟须救赎的所在，需要培植，需要建树，甚至需要陶秉坤那样的开垦、耕作，而这一类关切和努力所面对、表达的已经是一种"将在"。

人们确实很容易形成这样的印象：少鸿的小说世界似乎没有什么十恶不赦，哪怕是吴清斋那样的地主，龙老大、二道疤那样的匪首。仅仅"停留在"这一意义层面将是滑稽可笑的，因为这种线性单一的好坏评判正是消解意义、否认冲突、模糊善恶、削弱对抗的真正手段。"冲突是为他的存在的原始意义。"① 行走在大地的少鸿从来不会如此轻松随意地忘却使命、有意忽略世界的艰难"处境"与"恶心"现象，比如，社会学者一般所指的那个"游民无产者"或"流氓无产者"现象就一直是一个巨大的存在。"石蛙溪—莲城"处境中同样存在一个堪称庞大的"流氓无产者"群。举凡：伪道的木瓜寨族长、下作的地主吴清斋、偏狭的伯父陶立德、轻狂的堂兄陶秉乾、刻薄的烟鬼陶秉贵、偏执的支书陶玉财、滑头的议长蔡如廉、可恶的败类周布尔、混账的长工铜锁、鄙俗的社员岩巴、无聊的小人李世杰、贪婪的县办主任老梁、腐臭的秘书长吴大德……他们，居然如此声势浩大，如此甚嚣尘上，如此"正大光明"，如此十恶不赦！追踪"师门"，阿Q或那些帮会头子大抵应算是"师傅"，而这后起人众相比"前辈"更是"青出于蓝"、过犹不及。阿Q"师傅"也许顶多有些油滑，某种意义上还显出小小可爱，这却是一群穷凶极恶、十足流氓的无产者；阿Q"师傅"倒真因无产而"流氓"，"徒儿"们却是因流氓而无产——彻底的精神扭曲，灵魂肮脏，人格残疾，品质孱弱。因此，这里的"冲突"意义即在于，同枪毙几个"坏人"相比，救治这样的恶心才是更为棘手的事情。

三 缄默的本真能在

先知穆罕默德曾诙谐说，既然山不来就我，我便去就山罢。作品无处不在的意味便是这样的"山"。任何有成就的作品都只是一种所谓召唤结构、"都包含一个未完成的部分"，② 这就需要读者亲往"山中"，亲身领会和聆听那"缄默的本真能在"，以期（"部分"地）完成"未完成"。

话语及其形式是小说质料与意味的基本承载。极端主义更进一步认为，形式即内容，话语即意味或本质，譬如盐之于菜，盐的形态消解了，质料与意味却在菜中，能看见的只是菜这一形式。"唯有所领会者能聆听。"③ 稍加"聆听"就会发现，少鸿创作是很在乎怎么说、很用心经营

---

① ［法］让·保尔·萨特：《存在与虚无》，陈宣良等译，生活·读书·新知三联书店1987年版，第470页。

② ［法］米兰·昆德拉：《小说的艺术》，孟湄译，生活·读书·新知三联书店1992年版，第63页。

③ ［德］马丁·海德格尔：《存在与时间》，陈嘉映、王庆节译，生活·读书·新知三联书店2006年版，第192页。

语言的，而其目的，自然还是为了指向某种蕴含、某种意味，并非全为一份光鲜。"（陶秉坤）放下柴刀，脱下上衣，绾起裤腿，又将长辫在头顶盘紧扎牢，然后往手心里啐一口，操起了锄头……锄尖深深地锲进土里……"一串动词很是精致、很见功夫，那锄头便挥舞了蓬勃着的年轻与燃烧着的热望。这是一类。"用乡下话说"又是一类，这类表达往往更见精神、更显本色。还有一类，就是通过具体语句或细节、段落来"散发"某种意味，借用海德格尔的说法，即通过"此在的展开状态"与"话语的分环勾连"期待一种聆听的可能。"（等人）等得腿杆上长出了菌子"，"有酒有肉，十几条喉咙响得快活"，"他（水上飙）发现岁月都充实到女儿身子里来了"，"陈梦园瞻望前程，但见群山重叠，绿水迂回，苍茫山水间一只雪白的江鸥孤独地滑翔，消失在空蒙的远方"，"（陶秉坤）能感觉蒸发的水气火焰一样在身下摇曳"，"龙老大说完，瘸着腿转身，钻到另一个山洞里去了"，"这一声叹息是陶秉坤妥协的先兆"，"天空阴沉沉的，似乎也蒙上了往事的色彩"，"之后，（于亚男、黄慈予）两人都不吱声了，她们用身体温暖着对方。窗外的风平息下来，在这个寂静寒冷的雪夜，她们感到被一种广阔无边的温馨所包容了"，"陶秉坤生命中的最后一天并无特别之处，秋风飒然，茅花飞白，阳光明净，牛铃悠扬，一派亘古相承的安详与宁谧"……孤立地看，这类表述也许并非什么惊人语，但置于具体语境、联系一生行止或整个此在，就发现它们都呈露一种"展开"着的"勾连"状态，"散发"一种撞击灵魂、摇撼心魄的"本真能在"。

语词及结构形态也承载着能在或者意味。语词所覆盖的意义阈和蕴含的能在，已经令小说家们着迷，以至于形成了一种"词典小说"现象。昆德拉就是用那些"不解之词"来表述人的存在状态与生命意义的。例如，弗兰茨说"萨比娜，您是个女人"，"女人"就是很"有趣"的一个词，因为它至少"代表着一种价值"——"并非所有的女人都称得上是女人"。少鸿也很讲究用词，讲究到常常使我们仿佛看到摆在他案头的那本厚厚的词典（尽管有的时候我们并不太愿意看他刻意地依赖那本词典）。"大地"之类具有母题意义的词汇自不必说，单是从泥土中"长"出来的那些词就尽够回味的了，像"挖他一眼""蚂蟥"一样叮在心里的念头等，都是一种"未完成"，留下了一定的解读空间。"妄混"是个方言词，如果用在陶玉林身上是再合适不过了，因为那就是他的"途程"、他的一生。无论如何也不能把陶玉林归入"流氓无产者"一类，他的歪理、荒唐、冲动、仗义等生命轨迹只能用"妄混"来解释。"水上飘"这个名字本身已经传递了一种本然意义，而对陈秀英（于亚男）却始终没有给出一个恰当的语词。当然，这是个近乎故意的"未完成"。陈秀英是一位令人感佩、令人尊敬的女性：美丽、知性、执着、旷达，怀抱大爱一生未嫁，历尽坎坷担当道义，矢志革命无怨无悔。这样的女性已达圣洁，语词形式已无关紧要，也许在昆德拉"七十一个词"中可以找到一些切近的词：激情、背叛与忠诚。激情是生命燃烧，背叛是走向新生，而忠诚，则注定只是一种诗意的悲壮。从上述这类"聆听"中应该可以看出语词所具有的某些结构功能，还可以通过袁真的此在状态更明确地证实这种结构意义。袁真也是那种美丽、才华、纯粹、独立的女性，但给人总的印象是干净。干净一旦孤独地面对周围龌龊，生命便翻滚着无可回避的悲怆气息。"跳楼"风波的当晚，丈夫便一面发着牢骚，一面晃荡着"暄软的肚腩"和庸常的嘴脸"蛮横地""冲撞"了她。受伤的袁真痛苦地呜咽："我被你强奸了！""强奸"这一语词立刻成为整部小说的基本连接点：从家内到家外，从生活到工作，从肉体到灵魂，无处不游荡着这种"强奸"感。

　　如果"能在"是指由此在而"展开"的丰富可能，那么，缄默与本真就成为这些可能的必要属性。海德格尔一再强调，真正的缄默只能存在于真实的话语中，不是哑巴，也不是故意不说，更不是随意乱说。这也就揭示出，作品一经形成便是缄默，同时，这一缄默也在静候另外一种缄默——聆听。本真，就是那些"真实的话语"，是此在"本身的真正而丰富的展开状态"，正所谓真理是朴素坦荡的、无遮蔽的。无疑，少鸿本人与他的小说都是很本真地缄默着的，有时甚至到了"忘言""无语"的地步，比如说，他从不直接评价自己的人物，也好像没有给小说章节安一个什么标题的兴趣、习惯，总是充分信任人们的聆听力，尽可能充分地腾出空间，增强挑战性。这样的特性显得很有魅力，也显得很有境界——正如米兰·昆德拉所期望的那样，小说家真正消失在了自己的作品之后。

（夏子科　　原文刊发于《湖南工业大学学报》2012 年第 5 期）

第三节　寻找生命的和谐

——评《溺水的鱼》

一　躁动——尴尬境遇与无奈人生中的突围、逃离

茫茫人海，芸芸众生，"什么是我该待的地方？"这就是《溺水的鱼》试图回答的问题——一个具有终极意义的话题，也是古往今来多少睿智的思想者力图说清而又难以说清的千古难题！我们并不期待一部20多万字的小说就能完成对这样的生命难题的终极思考，事实上，作品也只是通过尤奇这一人物形象客观地展示了一种生命状态，体现了对于理想、信念、尊严、意志、品格等一类价值范畴的固守与凝望，表达了对生命和谐的渴求和关于心灵归宿的诗化判断。它没有、也不可能实现什么"慈航普渡"，甚至也很难说就能借以劝谕时代、拯救灵魂，但那种直面现实的勇气和指点人生的努力仍然是富于积极意义的。尤奇是明显属于当今时代的"这一个"：出身贫寒、身份低微而又情感丰富、孤独自尊，凭借寒窗苦读走出泥土社会，大学毕业后谋得一份差事，然后娶妻生子，靠微薄的薪水解决"吃饭"问题，靠爱好与追求来充实精神世界，生活上不求奢华，但求充实，不求显赫，但求平安。应该说，这也算是较经典的、不错的生存模式了。尤奇本来打算要虔诚皈依这一模式的。因为就他个人而言，抵御物欲、享受清贫已经不是问题，经受诱惑、看轻虚荣也不是问题，长期的底层经验早已为他预备了足够的承载能力和坚定自制的意志力，所以，作为政府机关一名普通工作人员，他能够做到安心本职、心无杂念地为科长、为办公室"扫地抹桌"，为局长起草报告甚至代写论文；他可以将别人说说而已的"青草理论"付诸生活实践，不去理会身边同事一个个晋升科长、处长而自己依然是个小办事员的事实，心中只装着他的文学创作；他愿意为兑现让母亲抱上孙子的承诺而包揽家务、取悦妻子……不能说尤奇受了多么大的委屈，他所付出的这些也不过呈现出生活常态，如果一切相安无事，他的"饭"就会"吃"得很好，那也不啻为一位十分幸福的"成功人士"了！然而，尤奇没有这么幸运，生存理想与现实境遇的冲突一直挟裹着他，使他从一开始就不得不面对种种尴尬、困扰。处于这样一个心灵钝化、缺乏诗意的时代，想要保持一份纯粹已变得异常艰

难，偶尔的生命感动也便显得弥足珍贵。一路挣扎、满腹疑问的尤奇好像已经很难做到心平气和，悄悄滋长的对抗情绪变得日渐明确，且在拒绝欲望、寻找和谐的途程中常常被赋予一定的物化形式，进而最终将其定型为某种理性的对抗形式——逃离，用逃离来表达对抗。面对妻子谭琴赤裸裸的权力崇拜及对他毫不掩饰的轻慢态度，尤奇感到了前所未有的无趣和痛苦，于是，他选择了逃离，母亲想抱孙子的愿望便一次次落空；面对庸俗、势利的机关和"假惺惺"的上司，尤奇只感到极度的厌倦与"恶心"，为了自己的尊严，他选择了逃离，"对科长的桌子就抹得不那么精心了，手在一个来回之间故意留下了一道空隙，灰尘历历在目"。即便对自己钟情的文学写作，他也"非常清楚，文学是无法让他安身立命的，它仅仅能给他一点精神安慰而已"，因此不免常常产生怀疑："那么，他要什么呢？他这一生，能够做什么呢？"他究竟应该"待"在哪里呢？几经考虑，尤奇还是选择了逃离。他坚信，尽管满眼是令人眩惑的"灯红酒绿"，满耳是烦闷乏味的"高谈阔论"，"但是那些真正睿智的思想，那些淳朴真挚的情感，一定在这俗流之外，像青草般不为人知地生长着"。

二 "悬浮"——漂泊心境与物化世界中的游弋、撞击

毋庸讳言，尤奇是个"小人物"，物质地看，无论他逃到哪里，都摆脱不了作为一名小人物的悲剧命运。小人物尤奇显然就是那条"溺水的鱼"。是鱼则善游，所谓"如鱼得水"，当属常理：鱼而居然溺水，就有悖常理了。管子《水地篇》尝谓："水者，地之血气，如筋脉之通流者也。故曰：水，具材也。"西哲亦谓，水乃宇宙之本原，万物因之而得滋生。至于鱼，作为地球上最古老、最简单、最朴素、最顽强不过的生命形态，更是以水为居室和家园的，焉得"溺水"呢？到底是谁使事情变得这样？这倒是值得深思的问题。究其原因，要么是"水"有问题，要么是"鱼"有问题，要么就是"水"和"鱼"都有问题。也许尤奇的逃离是个错误，或者，选择漂流异地这一物化形式的逃离更是一个致命的错误。这是一个欲望过盛、失却诗意的物化与泛商主义时代，在这样一个市声喧腾、人欲汹涌的年代，想象与创造的热情让位于直接的工具理性，攫取与破坏的习性引发了广泛的社会危机，浪潮后的泡沫在一点点啃噬着最后精神底线，貌似理性的人们制造着和制造了最大的非理性。在这样的背景下，尤奇的缺陷就很明显了——不能"如鱼得水"，也就只好呛水！

他的问题在于不光是缺乏下海的必要的物质准备，也缺乏必要的精神准备；不光是不能做到如鱼得水，还处处显得"水土不服"，缺乏起码的融合会通能力。面对他的大学同学、同是下海中人的刘媚所表现出的能干，特别是在为那种"赚钱的广告文学"拉赞助费时的精明和坦然，他唯有诧异和自叹弗如；对于随沉渣一同泛起、靠行骗而暴富的金鑫或金鑫们，他只能是表示极端的憎恶而已；对好不容易通过妻妹的关系找好的富丽集团内刊《富丽大观》编辑工作，也因为逞一时之快而辞掉了。小人物尤奇再次陷入深深的孤独和悲哀，巨大的悬空感、虚幻感阵阵袭来，使一颗漂泊的游子的心隐忍着无法排解的痛苦与精神纠结，经历着物质的和精神的双重流浪，感受着刻骨铭心的悲剧体验。像他这样的游子和游弋在现代都市的孤寂的零余者、边缘人，也许尚能经受物质窘困的考验，却无论如何也不能忍受灵魂无依的煎熬。像他这样以灵魂和信仰来滋养生命的人，像他这样追求生命与精神的和谐的人，怎么可能为一点儿稿费而与朋友煞有介事地签订合同，怎么可能会与金鑫之类渣滓握手言欢、共享筵宴，怎么可能为了工作安稳而藏匿自己的"爱国之心和民族情感"，对洋老板欺侮同胞的事实视而不见呢？这里的悲剧意义即在于，当尤奇怀着一颗悲哀的心漂泊、挣扎于物质世界时，他其实是一个失败者，这里的确不是他该"待"的地方。他是活在精神世界的人。他真正需要的是一种生命和谐——睿智的思想的阳光、理想与信念的空气、真诚的情感的水以及融洽、熟悉的文化土壤，这些才是维系生命的必需营养，是赖以生存的基本条件，而这一切，都不是这块漂泊之地所能提供给他的，也绝不是通过简单的物质交换所能获得的。单靠尤奇一个人的努力，是怎么也无法调节这种道与器、灵与肉、信念与欲望、纯粹与恶俗等，之间的平衡的。但是，尤奇又确实象征着这个时代的希望，是物化现实中的痛苦的智者和一线光明——他其实很清楚自己到底想要什么。他在努力寻找一种和谐，一种不附丽于任何交换形态的纯粹精神和谐。既然这种和谐难以找寻，便只好内化为一种独立品格和精神追求；既然不能同妻子琴瑟相和，也便只好在叶曼、丁小颖，甚至莫大明那里寻求心灵的慰藉；既然找不到化解悲剧的妙方，也就无法抵御悲剧的诱惑——孤独而又顽强地寻找被遗忘和散落的真正有价值的碎片。至此，他究竟应该"待"在哪里、包括灵魂应该如何安置的问题被再度提起。

三 "归宿"——生命本然与生命当然中的选择、皈依

一个时期以来，人们始终在世俗与神圣、滑稽与崇高、处境与前途、现实与未来一类话题上面争论不休。事实上，这两类价值范畴之间并不矛盾，说穿了就是一个"吃饭"与"活着"的关系问题，或者说得术语化一点，就是一个生命本然与生命当然（应然）的关系问题。马克思早就指明了这样的简单事实：人们首先必须吃、喝、住、穿，然后才能从事艺术、科学、宗教等的生产。因此，本然与应然的关系，就像正、负两极或一根同轴电缆，切不可机械、割裂地看待它们，否则就要陷入一点论或简单二元价值判断。我们实在没有理由笼统地指责关注当下、体察苦难就是"媚俗""做鸡"，也大可不必将追求崇高、渴望神圣讥诮为"活在云端"，甚至诋毁为"奥姆真理教"。其实，无论关注世俗，还是追求神圣，都体现了对人、对人类生存的关切与忧思，都反映出人性本来或人类天性，他们所关心的，无非就是人以及人的共同生活，所建树的，也恰恰是一种轻盈、本真的生活品格与圆整、和谐的生命追求。这实际上又回到了马克思主义的一个经典命题："人的本质并不是单个人所固有的抽象物，在其现实性上，他是一切社会关系的总和。"正如鱼水关系那样，个体始终不能脱离群体而存在，和谐、本真的群体关系才是每个生存个体真正的生命住所和最后的精神归宿，而这一点恰恰构成这个时代的最大欠缺。对于这些，尤奇是看得非常明白的。他努力寻找、发现甚至积极培植的，正是人间普普通通的温情与真实的生命感动，那也正是一种极为纯粹的生命和谐；而他所困惑、苦闷、伤感乃至感到愤怒的，不过是人间和谐本真的异常难得和人性本来的过度异化而已。那么，究竟怎样才能达成一种圆整和谐？尤奇最终选择了实践意义的返乡，选择了回到生命本然，在本然中通过寻找和谐、发现和谐、享受和谐来实现当然。最初回到家乡，他并没有发现什么和谐。作为农村扶贫工作队队员，他不能像别人那样"带资金来"扶贫，也就没有哪个村愿意接受他。这个时候，只要有人说——"要是不嫌弃，就到我们村去罢"，"头皮发麻、尴尬之极"的尤奇马上就能得救了，也就因为青龙峡村支书明确地发出了这种友好的邀请，尤奇的胸中便立即氤氲了一种回家的安宁与感动。可以想象，那颗"获救"的茸茸的心会是怎样的盈盈飘舞而义无反顾，青龙峡的翠绿与天空的湛蓝将是怎样一种深厚的温暖和柔软，而他在尽情享受这种生命和谐

的同时，又会怎样地倾其所有和以身相许！这是对生命纯粹与文化母题的认同，是对人类和谐与心灵家园的皈依，是关于生命形态的经典图式和当然意义的美丽诠释。

在经历了太多的挣扎、游弋、撞击、躁动和反叛之后，现代人究竟"魂归何处"？哪里才是灵魂的住所？对此，尤奇已经作出了一种回答：回到我们的人性本来去吧，回到生命和谐中去吧，回到由蓝天碧水和疏星朗月、由厚实的泥土和野旷的风雪、由朴实的人群和心与心的交流……所组成的家园中去吧——那也便是童年，是童话，是根系，是原型，是溶进血液的与生俱来的文化品格与人性特征，回到这一精神之"家"，就可以重新调整和校对一切，就能够重获一种安宁和拯救。

（夏子科　　原文刊发于《文艺理论与批评》2004 年第 4 期）

第四节　艺术传承与诗意传达

——评少鸿的长篇小说《抱月行》

关于非物质文化遗产的保护，近年来引起了理论界和实务工作者的高度重视，有学者还提出要建立"非遗学"，指出其作为一门学问创建的可能性、必要性和独特视野①。理论工作者的探讨主要集中在"非遗"保护的重要性、操作性、立法及原则，等等，具有学理的深度和广度，迄今尚很少见到用文学和艺术的形式来表现"非遗"保护的曲折历程和艰辛程度。少鸿近年出版的长篇小说《抱月行》②就用文学的形式表达了对"非遗"保护特别是民族民间艺术传承的思考。小说借"月琴"这一演唱形式来构思立意，在人物命运的演绎中完成对艺术传承的智性思考和诗性表达。其思想意义和审美意蕴已超越单一的艺术形式及其具象描写，上升到对生活方式、人格心志和艺术精神的观照，接通诗意的存在而又弥漫出诗意的气息。整部小说以琴始，以琴终，以琴、情贯穿，浑然一曲悠扬婉转声情并茂内涵丰富的月琴调，弹拨雅声俚曲、悲欢离合，在大起大落、缜

---

① 苑利：《呼唤"非遗学"》，《人民日报》（海外版）2010 年 9 月 28 日。
② 少鸿：《抱月行》，花山文艺出版社 2008 年版。

密勾连中完成了对诗意的表达。

一

　　艺术样态和表演形式的保存及传承，往往要经过无数代人的苦心研磨和薪火相传。我们今天看到的许多艺术形式比过去丰富、发展和完善了，而这背后凝聚着无数艺人和艺术名家的智慧、心血和创造。用文学的形式把在艺术发展和传承过程中的人的活生生的情状发掘出来、表现出来，让我们体会到每一种文化遗产和艺术品类保护和传承之不易，从而愈加珍惜今天所能见到的一切文化符号和精神产品，显然是十分有意义的。少鸿的《抱月行》用文学形象和文学手法揭示了艺术传承活动中带有普适性和规律性的问题，给今天的文化保护及传承活动以诸多有益的启迪。

　　从艺术传承的主体角度来看，人的自觉、自信和自励是艺术活动得以开展、承续和创新的关键。《抱月行》中塑造的文学典型覃玉成，从艺徒到艺人，又从艺人到民间艺术家，其成功来自他自身的用心和努力，来自他的爱好、坚持和纯真的情怀。兴趣是成就艺术追求的不竭动力。覃玉成对月琴的喜好简直到了痴迷而忘我的程度。从新婚之夜"听琴"，进而"追赶"琴师，再到拜师学艺，最后成为民间艺术家，驱动他的是对月琴表演艺术的迷恋和情有独钟。小说开篇写覃玉成不是陶醉于洞房花烛夜的喜悦，而是"移情别恋"沉醉在月琴"那些好听的音律里"，以至于在追赶琴师的时候他感觉自己"整个人成了一把月琴，丁丁冬冬的乐音源源不断地从身体里跳了出来"。这样的描写一方面传达了覃玉成的艺术感觉和艺术心性，亦即他沉迷于月琴的诗性缘由；另一方面昭示出在诗乐传承的长河里，那些诗性的"浪花"在催生和召唤着后来者与传承者。这是一种选择，也是一种遇合。每一种艺术形式的保存和传承都在不断经历着这样的心性选择和精神遇合。是个人的意愿和情趣，更是艺术的"宿命"和使命。也只有达到一种心性相通、物我两忘的境界，才能在艺术活动中变得持久和纯粹。坚持是成就艺术追求的有力保障。当覃玉成拜师学琴登堂入室之后，他就一刻也没有离开过月琴，月琴是他投映在大地上的"影子"，是他的另一个诗性的"自我"，是他的精神依托和存在。无论逆境还是顺境，无论快乐还是忧伤，他都坚持学琴、练琴。在这个过程中，除了师傅"口传心授"、耳提面命之外，更多地是学习者个人的领悟、揣摩和"习得"。文化的传承包括有意识的教学和学徒对师傅技艺的静态观察两种，这种曲折的学习、实践及传承过程印证了法国人类学家皮耶·布迪厄（Pierre Bourdieu）提出的"习得"的概念，即社区中的成员从先辈那里吸收并实践某种规范，且在其一生之中遵循这种规范，这个过程带有个人色彩或是融入了个人策略。① 艺术是个人化、心灵化的创新活动，覃玉成终其一生沉迷于月琴的艺术经历便形象地阐明了这一点。而要得到真传，借助艺术"逍遥"于天地之间，还要求从艺者有一颗澄澈、纯净的心。纯净是成就艺术追求的至高境界。任何带有私念和私欲的艺术活动，都难以成就大风范、大格局和大气候，只有心无杂念、通体透脱，才能领悟艺术的奥妙，抵达艺术的胜境。南门秋师傅的"心要纯净""人琴一体"的教诲，道出了学艺的奥秘。覃玉成学琴的过程，就是克服内心的种种"障碍"，由"隔"到"不隔"再到逐渐融入艺术对象的过程，以至于后来在表演活动中，"他的感觉里只剩下自己和月琴，而通过弹与唱，他和月琴融为了一体"。人与艺术的相伴相亲、相融相通，使人成为艺术的"部件"和"符号"，人的灵感和才情得到最大限度的释放，同时也赋予艺术以人的生命和情感，艺术得以深入并感染、感化和感召人的心灵世界。这是生命的艺术化和艺术的生命化，是艺术得以存续和发扬的至境。有学者在分析少鸿的另一部小说《花枝乱颤》时说："作家不过分强调社会意义，而重视人的主体性，看重人的精神世界，是其成功之处。"②这一分析同样适合对《抱月行》的评价。

从艺术传承的外部视角来看，艺术活动受制于外部世界。艺术是社会生态和文化生态的存在物，每一种艺术标本都会展示出它生存和流变的社会环境与人文环境。在和谐的生态群和生态链中，艺术就会健康地发育和生长，反之艺术之花就会受到伤害甚至萎缩凋零。《抱月行》展示了中国社会从战乱频仍到改革开放长达半个世纪的历程，以及这个历程中一群民间艺人的艺术信仰和追求所需要面临和面对的种种境遇。南门秋的妻子青莲貌美如花琴艺出众，结果在战争的烟云里被侮辱被损害，残酷的现实不仅剥夺了她优美绝伦的琴声，而且陷她于神志不清精神分裂的痛苦境地。

---

① ［英］罗伯特·莱顿：《物质与非物质：传承、断裂、延续与共存》，关祎译，《中国社会科学报》2012 年 2 月 14 日。

② 佘丹清：《指对真实还原人性——评少鸿的长篇小说〈花枝乱颤〉》，《湖南文理学院学报·社会科学版》2007 年第 5 期。

即使这样，她对月琴依然是敏感的，也唯有月琴能让她安静，月琴声仿佛灵魂里的月光能够使她的眼神变得"柔和"。当走到生命尽头的时候，她全然不顾周围的枪声和险恶处境，操起久违的月琴，如醉如痴地弹奏《梁祝化蝶》，直到和心爱的人在战火中变成两只"蝴蝶"，融进"蔚蓝的天空"。这个场景是极富韵味且具有震撼力的。"琴声"与"枪声"的较量，既渲染艺人对艺术的痴迷和至死不渝，又形象地揭露了血腥岁月对艺术的扼杀和窒息。艺术的突围只有借助于传承。南门秋夫妇的艺术生命和精神并没有随着肉体的消亡而消逝，而是像"蝴蝶"一样在艺术传承中飞得更高、更远。当时光推进到"文化大革命"时期，艺术受到排斥，覃玉成"将月琴挂到墙上"，一挂就是许多年。这些都说明了社会生态的失衡和失调给艺术生态造成的损毁和破坏。只有在风清月朗社会清明的时期，艺人和艺术家才会充分发挥自己的艺术才能和潜能，艺术才会备受呵护并焕发出光彩。《抱月行》还绘声绘色地描写了艺术生存和发展的文化生态环境。"唱月琴"作为一种文艺演绎方式之所以在当地民间流传和盛行，是因为有一个生态场，那就是民众的喜爱和追捧。小说安排了许多月琴演奏的场景，每一个场景都精细地描绘了听众的表情和反应。听众的热爱和迷恋，助推了艺人的演绎技巧和艺术的繁荣发展。艺术的传承需要一个"生态场"，大众的参与是这个场域中重要的因素。正如有的论者指出的那样，在非物质文化遗产保护的过程中，要关注大众文化，关注民众在日常生活中所表现出来的创造力，要重视民众的参与和推动，形成保护的社会潮流，并融化成生活的一部分，成为中华民族"文化自觉"和"文化自信"的一部分。① 从宏观来看，文化生态主要是指文艺政策和大的文化环境。小说对此也有表现。新中国成立后的曲艺会演，改革开放后文艺政策的调整，这些都极大地激励了艺人的创造热情。

从艺术传承链的角度来看，艺术的存续并非一朝一夕之功，而是通过无数代人的接力传递并发扬光大，才葆有光鲜的面孔和鲜活的生命力。特别是在民间，民族民间艺术的传承主要依靠代代相传、口耳相传，每一个链环都是重要的，都是不可或缺的。《抱月行》以民间艺人覃玉成为中心，上下串联起几代人的艺术梦想和追求，构成了一个传唱月琴的文化磁

---

① 方李莉：《"非遗"保护新高度：从"文化自觉"到"文化自信"》，《中国社会科学报》2012年2月13日。

场和文艺链环，一脉相承，乐音传续。在覃玉成的寄女覃琴那里有一个断裂，这是时代的原因造成的。当覃琴的琴弦喑哑的时候，后辈覃思红用一种文化自觉理性地肩负起了上辈人的重任，考取了一所大学的音乐系，用月琴去谱写新的人生篇章和艺术篇章。

二

对艺术的追求和坚守是一种生活态度和生活方式。人在生活中有很多种选择，或满足于世俗生活的快适，或得意于人生仕途的春风，或逍遥于心性世界的自由与浪漫，或超脱既有的一切而进入一个鸟语花香的精神空间。《抱月行》描写的就是一个解除了一切羁绊而被音乐所"囚禁"的民间艺人覃玉成，在他的意识里面，追慕月琴只是满足他的个人喜好和天性，并没有上升到生存论和价值观的高度，但是他对音乐的宗教般的虔诚无疑使他的生活有别于常人而迈入了诗意生活的行列。

本来摆在覃玉成面前的是父辈给他安排的既有的生活方式，即把"一方晴伞铺"的事业做稳做大。显然"伞"以其遮风挡雨的功能承担着象征意义，即有形的、物质的、个人的天地，是有边界的实物，可以给人带来风雨无忧、衣食不愁的生活。可是覃玉成却偏偏"不喜欢做生意"，认为家像"一口枯干的古井"，他的兴趣只在那触之生情、闻之动容的月琴。同样，"琴"也赋予了一种象征，即情感世界、精神世界和审美世界的象征，是无边界的存在，可以给人带来心灵的愉悦和精神的享受。对"伞"和"琴"的选择，实际上是对一种生活方式的选择。荷尔德林曾在《人，诗意的栖居》一诗中写道："人充满劳绩，／但还／诗意的栖居在这片大地上。"海德格尔在其论著中，反复强调的是"筑居"与"栖居"的不同，"筑居"只不过是人为了生存而碌碌奔忙操劳，"栖居"是以神性的尺度规范自身，以神性的光芒映射精神的永恒。有学者认为"诗意的栖居"不仅是自由地居住在大地上，还应当包括"以审美的人生态度居住在大地上"，审美态度的人生境界可称得上是一种与圣人境界相当的最高人生境界，是在人的层次上以一种积极乐观、诗意妙觉的态度应物、处事、待己的高妙化境。① 覃玉成对"琴"的选择，就是选择一种审美的

---

① 杨全：《诗与在——"诗意的栖居"何以是最好的存在》，http://www.confucius2000.com/poetry/syzsydqjhyszhdcz.htm，2002 年 8 月 9 日。

"栖居"方式，渴望用音乐的光芒映射自己的心灵世界，就他自身而论是一种最高人生境界，是"高妙化境"。覃玉成的选择有点类似小说《边城》中的傩送对"碾坊"和"渡船"的选择，"碾坊"和财富、地位等联系在一起，而"渡船"则与人性的自由发展相关联，当然摆在傩送面前的是对爱情的选择，最后他选择的是出走，是一种不可知的命运。相比之下，覃玉成能够主宰自己的生活，毅然决然地选择了"琴"而放弃了"伞"，亦即选择了诗意栖居的生活方式。如果不做出这个选择，覃玉成就会像林呈祥一样守着伞铺、土地和女人，默默无闻，终老一生。林呈祥可以说是覃玉成的"替身"，是满足而且陶醉于世俗生活的"覃玉成"，覃玉成不愿或不能做的事情，林呈祥一一为他做了，而且做得有声有色、有滋有味。小说作者巧妙地运用了"置换"的艺术手法，把一些看似巧合或偶然的东西描写得合情合理。实际上摆在覃玉成面前的有"三重世界"，一重是诗性世界，一重是平凡世界，还有一重是匪性世界。那个劫富济贫声色凌厉的二道疤就是匪性世界的典型。覃玉成不会选择二道疤那种阴暗的生活，不愿选择林呈祥那种平淡的生活，只能而且必然选择诗意的生活，这种选择不仅担当了艺术传承的重要使命，而且展示了社会底层人物的诗意存在和诗意人格。

一旦选择了诗意生活的方式，这种诗意就有一个积聚、扩展和放大的过程，就会释放出巨大的潜能，悦己娱人，怡情养心。覃玉成不仅自己享受着音乐带来的精神快慰，而且随着琴艺日增，他的演奏给观众和听众带来了心灵的愉悦。这是诗意的传递、激发和叠加。音乐还可以拯救人的生活，给陷入物质困顿和精神迷茫的人带来欢笑和慰藉。在大饥荒的岁月，覃玉成用月琴给家人捧出了丰盛的"精神宴席"；在特殊的年代过后，覃玉成用月琴给遭受心灵重创的寄女覃琴唤醒了失去的记忆。这是诗意的想象、渗透和对精神的疗救。对覃玉成来说，更为重要的是琴艺及其诗意的栖居给他馈赠了一份美好的爱情。在学琴的过程中，覃玉成与同样喜爱月琴艺术的南门小雅互生爱慕之情，最终和小雅结为连理，在艺术的世界里比翼竞飞。二人因琴生情，因琴深情，共同喜爱的琴艺生发也深化了他们之间的感情，使得这种感情有着稳固的基础。在覃玉成的生活中，琴即小雅，小雅即琴，月琴为他绽放艺术的奇葩，小雅为他弹奏爱情的和美之音。他们陶醉于月琴和爱情之中，琴瑟和鸣，超越了尘世中一般男女之情的欲念，净化为艺术世界里相伴相守的两根"琴弦"，相依相亲的两枚

"音符"，他们就是艺术本身，是诗意生活的守护者和创造者。艺术提升人也解放人。最后在如醉如痴的月琴演奏中，覃玉成彻底释放了自己，解放了自己，找回了完整的自己。

三

《抱月行》不只是单纯地描写艺术传承活动中的人生际遇和生活方式，更为重要的是立足于"人"这个根本，通过着力写人的心性和情怀来表达对艺术和人生的思考。对艺术传承活动的描写只是一个外在的线索，对人的德性和操守的刻画才是内在的脉搏，或者说艺术的美、生活的美和人格的美、人性的美是相表里、相依存的。所以作者花费大量的笔墨描写主人公的善行和德性，这种从人物内心深处回旋出来的"天籁之音"丰富和深化了艺术传承活动中的优美的"琴声"，也使人物的诗性生活具有了厚重的内涵。

覃玉成从新婚之夜追赶琴师的第一天起，南门秋师傅就教诲他，"学艺先从做人起"，劝他征得家人同意后再来学琴。这好比是演奏前调弦一样，见面之始师傅就给他的学艺和为人定了一个"调"。也正是顺着这个"调"，覃玉成一路走下来，不仅学有所成声名大振，而且善行义举有口皆碑。在艺德方面，他谨遵师傅教导，"受人之请，就要尽力而为"，"正人不唱邪曲"，"只伴喜，不伴丧"。及至后来，曾经是他的同门师兄而后当上了副市长的季维仁为讨好上司要他用月琴"伴丧"时，他为维护师傅的"规矩"和做人的准则，断指自残，用生命捍卫艺术的纯洁和人格的尊严。"断指"的细节表明了一种冲突，即传统文化与现代商业文化、官场文化等之间的冲突。

在为人方面，覃玉成自始至终弹拨出来的是"善之音"。仁爱与善德是立身之本，也是习艺之基。孔子说过："人而不仁，如礼何？人而不仁，如乐何？"（《论语·八佾》）在孔子看来，仁是礼乐教化的基础。如果一个人的内心没有真诚的道德感，没有仁爱的思想，礼和乐的规范对他又有什么意义呢？因为他只是用礼乐作装饰，难免流于虚伪。覃玉成对生母的近于迷狂的思念和寻找，对养父母的尊重与孝敬，特别是不计恩怨收养继女、继孙女，并且为了更好地抚养继女，果断地劝妻子打掉孩子，这些无不体现他有一颗感恩图报的心，一种自我牺牲的精神，一种敬老爱幼的美德。也正是他的善良征服了恋人的心，赢得了纯真的感情。可以说，覃玉成用艺德和善行拨动了艺术和人生的最美好的琴弦，用真善美谱出了人生至高境界里的琴韵。

就像艺术的传承一样，"德性"也有一个传承和潜移默化的过程。当年在师傅那里聆听的"学艺先从做人起"的肺腑之言，在若干年后，当继女覃琴陷入困惑和苦闷的时候，他劝慰她"好好做人，好好过日子"，其观念和思想一脉相承。既有言传，更有身教。当暴雨和洪水来临，南门秋师傅"打开大门，以便路人进来躲雨"，沿河一些被洪水淹没了的街坊，都被他请进南门坊，"为他们提供临时食宿以避水患"，这些善行被学艺的覃玉成看在眼里，记在心上。后来当战火停歇，覃玉成看到一些难民无家可归，就把他们请进南门坊暂避风雨。这一举动显然是师傅善良之举和人格光辉的"再版"与延续。对人类德性和操守的诗意表现，丰富了作品的内涵，提升了作品的价值。

四

用文学的形式来表现艺术传承以及人的诗意生活和人格魅力，在具体的表达上必然是审美的、诗意的。有学者在分析少鸿的长篇小说《花枝乱颤》时说它在真实的叙事和看似细碎的生活流中体现出来的是一种冲淡、隽永和深沉，它不是靠浅薄的"噱头"和感官刺激糊弄读者，而是凭借文化的底蕴、干净的语言和文本之间的诗意的张力润滑读者①。这一分析同样适合于《抱月行》。《抱月行》以美写美，用情传情，是一部空灵的带着唯美色彩的现实主义小说。在人们对文学艺术的需求日益多元化的今天，任何定于一尊的文学表现和创作手法都是行不通的，只有在继承中变通和创新才会被受众所认可和喜爱。少鸿自20世纪末以矫健的身手步入文学殿堂以来，就不断寻求着艺术的创新和突破，尝试运用多种文学表现形式和手法来反映生活，而无论怎样变化，其创作的底色和基调是厚重的、稳健的，具有感官和思想方面的穿透力与影响力。《抱月行》在对艺术和人生的审美传达中，以民族民间艺术传承活动为载体，在常与变、雅与俗、实与虚中融合笔墨，逼真而夸饰，切实而通脱。

《抱月行》有不少超现实主义的描写。超现实的艺术表达往往能赋予

---

① 聂茂：《"零过程叙事"的价值指归与精神洁癖者的情感还原——评陶少鸿长篇新作〈花枝乱颤〉》，《理论与创作》2007年第3期。

作品一种神异、幻美的色彩，消泯现实的边界，开启想象的空间，以其变形和夸张给人一种无限想象的可能性。作品中白江猪的奇幻影像和神秘传说，鹃鹰的灵性和人性，月琴自鸣的神异之态和通灵之气，特别是大量神奇梦境的描写折射出心灵更多幽暗的光点，这些无不是超现实的艺术表现。这种超现实的描写是符合人物的观察和想象的，就覃玉成来说，在他的感觉世界里，万物似"琴"，一切皆韵；在他的心灵世界里，万物有"灵"，一切含情。这样就可以把常与变、此与彼、真与幻打通。

《抱月行》是一部雅俗共赏的小说，在雅与俗之间找不到分界，雅中有俗，俗中有雅，亦雅亦俗。论其雅，一曲曲优雅的月琴串联起整个故事的转折和人世的悲欢，展示出人物求艺、求美的纯真情怀，以及因琴而生的美好爱情，和大美、真爱背后的道德操守。论其俗，有大量地方风俗和习俗的描写，诸多富含生活气息的山歌、民歌铺排。雅中有俗，单就月琴而论，其琴声悠扬婉转、优雅动听，而歌唱的内容往往是极其通俗的唱段或版本，迎合了民众的文化消费心理和审美趣味。俗中有雅，即使是那些民风民俗和山歌俚曲，也极其形象而鲜明地逼近了社会底层的生活情状和人物的本真心理，弥散着一种原生态的淳朴气息，一种世俗的诗意。

在文字表达上，《抱月行》写实与写意相结合，既细腻逼真，又飘逸舒放。作者善于借助多种修辞手法，极尽美饰、夸饰的描写，特别是喜欢运用形象化的比喻，把语言的"丝"和"思"拉长，激发和调动读者的想象力。小说中有许多地方描写月琴声，几乎每一处描写都不相同，作者巧借精妙的比喻，用"雨""珠""小鸟""绸带""雨打芭蕉"等气韵生动的形象将美妙的琴音形容得惟妙惟肖。作者又善于安设意象，特别是贯穿性地具有象征意蕴和丰富内涵的意象，以少胜多，以虚写实，给人以无尽的遐思。比如"月"意象，在作品中比比皆是，对月亮、月光的描写，既是渲染一种诗化的环境和氛围，为衬托人物对音乐的追求制造一个梦幻式的背景，同时"月"作为一种诗性的存在，高悬在人类的头顶，净化和召唤着人的内心，暗喻着一种美好的精神向往；另外，"月"也可以说是天上的"月琴"，弹拨着宇宙的澄明之音和诗意怀抱。小说以《抱月行》为题，显然"月"的意象是指一种生活方式和精神诉求。"月"与"月琴"实则合二为一，体现了"天人合一"的思想和境界。古人云：月琴"中虚外实，天地象也；盘圆柄直，阴阳叙也"（傅玄《琵琶赋》），意即月琴的造型和构成表达了一种天地交融、阴阳和合的观念。再比如小说大量描写了"水"的意象,同样,"水"意象不仅是一种地理环境的描摹,更重要的是为了营造一种空灵的、诗化的人文环境,与天上的"月"相呼应,相融合,天地之间浑然而成一个诗意的村庄,装载着音乐、人的善行和美德;同时"水"的空灵流转、延绵不断还喻指艺术包括音乐的传承,一脉相承,永不枯竭,这样就丰富了作品的题旨和寓意。

(张文刚 原文刊发于《湖南工业大学学报》2012年第5期)

第五节 "写作是一种精神自慰"
——少鸿访谈录

张文刚:少鸿兄好!感谢你多年来每有新作都惠赠予我,我因此得以较为系统地阅读你的作品,而且先后还为你撰写了几篇评论文章。今天的访谈,我想就你的生活经历、创作旨趣、风格与技巧、爱好与性情等方面提一些问题,你看怎么回答都可以,随意一点。首先,我想从你的生活经历谈起。2011年中国作家协会第八次全国代表大会在北京举行期间,你在接受"幻剑书盟网"记者采访时说自己有乡土情结,认为对于一个作者来说,少年时有在乡下生活的经历是件很好的事情,对人的思想和情感的影响很深刻,以后不管自己做什么,都离不开那些经历,自己的审美观和生活观都会潜移默化地受到那些经历的影响。那么你的生活观和审美观是什么,和乡土、乡村有着怎样内在的精神联系?这种生活观和审美观又是怎样通过乡土题材乃至其他题材创作来体现的?

少鸿:存在决定意识。经历对人的生活观与审美观的影响是不言而喻的。至于你问的我的生活观和审美观是什么,我三言两语也说不出来,感觉这是一个看似简单实则复杂的问题,自己也从没有对这样的问题做过自审与梳理。乡村生活于我来说,最大的获益是有了最真切的生命体验,感受到了人与大自然最紧密的联系。站在泥香四溢的土地上,你可以听见万物生长的声音,看到四季轮回变幻的色彩,你会感到你与大自然融合在一起,你就是它的一分子;置身乡村生活中,你必须亲手种植庄稼养活自己,并因此而体悟生活之艰难,生命之坚韧。总之一切体验都会让你感到人生既忧伤又美好。这其中就会有审美意识自然天成，它不知不觉地渗入到你的心灵中，进而影响到你后来的生活与写作。乡村是艰苦的，却又是诗意的，我想这就是所谓的乡土题材吸引我的原因吧。虽然在乡下只待了八年，但那是我的青春期，是我一生中最重要的岁月。我进城几十年了，当过工人、进过大学、做过机关小干部，但无论身份如何变化，还觉得自己是个乡下人，还眷恋着老家那片峡谷中的土地。我写过各种题材的小说，但很大一部分是写乡村生活的，其缘由不光是熟悉那里的世俗人情，我想主要还是因为有种割不断的精神联系吧。故乡永远是你的精神胎盘，无论你走到何处，都有条看不见割不断的脐带与之相连。

张文刚：文学是人学，塑造人、表现人是文学的根本任务，不仅要表现人的社会性、时代性，更要表现人的最内在、最本质的东西，即人性。你无论写作哪类题材，乡土题材、官场题材也好，知识分子题材抑或其他方面的题材也好，你都喜欢在"人性"的描写上用力，刻画人性的复杂性、变化性和深刻性，而抽绎和传导出来的总是温暖而明亮的色调。你也多次在文章或一些文学聚会的场合谈到你在作品中对人性的探求和揭示。我们知道诺贝尔文学奖的审美标准就是作品要具有"理想主义倾向"从而使"人性变得更美好"。可见抓住人性并进行审美的传达，也就意味着在向着文学的更高境界攀登。那么你是怎样理解人性的，又是怎样把人性放在一定的社会历史条件下进行具体的审视和艺术表达的，请结合作品谈谈。

少鸿：写人，洞悉和揭示人性的奥秘，我想这是文学、特别是小说最重要的价值所在，也是小说家最需功力的地方吧。这首先需要作家有不同于常人的犀利目光，能看见被庸常生活的迷雾掩盖着的人性的幽暗，并梳理出它与社会生活的隐秘联系。人性的扭曲往往是外在力量与内在缺陷双重作用的结果，正视人性的先天不足与社会的无形摧残是作家不可回避的责任。只有充分地认识人性人情，人类文明才会不断地进步。在这方面，对小说家来说，发现就是创造，展现就是批判，审美就是建设。我曾写过一个叫《门外》的短篇小说，很短，只三四千字，就写一个小公务员，发现机关所有人员都开会去了，却没人通知他，他只能在门外徘徊，便由此而产生了种种纠结焦虑的心理。这是典型的机关身份依附症，是机关这个怪物对人性异化的结果，把它揭示出来自有其文学和社会的意义。后来我在写一部机关干部的长篇小说时，又把这个人物和这个故事嵌进去了。

人总是生存在一定的社会环境里，周遭的一切，无论是政治、经济、军事还是人际关系，都会对人性产生重大的影响，无论是什么样的人，无论他的人性有多怪异，他都是社会生活这棵树结下的果子。欲望是人的本质，而写人性就是写社会。

张文刚：在一次书友会上你做了一个讲座，第一次完整地讲述了自己的人生经历，特别是青少年时代遭受的挫折和打击，你讲到过去那段特殊的历史，也讲到你的父亲，包括从政治的角度、道德的角度，以及性格禀赋等方面，既不遮蔽历史的真相，又不为长者讳，同时也不隐瞒自己内心深处的感受，非常真诚，非常坦荡，体现了一种可贵的批判精神。我们读你的小说，同样也能感受到这种批判眼光和批判精神，你能结合作品简要谈谈吗？你认为这种批判意识和批判精神是一个作家所必须具备的吗？

少鸿：有人说，作家是天生的反对派。我理解，就是说作家要有批判眼光与批判精神，对社会有道义担当。我也在那次讲座上说到，作家除了创造艺术境界，还特别热衷于揭示人性与社会生活中的"短板"，只有揭示与修补了这些短板，人类与社会的文明程度才会提高。而作家只有拥有自由的思想与独立的人格，也才会具备批判眼光与批判精神。批判其实是建设的前提，是正能量；不批判，人与社会都认识不了自己。一味地歌功颂德与犬儒主义无论对艺术还是对社会都有害无益。批判应当成为作家的天性。我们这一代人的经历决定了我们的批判意识，无论是在现实生活中，还是在艺术创作中，都会自觉不自觉地以批判的眼光审视一切事物。我曾以荒诞魔幻的艺术手法写过一部反映"文化大革命"的中篇小说《梦生子》，写到主人公禄子死后，他的大脑石化了，科学家在他石化大脑的褶皱里，发现了许多他生活年代的报纸社论的残章断句。它揭露了"文化大革命"时代的泛滥政治对人性的扭曲与心灵的戕害，其批判意识与思想锋芒是不言而喻的。当然，并不是每一部作品都要体现批判精神的，这要依据作者写作具体作品时的审美取向而定。

张文刚：有些作家在不断地寻求超越，超越自己，超越他人，比如我们湖南作家韩少功，有学者评论说，其重要性不只在于他是一个重要的作家，而且在于他总是能够不断超越自己与同代人，对流行的观念进行批判与"突围"，而他正是在这样的突围中，走在时代思潮与文学思潮的最前沿，引领一代风气之先。对于你的创作，也有评论者涉及类似问题，撰文指出："少鸿是文学湘军的中坚分子，他也许算不上一位开启潮流的作家，但却是一位在潮流之中能保持独立思考的作家。"我认同这个观点。就我个人所见，你从一开始写作就是沿着现实主义创作的路子在走，一直到今天，虽然也有变化，也在探索、寻求着艺术的创新和突破，有时也尝试用新的创作方法和表现手法反映生活，但总的来说，你创作的风格和路子变化不大。你自己怎样看待和认识这一点？

少鸿：韩少功是我最敬佩的作家之一，在他身上能学到很多东西。至于我自己，由于学养所限，不可能也没想到要冲上文学的潮头。我也没想到要沿着哪种主义的创作路子走。从一开始，我的写作就是随兴而为，抱着一种想怎样写就怎样写，写成怎样就怎样的心态。对于我这样的写作者来说，写作只不过是一种生活乐趣，一种精神自慰，与此同时若能给自己的人生找点儿意义，那就是额外的收获了。要形成什么样的风格，走什么样的路子，一直没有仔细想过。我想这是不必想的吧，你的审美情趣自会指引着你的创作，而你的创作实践也会不断地调谐你的审美情趣。管它是什么风格，什么主义，写好作品，写得愉悦就行。

张文刚：20世纪90年代后期，湖南文艺出版社出版了你的长篇小说《梦土》上下卷，我写了一篇评论题为《一个家族繁衍生息的传奇画卷》，发表在《文艺报》，从主题意蕴入手进行分析，归纳出"梦土"的本义、引申义和象征义等，觉得以"梦土"为题，熔幻美与现实、飘逸与沉重、直觉与理性于一炉，给人以丰富的感觉和想象。近年你将其修改后交由人民文学出版社出版，题目也改为《大地芬芳》。不知这次修改主要是从哪些方面入手，为什么要做这样的修改？又为何将原题《梦土》更名为《大地芬芳》？

少鸿：噢，这个问题我在《大地芬芳》的后记里提到了。原作《梦土》是十五年前写的，分上下两卷，长达七十万字，下卷枝蔓过多，有些芜杂，不够精练。再加上自己对农民与土地的关系的认识有了深化，便有了修改的想法。修改后的《大地芬芳》不仅故事更集中，人物的命运有了延伸与改变，主题也得到了升华。比如原来的结尾，是年逾百岁的主人公为阻拦毁田建窑的拖拉机而身亡，现稿人物结局不变，但改作为建宾馆而毁田，而开发商正是主人公刚离休却又当上了董事长的孙子。总之修改过后的小说更紧凑更精致更好看，也更令人深省了吧。至于书名，觉得《梦土》还是有些生僻，所以改为了《大地芬芳》，这个名字也很贴切的。《大地芬芳》这部小说是我最看重的，也是我最重要的小说。写这部小说是我多年的心愿，能够写成现在这样子，已经够令自己欣慰了。

张文刚：20世纪80年代中期，你的带有超现实意味的中篇小说《梦生子》发表后，引起了文坛的关注，此后，你写作并发表了一批数量可观的寓言体小说，如《美足》《人羽》《梦非梦》《卦非卦》等，用符号化的人物塑造表达关于美、爱、自由等永恒主题以及哲理意蕴。显然，你的寓言体小说吸收了中国古代寓言的艺术营养，也受到了法国新寓言小说的影响，还广泛借鉴了西方现代派特别是魔幻现实主义、超现实主义、荒诞派的某些表达方式和技巧。为什么在那一时段，你专注于这种体式和风格的小说创作？而后来为何又不再创作此类作品呢？

少鸿：我想是反映了我的审美情趣的变化吧。曾经有一段时间，我对西方的各种文艺思潮特别是现代派的文学手法很感兴趣，同时又喜欢对社会与人性做一些形而上的思考，有所感悟，就忍不住手痒，写了一批所谓的寓言体小说。在那些小说里，人物大多是标签式的，有的甚至连名字都懒得取，就叫他1或者2（当然同时也是一种隐喻），他们只是传达作者意念的工具，而不在乎他是否能成为艺术形象。那类小说还有个特点，就是表面上看来天马行空，极端的超脱现实，但它的思想锋芒却是直指心灵与现实的。它既可以深入地探究人类的任何困境，又可以回避掉许多现实的顾虑，获得某种相对的表达自由。你晓得，即使是改革开放后的现在，也不是什么都可以写，什么都可以说的。象征、隐喻与暗讽，是那类小说最显著的艺术特征。后来随着年龄增长，自己可能变得更现实了吧，就放弃了此种类型小说的创作了。

张文刚：你曾在一篇文章中称自己是个沉默寡言不善交际的人，喜静；有朋友在回忆文章中也提到了这一点，说你话不多，甚至显得有些忧郁。据多年来我和你的交往，感觉你为人稳重、沉静，待人接物极为温和、宽厚和谦逊，交流时话语不多，即使在大会上发言你也并不夸饰，显得平实。这种性格和气质对于一个作家来说也许是一件好事，因为他可以更多地生活在自己的内心世界里，敏于观察，放飞想象，应物感怀，激发创作的灵性和逸兴，而忧郁的情怀更是文学创作的一种不竭的源动力。你说是这样吗？

少鸿：也许是这样吧。人总需要一个口子来释放自己的思想情感。不过我想也因人而异，性情开朗的人或许在创作中比我这类人更放得开，更挥洒自如。性格即命运，我的忧郁寡言与我的所经所历有关。与志趣相同的朋友私下相处，我还有话说，一遇公共场合，我一般就不想说话了。而且在内心里，老对别人说的话不以为然，这也导致自己越发不想开口。刚才我说过了，写作对我来说，是一种精神自慰，同时也是一种释放，一种宣泄，当然，更是一种表达。我喜欢"作家用作品说话"这句话。我一听人要我发言或写创作谈就感到头痛。作家作家，坐在家写就是了，在作品之外，有什么好说的呢，说了也于作品无补。

张文刚：在一篇创作谈中，你说小说契机是自己写作的原动力与内驱力，只有它出现了，才会写小说，才能写小说，认为最容易成功的小说契机还是来源于写作者的亲身经历，同时还提到经典阅读、强烈的情感和敏锐的洞察力都可以生发小说契机。我很赞同你的这个观点。现在不少写手，或基于市场效益，或基于个人功名，没有创作的"契机"，没有触发点和兴奋点，硬着头皮写，洋洋洒洒，结果写出来的东西社会价值和文学价值不大。我想，不单小说创作需要契机，任何一种文艺门类的创作都应该有"契机"。那么小说契机和其他文体的写作契机其来源和生成有何异同呢？我们是否可以创造或寻找这种创作契机？

少鸿：我想写作契机的出现还是依文体的不同而不同吧。小说契机降临时，必有人物在作者脑子里活起来，并隐约可见故事前行的方向，而诗歌的契机则是诗意的灵光乍现。实际上，写作契机何时出现，是个玄妙的事，没人能猜得透。在那篇文章里，我其实也只是说了小说契机的几种可能性。以我自己的写作实践来看，它是寻找不来的，我们只有等待。就像爱情，可遇不可求。

张文刚：《梦土》之后，你开始将注意力转移到长篇小说，你说过这样的话："随着年龄增大和阅历增多，中短篇已经容纳不下我对整个世界、人生的把握。写长篇就要求一个作家有一个大局观，就像在战场上，作家是一个指挥官，将自己所有的感悟有机地融合到一块。当然，艺术形式本无高下之分，如果能把短篇写好，也是很不容易的。"恰巧我在你的博客中看到了你转引的韩少功发在《文艺报》的《"小感觉"与"大体验"》一文，在该文中作者认为长篇小说作为一种特殊的体裁，应该承担体系性的感受或思考，它不是短篇的放大，而是一个人对社会或人生问题做的"大体检"，不是"小感觉"；而眼下，在实际写作中，长篇小说似乎变成了短篇小说的拉长与累积，变成了超大号的、肥胖型的"小感觉"。你怎样看待韩少功的这一观点？我读过你的中篇小说《九三年的早稻》，你把自然时序的展开和生命的成长、成熟交织在一起，富有浓郁的生活气息，也很有内涵，可以说是一部"浓缩的长篇"。那么套用"大体验"和"小感觉"的说法，你如何给中篇小说定位呢？

少鸿：我很认同韩少功的观点，这是经验之谈，也是真知灼见，所以一看到这篇文章，就把它转载在我的博客上了。打一个不太确切的比方吧，长篇小说如摄影中的大广角，要有大画面、宽视野，又要有清晰的局部与细节，而短篇小说，则如同微距拍摄特写，只要有主体就行了，是可以虚化甚至忽略掉背景的。把只够写短篇小说的材料写成长篇小说，无非是往里面填充多余的事物与文字，肯定呈现出虚胖的状态。这种小说肯定不讨读者喜欢，谁会愿意吃注水肉呢？中篇小说介乎于长篇小说与短篇小说之间，是一种比较好讲故事的文体。它不像短篇那样受篇幅束缚，可以从容地叙述一个完整的故事，又不必如长篇小说那样面面俱到，需要展开多条线索与庞大的场面。可你要我比照少功的"大体验"与"小感觉"，也用三个字来给中篇小说定位，我一时还想不起来。

张文刚：小说必定有故事，莫言就说他是讲故事的人。你的小说故事往往层层铺垫、悬念迭起、前后勾连，很吸引人，但你在谈到对小说的理解时说，小说不仅仅是讲故事，作家也不仅仅是讲故事的人，小说仅有故事是不行的，它还必须是一个有意味的故事。请问"有意味的故事"意味着什么？怎样才能使故事有"意味"？

少鸿：我读理论书不多，文艺理论素养先天不足，写小说是跟着感觉走，一般很少对文学创作进行理性思考。但有时被杂志要求写创作谈，便只好被动地来一番理性思维。我把小说创作定义为"叙述有意味的故事"，就是在给《鸭绿江》杂志的一篇创作谈里提出来的。"有意味的故事"意味着故事不是一个单纯的因果关系和逻辑事件，它还包含着思想意蕴、发散着人生况味、弥漫着艺术神韵，令人回味，令人遐想，进而产生审美愉悦。至于怎样才能使故事有意味，我想也要因题材而异吧，具体作品具体对待。总的来说，要沿着你的审美意图走，在构思故事以及诉诸文字的同时，就要考虑到如何使它弥散出独特的意味来。

张文刚：这些年，你爱上了摄影，在你的博客里贴有大量的风景照，尤以自然山水风景居多，构图巧妙，风格清新，耐人寻味。你有一组照片就题为《对岸黄花》，拍摄的是河流对岸大片大片浮金跃翠生意盎然的油菜花，立足点是喧嚣的城市。这个"对岸"在我理解就是另一个世界，就是相对于城市而言的乡土、乡情，这对你来说，我想不仅仅是生活中的一点点小情趣、小感觉和小点缀，而是含有深意，是你关于乡土的"影像创作"，是你"乡土情结"的一种直观构图和诗意呈现。作为作家，文学中的表现手法和技巧是否对你的摄影有所启发和帮助？还有，你摄影中喜欢抓拍那些天真烂漫让人忘却烦恼和忧愁的孩童，在这种童心、童趣的背后，是否也含有你对生活和文学的某种理解和期待？另外，不少照片之侧有你的游记文字和随笔感悟，你是否打算近期出一本图文并茂的散文之类的书籍？

少鸿：你对于"对岸"的诠释合乎我意。实际上，不光每幅作品、每篇小说、每个回忆、每个他者是我们的对岸，世间所有事物，都是我们的对岸，我们每天都在世间与心中跋涉，妄图抵达，却总是难以如愿。或者终于抵达，却发现不是我们想象中的境界。于是我们只能隔岸相望，形成一种对应的审美关系。摄影就是一种观望，一种审美，对于我来说，纯属爱好与兴趣。文学与摄影同为审美的艺术方式，自然有许多相通之处，写作者搞摄影，会有许多融会贯通的地方。摄影带给我许多文学之外的乐趣，但我并没有像你所说出本图文并茂的散文摄影集的打算。摄影是我人生的补充，走到哪拍到哪，能拍出什么片子就什么片子，喜欢就行，别的并不重要。

张文刚：你曾经获得过多种文学奖项，如首届湖南省文学艺术奖、湖南省青年文学奖、湖南省"五个一工程"长篇小说奖、首届毛泽东文学奖、丁玲文学奖等。你的长篇小说《梦土》曾入围第五届茅盾文学奖终评，这是不容易的，可见你创作上的实力和潜力。现在圈内对茅盾文学奖的评奖也颇多非议，不知道你怎样看待茅盾文学奖？就获奖来说，在创作上你有什么目标和追求吗？

少鸿：茅盾文学奖的获奖作品中，有我喜欢的《芙蓉镇》《尘埃落定》《白鹿原》等好作品，但也有好多作品连看一眼的欲望都没有。对于看重的人来说，茅盾文学奖是目前国内最重要的奖项，而对于不看重的人而言，它已经不值一谈。我个人的感觉，它似乎已经变成了一个奖作家而非奖作品的奖项了。就获奖来说，我既无目标也无追求，倘若它自行飞来，我也会笑纳，但绝不作无妄之想。如果以获奖为目的来写作，那是件很可笑也很愚蠢的事。

（张文刚　　原文刊发于《创作与评论》2013 年第 6 期）

第六节 少鸿：都市里的耕者

"我是我，我不是我；我在世界之内，我又在世界之外；我在时光的上游，我也在时光的下游。"这是少鸿5年前在他的一篇自传中写过的一句富含禅机的话。5年后，他以长达70万字的长篇小说力作《梦土》夺得了首届毛泽东文学奖。在骁勇善战的文学湘军中，少鸿是一位颇具才情与实力的战将。

身居都市的少鸿，有着曲折的人生经历。从12岁被作为"走资派的狗崽子"被迫辍学，跟随母亲回到乡下老家——《梦土》中的那个石硅溪时起，他就与土地开始了长达8年的肌肤相亲，和被中华民族亘古以来当作图腾崇拜的土地结下了终身情缘。他说，对他影响最深的，还是那段农村生活岁月，只有赤脚站在土地上，才真切地感到生命的存在。他把他的笔当成过去使用的锄头，在稿纸上辛勤耕耘。他创作的一百多篇中短篇小说，大部分是农村题材。而《梦土》正是他反映农民与土地关系的代表作。少鸿选择了一方历史久远、文化积淀深厚的土地为载体，以现实主义的笔触着力表现出了人类本体对土地深深的依附和眷恋。《梦土》就如同希腊神话中的巨人安泰，有了大地母亲的生命力之源，充满着史诗般的厚度和深度。

一方水土养一方人。家乡的红薯养大的少鸿自幼就受湖湘文化的浸染。走近他，你会发现他既有农人的辛勤与执着，又有湘楚文人的温文儒雅，读书写作之余，不是吹箫一曲以陶冶性情，就是邀两三好友清谈一阵，喝掉它几壶闲暇时光。或许是这样的原因，他笔耕出的那方精神领地不仅有楚文化的深厚积淀，也生长着楚文人的飘逸灵动。他的中篇小说集《花冢》，具有相当浓厚的湘楚之地特异的文化色彩。无论是对湖南中西部乡镇独特的民俗风情和生活氛围以及对沅水两岸山川景色的描写，还是整部小说中对各式人物形象的着力刻画上，都可感受到少鸿与他脚下的土地有一条精神脐带相连。他像熟悉掌心的纹路一样熟悉那些描写对象，并且善于将它从杂乱无序的原始状态化为丰富多彩的艺术形态。而他的小说，也因此有了历久弥新的艺术生命力。

少鸿推崇现实主义精神，却不囿于现实主义手法，正如他挚爱土地，却不固守于土地一样。他喜欢探究各种各样的艺术表现方式。他一只眼看着土地和过去，另一只眼却盯着城市与现在甚至于未来，写了一批寓言体小说。如果说《梦土》等现实主义力作是少鸿对世界和人本身"形而下"的把握及升华后的理性追思，那么这些寓言体小说则是他对生命本质深层次的体察和叩问，是他对人类灵魂犀利无情的剖析与诘难。小说中曼妙的想象、奇特的夸张变形、诡谲的象征、幽邃的暗喻、反常却合乎理性的细节与情节、假作真时真亦假的人生图景……真难想象它们出自这么一个温文尔雅的作者之手。它带给读者一种全新的艺术感受，促发出一种奇异的审美快感。

少鸿是性情中人，无论商业大潮如何地喧哗汹涌，他始终近乎固执地握着他的笔像一个农人舍不得他的锄，在都市的夹缝地带，默默地耕作着他的"一亩三分地"，享受着与金钱无关的愉悦。他的目光盯准了都市人的灵魂。描写都市青年生活的长篇小说《情难独钟》即将由作家出版社出版，另一部反映青年知识分子心路历程的长篇《别人的时代》也已杀青。摆脱名与利的羁绊，能够从事自己热爱的写作事业，对少鸿来说，此生足矣。

（周娅　　原文刊发于《文艺报》2001 年 12 月 29 日）

第三篇　作品论

收录于此的评论文章，涉及小说、诗歌、散文、影视剧本和动漫作品等文体。小说是重点关注的对象。张文刚在分析王跃文长篇小说《爱历元年》时指出，该作品借助日常生活的描写，表现人的感情纠葛和心灵历程，因而在艺术构思和表达方面体现出鲜明的个性追求和特色。往大一点的方面讲，王跃文笔下的生活气息和情致有点"红楼遗韵"；往近一点说，王跃文的艺术表现和风格可以看到鲁迅的幽默、机智、悲情和讽刺，老舍的逼真而细腻的描写，钱锺书的精妙的比喻，当然还有融合现实主义精神和理想、浪漫情怀的艺术追求，从中可以感受到巴金、沈从文、汪曾祺等大师的流风余韵。夏子科分析刘绍英的长篇新作《水族》时认为，作者尊重20世纪中国的历史本来，从民间草根立场出发，直面人生，还原血肉，复活性格，叩问灵魂，在时间节奏中绵延生命之流，在整体认知中阐释生命的本原，在诗化叙事中呈现生命质地，在昔日变动不居的澧水河渔家光景中抒写、表达特殊的生命体验。涂途、田皓、李琳、粟超等在分析张文刚长篇寓言体小说《幻变》时从生态寓意、诗化审美、生态女性主义视角和二元对立结构安排等方面进行细读和阐释，发掘出作品的现实价值、精神价值和审美价值。郭虹对刘友善长篇小说《田二要田记》、钟儒勇长篇小说《管家》等从人物形象、语言风格和创作精神等方面予以剖析。

诗歌、散文和戏剧影视作品等也得到了关注。夏子科在分析萧汉初的诗歌《红旗诗人——为中共中央文献研究室编〈毛泽东诗词〉出版而作》时认为，作者认定"红旗"这一全新意象在毛泽东诗词中贯穿始终，意味着"红旗"这一意象实际上凝聚着领袖的人格魅力和意志力量，作者进而由衷地盛赞了"红旗诗人"的"红旗诗篇"与"红旗诗品"；透过这层显性意义，我们分明更真切地体味到作者隐含在诗作中的深层话题：红旗，已经因其独特内涵而获得一种永久性，醇化为人们内心中的一种精神守望。张文刚分析了彭其芳散文的意境美，从诗意美、理性美和气质美三个方面进行提炼和审美烛照。张文刚在分析著名作家彭学明撰写的长篇报告文学作品《映山红遍》时认为，这是一部聚焦民间艺术团体和草根艺术家的力作，用真实生动的材料和本色而具有穿透力的语言表现了常德这方美丽神奇的土地上的民间艺术之花和民间艺人之魂，内容丰富，感情充沛，诗兴洋溢，是当今文学贴近生活、接通地气的一个范本。戏剧作品方面，张文刚从汪荡平的作品切入到对现代戏剧创作的思考：现代戏剧应该追求主题的"现实性"和"超越性"的融合、人物的"世俗性"和"诗意性"的渗透、情感的"喜剧性"和"悲剧性"的交织、艺术表达的"传统性"和"现代性"的互补。夏子科分析了周志华戏剧的现实品格和诗性态度。汪苏娥、李琳从湖湘文化精神、人物塑造和历史呈现的真实性等方面分析了电影《辛亥元勋》。

第一章　小说评论

第一节　从陌生回到原点
——王跃文长篇小说《爱历元年》评析

一

毫无疑问，《爱历元年》是一本描写情爱的小说。书名"爱历元年"有着耐人寻味的寓意。在人生婚恋的悲喜剧中，每个人都有自己的恋爱原点，亦即"爱历元年"，而且一般而论，这个原点或者"元年"都是美好的、值得纪念的。从这里出发，有的人不断发展、丰盈自己的爱情生活和心灵世界，与所爱的人携手到老；有的人渐行渐远，最终偏离爱情和婚姻的轨道一去不回头；有的人在尴尬的人生境遇和心灵迷惑中苦闷徘徊，离开原点最后又回到原点。《爱历元年》描写的正是后一种情形，主人公孙离和喜子，这一对曾有过甜蜜爱情的夫妻，在事业上苦苦奋斗，一个成了专业作家，一个成了大学教授，可谓风光之至，但是在爱情婚姻的旅途上却经历了从浪漫诗意的顶点跌落情感冰点，再到自我救赎、回归原点的曲折过程。就像他们的名字所暗含的那样：由近乎离散的无奈到回复原点的欣喜。这看似简单的回归，实则是一种超越，是经历恩怨风雨和心灵磨砺之后的自我净化和自我完善。

进入婚姻围城后，孙离和喜子似乎瞬间就变得"陌生"，成为陌生的熟悉人和熟悉的陌生人。"他俩甜蜜了没多久，慢慢就开始吵架。大事也吵，小事也吵"，以致"有时候会忘记争的是什么，反正拧着对方就是赢家"。这种夫妻关系日趋紧张和陌生的结果，就是各自有了婚外恋情。于是两性之间的亲近与陌生被迅速置换。孙离与李樵因为"采访"相识而感情闪电升温，旋即走进两心相悦的暴风骤雨；喜子和谢湘安由于同事关系，在经历几次偶然事件之后，随即卷入两性狂欢的洪流。本应属于夫妻之间的种种亲昵和缠绵，由于夫妻之间的"陌生"而转移到了"他者"身上，"陌生人"似乎不需要太多的过渡和铺垫就成了"宝贝"和"亲人"。夫妻之间的陌生不仅加深了相互的隔阂和婚姻关系的危机感，同时还衍生了副产品：父母和儿子之间不断加剧的陌生感；对自己身体和心理的陌生感。在父母没完没了的争斗中，儿子变得越来越冷漠和叛逆，也越来越陌生。在紧张的夫妻关系以及乐此不疲的婚外恋情中，孙离慢慢对自己的身体感到"陌生"，前列腺炎，失眠症，使他"越来越不能控制自己"；喜子常常滋生的一些奇怪的念头和想法，使她对自己的心理意识感到"陌生"，变得自己都不认识自己了。现代社会，人生仿佛就是这样一个不断被陌生化甚至被异化的过程。陌生化以及情感的转移，当然有着种种原因。首先，来自人的一种"现代性焦虑"，现代社会所宣示的诸多不合理、不公平的现象，以及加在人身上的种种压力和束缚，在改变人的心境和命运的同时，也使人寻找合乎自己的途径释放内心的重荷，以求得暂时的心理满足和快慰。其次，一种社会风习和潮流的影响与裹挟，伴随经济发展和文明进步，人们越来越追逐对财富和声色享乐的占有，也越来越丧失了维护幸福和恪守道德底线的能力。再次，从更内在的方面来看，是人的固有心理和欲望的驱动，喜新厌旧的人性弱点和欲望的洪水猛兽，如果不加以节制和防范，则必然改变人的生活链条和心灵生态。

　　演绎人生的陌生感和荒诞感，当然也能表现出作品的社会价值和审美价值；《爱历元年》的可贵之处更在于，作家合乎逻辑地描写了人物的情感"回归"，并由此传达出一种温暖的气息。心灵生态的失衡，也唯有借助心灵的力量来调节和修复，才能达到新的平衡与和谐。当喜子沉醉于婚外恋情带来的喜悦和神秘的时候，内心的愧疚和忏悔也把她推向了人生选择的十字路口，在经过内心深处十分痛苦的挣扎之后她慢慢回归到平静的家庭生活。相对于喜子的"主动撤退"所呈现出的决绝姿态，孙离体现出的是一种"被动回归"的无奈，是一种没有选择的选择。在孙离的婚外恋情中，合与分就像一场"醉酒"的宴会，醉不需要理由，醒也不需要理由。当李樵提出"分手"的时候，孙离陷入了被动的尴尬和极度的痛苦，而在李樵那里则是平静的、无所谓的。熟悉、亲近的人瞬间又变为陌生。这是一个值得思考和追问的通过婚恋体现出来的"现代性问题"。作家并没有给予小说中的人物更多的道德评判，只是让人物在自身生活逻辑的演绎中去认识自己、反思自己，从而调整自己；也唯有自身的反省和调整，才足以投射出灵魂深处的光芒。这一点在喜子的身上体现得更为充分和彻底。小说最后用"错"和"病"来结局，是一种水到渠成的客观描写，当然同时又是一种立场：有错就得"纠错"，有病就得"治病"。孙离和喜子的儿子出生时由于医院过错与别人家的孩子"错抱"，不仅仅是亲情关系的错位，也指认了孙离和喜子自结婚后感情的背离和错位，因而带来一系列的后遗症；要摆正位置，不是简单的交换或归位，还需要长期的心理疏导和矫正，这有一个艰难的过程。小说借孙离的弟弟孙却身体上的"病"以及病痛之后的大彻大悟，实际上暗示人的膨胀的、失范的欲望也是一种"病"，一种更摧残人、折磨人的病。孙却的病除了就医外，乡村游历成为他身体康复的一剂药方；同样孙离和喜子心理上的"病"除了从外界斩断病源外，还需要"心灵乡土"的静养和滋补，那种来自记忆乡土的淳朴良善和心灵与人格深处的洁身自好和道德操守是防治和解除心理疾患的"美丽山水"。孙离和孙却两兄弟的名字也预示着他们到头来离却、了却情场、商场乃至官场的种种是非和羁绊，回归本来拥有的安宁幸福的生活。王跃文在近年的一次访谈中曾说自己出生于乡村，对乡土怀有深厚的感情，"正脉脉含情地回望着乡村"①。这也许意味着作家今后的创作就题材和价值取向而言会有所转向，《爱历元年》应该说就是这种转向的开端，美丽乡村，包括内心深处的乡土记忆和自然神性都在召唤着作家"还乡"。

二

《爱历元年》借男女之间的情爱之旅，表现了丰富的人性内涵。小说中有这样一个精妙的比喻，当别人怀疑孙离的推理小说的意义时，"他感觉这个世界就像放多了沐浴露的浴缸，人坐在里面看到的只是厚厚的泡沫。他的写作就是要撇掉浴缸上面的泡沫，直抵水底真相"。引申来看，《爱历元年》就是要撇掉情爱的以及种种人生世相的"泡沫"，直抵人的本来面目和人性的真相。王跃文被称作"官场小说第一人"，他本人并不认同，因为他认为自己"写的不是官场现象，而是官场人生，是社会生

---

① 夏义生、龙永干：《用作品激发人性的光辉——王跃文访谈录》，《理论与创作》2011年第2期。

态系统"①。"官场"只是一个题材的入口，人生百态构成的社会生态系统才是文学表现的舞台；从这个意义上说，《爱历元年》和王跃文的官场小说是相通的，都是通过人情世故表现"社会生态系统"，只是这里的"官场人生"，被置换成知识分子的情感历程。与权力欲望、物质欲望等一样，情感欲望也是以占有和享乐为目的的。这种欲望，用小说中的一个物象来形容的话，就是"蚂蚁"："一只蚂蚁正顺着樟树皮的裂纹，急匆匆地往上爬"，欲望的蚂蚁，总是在残缺的地方突围和攀升。跟其以往的小说一样，王跃文主要把笔力投向"人性的暗角"，揭示和批判人性的弱点。正如小说中主人公观赏芦苇景色时看到的一首打油诗所写的那样："芦苇虽美景，小心藏歹徒"，人正是这样的"芦苇"，莽莽苍苍，芦花飞扬，而心灵深处也许藏着"歹徒"。《爱历元年》就表现了"歹徒"在人内心里的蛰伏、蠢蠢欲动以及对道德底线的跨越，无论是夫妻、情人之间，还是朋友、长幼之间，作为人的真实的一面如谎言、伪装、嫉恨、冷漠、臆测、小心眼、小手腕等种种心理意识和行为举止被毫不掩饰地勾画出来，成就了丰富、立体的人生画卷。

小说在表现"人性的暗角"的同时，也在努力发掘"人性的光芒"，并力图借此照亮人性的幽暗。喜子的觉悟和警醒，在情欲面前的毅然止步；孙离的被迫接受分手，在忍受痛苦之后对温暖现实的贴近和融入；孙亦赤流浪途中对亲人的牵挂和念想，对"回家"的诗意吟唱；孙却摆脱名利场，回归清净生活的畅想；等等。都是一种人性的突围，走出心灵"暗角"的一种努力和追求，都是值得肯定和称道的。当然，这种突围是极其艰难的，是一种自我斗争，一种心灵搏斗，要以牺牲个人的快乐和自由为代价。这种免于沉沦和毁灭的自我救赎，是自我反思和批判的结果，是穿越心灵暗区的一缕晨曦，导引人到达更加敞亮而美好的世界。王跃文曾谈到"敬畏"，他说，敬畏既有现代人的自我约束，也有现代人的自我救赎。这是一种道德力量的外化。有信仰、有原则的人才会有所敬畏。很多人把所有的信条都放弃了，没有任何原则和道德底线，只剩下欲望。欲望像一个至尊魔咒，人成了欲望的奴隶，成了权、钱、色的奴隶。有敬畏的人也是一个能自我认识、自我反省的人。人有欲望是事实，但人的美与

---

① 吴义勤、方奕：《官场的"政治"——评王跃文长篇小说〈大清相国〉》，《理论与创作》2007年第4期。

生命的价值则往往是超越这种"唯实"后所表现出的自由与庄严，人需要对自我进行洗濯。① 可以说《爱历元年》表达的就是这样一种欲望失范之后对生命和情感的"敬畏"，通过自我认识和自我洗濯后到达一种"自由与庄严"的生命境界。

如果按照当前某些流行小说的写法，完全可以写成一个夫妻离散的悲剧，或者婚姻重组的喜剧或闹剧，可是王跃文没有按照这个俗套来构思，而是在表面一池静水实则波翻浪涌的节奏和韵律中，写了一曲夫妻相互背离之后又和好如初的正剧。作者以一种平静、带着几分纯净和浪漫的情怀与眼光来看待和描写情爱生活，因而就没有那种低俗和庸俗的格调，即使是爱情幻想和性爱描写，也显得较为含蓄和内敛，甚至还有几分诗意。比如写孙离对异性的幻想，总是隐现着"兰花"的形象。在他所接触的异性中，刘桂秋、李樵、妙觉等女性都在"兰花"的映衬下，显得楚楚动人和值得念想。兰花以其雅洁的气质和幽香的气息照亮了他内心的混沌和期待，因而对女性的幻想和爱恋也几近升华为一种君子品格和典雅情怀。这种含蓄蕴藉和诗意化的想象与表达，还体现在一种文化氛围的营造和渲染上，诗词歌赋、琴棋书画、谈佛论道，有时候被恰到好处地穿插在文本中，成为对世俗生活的装饰、渗透和洗涤。这种诗性的、温暖的气息，还反映在作者通过情爱的触须延伸到社会世相，表达对社会人生的关注和关爱。作者通过艺术形象表达出来的对某些社会问题的忧虑和批判，对社会底层卑微者的体恤和关怀，都体现了作为一个作家的忧患意识和悲悯情怀。正因如此，当我们跟随主人公的步履踏上"回归"的路程，向着美好的"原初"贴近和超越时，我们的心中在升腾起一股暖流的同时对社会和人生也会寄予无限的希望。王跃文曾这样表白："文学也许应该超逸出生活的真实，给人以理想和希望。"② 这是作者所追求的一种愿景，同时也是我们这个时代所应追求的文学理想。

不仅如此，意义还体现在艺术的层面。从陌生回到原点，也可以理解为拒绝形式主义的陌生化表现，拒绝那些人工雕琢和刻意安排，回到最朴实、最本真和最自然的表达，应该说这也是艺术的"原点"。文学艺术的

---

① 夏义生、龙永干：《用作品激发人性的光辉——王跃文访谈录》，《理论与创作》2011年第2期。

② 刘起林：《官场小说的价值指向与王跃文的意义》，《南方文坛》2010年第2期。

起源和生活密切相关，本身就是生活的一部分。近现代以来，一些作品以反理性、反秩序为旗号，通过变形、拼装、夸张、跳跃等"现代""后现代"的艺术表现手法，来揭示现实生活和人性，虽然也给人以新颖的审美感受，但似乎和普通人的生活隔得较远。王跃文的高明之处，在于以平淡、自然的笔法将几乎原生态的生活和盘托出，让欣赏者没有任何阻隔地融入其间，在感同身受中理解生活、感悟生活，进而创造生活。在他这里，也有"现代性""后现代性"的东西，但主要不是作为一种手法和技巧，而是一种犀利的眼光和内涵的沉淀，是对生活本质的把握。王跃文的这种回归艺术原点的风格，不仅是一种艺术修养，更是一种创作观念和价值追求。

三

正是借助日常生活的描写，表现人的感情纠葛和心灵历程，因而在艺术构思和表达方面体现出鲜明的个性追求和特色。往大一点儿的方面讲，王跃文笔下的生活气息和情致有点"红楼遗韵"；往近一点儿说，王跃文的艺术表现和风格可以看到鲁迅的幽默、机智、悲情和讽刺，老舍的逼真而细腻的描写，钱锺书的精妙的比喻，当然还有融合现实主义精神和理想、浪漫情怀的艺术追求，从中可以感受到巴金、沈从文、汪曾祺等大师的流风余韵。

从陌生回到原点，是生命和情感的跌宕与回归，原本可以在故事情节的安排上大做文章，可是作者偏偏没有刻意经营故事情节。夸张一点儿讲，这是一本没有故事只有真实、没有情节只有情感的小说。或者说，它没有完整、清晰的外在的情节链条，只有生活的"场域"和气息，只有内在的情绪流和情感流。情感的发生、发展、高潮以及突转或渐变，及至沉潜、回归而趋于平静与和美，这就是小说内在的情节。那些猎奇求异的读者可能会失去阅读的兴趣与耐心，只有那种善于体验、感受、咀嚼生活和人生况味的人方能受到浸染和感动，并领略小说内在的韵味和魅力。如果借用小说中一个常用而具有动感的句式"越来越"造句的话，就主人公孙离和喜子的生活与关系而言，在小说的前部分是"越来越"走向紧张和陌生，在小说的后部分是"越来越"达成谅解与和谐。这就构成小说的一种情绪节奏和情感线索，从这方面来说，小说的结构是完整的，也是完美的。这样一条隐形的"情感线索"串联起来的是日常生活的场景和琐事，有时在这条线索的诸多节点上是一种相似、相同的生活场景和情景的"复现"和照应。喝茶吃饭、赋诗作画、散步休闲等生活内容以及赌气争吵、思念玄想等生存状态和心理状态被作者不厌其烦的描写，成为涵容情感而又过滤、沉淀情感，还原人性的"容器"。推动内在情感发展的动力是人的欲望和对欲望的节制，这是一种"内生力"，是一种比外在的逻辑推理导致故事情节的发展而更为强大和持久的力量。可以说，《爱历元年》采用的是还原人的心理意识和欲望的叙事策略。

　　正如有的学者分析的那样，"王跃文的小说，有着丰盈的日常生活细节描摹与纤毫毕现的心理刻画，细微到人物的一个眼神，一个称谓，一颦一笑，连语调与姿势等不经意之处，他都不含糊交代，而是着力描绘"①。《爱历元年》作为一部情感小说、生活小说，当然就更注重心理刻画和细节描写。文本中有大量的心理感觉和心理现实的描写，这种描写把心理和"此在"与"彼在"联系在一起，即描写人物生活现实的改变带给人的强烈的心理印象和感受，以及人物过去的生活情景在心理上的重现和强化，进而通过心理媒介传达出更为深广丰厚的内容。人世间最能使人产生心理变化的，从现实功力的角度讲也许除了金钱和权力外，就是男女之间的"爱"，这种爱能让人上天堂，也能叫人入地狱，还能令人在天堂和地狱之间进退两难、苦苦挣扎。《爱历元年》通过男女情爱表现出来的心理活动，正是这样一种情形。孙离与喜子初恋时节的怦然心动以及婚姻关系阴晴分合带来的心理反差，孙离与李樵、喜子与谢湘安婚外恋情存续阶段的欲生欲死，喜子努力挣脱不伦恋情的心理搏斗，孙离与情人被迫分手后的失魂落魄，等等，都刻画得极为细腻和逼真。同时在这种心理刻画中，常常把现实和记忆、想象和真实、快乐和痛苦等情景和情绪打通，形成一种错位或强烈反差，让人物的心理活动更加微妙深隐、跌宕起伏。与王跃文的官场小说一样，这部作品也表现出对生活细节及其人物行为依据与心理逻辑的特别关注②。作为情感小说、生活小说，《爱历元年》的细节在承载着一些象征和寓意之外，从整体上看具有十分浓郁的生活色彩和气息。结婚生子、衣食住行、锅碗瓢盆，"一地鸡毛"似的生活，在教人脾气变得"越来越坏"的同时，也赋予小说细节平淡甚至琐细的意味，有时候

　　① 刘起林：《官本位生态的世俗化长卷——论〈国画〉的价值包容度》，《理论与创作》1999 年第 5 期。

　　② 刘起林：《官场小说的价值指向与王跃文的意义》，《南方文坛》2010 年第 2 期。

还免不了近于拖沓和冗繁。同样诸多描写两性之间幽会、亲昵、思念、期待的细节，在服从人物的个性和心理刻画的同时，有时也给人一种甜腻的感觉。

从陌生回到原点，体现在艺术思维与表达上也有许多创新之处。夫妻关系的紧张导致陌生化，以及婚外恋的发生、发展带来的欣喜和狂热，这些东西在人们的识见和经验世界里是太熟悉不过的事情，对于"熟悉"的内容，作者偏偏进行"陌生化"的处理，即饶有兴味、不胜其烦地进行逼真、细腻的描写，如散步、吵架、喝茶、吃饭，及至亲吻、做爱，等等，都被作者拉长、放大或放慢节奏来写。功夫也许就在这里，把人们司空见惯的日常生活进行艺术地审视和表现，从个人的生活琐事触及社会现实，表现人的"当下"处境和心境，从生活的表象进入心灵的深度和人性的富矿，这些都需要相当的铺展能力和聚焦才能。王跃文曾说："我平时观察生活，也是力图冲破重重话语魔障，力图直抵真相和本质。"① 可见这种艺术表现能力，其实来源于对生活的细腻观察和深刻感知。同时，在作者的艺术思维及表达中，还常常有"突转"及复杂化的描写，即从陌生切换到熟悉，或者从熟悉切换到陌生，以及描写熟悉中的陌生和陌生中的熟悉。迅速转换或感觉的复杂化、多样性描写，在造就艺术的新奇效果的同时，表现了生命的自由与局限以及种种复杂难言的生命体验，对生命和社会有着更多本质的探究。作为一部情感小说和生活小说，由"放"而"收"的内在情感线索，也带来结构上的铺垫、悬念设置与前后勾连和照应。亲子关系的"错位"、孙离的"桃色风波"、江驼子的身世和结局，等等，在前面看似不经意的描写中，实际上草蛇灰线、环环相扣，到最后抖开包袱、曲终落幕。这些虽算不上艺术上的出巧和创新，但作为一部长篇小说，特别是作为一部情感小说和生活小说，也似乎是必不可少的，在呼应、助推内在情感线索发展的同时，完成了人物命运的塑造和艺术结构上的照应。

（张文刚　　原文刊发于《芙蓉》2015 年第 1 期）

---

① 夏义生、龙永干：《用作品激发人性的光辉——王跃文访谈录》，《理论与创作》2011 年第 2 期。

第二节　似水绵延

——《水族》阅读印象

往往，祖父就是历史。

按照冯友兰先生的理解，历史有两重意义："本来的历史"和"写的历史"①。二者的区别和关联即在于，本来的历史是时间已然静止的标本式存在，写的历史则属于主观认识；事情的自身是前提与根本，而事情的记述却是生成与创造，它们之间是原本和摹本、原形和影像的关系。因此，所谓历史（无论天文史、地球史，还是人类社会史）向来都不过是史家们对本来历史的最大可能还原。

刘绍英的长篇新作《水族》便是这样，尊重 20 世纪中国的历史本来，从民间草根立场出发，直面人生，还原血肉，复活性格，叩问灵魂，在时间节奏中绵延生命之流，在整体认知中阐释生命本原，在诗化叙事中呈现生命质地，在昔日变动不居的澧水河渔家光景中抒写、表达特殊的生命体验。

一　那些事，已经尘埃落定

《水族》的历史书写显得精巧用心、才情独具，尽管表面看来是那样的不紧不慢、轻松适意——孙女坐在河堤上啃完一根糯苞谷的工夫，就完成了对祖父近百年渔民生涯及命运遭际的静观默想。

祖父的名字滑稽有趣而又贴近生命：憨陀。

同澧水河的恣意率性一样，少年憨陀有些青涩、有点莽撞。对家庭的艰辛似乎不太理会，对父母的苦心好像也不太领情，所以，对难得的读书机会就不怎么珍惜，倒是练就一手铜钱押宝作弊的本事，最终因为冒犯女同学而被教书先生赶出学堂。尔后上街闲逛，自此多年不知所踪，原来是被人强行带到了五十多里外的白云观。在道观收了顽劣心性，习得一身武艺，初通一些药理，莽撞少年长成侠义青年。

此时，日本人带着枪炮闯了过来，村庄受掠，道观遭焚，青年憨陀"毫无征兆"地回到渔乡，而日本人的轮船也"不可避免地开到了澧水

---

① 冯友兰：《中国哲学史新编》（上），人民出版社 1998 年版，第 1、2 页。

河，开进了芦苇荡"①。灾难紧随日本人而来。愤怒的憨陀领着众人杀了一伙作恶的日本兵，沉了他们的船。

从这次惊心动魄的壮举开始，祖父憨陀几近张扬地舒展着自己的生命辉煌：逢赌常常得意；路见不平敢于出手相助；被抽丁当兵而得团副赏识；退役后为保渔民平安再次挑头勇战兵匪；将已经同黑皮定亲的水芹姑娘活生生抢过来结婚成家；给仇恨自己的黑皮倾力治疗蛇伤；毫无顾忌地顶撞土改干部；父母走后恪尽长兄之责；义务组织渔民们集体灭螺；已近耄耋之年，居然硬是"闹"垮了向河里排污的造纸厂……

坐在河边，祖父憨陀的那些事扑面而来。孙女凝望河面，便成一种视角。孙女视角内，远处是铅灰色的天幕，那上面点缀着由庙堂华屋炮制的若隐若现、若即若离、不太真切的布景——沉睡、贫弱、兵灾、匪患、抗日、内战、新中国成立、土改、援朝、"大跃进"、饥饿、大队、承包、改革开发等一类抽象共名；孙女视角内，真正站在前台的却是江湖草台血泪儿女演绎的艰难险阻、甘苦辛酸，是绵延如水的生命涌流；孙女视角内，祖父的面影挥之不去，那些事挤满心头。

生命哲学强调，生命活动、生命过程本质上就是一种生存的活动、一个实践的过程，其间绵延的，总体来讲就是柏格森所说的那种生生不息的生命本能和冲动，那种永不中断、不可分割的生成、创造力量，那种裂聚变式的能量自我生成。憨陀的生存实践恰如一尾灵动、健旺的"红鲷鱼"，燃烧和爆发的正是这样一种生成能量。这种能量，令小者若巨，令卑者若尊，令危者如逸，令瞬间永恒。小的时候，憨陀做错了事，被戒尺打肿手掌、被赶出学堂，竟还敢"梗着脖子"跟父亲说话，可谓天赐肝胆，已然超乎常态，难怪会被玩蟒蛇的徐师傅"相中"带入道观。杀了几个日本兵，一般人早已战战兢兢、惶惶不可终日，他却能大摇大摆走进茶馆"高门大嗓"吆五喝六，真所谓"器大者声必闳"也！明知因为"抢"了黑皮媳妇，人家对他恨不得食肉寝皮，但一知道黑皮被毒蛇咬伤，却跟没事人一样，大大方方上门为其治伤。最典型的事件也许就是同张干部的那场正面冲突了，嬉笑怒骂，甚至辅以拳勇，到头来，连原本十分蛮横嚣张的张干部也沮丧地感到"真是拿他一点辙都没有"②。爹娘故

---

①　刘绍英：《水族》，湖南人民出版社 2014 年版，第 38 页。

②　同上书，第 183 页。

去，长兄如父，兄弟们看他却"总是有种畏惧的眼神"、总要"无端地害怕自己"①……需要说明的是，憨陀生命中生成和凸显的这类能量、气度，是以正义和担当为预设前提的，唯其如此，也才最终赋予那些生命活动以充分价值和理性。

祖父的生命终止了。一切皆成历史，所有那些事都已被沉淀为厚重的记忆，融入我们的血液，流淌为新的生命。

二　那些人，有着清澈透亮的眼睛

祖父憨陀的历史当然不只是他一个人的历史。

罗素在介绍柏格森直觉理论时通俗地说，本能是好孩子，理智是坏孩子。理智的方式适用于认识外在的物质世界，但不适用于把握以绵延为本质的生命活动，直觉才是生命本来能量的最佳状态。所以，与（理智的）逻辑实证不同，生命哲学更加看重和依赖一种整体直观，要求认识主体与认识对象完全融为一体，从而达到对对象的有机地整体把握。也就是在这个意义上，柏格森欣喜地发现，"唯有与人物本身打成一片，才会使我得到绝对"②。走进《水族》，走近那些人物、那些游弋在水中的"红鲷鱼"群，最能够使我们整体直观和把握的就是那一双双清澈透亮的眼睛。那里面微漾着生命渴望，激荡着生命热情，摇曳着生命智慧，汹涌着生命韧性。其间流露的，是生命的欢乐与忧伤、柔情与执着；其间绵延的，是生命的旷放和不屈、率意和本真。

老道士和小叫花子之间并没什么实际生活关联，却都有着清澈透亮的眼睛，也就是在生命自然上存在某种同一。老道士是憨陀的师傅，是在那样的艰难时世、那样的寒山僻野坚持读着《抱朴子》的人。"这么大年纪的人，那眼睛却是干净得像门前溪沟里的溪水，透亮透亮。"③ 应该说，这是一位安贫乐道的老者，也是一位乡村智者，是他砥砺了憨陀的心性，铸造了憨陀的灵魂。小叫花子肮脏的脸上同样是一双清澈的眼睛，"而且

---

① 刘绍英：《水族》，湖南人民出版社 2014 年版，第 187 页。

② ［法］柏格森：《形而上学引论》，《二十世纪西方美学经典文本》第 1 卷，张德兴译，复旦大学出版社 2000 年版，第 197 页。

③ 刘绍英：《水族》，湖南人民出版社 2014 年版，第 57 页。

那眼睛里闪烁着一抹固执的光芒"①——硬要把还是单身青年的憨陀认作爹。这个被生活遗弃、颠沛挣扎在日子边缘的孩子，心地干净得令人心疼，无助、无奈的眼神里写满渴望和不屈，用尚未健硕的体魄与心智安置自己的未来。终于，新家的接纳使他有了归宿，新的国家使他寻求了另一种价值实现——在朝鲜战场上慨然国殇！

杆子和兰子是憨陀的父亲、母亲，标本式的中国农（渔）民：勤劳、善良、慈爱、坚韧。父亲母亲都不是什么文化人，却自有着难能可贵的文化秉承，在那些艰难岁月里建树着某种生命的高度，在平常的日子里释放出某种生命感动。他们有爱，蘸着苦涩，却一生相知；他们有情，栉风沐雨，却彼此坚守、生死相随；他们有义，信守家规，善待四邻。杆子也许是水上渔家唯一不打老婆的男人。兰子是上游垮垸后扶着脚盆漂到渔村、被杆子救起活下来的，从此留在船上，不再回头。杆子去世，兰子也便悄然一同而去，"当初是以这样的方式来的，又以这样的方式走了"②。

芦根与黑皮、来宝媳妇和水芹以及其他众多水上儿女，也都在各自生命轨迹里绵延某种质地，比如芦根的飘浮散淡、黑皮的刚直暴烈、来宝媳妇的呆傻疯癫、水芹的笃定柔韧。

比较而言，还是祖父憨陀的生命特质得到了较全面、较充分的显现。无疑，他的眼睛同样地清澈透亮，而跳跃、燃烧在里面的生命内涵——我们期望和应该得到的那些"绝对"，却又是需要仔细加以体味的。设想，那眼神似乎不曾有过迷惘的时候，因为心底从来都十分的安静。那眼神有时是凌厉如炬的，因为一生遭罹太多灾难与邪恶。那眼神有时又是温润似水的，因为怀抱善良，因为豪气任侠，因为多情重义。那眼神常常是意得志满的，因为快意恩仇，因为坦荡无羁、通透大器。那眼神又分明是沉静深邃的，因为心有所系，因为担当和责任。那眼神，也曾经黯然神伤，因为步履维艰，因为知交零落、亲人离散。那眼神，也曾经是孤独倔强的，因为老冉冉其将至，因为韶光易逝、盛年难再……水上人家的历史，就这样写在祖父憨陀那些人的眼睛里。

---

① 刘绍英：《水族》，湖南人民出版社 2014 年版，第 100 页。

② 同上书，第 171 页。

三　那条河，显得空旷沉寂

最后一条渔船也上了岸。

祖父憨陀的时代结束了。"河面上一条渔船都没有，显得无限的空旷和寂寞。"[①] 昔日那些沧桑动荡、惊心动魄，那些辉煌得意失落哀伤都已远去，"渔民已经全部搬家上岸定居……他们享受着这个时代的一切"[②]，只有祖父憨陀永远地留在了芦苇荡，守护着属于他的那个时代。

正如美国人艾恺（Guy S. Alitto）在其论著《世界范围内的反现代化思潮——论文化守成主义》中所谈的那样："现代化是一个古典意义的悲剧，它带来的每一个利益都要求人类付出对他们仍有价值的其他东西作为代价。""当人们在现代化社会中，从过往经验中做概推，不可免的结果是预期超过了实得，他们因而感到不快乐、不满足、不满意。""……现代化自促进人类快乐的观点言，是自毁性的。"[③] 历史远去，而生命之河绵延未已，因此，祖父憨陀是不能被抛弃和遗忘的。他所守护的，恰恰是生命的快乐之源，是对于我们仍有价值的东西，抛弃它，即意味着被抛弃或自我抛弃。

这类价值，首先应该是那种自然之子的生命情怀。河的儿女，水的子孙，自有一种河的品格、水的胸怀。就以人的名字来讲：杆子、兰子、憨陀、水芹、芦根、云彩……是的，还有红鲷鱼，一串命名一望即知出自天然。这样的自然之子，崇尚和实践着生命的无拘无束、无牵无碍——"澧水河上好行船／洗衣姐儿认得全／棒槌催我把路赶／转来记得带绸缎／洞庭麻雀吓大胆／恶水险滩不怕难……"[④] 反复出现的澧水歌谣，常常把我们带到"鱼戏莲叶东／鱼戏莲叶西／鱼戏莲叶南／鱼戏莲叶北"的自由境界。这样的自然之子，不会沉溺于悲伤，面对不幸，他们总会记得阴霾之外的阳光——"他望了一眼掩埋师傅的土堆。他想，明年春天，这里又该漫山遍野地盛开好看的杜鹃花了。"[⑤] "师傅！憨陀喊了一句，竟

---

① 刘绍英：《水族》，湖南人民出版社 2014 年版，第 226 页。

② 同上。

③ ［美］艾恺：《世界范围内的反现代化思潮——论文化守成主义》，贵州人民出版社 1991 年版，第 231、233 页。

④ 刘绍英：《水族》，湖南人民出版社 2014 年版，第 8、9 页。

⑤ 同上书，第 64 页。

然揪心一样的疼痛……师傅是不是真的已经羽化成仙了呢？如果羽化成仙了，自己就不应该这么伤心。"① ……这样的自然之子，也不会戚戚于一己一时之得失，面对伤害，他们袒露着海一样的胸襟——"两天后，憨陀去给黑皮换药，黑皮很意外。黑皮低着头，对憨陀说：'害你这样，都是因为我'；'都是命。不怪你。'"② 简短的对话，一句"不怪你"，缠绕多少生命况味！

这类价值，其次应该是那种暗涌、潜在的生命诗性。显而易见，《水族》流淌着诗的旋律：苦难是顽强的诗，梦境是象征的诗，离别是销魂的诗，抗争是豪迈的诗，生存与死亡是交响着欢乐和忧伤基调牧歌的诗。如果不是那么拘谨，则每一生命个体都是有着诗的潜质的，或者说，诗性乃是生命的又一"绝对"。从远古歌谣到《诗经》《楚辞》，再到历朝历代乐府民歌，这一事实已然清晰地呈现了在大众生命中氤氲、缭绕的诗的气息。就现代文学自身来看，也的确存在一种叫作"诗化小说"的东西，比如废名、萧红、孙犁，比如汪曾祺、刘绍棠、姜滇，或者还有张炜、莫言，等等。罗列这一历史或现象，不是为了用以简单比附小说《水族》的创作发生。事实上，绍英对生命诗性的书写与体验始终显得很克制、很有个性：热烈而不泛滥，大胆而不莽撞，感伤而不放纵，深邃而不神秘，似野鹤闲云，声色不动。憨陀豪气冲天去当兵，"待娘迈着双小脚由二陀搀扶着追来时，杆子正擦着眼角的泪，憨陀已没有了踪影"③；搬家时，憨陀不是把"光荣烈属"的牌子钉在门框上，而是钉在了床头的墙壁上，"他舍不得让云彩站在屋外，已经入冬了，天气逐渐寒冷，云彩在屋外会冷的"④。这样的叙事运笔极轻、极淡，而潜藏的生命体悟、生活指向却令人无限遐想。

值得守护的生命价值，应该还有善良、慈爱、真诚、忠信、情义等一类世俗生活品质。云彩的离去便是关于爱和真、信与义的一种透着感伤气质的生命诘问。借用传统批评术语，云彩不是作品的主要人物（生命平等，其实是不应该有主、次角之分的——每一个生命体都是他自己的主

① 刘绍英：《水族》，湖南人民出版社 2014 年版，第 64 页。
② 同上书，第 161 页。
③ 同上书，第 107 页。
④ 同上书，第 202 页。

角），所以关于他的笔墨并不多，但这一生命的分量却很重，因为他留给人们一个必须面对的现实课题："……太阳只剩下一个大红脸，憨陀看见，有几只雁儿排着剪刀形状的队伍，往头顶飞过，掠过了芦苇荡，它们要飞往哪里？哪里是它们的归宿？"① 历史远去，哪些已被带走，哪些还在它的身后保留？生命短暂又偶然，现实途程中的人们到底应该怎么办？

岁月如流水。

那条河，空旷而沉寂。

（夏子科　　原文刊发于《武陵学刊》2015 年第 5 期）

第三节　面对世界的变幻

——破解寓言体小说《幻变》

一

2013 年 5 月 17—20 日，太湖文化论坛在浙江杭州举办了第二届年会，会议的主题是："加强国际合作，建设生态文明"。来自世界五大洲23 个国家的 500 余位政治家、自然科学家、社会科学家和各界知名人士出席会议，围绕当前全球共同面临的生态文明问题，进行了多种形式的对话和交流，共商生态文明建设大计。我为论坛提交了一篇《生态美学与生态文明建设》的发言，会后经过补充和改写，以题为《论生态美学和生态美》的论文，发表在《文艺理论与批评》2013 年第 5 期。前不久，收到张文刚教授寄来的新著《幻变》②，书中的"内容简介"写道："这是一部带有童话色彩的寓言体小说"，"表达了对自然生态和人类社会的思考"。这样重大的主题，以及引人入胜、不睹不快的创新体裁，不能不引起我的极大关注和兴趣，于是带着好奇和疑问翻开了这本长篇小说。

小说共分 10 章 51 节，主角是"蜗城"中的蜗牛（又称"蜗师"）和白鸽。小说开篇的《雪恋》，以蜗牛与白鸽的浪漫恋情揭开序幕。中间

---

① 刘绍英：《水族》，湖南人民出版社 2014 年版，第 209 页。

② 张文刚：《幻变》，长江文艺出版社 2013 年版。

经历了许许多多风风雨雨，例如黑鸽的插手、父母的偏见以及相互的误解等；直到白鸽与黑鸽结合又离异后，蜗牛和白鸽重归于好，在"七夕"那天成亲。结局圆满，有情人终成眷属，皆大欢喜。当然，围绕蜗牛与白鸽还有一个因种种原因异变而来的蜗牛群体，他们组织了一个"蜗协"，互帮互助，造福人类。给我的第一印象，是恋爱的故事并不新奇、曲折，甚至感到有点平淡，可蕴藏的深意和哲理，却不能不久久回味和探寻。

二

尤其让我感到意外和惊喜的是，小说中通过蜗莲（她与蜗树相恋）的倾诉表达出来的对"生态"的认识，竟与我的基本观点大体相似、不谋而合，只是大同中略有小异。她对蜗师说："人类现在不是正大谈特谈一个时髦的词汇吗？那就是生态。生态，有自然生态，还有社会生态、文化生态、心灵生态，等等。我们这些变为蜗牛的生灵，都是生态失衡的牺牲品。但我相信，既然人类认识到了生态的重要性，那么一切都会慢慢好起来的。如果我们都加入到改善生态环境的行列中来，总有一天，我们就会回归原有的生活和快乐。"这一段对"生态"的感慨，寓意深沉，拨开和点明了《幻变》的主题。

我在给太湖文化论坛提交的发言稿和《论生态美学和生态美》的文章中，都曾提到："生态文明应当涵盖和包括自然生态、社会生态和人文（文化）生态文明。""从目前对'生态'的理解来看，理论界一般都局限于'人'（或'人类社会'）与'自然界'的相互关系上（而实践的应用上早就超越了这个界限）。而我认为，对'生态'的视野应当更开阔，即包容几类不同领域和层面的'生态'，其中既有'自然生态'、'社会生态'，还应有'人文（文化）生态'。这样，生态文明建设便关系到以尊重和遵循自然界、人类社会和人文（文化）创造的客观规律为基本准则，强调自然空间、社会环境和人文条件的相互依存、互相促进，生态平衡、协调发展。"只是我没有提"心灵生态"，因为"心灵"似乎与"自然""社会"和"人文"（"文化"）难以平行和对应。

然而，当读完《幻变》全书后，我才有所领悟：所谓"心灵生态"，也许可以理解为是一种精神、思想或内心的"生态"。它代表和寄寓的是生灵生态，或异类思维、换位思维的"生态观"，这也可以属于"生态"的大理念。从整个宇宙大环境生态的视野来审视，生灵的差异不应成为

"不平等"的根基，因为互相依存、相互影响，互补共生，保持合理的、平衡的生态环境关系，才能使自然和社会一起发展。正如小说中所褒扬的那样："蜗牛笑着说：'在我的眼里，人也好，鸟也好，我们蜗牛也好，一切有生命的，都应得到善待，都要相互珍重，相互爱护。'"关注另类和异类生灵的真实"心灵"，目前虽然还不能完全从严格的科学意义上得到实现和验证，可的确是人类面临的重大课题。

这从根本上说是类似于西方18世纪启蒙主义的"自然的平等"思想，《幻变》中最后描写的蜗牛们都"幻变"成为人类的一员，正说明这个深层的道理。在这一群特异的生灵发生"幻变"的那一刻，小说借人类的声音表达了这个道理："蜗牛和白鸽变为人，这并不奇怪。他们本来就是我们人类的一份子，是我们人类的好朋友、好邻居。站着，不一定是人；跪着甚至在地上爬行，只要他们行善扬德和造福人类，就是我们人类的缩影，就是我们人类本身。"要改变自然生态、社会生态和人文（文化）生态，要从改变心灵生态入手。否则，说不定哪一天，人类也将会变为"蜗牛"。

在我看来，现代社会的"生态"理念，理应超越以往单单以动植物、生物或人类为"绝对主体"的局限，而扩大到客观世界"一切存在物""各类客观事物"的"生存状态"与周围环境之间的关系。因为自然界、人类社会以及人类创造的物质产品和精神产品，在维护生态平衡中都是重要的、平衡的。只有从它们相互的、"环环相扣的关系"中，才能保持稳定的"生存状态"。因此，"生态"的大理念理所当然应该广泛地适用于自然、社会与人文（文化）的各个领域。从而，生态文明也就应当涵盖相互依存和互相影响的自然生态、社会生态和人文（文化）生态（包含"心灵生态"）；它关注和调控的重点是自然、社会和人文生态的互通、互动、互补、互惠的关系。

《幻变》中的最后一章（第10章），特意浓墨重彩地描述了蜗莲举办的一个摄影展，它以"和谐"为主题，分为4个展区，分别题为"大美不言""人景共生""心心相印""和乐有为"，用充满浓郁的生活气息的画面，反映了自然生态的和谐、人与自然的和谐、人与人的和谐以及人与社会的和谐。这是一幅美妙的广袤生态画卷，同时也寄托了对生态走向的美好心愿和诗意向往。

三

社会主义生态文明建设，将生态学因素列为塑造未来环境的中心地位，并使它与其他各种因素融为一体。这样，生态文明建设就应当既有应对当前严重生态危机的、急迫的、需要解决的整治措施，还要有根本的、长远的、科学的未来预测和远景。无论是"人类中心主义"还是"自然中心主义"，都是片面的、形而上学的观点。因此，除了尊重自然、顺应自然、保护自然，按客观规律认识自然、利用自然、改造自然，更要注重社会生态和人文（文化）生态（包括"心灵生态"）的建设和发展，这样才能从源头上扭转各类生态环境恶化，创造出持续地改善和发展的自然环境、社会环境和人文环境，使理想的、和谐的社会人人幸福，那样才能建成人类真正的、共同的美丽家园。

不能忘记恩格斯在《自然辩证法》中说过的话："经过长期的、往往是痛苦的经验，经过对历史材料的比较和研究，我们也渐渐学会了认清我们的生产活动的间接的、较远的社会影响，因而我们也就有可能去控制和调节这些影响。但是要实行这种调节，仅仅有认识还是不够的。为此需要对我们的直到目前为止的生产方式，以及同这种生产方式一起对我们现今的整个社会制度实行完全的变革。"① 我个人仍然认为：目前世界的突变、剧变、灾变和"幻变"的最终根源，主要在于资本全球化加快了生态危机的转移和扩散，生态殖民主义、生态霸权主义和生态帝国主义对生态美造成愈来愈严重的摧残和破坏。从"生产方式""社会制度"的变革中，才能根本扭转和消除各种类型的生态危机和人类未来的厄运。

《幻变》中的黑鸽这一象征，虽然是个配角，是个带有市场经济时代特征的"第三者"形象，却是典型的、对包括"心灵生态"在内的"自然生态""社会生态""人文（文化）生态"造成撕裂、破坏和摧残的幕后罪魁祸首。白鸽一度受到黑鸽的外貌、风度和财富的诱惑，结果受骗上当，幸亏及时醒悟，不然一定堕入深渊、不堪设想。这也从一定角度再次说明："绿色革命"不可能超越和替代"制度革命""红色革命"，否则便可能走向另一种类型的"乌托邦"；只有从根本上变革不合理的生产方

---

① 《马克思恩格斯选集》第 4 卷，人民出版社 1997 年版，第 385 页。

式和社会制度，改变资本、金钱和利润的统治地位，改造"无所不能""无所不可""无所不做"的"绝对资本主体意识"，才能在全球层面上彻底地解决人类社会、自然环境、生态平衡等愈来愈尖锐的问题，也才能达到全人类未来的、科学的、理想的自然生态、社会生态和人文（文化）生态高度协调一致、和谐发展的生态美学境界。《幻变》中没有交代黑鸽最终的下场，但他（它）与"蜗协"群体的格格不入和对立，倒是确定和不言而喻的。

总之，单纯而又朴实的爱情，深邃而又丰富的哲理，现实而又长远的寓意，这就是我对寓言体小说《幻变》的浅薄"破解""破读"。一知半解、一孔之见，不妥之处，敬请作者和读者多多批评指教。

（涂途　　原文刊发于《云梦学刊》2014 年第 3 期）

第四节　持守·凝思·希冀

——长篇寓言体小说《幻变》的生态意蕴

张文刚先生的新著《幻变》是一部带有童话色彩的寓言体小说，作品以生态日趋恶化的现实为背景，用跌宕起伏的情节、丰富的想象和诗意的语言，传递了超越族属、地位和美丑的爱情观，既充满浪漫气息和乌托邦想象，又隐含深沉忧患与理性拷问，作品对自然神性的守护、对现代性的反思以及对人类自我拯救可能之展望，包含着浓郁的生态意蕴。

一　守护：自然世界之神性

自然是宇宙的一部分，天造地设，不以人的意志为转移；自然内部又是一个有机整体，日升月降、星移斗转、四时交替，动静交错，声色共在。生态整体主义认为，世界是一个由人—社会—自然构成的复合生态系统，人与自然是一体化的，人类只是生态整体中的一个组成部分；自然具有内在的价值，生态系统中的各种存在物，对于维护整个生态系统的稳定、完整、有序具有价值和意义；不同物种之间形成价值关系，它们互为客体，互为目的和手段，互相满足和牵制；人的尺度不是价值评价的最终根据，人在某种意义上要服从自然的尺度①。生态伦理观念的出现，为人类正确认识自身、善待自然提供了新的视角，这种视角为恢复自然在整个生态系统中的地位，复活自然神性提供了理论资源。《幻变》对自然世界的描写方式和书写姿态，表现了对自然的崇敬与热爱，对自然神性的精心守护，暗合了生态伦理立场。

首先，作者摒弃了动植物工具论和资源论的传统思维模式，选择弱小的动植物为主人公，从生命角度抒写动植物的尊严与高贵，流露出对生命价值的尊重与敬畏。"人自成为人的那一天起，就不断以道德律对抗自然律，以精神的力量对抗生命的力量，因而长期以来人与这个世界的其他动、植物的生命活动常常是对立分裂的。"② 所以，海明威《老人与海》中的马林鱼，是人征服的对象；格林童话《白蛇》中的白蛇，是人表达意志的符号替身，动物作为"群落中的善"的内在价值被遮蔽，它们的生活情状、情感世界在文本中被悬置。阿尔贝特·史怀泽说："善是保持生命，促进生命，使可发展的生命实现其最高的价值。恶则是毁坏生命，伤害生命，压制生命的发展。"③《幻变》将动植物作为故事叙述的主体，置于叙事的前台，故事的发生、发展以动植物为中心和线索，作者以欣赏和赞美的笔调书写它们独特精彩的生命，描写它们喜怒哀乐的多重情感，发掘它们的美好情怀，赞美它们的崇高精神，张扬了其存在的独特价值和意义。作品中的动植物个性鲜明：蜗师智慧勇敢，白鸽聪明伶俐，灰鸽正直侠义，蜗树真诚善良，蜗莲热情爽朗。它们具有团结协作精神：蜗牛们成立协会，相互帮助、相互鼓励；鸽族成立慈善机构，扶贫济困、共渡难关。它们怀有超越种族的奉献精神：黑鸽利用鸽族善飞行、辨方向的特点成立"大宇飞鸽信息公司"，传递资讯，服务社会；白鸽用神奇的"羽笛"化解人间的纷扰和苦闷。它们拥有侠肝义胆、大无畏的牺牲精神：地震发生时，蜗师带领众蜗牛"赶到地震中心苇城，和人们一道救灾"；月城潮水决堤后，蜗师和鸽群不顾自身安危，用智慧营救被卷进潮水的人们。动植物在喜悦与忧愁、快乐与悲愤、失落与憧憬的生命历程中，舒展

---

① 李培超：《自然的伦理尊严》，江西人民出版社 2001 年版，第 94、141—142 页。

② 同上。

③ ［法］阿尔贝特·史怀泽：《敬畏生命》，陈泽环译，上海社会科学出版社 1992 年版，第 19、44、47 页。

个性，展示美丽，它们生命的绽放，既充盈了自己的生活，也丰富了世界的肌体，更涤荡着人类的灵魂。由此不难看出，小说对动植物生命和价值的关注是平视的，抛弃了人类高高在上轻视动植物的傲慢姿态，颠覆了以人为中心的绝对尺度下对动植物进行的价值判断，确认了动植物在生态整体系统中的存在意义，构建了自然世界的平等、温馨与和谐。

　　其次，着力书写自然世界的瑰丽与神奇，自然生命涌动的生态之美畅然笔间。自然之物各有其美，它们的美建立在自身自由存在的基础之上，在于其内在活性生命力的灿然绽放，在于这种活性生命力的保持和灿然绽放与它们所处的环境的生态性一致。生机美、和谐美是自然生态美的具体表征。作者将描写的笔触伸入技术理性较少抵达的大自然，诗意地寄情山水生灵，将自然现象化为自由的生命，使之闪耀着神性的光泽，跃动着诗意的音符。小说描绘了一幅幅清新别致的田园风景画："田野里一派青翠葱绿，水稻正在灌浆，稻穗悄悄低下了头，红艳艳的荷花像火苗从青青的荷掌中蹿出来，那些鱼塘、湖泊犹如明镜映照着飞鸟、蓝天和白云。"①生命的萌动和不断成长呈现出一种积极向上的生机美，这种自然生命的生机推动着万物，使大自然充满活力，给人以美的享受和向上的力量。自然生机之美不仅彰显了内在价值，还为人类生存提供了物质保障、活动空间和精神源泉。"河滩上，繁茂的绿草中点缀着一些素净的野花，几茎青青的苇叶亲密地站在那里，穿着花衣的蝴蝶到处翻找着大自然的秘密，还有几条老牛悠闲地站在河边，一只白鹭立在宽大的牛背上卖弄着自己优雅的姿势和洁白的羽毛。"②大自然和谐安详，生命各安其所，秩序井然，万物的和谐构筑了一个活色生香的自足世界。小说中的自然正如格里芬所说："世界的形象既不是一个有待挖掘的资源库，也不是一个避之不及的荒原，而是一个有待照料、关心、收获和爱护的大花园。"③在自然世界越来越被技术与文明祛魅的今天，作者怀揣着对大自然的尊重与热爱之情，凸显自然的内在生命力，将自然世界共创的和谐交融的温暖场景呈现

---

　　① 张文刚：《幻变》，长江文艺出版社 2013 年版，第 13、22、32、49、58、106、110、112、141 页。

　　② 同上。

　　③ ［美］大卫·雷·格里芬：《后现代科学——科学魅力的再现》，马季方译，中央编译出版社 1998 年版，第 133 页。

于读者面前，构建了一个唯美浪漫、通透灵动、诗意纯净的大自然，回答了对自然本相的追问，流露出对大自然的诗意向往，这种向往，也是人类对精神家园的走近和守望，附丽着浓烈的后现代色彩。

二 反思：现代性之后效

人类的工业文明与科技飞速发展，构成了现代性的主导性成果。安东尼·吉登斯在《现代性的后果》一书中说："在现代性条件下，工业主义构成了人类与自然之间相互发生作用的主轴线。在大多数前现代文化中，甚至在那些强大文明中，人类也多半把自己看成是自然的延续。他们的生活与自然界的波动和变化联系在一起：人们从自然资源中获取食物的能力，庄稼的丰收与歉收，畜牧繁殖的多寡，以及自然灾害的冲击，等等。由科学与技术的联盟所构筑起来的现代工业，却以过去世世代代所不能想象的方式改变着自然界。"① 的确如此，自西方启蒙运动以来，人们对世界开始了重新认识，科学战胜愚昧，理性精神和自由意志以绝对的统治地位进行着对自然世界的祛魅，人自由而无畏地创造、最大限度地发挥着本质力量，自然仅仅成为人类改造和利用的对象。现代技术的突进，带来生产力的解放和发展，带来物质的充裕和人类社会的繁荣，但同时也使"自然失去了所有使人类精神可以感受到亲情的任何特性和可遵循的任何规范。人类生命变得异化和自主了"②。科技神话所裹挟的对人类生存的威胁接连显现：自然灾害频发，部分物种异化和灭绝。正应了恩格斯所说的，我们与自然界的战斗取得了胜利，"对于每一次这样的胜利，自然界都报复了我们"③，人类赖以生存的生态环境日趋恶化，自然与人的对峙越来越白热化。

面对日益严峻的生态灾难，《幻变》对现代性进行了深刻反思，主要表现在三个方面。其一，以物种变异批判非理性的现代化造成的生态灾难。现代化使人们告别茹毛饮血、刀耕火种的蛮荒时代，摆脱黑暗与贫

---

① [美] 安东尼·吉登斯：《现代性的后果》，田禾译，译林出版社 2000 年版，第 53、96 页。

② [美] 大卫·雷·格里芬：《科学的返魅》，马季方译，转引自江怡《理性与启蒙——后现代经典文选》，东方出版社 2004 年版，第 606 页。

③ 《马克思恩格斯全集》第 20 卷，人民出版社 1965 年版，第 78—79、519 页。

苦，实现发展与进步的梦想，人们的物质财富极大丰富，活动空间不断扩大，由此人们也越来越自信地认为，人是自然界的主人，自然世界是人可以任意征服改造的对象，人类实践活动的出发点和归宿是人的利益。但事实并非如此，人与自然世界同处于生态整体之中，人与自然万物互为条件、相互依存，一种物质的膨胀必定会侵占其他物质的空间，导致其他物质的减少和消亡。所以，不断发展的现代化在取得一次次的成果后也越来越暴露了自身的缺陷：以牺牲自然、破坏生态为发展条件，过度占用自然资源，造成资源枯竭、生态失衡。《幻变》从生态整体角度出发，以敏锐的眼光发现了现代性背后的黑洞，对非理性的现代化进行了深刻批判。小说没有直接描写某一生态灾难事件，也没有着力铺叙现代工业的繁荣和城市尘嚣日上向自然的掘进，而是将故事安排在生态灾难已经发生的物种变异的背景下，以细腻的笔触描写变异后动植物生存的艰辛和心灵的苦痛。在除旧迎新的大年夜，蜗师感叹“家家痛饮团圆酒，世人欢笑我孤独”[1]，将人类的“欢笑”与动植物的“孤独”形成对比，在对比中完成批判——非理性的人类发展是建立在其他物种的痛苦之上的，人类欢笑的背后是其他物种的心灵痛楚。在城市的改造和扩建中，“周围的樟树兄弟一个一个被砍倒了，我听到了一阵一阵撕心裂肺的声音，可惜这声音人类听不到”[2]。小说借动植物之口道出了人类在现代化发展中的盲目和恣意妄为，将批判的矛头直指人类对“无所不能”的现代化的虚妄自信。这种批判让我们更加清醒地认识工业化与科技的优势和弊端，有利于引领人们朝着既发展自身又与自然和谐相处的可持续之路前行。

其二，对现代性引入的“新的风险景象”的疏离和抗拒。安东尼·吉登斯曾指出：“粗略一看，我们今天所面对的生态危险似乎与前现代时期所遭遇的自然灾害相类似。然而，一比较差异就非常明显了。生态威胁是社会地组织起来的结果，是通过工业主义对物质世界的影响得以构筑起来的。它们就是我所说的由于现代性的到来而引入的一种新的风险景象。”[3] 对现

---

① 张文刚：《幻变》，长江文艺出版社 2013 年版，第 13、22、32、49、58、106、110、112、115、141 页。

② 同上。

③ ［美］安东尼·吉登斯：《现代性的后果》，田禾译，译林出版社 2000 年版，第 53、96 页。

代性引入的"新的风险景象",小说表现出一种理性的疏离和抗拒。这种疏离首先表现在对集中反映现代性成果的都市的描写及其惜墨,并且以一种俯视和远观的姿态,冷静审视,与对乡村、天空、高山、大海等的泼墨描画形成对比来凸显。小说没有都市觥筹交错生活的描写,也没有都市繁华热闹场面的刻画,而是将笔力放在现代性渗透较弱的乡村和自然世界的描写上,赞美白云"翩然的姿态、豁达的胸怀、超凡脱俗的境界"①,欣赏"千奇百怪,五光十色"② 的大海,以一种自然美景涤荡、净化心灵后的喜悦、激动和感恩,抵制都市文明对人的精神的束缚和压抑。其次,这种疏离还表现在对"新的风险景象"描写的省略和艺术处理上。小说写到生态灾难地震,但对地震带来的恐怖场景有意跳过,将镜头对准积极参与救灾的动植物,以它们善良、勇敢的行为,消除灾难带给人的恐怖和阴影。描写对象和重点的选择,表明了作者鲜明的立场。对"新的风险景象"的抗拒主要表现在对都市"物"的厌倦与抛弃。在作者的眼里,"一汪扇形的湖水,水质浑浊,湖面上漂浮着一些白色垃圾……四周都是高大的建筑群,靠东面还有几幢楼房正在封顶。在高楼的包抄和威压下,公园更加显得小家子气和衰败不堪了"③。应该充满生机的公园在"物"的威逼下走向落寞和衰败,这一描写呈现了现代化胜利后的自然走向自身反面的可怕后果,隐含着对现代性的高度警惕。"四周密布的楼房像火柴盒,像搭建的积木玩具;街道仿佛是一棵参天大树的枝枝桠桠,潮水一样的车子像虫子在枝桠间慢慢爬行,而人似乎是静止的叶子。"④ 现代化抽空压扁了都市和人的血肉,科技理性的骨架搭建的是一具空无所有的狭窄的"火柴盒",物质性的景观充塞都市,人也变成了"静止"的缺少血肉的物质,喻示了都市生活中"物"对于人及其生存空间的占领和主宰,这些都市的物质景观既是外在的他者,同时又以主体身份吞噬着人的自然本性。小说对现代性"物"的批判没有长篇叙写和高谈阔论,是以对都市简洁的客观描写为表现形式的,其理性和深刻给读者留下思索空间。

---

① 张文刚:《幻变》,长江文艺出版社 2013 年版,第 13、22、32、58、49、106、110、112、115、141 页。

② 同上。

③ 同上。

④ 同上。

　　其三，以动植物健康积极的精神状态，批判颓丧与失落的人类精神，寻找精神还乡之途。马克思曾说："在我们这个时代，每一种事物好像都包含有自己的反面。我们看到……技术的胜利，似乎是以道德的败坏为代价换来的。随着人类日益控制自然，个人却似乎愈益成为别人的奴隶或自身卑劣行为的奴隶。甚至科学的纯洁光辉仿佛也只能在愚昧无知的黑暗背景上闪耀。我们的一切发现和进步，似乎结果是使物质力量具有理智生命，而人的生命则化为愚钝的物质力量。"① 马尔库塞也认为，技术的解放力量带来了物的工具化，转而成为解放的桎梏，使人工具化，成为心灵空虚的单向度的人②。现代文明的畸形发展，给部分人带来物质消费快感的同时，也带来了不可避免的人性的阴影，自私、冷漠、仇恨，远离自然的人们在丧失自由本性的时候也面临着愈加深重的心态失衡、人性沉沦。小说没有直接写人，讲述的是一群被迫改变族类属性、异变为弱小者的动植物的故事，对人的内在精神颓废与溃败的批判，是在表现动植物在生命异化的境遇中与命运抗争、在异族鄙视的目光下挺直脊梁、在其他生灵遭受灾难时舍身相助所展示出的顽强意志、磊落情怀和大无畏精神的参照和衬托下完成的，使读者在对比中反观，在反观中反省，为主体精神失落的人们指明了精神突围的出口。

三　展望：人类自我拯救之可能

　　亚里士多德说："诗人的职责不在于描述已发生的事，而在于描述可能发生的事，即按照可然律或必然律可能发生的事。"③ 生态危机不仅仅是由于自然界本身的缘故而向人类发出失衡信号，更是由于人类活动而导致的人与自然之间出现的严重裂痕。从生态的角度审读《幻变》，它不仅让我们看到了现代化导致的生态失衡的可怕后果，更让我们对人的理智、对世界的健康充满信心。《幻变》对狭隘的人类中心主义进行批判，对人的非理性进行无情鞭挞，但并没有从事物的一端走向另一端，从而否定人的意志，将人视为自然物的奴隶，而是点燃了我们还自然世界之秩序、走向人与自然和谐之可能的希望，为人类自我拯救提供了思索方向。

---

① 《马克思恩格斯全集》第 20 卷，人民出版社 1965 年版，第 78—79、519 页。

② ［美］马尔库塞：《单向度的人》，刘继译，上海译文出版社 2006 年版。

③ 亚里斯多德：《诗学》，罗念生译《诗学·诗艺》，人民文学出版社 1962 年版，第 28 页。

《幻变》中，作者运用丰富的想象设计的"感应服饰"，探索了一条科技与文化结合的通道，打开了一扇科技与优秀文化融合的窗子，以"感应服饰"的灵验和热销，说明现代科学技术与优秀文化结合的美好前景。但是，"感应服饰"毕竟只是"提供一种文化信息，一种观念引导，一种选择的可能性，还需要人用自身的文化素养、价值观和道德观去迎合与碰撞，感性与理性相结合，然后做出抉择和处置"①，因为任何时候，"都是人的心性和智慧起决定性的作用"②。那么，如何让人在关键时候做出正确选择呢？文学艺术是有效的途径之一。蜗师为净化社会环境，和谐人际关系，著书立说，通过艺术的方式感染人、教育人，提升人的文明素养和道德操守，只有人的素质提升了，人与自然的紧张关系才有可能缓解。小说结尾，由鸽子变为蜗牛的蜗师回到了"甚至比原来更美好"的生活，有力地证实了生态恢复的可能，更让我们看到了人类用理智节制心灵长河的涌动，"不让心灵之潮漫溢而出"③ 的能力。《幻变》展示的人与生态紧张对峙局面的和解，为人类走出生态困境提供了一条路径——用技术与文化的合力化解生态矛盾。

降低物质欲望，充盈内心，保持内心的空明澄澈。阿尔贝特·史怀泽说："我们文化的灾难在于，它的物质发展过分地超过了它的精神发展。它们之间的平衡被破坏了"④，"在不可缺少强有力的精神文化的地方，我们则荒废了它"⑤。生态失衡很大程度上是精神失衡导致的。人的幸福感除了物质和物理的外部尺度，还有属于精神与心理领域的内部尺度，这是人不同于其他生物的优越之处，也是困难之处。在一个物质极度繁盛的消费时代，人类要秉持简单生活的理念，控制对物质的占有欲望，减少对自然物质的依赖，用信仰的力量、内在精神的充实，消减外在物欲的追求，以精神能量的提升替代物质能量的流通，用内心的宁静抵挡外在的喧嚣，以内在的热情抵御世俗的寒流，坚守用正直、善良、自信、自尊、热情、忠诚、崇高构建的精神领地，

---

① 张文刚：《幻变》，长江文艺出版社 2013 年版，第 13、22、32、49、58、106、110、112、115、141 页。

② 同上。

③ 同上。

④ [法] 阿尔贝特·史怀泽：《敬畏生命》，陈泽环译，上海社会科学出版社 1992 年版，第 19、44、47 页。

⑤ 同上。

葆有精神世界的丰富与高贵，通过精神的重建握手自然。《幻变》通过物质生活简朴、精神世界富足的蜗师形象的塑造，为人类化解生态危机竖起了一面精神大旗。蜗师忠贞于爱情，友爱于朋友，位卑不自卑，具有远大的理想、百折不挠的意志、舍生忘死的英雄主义气概，它在物质的滔滔洪流中高举起的精神火炬，足以暗淡披戴着商品与金钱的华裳粉墨登场的主儿们的光辉，为人类维护精神的平衡、情感的丰富、心灵的纯洁、信仰的纯真点亮灯火。小说在描写"蜗牛协会"成立时，其章程中制定的"义务"，与其说是动植物界协会的义务，不如说是人类共建人与自然和谐家园的义务，表达了作者重建丰满圆融、空明澄澈的人类精神世界的美好希冀和坚定信心，这种希冀与信心确证了人的本质力量，对人的理性充满期待，为摆脱精神危机指出了可行之径——怀揣美好理想，重拾价值理念。

（田皓　　原文刊发于《创作与评论》2014 年第 10 期）

第五节　生存的忧患与诗化的审美

——评长篇寓言体小说《幻变》

　　在文学评论园地里辛勤耕耘，同时在散文与诗歌创作方面也成果颇丰的张文刚先生，又推出了他的小说新著《幻变》。这是一部表面上写动植物幻变，实际上书写当代知识分子心灵困境的寓言体小说。作者以一位学者的良知与敏锐嗅觉，关注了当前社会中的种种生态危机，用富有诗意而含蓄隽永的语言，为读者讲述了一个集虚幻与现实、信仰与回归一体的爱情童话，从而引发关于人类与自然万物的种种思考，小说具有浓厚的生态意识与哲理意味。

一　生态女性主义视角中的自然与女性

　　生态女性主义产生于 20 世纪 70 年代，熔生态伦理与女性主义于一炉，宣扬"人与自然平等、男性与女性平等，反对人类对自然和女性的异化"①。

---

　　① ［美］卡伦·J. 沃伦：《女性主义的力量与承诺》，《环境伦理》1990 年 12 月 2 日，第 20 页。

《幻变》男女主人公感情和谐，热爱大自然，与他人相处融洽，在他们身上，寄托了作者主张两性平等、向往人类与自然和谐共处的生态女性主义思想。

小说开篇第1章《雪恋》，由鸽子蜕变成蜗牛的蜗师爱上了一只小白鸽，他在宣纸上写下"小白鸽，我爱你"的誓言，然后把宣纸系在气球上，在漫天飞雪中表达了自己的爱。因为在他眼中，"白鸽和美丽的雪花交融在一起，是那么纯洁、活泼，充满灵性，神圣不可冒犯"①。"他选择这样一个下雪的日子向小鸽子示爱，正适合他对爱情的理解与表达。"②大自然的美景和两性间平等的爱，正是男主人公蜗师所梦寐以求的。但是，当蜗师的爱情得不到别人的理解（蜗树好意的劝解，白鸽父亲的阻挠等）时，他开始怀疑自己是否能带给白鸽真正的幸福，眼见白鸽与黑鸽结合，蜗师深陷痛苦之中。直到后来白鸽与黑鸽婚后生活不幸福而分手，蜗师才幡然醒悟，他对已离婚的白鸽没有丝毫的嫌弃，而是一如既往地爱着她，两个不同族类但心灵相通的有情人，经历了种种曲折后终于共结连理。婚后，蜗师与白鸽团结其他族类，为保护自然生态做了大量的工作，最后他们终于又开始了新的蜕变——变为人类。

从小说故事情节来看，《幻变》中男主人公蜗师对女主人公白鸽的感情，是把白鸽当成能与他平分秋色的精神伴侣："（白鸽）使我有了生活下去的勇气和信心，使我尝到了爱情的甜蜜。"③ 这明显不同于传统父权社会男性对女性的征服与占有。波伏娃说："在男人看来，没有什么比从未属于过任何人的东西更值得向往的了，所以征服仿佛是惟一的、绝对的事情。"④ 正因为如此，女性长期以来都得不到男性的尊重。而生态女性主义一个非常重要的特征，就是主张男女平等，反对男性对女性的占有与控制，并以此分析和说明人与自然的关系。因为女性与男性相比，她们对地位和权力的欲望相对较弱，她们更关注自己的生存环境与自然万物。她们反对人类对自然的征服与掠夺，就正如她们反对男性对女性的占有与压

---

①　张文刚：《幻变》，长江文艺出版社2013年版，第3页。

②　同上。

③　同上书，第13页。

④　[法] 西蒙娜·德·波伏娃：《第二性》，陶铁柱译，中国书籍出版社2004年版，第142页。

迫一样。《幻变》中白鸽之所以离开外表帅气、事业有成的黑鸽，是因为黑鸽对她只是一种占有，而且占有之后就不会再珍惜，这是白鸽所不能容忍的，就正如她不能容忍人类对自然万物的占有与践踏一样。她最后选择了和蜗师相伴终老，因为蜗师把她当成一个精神上完全平等的知己，即使她和黑鸽离婚，失去了所谓最为男人看重的贞洁，蜗师也丝毫不以为意。可以说，蜗师这个人物形象的塑造，将中国几千年来的男权社会踩到了脚下，在这里，男性对女性的爱慕与敬重，可以无视世俗的眼光，可以无视传统的习俗，这个故事寄托了作者生态女性主义两性融溶共存的理想。

《幻变》还借蜗师与周围其他人的和谐关系，体现了构筑健康人际关系的重要性，这与生态女性主义不仅主张男性与女性之间的平等和谐，还大力倡导人与人之间相互关爱的宗旨相契合。蜗师将一些具有相似经历的蜗牛们组织起来，成立蜗协，其中就有由樟树蜕变成蜗牛的蜗树，有由荷花蜕变成蜗牛的蜗莲，还有由青蛙蜕变成蜗牛的蜗青、由鱼儿蜕变为蜗牛的蜗鱼，等等，他们之间相互关爱、团结互助、联系紧密。与蜗协中同类的交往使蜗师摆脱了因蜕变为异类而带来的失意与迷茫，并逐步从个人狭小的、虚幻的世界中走出，意识到自己的社会责任，找到了自己的社会定位。蜗协成员们在地震中积极参与救灾，蜗师与白鸽们在潮水决堤时救助人类，白鸽救助摔伤的老人，还有蜗师和白鸽共同设计的"感应服饰"，等等，都为净化社会风气、和谐人际关系做出了积极的努力。小说正是借这个故事说明了亲密无间的友谊对一个人成长的影响，人类只有相互关爱，才能战胜一切困难，顽强生存下来。

生态女性主义的核心理念是打破人类中心意识，建立人类与自然的亲密关系，这在《幻变》中处处得以体现。作者借蜗师之口说："在我的眼里，人也好，鸟也好，我们蜗牛也好，一切有生命的，都应得到善待，都要相互尊重，相互爱护。"① 蜗师号召蜗协的朋友们要相互帮助，融入社会，融入自然，保护环境，同时也号召大家要和弱小者交朋友，帮助他们走出困境，战胜孤独、彷徨和苦闷。蜗师的愿望是"随着人类居住环境的改善和生活水平的提高，在生活的每一个场所、每一个角落，都会充满阳光和朝气，都会充满舒坦和欢笑，那时候，不仅所有的生灵都会各安其位、各得其乐，而且就是我们这些变成了蜗牛的生物也会回到原有的生活

---

① 张文刚：《幻变》，长江文艺出版社 2013 年版，第 6 页。

中去，甚至比原有的生活更美好"①。由于蜗牛们和白鸽对人类环境生态和心灵生态改善做出的诸多贡献，他们终于实现了自己的愿望——变为人类。这个故事提示了人类只有与大自然和谐共处，才能从自然中获得快乐与幸福；如果人类继续以自我为中心，对大自然进行肆无忌惮的掠夺，等待人类的只有大自然的报复与人性的异化。

二　自然成为寄托复杂情感的精神家园

故乡往往是与自然景物紧密相连的，在众多关于乡情的文学作品中，无不抒发了对大自然的眷恋，对童年嬉戏之所的怀恋。著名美学家宗白华先生曾经热情地吟道："天上的繁星，人间的儿童。慈母的爱，大自然的爱，俱是一般的深宏无尽呀！"② 故乡总是与优美的景致、情感的寄托、美好的童年、温暖的亲情相对应，故乡总是与心灵回归联系在一起，特别是当一个人徘徊、迷茫、疲惫、痛苦之时，他便更渴望跳出现实纷扰，回归故乡，回归自我，而此时，故乡便成了和谐、宁静而又富有生命力的心灵安居之地。

《幻变》主人公蜗师的故乡桥村，便是这样一处稻谷吐翠、荷花飘香的世外桃源，在这样宁静、淡泊而富有诗意美的大自然中，"他的心灵和灵魂似乎冲出那一身束缚他的'铠甲'而自由地飞翔"③。所以当蜗师身处"街道拥挤、车轮滚滚、忙碌烦躁"的现代化都市时，当他苦闷、压抑、孤独时，"他是多么向往家乡的生活，多么想回归到父母的怀抱，重新开始童年无忧无虑的生活啊"④。小说中，作者是这样用诗一般的语言动情地描写蜗师故乡的大自然美景的："入夜，月光铺在门前，蛙鸣潮水似的漫上来。蜗师牵着白鸽来到禾场，举头望月。月儿仿佛一枚精致漂亮的玩具，挂在头上，似乎伸手可得。几颗调皮的星星，东一颗，西一颗，捉迷藏般地眨着眼睛。萤火虫刚从月亮上借光回来，拖着疲倦的身子，摇摇晃晃，明明灭灭，在地面上低低地飞行。"⑤ 在这里，故乡的一草一木，

① 张文刚：《幻变》，长江文艺出版社 2013 年版，第 41 页。
② 宗白华：《宗白华全集》第 1 卷，安徽教育出版社 1994 年版，第 348 页。
③ 张文刚：《幻变》，长江文艺出版社 2013 年版，第 95 页。
④ 同上书，第 96 页。
⑤ 同上书，第 94 页。

是童年和大自然的相亲相依，已经成为主人公蜗师复杂情感的寄托。

但现代城市的繁荣以及人类文明进步的取得往往是以自然生态的破坏为代价的，蜗师大学毕业后居住的城市——荷城也不能幸免。小说中多次描写人类对大自然的粗暴入侵："一群人拿着图纸，指手画脚，说是要拆掉老城区，建商业区，街道也要扩建，所有的樟树都要砍掉。"① "推土机来了，说是要把池塘填平，建筑高楼……不由分说，也没有人倾听我们说话，轰隆隆的机器声淹没了我们内心的呐喊。"② 这种野蛮的破坏使荷城发生了质的变化，原本波光潋滟、风荷飘香的荷城变成了拥挤、嘈杂的蜗城："现代生活的理念和旨趣改变了城市的布局和模样，也改变了人们的生活观念和生活空间。高楼大厦如雨后春笋，一栋栋、一片片拔地而起，城市周围的土地也如同青青桑叶被不断蚕食与分割，城市中大片的水域也被填平，建起了高楼。"③ 对自然的过度开发使人类失去了自己的精神家园，人类的精神层面开始异化。《幻变》写自然万物的精神状态由于生态的失衡而失衡了：鸽子变成了蜗牛，樟树、荷花、青蛙等也变成了蜗牛！蜗师是这样阐述自己变成蜗牛的主要原因的："我凭借自己的努力，虽然做出了一点成绩，能够聊以自慰，但生活得并不顺心。工作劳累，竞争激烈，生活清贫，心理压抑，生性敏感，变为蜗牛是迟早的事情。"④ 作为大学教师的蜗师本是一只聪明伶俐、勤奋好学、众人交口称赞的美丽的鸽子，一觉醒来竟变成了一只丑陋的蜗牛，而环境恶化所带来的精神压抑是变异的主要原因。变为蜗牛之后的蜗师，自卑、孤独，连过春节都不敢回到自己的故乡，因为他不敢面对故乡的兄弟姐妹，不敢面对生他养他的父母。但故乡怎么会嫌弃自己养育出来的儿子呢？当蜗师和白鸽双双回到故乡桥村时，受到了亲人们的热情欢迎，他们这才发现，故乡永远是他们心灵栖息之地，大自然永远是他们的精神源泉："我们本是大自然的孩子，我们要回到源头，回到起点，回到我们自己。"⑤

《幻变》中的自然环境不仅仅是故事发生的背景，更是主人公心灵的

---

① 张文刚：《幻变》，长江文艺出版社 2013 年版，第 21 页。
② 同上书，第 33 页。
③ 同上书，第 13 页。
④ 同上书，第 15 页。
⑤ 同上书，第 96 页。

净化之所。"我是谁，我从哪里来，到哪里去?"《幻变》倾力描写蜗师和白鸽对乡村故乡的眷恋之情，写他们婚后郊游、看海、听潮，还在第九章用一整个章节的篇幅写他们看山、听泉、山居，把他们对大自然的痴迷描绘得淋漓尽致："山脚的一线溪水，浅瘦蜿蜒，清澈如碧，仿佛两山夹缝里投下的一缕天光。白鸽异常兴奋，跳跃着来到溪边，把羽毛伸进溪水里，享受着旅途劳顿中的舒坦和清凉。蜗师也急急地跟了上去，选择溪水中的一块石头蹲下，艳羡地看着白鸽踏浪逐水、顾盼生姿。"①　毋庸置疑，蜗师和白鸽对大自然的热爱，是他们对都市文明的困惑、质疑与厌倦而引起的本能回归，"他们对自然的某种绿色崇拜，不仅仅是补救自己的生存环境，更重要的是，补救自己的精神内伤"②。所以即使是蜕变为人类后，蜗师和白鸽还是决定远离都市，定居故乡，在大自然的美景相伴中白头终老。可以说，故乡及其自然景物，已经成为蜗师和白鸽梦寐以求的灵魂圣土与精神家园。

三　生存忧患的寓言式表达

海德格尔曾说："人不是自然存在的主人，而是自然界的看护者。"③从19世纪开始，在社会意识形态领域，就已萦绕着对人类过度开发自然的忧患与焦虑，恩格斯就曾表达过这种焦虑："我们不要过分陶醉于我们人类对自然界的胜利，对于每一次这样的胜利，自然界都对我们进行报复。"④《幻变》是一部寓言式的作品，它的寓言特色表现在以动植物变形的荒诞手法，通过不同族类动物之间的爱情纠葛，对乡村、城市进行了多面描画，表达了对纯真平等爱情和构建和谐共存生态乌托邦的渴望，同时也剖析了人们在城市化进程中所承受的分裂与焦虑。

《幻变》作为一部爱情童话，认为爱情应以心灵契合为基础，可以忽略金钱、地位、外貌甚至种族、类属。其实在现实生活中，爱情在多数人眼里是受各种条件约束的，特别是随着现代社会经济的发展与社会的转

---

① 张文刚:《幻变》，长江文艺出版社2013年版，第123页。

② 韩少功:《遥远的自然》，《大自然与大生命》，百花文艺出版社2003年版，第5页。

③ 转引自韩璞庚《超越人类中心主义——海德格尔哲学的启示》，《江苏社会科学》1995年第3期。

④ 恩格斯:《致乔·威·兰普卢》，《马克思恩格斯全集》第39卷，人民出版社1972年版，第63页。

型，金钱、地位与美丑在爱情婚姻中仍然占据了极为重要的位置。据2010年全国婚恋观调查中关于女性择偶的调查显示，除感情因素外，女性更重视男性的经济实力、工作能力，而男性更注重女性的容貌外表。《幻变》中的男女主人公，一个丑陋清贫，一个美丽高雅，但丑陋清贫的蜗师并没有因此气馁，或者自我贬低，在小说开篇就勇敢地向白鸽表白了自己的感情。在外貌和社会地位如此悬殊的爱情当中，他表现得不卑不亢，因为他相信爱是心灵契合的产物，真爱能超越一切，是平等的、相互信任的。后来虽然由于黑鸽的出现以及白鸽父亲的阻挠，蜗师与白鸽之间发生了一些误会，白鸽嫁给了黑鸽，但蜗师对白鸽的爱并没有随着时间、境况的变化而变化，他对白鸽真诚、纯洁、坚贞的爱，支撑他一直等到白鸽离婚后重回到他身边，从而使爱情升华到了更高的境界。小说对男女主人公不食人间烟火式爱情的描写，实际上是作者对现实生活中过分强调金钱、地位与外貌的爱情观的批判，小说中"有钱就变坏"的黑鸽，是现实生活中某些人真实的写照，也表现了作者对那种纯粹以金钱为基础、缺乏共同志趣爱好、缺乏心灵契合的婚姻的唾弃。

《幻变》以动物的角度叙述，以动物寄托爱憎，借蜗牛、白鸽等自然界中的生命现象，以寓言化的文体方式，抒发了对弱小者生命的同情以及对自然万物的敬畏之心。一只丑陋的蜗牛竟然爱上了漂亮的小白鸽，这简直是现实版的"癞蛤蟆想吃天鹅肉"。但丑陋的蜗牛原本也是一只自由飞翔的美丽鸽子，只是由于生态环境的恶化和巨大的精神压力，才变成一只背负重担、缓慢爬行的蜗牛。但即使是最为卑贱的蜗牛，也和人一样，有着自己的理想，有着自己对幸福生活的向往，也是不可忽视的。小说中蜗牛协会的所有成员，他们自立、自强，渴望实现自己的价值，其中有学识渊博的蜗师，他聪明勤奋，对感情专一，有社会责任心，虽说有时也敏感怯弱，不够自信，但最终战胜了自己，赢得了爱情和事业的成功；有心胸开阔的蜗树，他原本是一棵伟岸的大树，却因人类的乱砍滥伐，被迫变成蜗牛，才得以侥幸逃生，面对人类肆无忌惮的破坏，他以慈爱之心加以回报；有热情爽朗的蜗莲，她由荷花变成，人类摧毁了她的生存之地，她仍然对生活充满向往……还有鸽族中善良聪慧、同情弱者的白鸽，看重友情、正直仗义的灰鸽等。这些卑微的生命都有着现代化生存状态下的人类所欠缺的美好品质，他们促使人们去热爱生命、尊重生命、保护自然，挽救日益严峻与恶化的生存环境，从而达成对灵魂与生存的双重救赎。

　　《幻变》还通过各种动植物变成蜗牛的寓言化描写，揭示了生态危机不仅发生在自然领域、社会领域，同时也会发生在精神领域。作者借写动植物的变异，将笔触伸到了现代人的生存现状以及芸芸众生的烦恼人生上，深刻地揭示出人在现代社会中的重重压力与异化，是现代人生存处境的鲜明写照。现代社会中的人们为生计奔波、为竞争劳累，在碌碌无为的生存中耗尽了所有的锐气，茁壮的生命变得疲惫不堪。男主人公蜗师就是这样一个生性敏感、生活清贫而又压力重重的知识分子形象，生存环境的日益恶化、拥挤的人群、嘈杂的车流，再加上精神家园的缺失，使他终于由鸽子变成了蜗牛。作者选择变成蜗牛而非其他动物显然具有莫大的讽刺意蕴：蜗牛背上的重负正如人精神上的重负。"人类铸造自己的文明，归根到底是为灵魂寻找安乐之乡。"① 但在人类创造的物质文明面前，人类反而失去了应有的自由与自信。在这里，《幻变》将人的异化提升到精神层面上来思考，人越来越成为自然的主宰，却也越来越严重地被自然所惩罚，过分掠夺与摧毁大自然将使人们日益远离精神家园，从而导致人格的不完整与自我的异化，由此，《幻变》对现代社会文明的消极后果作了彻底的否定和拒绝。小说男女主人公最后变成人类，回归自然，寓示人类只有坚定信仰，回归大自然，才能得到人性的复归，才可以拯救自己。

　　"尽管我们的科学和文化驯服了自然荒野，但我们仍然是流浪者，不知道如何评价大自然的价值。"② 当人类亲手破坏了自己生存的家园时，人与自然的对立和冲突，就直接威胁到了人类的生存和发展。《幻变》以动植物幻变的寓言，对现代社会发展潜在的生态危机提出了预警，小说构建了一个充满浪漫与唯美气息的生态乌托邦，表现了人类在自然、人性与文化发展中的独特思考与信仰，体现了作者强烈的社会干预意识和忧患意识。

　　　　　　　　　（李琳　　原文刊发于《武陵学刊》2015 年第 4 期）

---

　　① 徐葆耕：《西方文学：心灵的历史》，清华大学出版社 2002 年版，第 205 页。
　　② ［美］霍尔姆斯·罗尔斯顿：《环境伦理学》，中国社会科学出版社 2000 年版，第 466 页。

第六节　生态的变迁与生命的幻变

——《幻变》的结构主义解读

《幻变》是一部充满诗意抒情和浪漫想象的小说，他围绕蜗师和白鸽曲折的爱情展开，书写了二者突破身份高低、相貌美丑、族属差异等限制终成眷属的完满爱情，单纯地把《幻变》解读为爱情故事不足以显示出其内蕴的深刻性与象征的丰富性，正如作者张文刚所说："我写作这部叙事作品时，里面必然会有一些理性和思辨的东西，同时也会浸润着较多抒情色彩。当然，这些都得融化到文学形象和故事情节中去。在写作中，我更看重文学形象、寓意、抒情性以及文字的美感。"① 透过爱情这层面纱，我们可以清晰地看到作者对生态环境的认识、对人类社会的思考。如果爱情是这部小说的表层结构，那么生态意识则是他的深层结构。本文分为表层的爱情故事和深层的生态意识两个层面，分析文本中的二元对立，并运用格雷马斯的行动元模型试着分析小说中的主角蜗师和白鸽在追求爱情的过程中扮演的不同角色功能以及作家对自然生态及人类社会的洞察。

一　物与物的对立统一：冲破族属差异的心灵契合

爱情是古往今来的文学作品永恒的主题，才子佳人的佳话让无数世人歆羡神往，棒打鸳鸯的悲情亦使人唏嘘不已，总之，爱情的悲欢离合道不尽说不完，但总有一种力量一直激发着不计其数的痴男怨女冲破重重藩篱奔向自由爱情。《幻变》的男女主人公分别为蜗师、白鸽，他们来自不同的种族，前者是一只行动迟缓、其貌不扬的蜗牛，后者是翱翔天际、举止优雅的鸽子，小说娓娓道来他们从相爱到分离到再度重逢的刻骨铭心的爱情。开篇之际，作者描写了蜗师充满浪漫与温情的雪中求爱的情景，让人期待蜗师和白鸽的爱情能开花结果，可考验接踵而至。第一个考验来自白鸽的姐妹，他们一致觉得蜗师配不上白鸽，为白鸽深感惋惜，因此想借机试探蜗师的品质。面对考验，蜗师表现得尽善尽美，获得了白鸽众姐妹的认可。不过，这并不代表考验结束，他还得接受白鸽父母的"检阅"。白鸽向父母吐露了心声，得到了妈妈的支持，却在爸爸这里遭遇了打击。相

---

① 张文刚：《幻变》，长江文艺出版社 2013 年版，第 146 页。

亲对象黑鸽的出现无疑是白鸽与蜗师爱情中最大的绊脚石，黑鸽相貌堂堂、器宇轩昂、年少有为，与白鸽可谓是天造地设的一对。随着白鸽与黑鸽的交往越来越深，白鸽与蜗师的误会也越来越多，最终在诸多原因的作用下与蜗师分道扬镳，遂与黑鸽结为连理。然而，故事到此并未结束。白鸽的不幸婚姻和蜗师的"除却巫山不是云"的坚守使他们再度相逢、终成眷属，婚后，一起饱览祖国大好河山，开店创业，积德行善，在表彰大会现场变身为人形。

通过对文本的梳理，我们可以从蜗师与白鸽的爱情中归纳出这样一个行动元模型（见图1）：主体——蜗师，客体——白鸽，辅助者——白鸽妈妈、蜗莲，反对者——黑鸽、白鸽爸爸、蜗树，发送者——蜗师，接受者——白鸽。

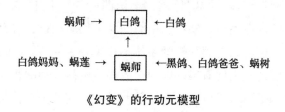

《幻变》的行动元模型

如图所示，在二者的爱情中，蜗师是主体兼动作的发出者，他向白鸽表白自己的一片真心，白鸽兼具客体与接受者的双重身份，蜗师与白鸽的爱情得到了白鸽妈妈以及蜗师的朋友蜗莲的支持，他们成为二者爱情中当之无愧的辅助者。与辅助者相比，反对者一方势力十分强大，包括黑鸽、白鸽爸爸及蜗树。短暂出现的灰鸽等也曾是蜗师和白鸽爱情中的反对者，其出场时间极短，随着蜗师顺利通过考验，灰鸽的身份由反对者转换为辅助者，灰鸽的辅助者功能在小说的后半部分体现得尤为明显。反对者中的白鸽爸爸、蜗树等都是基于对蜗师与白鸽外形的巨大差距否定了二者的感情，可以说，族属的不同、相貌的差距成为他者眼中蜗师与白鸽之间难以逾越的鸿沟。最终，作为反对者的黑鸽赢得了白鸽的爱，与白鸽结为夫妻。在这组行动元模型中，反对者的力量远大于辅助者的力量，尤其是黑鸽，他对蜗师带来的阻力可谓巨大无比，无论从族属，还是从相貌、事业等外在条件来看，蜗师都是黑鸽的手下败将，但最终蜗师和白鸽冲破了来自反对者的阻碍，喜结连理，他们能够获得爱情不是依靠外力的帮助而是通过自身的执着追求，这更能体现出二者爱情的来之不易。这个行动元模型仅仅是对小说的前半部分即白鸽与蜗师由相爱到分手随后与黑鸽结婚的分析，未能概括出小说的后半部分白鸽与黑鸽离婚继而与蜗师重聚的过程。小说后半部分叙述的蜗师与白鸽获得爱情的过程是一个不断打破对立抵达统一的过程。蜗师与白鸽来自不同的族属，二者的族属差异是他们之间的一大对立，白鸽与黑鸽的结合在很大程度上缘于二者同属鸽族，相应地，蜗师与白鸽在爱情中遭遇的障碍则是因为二者不同的族属来源，冲破族属差异的阻碍成为他们爱情的必经之路。蜗师与白鸽自始至终都力图规避族属差异而寻求心灵上的完美契合，一起变身为"人"实现了身份的终极统一。外在美丑的对立是蜗师与白鸽间的第二个对立因素，作为外在条件优胜方的白鸽自知蜗师在外形上无法与他相配，"我喜欢的对象出身寒微、身材矮小、相貌丑陋"①，这是他向妈妈描述蜗师的话语，紧接着又补充道"但忠厚善良，聪明稳重，学识渊博"②，比起浮华的外表，白鸽更看重蜗师的内在品质。蜗师和白鸽的朋友均质疑过二者在容貌上的不相匹配，作为当事者的白鸽和蜗师断然不在乎外貌的差异，奋不顾身地追求属于自己的爱情，由此看出蜗师与白鸽相爱不是外貌的相互吸引而是内在心灵的共鸣和指引。可以说，族属的差异和相貌的美丑曾是横亘在蜗师和白鸽面前的两大鸿沟，他们所做的一切努力都是为了消弭这两大块垒，一旦两者被移除，蜗师与白鸽的爱情自然水到渠成。

蜗师与白鸽的恋爱经历了比较复杂的过程，用托多罗夫的理论来解读他们的爱情能恰到好处地发现其爱情经历的矛盾和转折。最初，蜗师与白鸽两情相悦，二者的关系处于一个平衡状态。接着，黑鸽的出现干扰了他们的关系，黑鸽与白鸽结合则在意味着蜗师与白鸽关系失衡的同时也意味着黑鸽与白鸽关系的平衡。最后，白鸽与黑鸽离异，这是黑鸽与白鸽关系不平衡状态的表现；白鸽与黑鸽离异后与蜗师再燃爱火并最终结婚，蜗师与白鸽的平衡关系得以恢复。通过这种平衡—不平衡—新的平衡的叙事结构，我们可以发现，与一般的爱情小说不同，这部小说书写的爱的追求与争斗的故事不是发生在同一物种之内，而是发生在不同的物种之间。这就使得在故事的表层结构上，较之一般的爱情小说，这部小说的主体追求客体的历程更为艰难，客体对待主体的追求时的态度也更趋复杂。而在故事

---

① 张文刚：《幻变》，长江文艺出版社 2013 年版，第 10 页。
② 同上。

的深层结构上，作者通过分属不同物种的蜗师与白鸽的平衡—不平衡—新的平衡的关系的叙述，传达出一种突破习惯性的事物的定义和归类的藩篱，将世界上万事万物放在同一水平线上平等审视的思想。这样一种思想，不仅对于物与物的相处十分有利，而且对于人与物的和谐相处也极为重要。

许多爱情小说往往通过设置男女双方身份地位、外貌、财富等的巨大悬殊来表现他们冲破阻碍终成眷属的艰苦卓绝，《幻变》中的蜗师和白鸽亦是如此，作者将蜗牛和鸽子人格化，赋予他们以人的情感，使他们成为具有人类性格和思想的言说主体，独具匠心地将蜗师与白鸽安排在不同的族属无疑增加了他们在争取爱情中所遭遇的阻力，因此他们如愿以偿结为伴侣时给读者带来的喜悦感也就越发强烈。

二 城市建设与生态环境的对立：人与自然关系的深层考量

如果说对蜗师与白鸽的平衡—不平衡—新的平衡的关系的叙述构成了这部小说的表层结构，那么，对人与物的对立统一关系的叙述则生成了这部小说的深层结构。作者在小说的《后记》中写道："写着写着，觉得有点意思，就想能不能加点矛盾冲突，在纯抒情之外表达更多的内涵呢？这样才开始了有意识的创作。"在我看来，作者所谓的"有意识"主要是指生态意识，即他在文本中传达出的对人类与自然关系的思考以及对人类社会的关注，这种意识贯穿行文始终，构成了文本的深层结构。

小说讲述的故事发生在"蜗城"。"蜗城"曾叫作"荷城"，荷城风景绝佳，城中之人豁达宽容，相亲相爱，称为"蜗城"缘于一些事物一夜之间变为了蜗牛。在高楼大厦如雨后春笋般拔地而起时，城市中的大片水域被填平当作建筑用地，昔日的水塘不复存在，阵阵荷香、声声蛙鸣、缕缕清风、点点萤火亦消失殆尽，拥挤的街道、滚滚的车流、嘈杂的声响、行色匆匆的路人成为城市生活的注脚。人的心性和性格难免不受环境的影响，与人类共生的其他物种同样受到了环境的干扰，发生了变异，荷城中的一些生物陆续变成蜗牛也就是情理中的事情。

"荷城"变"蜗城"是城市建设中人类向大自然无节制地索取资源最终自食其果的写照，从中我们可以看出作为自然界内在规律的"物的尺度"与人类的无限需求即"人的尺度"是人类社会实践中存在的两个对立性的尺度。人与自然界的对立体现为人的主体性和自然的客体性、人的主动性与自然的被动性的对立。人类在自身发展的同时势必影响自然界的自然状态，甚至破坏自然界的状态，而自然界又会试图恢复到他的本初状态，这就必然会否定人的所作所为，可以说人类与自然的关系总是处于一个作用与反作用并存的动态过程之中。城市建设以不可抑止的速度发展，人类肆意侵占土地，随着土地被占用被征收，一部分人不得不告别故居，开始寻找新的家园，而生活在那片土地上的其他物种的命运如何呢？作者以他的博爱之心观照树木、小昆虫、小动物，书写了他们在家园被毁时的种种遭际。由蜗师、蜗树、蜗鱼、蜗莲等组成的"蜗协"成员并不是真正的蜗牛，他们均是由其他物种因为种种原因无可奈何地变成了蜗牛。蜗师本是一只鸽子，由于环境导致心性的改变一觉醒来变成了蜗牛；蜗树原是老城区的一棵樟树，城市建设拆掉了老城，砍掉了树木，他万不得已变为蜗牛来保全自己；蜗莲、蜗鱼、蜗青也是在赖以生存的池塘将要被人类填平之际相约变成了蜗牛。城市的快速发展不仅挤压了人类的生存空间，就连路边的树，池里的荷花、游鱼也不可避免地受到影响，对比人类，这种影响往往是致命的。由此，我们可以看到，生态破坏成为文明发展过程中的衍生物，人类建设过程中带来的巨大破坏远非建设成果所能弥补。作为依靠自然生存与发展的人类，只有意识到人与自然是一个和谐统一的整体，平等地对待自然界的其他物种时，人与自然才能和谐相处，社会才能持续发展。小说并未直接书写生态破坏给人类带来的影响，而是将笔触延伸到渺小得极易被忽视的物种身上，从细微之处着眼重新审视人类与自然的关系更能体现出作者的悲悯之心。与蜗树、蜗鱼、蜗莲的幻变不同，蜗师的幻变更多地缘于其自身的原因，"我凭借自己的努力，虽然做出了一点成绩，能够聊以自慰，但生活得并不顺心。工作劳累，竞争激烈，生活清贫，心理压抑，生性敏感，变为蜗牛是迟早的事情"[①]。现代文明在给人类带来空前丰富的物质财富时，却无情地压抑了人类的灵魂和精神。如果说蜗树等动植物的幻变是自然生态遭受破坏所致，那么蜗师的幻变则是精神变异的结果。作者不仅关注自然生态的破坏给社会带来的显而易见的变化，而且洞见到人文生态的健康与否对个体生命的影响，自然生态与人文生态构成了作者生态意识缺一不可的两个方面。莫尔特曼曾说："生命体系联系人类社会及周遭的自然，如果生命体系中产生了自然体系死亡的

---

①　张文刚：《幻变》，长江文艺出版社 2013 年版，第 15 页。

危机，那么必然产生整个体系的危机、生命看法的危机、生命行为的危机以及基本价值和信念的危机。和（外在）森林的死亡相对应的是（内在）精神疾病的散播，和水污染相对应的是许多大都会居民的生命虚无感。"①如果说其他物种的幻变起因于自然体系的破坏，那么蜗师的幻变则是与之关联的基本价值和信念出现了危机，自然体系作为整个生命体系的基础，有着牵一发而动全身的无可比拟的重要性。作为一则生态寓言，小说试图让我们从其他物种的幻变上得到某些警示，既意识到自然生态的重要性，同时又关注社会生态问题。

"万物之灵长"的身份所带来的优越感让人类对自然界颐指气使，这种人类中心主义的思想无疑是生态遭受破坏的根本原因所在。在生命受到威胁时，变身为蜗牛成为微小物种自救的唯一方式。深入探究，我们可以发现变身为蜗牛的象征意义即作者依托蜗牛的形象展开的对于生态和人类社会的反思。首先，蜗牛其貌不扬、卑微渺小，然而他小小的身躯蕴藏着顽强的生命力，以至于其他物种在遭遇劫难时只有通过变身蜗牛才能继续存活，这种外在形象的渺小与内在生命力的强大所形成的鲜明对比似乎喻指那些在看似脆弱的外表下实则拥有巨大能量的物种，提醒人类不可小觑自然界中的任何一种生命形态，呼唤对生命的敬畏之心。其次，蜗牛整天背着重重的壳缓慢爬行，他的壳就是他的家，他与自己的家可谓是生死相依。蜗牛虽小却能安放身心，人类具有强大的智能，竟无力守护自己的家园，将两者进行对比更能体现出人类的生存状况和作者的忧患意识。最后，蜗牛始终贴地爬行，谦卑的姿势使他们更显露本色，更是他们自己，人类虽然可以建筑摩天大厦，可以乘坐飞机俯瞰大地，但这种对高度和速度的过分追求极有可能把人类推入深渊。小说写道："人类真了不起，真了不起！你看，城市的高楼，高吧？美吧？可为了追求炫目，追求富丽堂皇，焰火比高楼还高，还美！如同焰火，生活中有很多高的、美的东西，弄得不好，转瞬就陷落了、凋残了。这究竟是幸，还是不幸？"② 可以说，这经由蜗师之口说出来的一席话振聋发聩，他似乎在告诫人们对任何东西的追求都应适可而止，过分地追求将适得其反。蜗牛既是自然生态破坏的承受者，也是人文社会扭曲的承受者，由其他物种幻变为蜗牛曾给他们带

---

① 杨通进主编：《现代文明的生态转向》，重庆出版社 2007 年版。
② 张文刚：《幻变》，长江文艺出版社 2013 年版，第 15 页。

来了极大的困扰，但也为他们不断淬炼自我精神提供了机会。一旦他们以蜗牛的视角来观察世界，生存的意义和价值就会显得越发清晰明了，人类社会存在的诸多问题也在这种观照中被提出、被发现，这正是文本作为一则生态寓言带给我们的反思所在。小说中的蜗牛形象似乎在传达这样一种理念，那就是只有脚踏实地才能拥有平和安宁的生活，而这种品质恰好是现代人极度缺乏的。

三　物与人的合一：诗意栖居的生态重建

这部小说之所以叫《幻变》，是因为在这部小说中物种发生了两次奇幻的变化。一方面，自然界的一些物种受到都市现代文明的侵袭，幻变为了蜗牛；另一方面，作为"自本自根"的独立的生命体，蜗牛等自然界的物种又充满着灵性与活力，拥有一种沟通万物的神秘的力量，这种神秘的力量促成了蜗牛向着"人"的幻变。自然空间与都市社会空间的这种相互对抗、相互沟通生成的物与人的对立与合一，既使这部小说中的空间成为异化与反异化的冲突和对抗之所，也使这部小说的意蕴更为复杂、更具张力。

在小说中，蜗师、白鸽等融入人类社会经历了一个十分漫长的过程。最初，人类对蜗牛的态度极不友善。蜗牛给白鸽照相时，一少年恶意将墨水洒在白鸽的身上；蜗师与蜗莲散步时，人们将其当作异类指指点点。而究其根本，人类对蜗牛等的排斥缘于二者不同的族属来源。人类自视为世界中心、万物灵长，因此对诸如蜗牛般渺小的物种不屑一顾，甚至敌视他们的存在，而事实上，蜗牛等自然界的物种不仅像人类一样具有独立的生命意识，而且有着许多都市人所缺失的道德意识与敏锐的感觉能力。小说中写到路人对一位老者摔倒熟视无睹，而白鸽热心救助，作者将白鸽与人类置于鲜明的对比中，在极尽书写白鸽友善的同时批判了都市人的冷漠。从白鸽救助老人开始，他与蜗牛就为进入人类社会而不断努力，出售有着特异功能的"感应服饰"则是他们最有创见性的举动。白鸽开店并非仅仅为了挣钱，他更宏大的理想是通过出售具有心灵感应功能的服饰弘扬社会正气，倡导社会和谐。在白鸽及蜗协成员的共同努力下，"感应服饰"被越来越多的人购买，社会也因此越发友善和睦。白鸽与蜗师以慈爱之心关怀他人，低调行善，以一己之力帮助遭受灾难的人们，他们的义举被人类认可，受到了人类的褒扬，最终在表彰大会现场幻变为人形，真正成为人类社会的一员，融入了人类社会。

蜗牛的两次幻变既与自然生态有关，也与人文生态有关。由此看出，自然生态和人文生态构成了作者笔下的双重世界，任何一者的失衡都会引起灾难，只有两者完美统一才能促进事物朝好的方向发展。白鸽与蜗师幻变为人，有着三个不容忽视的原因。首先，二人在婚后游历祖国大好河山，饱览天下胜景，在郊游、看海、登山、听泉、山居的过程中获得了美妙的视觉体验和丰富的内心感受，得到了大自然无私的熏陶。其次，他们在参与人类社会的过程中加深了对自我的认识，强化了对自身的认同感，获得了内在的满足。最重要的，他们凭借自身努力改善了社会风气，造福了人类也成全了自身。如果说第一次幻变是因为自然生态的破坏，那么第二次幻变则是由于人文生态的重建；如果说第一次幻变是向更加渺小的物种的转变，那么第二次幻变则让其他生物彻底成为人类社会的一员；如果说第一次幻变更多的是让我们正视人类对自然界造成的伤害，那么第二次幻变则为人类社会如何更好地发展指明了一条出路。可以说他们的幻变是自然、自我、社会共同作用的结果。自然之景是外在对他们的陶冶，认识自我、造福社会则是内在精神的完善，外在与内在的结合孕育了新的生命。幻变的过程也是一个救赎继而重生的过程，他既是对蜗师等获得新生的书写，也是对人类美好未来的展望。在一定程度上，人类生活的世界可以看作是人化的自然界，即社会是人与自然界内在统一的外部表现。生态问题不光出现在自然界，人类社会同样面临着生态问题。在当下社会，人情冷漠、信任缺失、尔虞我诈等无疑是社会面临的生态灾难，他直接摧残的是人类的精神和心灵。作者寓言式地道出人类社会的种种弊端，认为只有妥善地处理好人与自然、人与人、人与社会的关系才能解决我们面临的棘手难题，让我们得到新生。作品中的蜗师曾是人文生态破坏的受害者，最终成为人文生态重建的获益者，这或许是作者对社会的一种积极的期望，即人与自然由对立走向合一，人在社会生态场中自我审视和修炼，这不仅是现代人克服生命异化的需要，也是现代人"诗意栖居"的需要。

作为一则生态寓言，《幻变》所蕴含的内容无比丰富，浪漫爱情与生态关怀并行不悖地统一于文本，作者不仅指出了社会中存在的问题，还试图提供解决这些问题的方法，那就是自然与社会并重，个人与社会融合，只有不偏废任何一方，我们才能触摸到美好明天。

（粟超　　原文刊发于《武陵学刊》2014 年第 2 期）

第七节　作家的胆识与书写的深度

——刘友善和他的《田二要田记》

从某种角度讲，一个作家的胆识是决定作品能否成功的重要因素之一。胆识即胆量与见识。胆量来自铁肩担道义的责任感，一个作家有胆量，才敢于发人之未发，而见识则是对宇宙、人生以及生命意义的独特而深刻的理解。能深刻者未必有胆量，有胆量者又未必能深刻，只有胆、识兼备，才能写出有价值的作品。所以，一个作家的胆识决定着他书写的深度。刘友善的长篇小说《田二要田记》就充分证明了这一点。

刘友善，湘籍武陵人。用他自己的话说，务过农，经过商，坐过机关。丰富的生活阅历和一颗敏感的心加上敏锐的洞察力和深刻的思想玉成了他在文学上的成就。工作之余，刘友善都在默默地经营他的文学领地，短短几年时间，先后出版了农村题材的长篇小说《黄土朝天》和少儿题材的长篇小说《长满水稻的村庄》，2013 年刘友善完成了湖南省文联重大扶持项目，出版了长篇新作《田二要田记》。

说《田二要田记》的出版，是 2013 年湖南文坛的重大收获一点也不夸张。

首先，作家大胆地选取了"上访"这样一个公众高度关注又十分敏感、普通人不敢涉及又十分重大的社会问题为题材，截取改革开放之后社会转型这一特定历史时期作为背景。故事就发生在这种大环境下的湘西北沅水流域某县的某个村庄，因为县里要招商引资而盲目圈地，致使农民田二失去了他承包的责任田，为了要回赖以生存的稻田，田二先是和以村长麻子远、会计皮兴财为代表的村干部谈判，并提出了合理的赔偿要求，但遭到了村委会的断然拒绝，从此田二被迫踏上了一条从村到乡到县到市到省直到北京的无休无止又徒劳无功的上访之路。其实田二也曾放弃上访，但他开摩的被小人（乡经管站杨站长之流）暗算，摩托车莫名其妙被没收，拾荒又惨遭打击还进了班房，命运再次把他逼上了上访的路途。其题材所以敏感，是因为它是时代主旋律中的不和谐之音而被视为不稳定因素。其实，上访者正是基于对上一级党和政府领导的充分信任才上访的，他们深信上一级政府能帮他们解决他们在基层没有解决的问题；另一方面，上访也表明了百姓权利意识的觉醒，一旦利益被损害，便勇敢地站起来维护自己的权益——这正是时代的进步。其主题所以重大，是因为它牵扯到社会的方方面面，已经成为一个社会问题。小说的结局虽然给整个故事抹上了一层略带侥幸意味的亮色，但这并不是田二上访的结果，这一结果表明：解决问题还要从问题的根源着手。小说以极为荒诞的笔触，独辟蹊径地展现了这个世界一个不大为人知晓的侧面，以呼唤良好的社会秩序的建立。

其次，《田二要田记》给当代小说人物画廊又增添了几个鲜活的形象。

这部小说没有传统文学理论中的正面人物。主人公田二是作家着意刻画的形象，他从小生长在农村，与他的祖辈一样和田地打交道。改革开放之初，他也曾向往外面的世界，准备离开农村加入南方淘金的行列，但挚爱土地的父亲一个耳光就打消了他的梦想，从此，他就安安心心侍弄着他的责任田，与田里的庄稼一起经历春夏秋冬，季节轮回，成了一个安分守法的地地道道的中年农民。这个朴实的农民像他父辈一样视土地如命根子，因为县里筑巢引凤而征地，有些农民因此失去了土地，村里只得将责任田重新分包，田二因对村委会的这种做法心生不满而拒绝与会，因为田二的消极抵抗，他的田被人摸走了，而村会计代他摸到了几亩薄田。若田二是顺从的，他也就认了；偏偏田二是倔强的，他执意要回自己承包的责任田，甚至摘掉了象征着村委会权力的两块牌子。若是村委会能摆正位置，从农民的切身利益出发，以解决农民的问题为宗旨，给田二道个歉，并适当给予补偿，那后面的故事就当另写了。偏偏村长、会计认为村委会是执行县里的指令，怎么做都是理所当然，并不理会田二的诉求。作品开篇就通过田二与村主任麻子远、村会计皮兴财的较量，将田二与村委会的矛盾摆了出来，同时也交代了田二日后上访的缘由。

同时田二身上又有着很鲜明的新时期农民的特征。一方面，他具有很强的法律意识，当他的权益受到损害时，他能自觉地拿起法律的武器来维护自己的权利和尊严。按《农村土地承包法》规定，农民承包的土地三十年不变，田二正是认准了这一条才据理力争，依法维权。同时他又有很清醒的主人意识，田二有作为一个公民的权利，用他的话说是"该死的皮会计代我摸的"，"他就是摸到一块好田，我也不见得会干"，"谁也做不了我的主"。在与皮兴财较量时，田二再次强调"不是田差不差，面积少不少的问题"，并且质问皮兴财："你凭什么当我的家？"田二坚信，不经过他的同意调整他的田是没有道理甚至是违法的，因此他放出狠话："老子讲到哪里都要讲赢你。"基于这样的认识，田二怀揣着对上级党和政府的充分信任，手拿着法律的武器，踏上了一条受尽屈辱、看尽脸色、吃尽苦头、几近疯狂的漫漫上访之路。这一路也牵出了小至乡政府的牛乡长、县信访局副局长马秋平，大至分管农业和接访的副县长朱义声，他们被田二牵扯着、捆绑着，在田二上访的路上扮演着重要的角色，上演了一幕幕极富荒诞色彩、让人啼笑皆非的闹剧。

　　田二质朴老实而又不乏精明。因为他老实，村干部欺负他，不仅调了他的田，而且还认为田二没有胆子去乡政府，因为这个地道的农民甚至"都不知道乡政府的门朝哪方开的"，可是他们低估了田二。因为他老实，所以屡屡受骗。他先到乡政府，乡里相关负责人首先是踢皮球，后又在麻子远的怂恿之下失信于他。他们认为季节到了，生米成了熟饭，田二就无可奈何了，他们再次低估了田二。眼看季节已到谷雨，田二的田仍希望渺茫，他只得去县信访局了，可是球又给马局长踢了回来，村里当然更不能指望了。至小满时节，田二已跑了八趟乡政府、四趟县信访局。不知是多少次了，田二见要田无望，只得到市里上访，在市里，他第一次见到了来接他的副县长朱义声，田二满怀希望以为见到了青天老爷，自己的田能要回来了，可是朱义声却一而再、再而三地哄骗他，导致田二几次大闹县政府。

　　田二又是精明的，他第一次与皮兴财较量，在质问皮兴财之后，田二提到村委会选举投票的事，显然田二是要皮兴财知道，他们家是投了皮兴财的赞成票的，现在皮兴财不仅不感谢，还做他的主调了他的田。田二是想由此打动皮兴财，所以接着他第一次提出了赔偿五千块的要求，他甚至拿走了皮兴财新近买的豪华摩托的钥匙。若是村里按五千块的要求补偿了田二，那也就没有了后面的故事，但是村里有村里的逻辑：田二一闹就给补偿，那今后会引来很多村民效仿，村里哪有那么多钱来补偿。田二的算盘是精准的，大闹县长办公室之时，再次与牛乡长谈判，田二逼得牛乡长不仅承认自己搞错了，还答应把摩托车归还给田二。田二也答应了牛乡长提出的"不再闹"的请求，但他又不失时机地再一次提出了补偿条件，他说："我可以不闹，补偿嘛，不出村解决我的事，赔礼道歉，补偿五千块钱。出了村，到了乡里，把田退给我，补偿五千块钱。出了乡，到了县里，田退回，补偿一万块钱。出了县，到了市里，补偿三万块钱，出了市里到了省，补偿五万块钱。我已经去省里几次了，没有十万块钱，我死也不会答应。再说摩托车弄得稀巴烂了。"田二并非信口开河，他在心里是算了一笔账的，季节流逝，田地荒芜，上访所耗费的时间、金钱等，弄得牛乡长之流哑口无言、无计可施。由此，田二的精明可见一斑。

田二硬气又有点无赖。不是他的你给他他也不要，田二有他的原则。在北京，牛乡长对他说："只要你回去，我自己出钱给你。"田二清楚地回答他："你出得起，我也不要。"而且看到别的上访者向人索要钱财，他"打心眼里瞧不起那些人"。但他又有点无赖，他闹访、缠访。大闹县政府时，副县长朱义声为了暂时的安定，自己给了田二一千块钱。田二得了这么一笔钱，觉得钱来得太容易。"他想，做点出格的行动，还能搞点钱，划算！"田二大闹县政府，并待在县长办公室不肯走，非要见到县长。牛乡长提醒他：这儿"是全县人民的政府，全县人民的办公室，你懂吗？"田二理直气壮地反驳道："全县人民的政府，我也是县里的人民，我不能来吗？"这就是作为农民的田二的逻辑，这种似是而非的道理弄得牛乡长啼笑皆非，只得愤恨地骂田二"简直就是个泼皮"。田二老实而又狡黠，他在一次次被要后学会了要人，在包保一层层加级之后，他还能巧妙地避开包保人员带上父母进了京城，看到牛乡长、马局长和朱县长被要得团团转，他甚至感到了要人的乐趣。田二是一个有着深厚传统农民意识的现代农民形象，这一形象也寄寓了作家对农民的态度和对土地的深情。

小说中作家着意刻画的另一人物是副县长朱义声。在这个人物身上或多或少地有着作家的影子，刘友善曾做过副县长，分管的就是农业，而县里上访多为农民，自然他也就要管着这一块了。小说中作家曾借朱义声、马秋平、牛乡长之口写出了这一工作的艰难："现在上访成了下面最头痛、最麻烦、最费时耗力、最有压力的一件事了。一个上访户，一旦到了省里、北京，大批干部将跟着上省赴京，玩猫捉老鼠和小孩子捉迷藏的游戏，就像豆腐掉进灰里，打也打不得，拍也拍不得，包保的人受了天大的委屈，也只能打落牙齿往肚里吞。""往往上访的还没行动，通知接访的电话就到了。"这一经历使作家在塑造朱义声这个人物时显得得心应手。

朱义声虽然贵为副县长，但是他同样生活在传统与现代、自我与环境的夹缝中。从某种角度来看，他甚至活得还不如田二。起码田二遇到不公可以上访，而他则不能，他只能屈从，因为他有所顾忌。

与田二一样，朱义声也是农民的孩子，他们出生在同一时代，但他要比田二幸运得多，大学毕业他就进了县衙，从底层"扫地抹桌打开水送文件的办事员"一步步靠着自己的不懈努力做到了副县长，长期的机关生活形成了他自己独特的性格。一方面，他还有着农民的善良与真诚，并与农民有着深厚的感情。他同情田二的遭遇，真心地想给田二解决问题。当他听到田二说上访"并不是为几个钱"，"只想插几亩田养家糊口"时，他内心深处被"触动"了，甚至"开始自责起来"，他责问自己："作为农民的儿子不善待农民，那还有谁会善待农民呢？"他也曾被田二一家乞丐般的样子所震撼而两眼湿润。但长期的机关生活又使他为人虚假，在市里，朱义声与田二第一次见面，他虽然与田二点头招呼，但细心的田二从他的眼神里，看出了对自己的"厌倦和不屑"。去省里接访田二，在"省政府门口，朱义声一见田二，明显一脸不悦，但立马换了笑脸"，并挥手同田二打招呼，还勾肩搭背与田二套近乎。朱义声的这一连串亲热动作并非发自内心，而是职业、职责使然，其虚伪可见。

作为一名党的干部，朱义声对分管的工作可谓恪尽职守，为了执行上级维稳的政策，达到上级零上访、不给市委市政府添乱的要求，他几乎是全身心投入到接访、拦访截访、包保息访等工作中，当他被扯进田二上访之路后，就几乎没过一天安静日子，田二的闹访、缠访弄得他焦头烂额、心力交瘁。但是在对待田二的问题上，他又表现出敷衍应付的态度。作家安排他与田二的第一次见面是他奉命去市里接上访的田二，为了骗田二回家，他随口许约要田二第二天去县政府找他，他只是为了完成任务，把田二哄回家。等较真的田二应约找来，他才知道遇到了不好对付的主。但即使这时他也不曾认真考虑过如何解决田二的问题，而是暗示下属再次许约田二过几天专门在办公室接待他。当他无法回避田二之时，他又打出人情牌，许诺去田二家里看看，弄得朴实的田二感动万分。他就这样一而再、再而三地哄骗田二，以致田二由满怀希望到失望再跌入彻底绝望，对他也是由充分信任到怀疑到彻底不相信。作者通过这一形象，提出了一个非常严肃的问题，即群众对政府的信任危机。并间接地指出了解决这一问题的途径，即如朱义声一般的政府官员应把群众利益放在首位，切切实实地为群众服务，发现矛盾，及时化解，方能赢得群众的信任。

朱义声是一个清醒的现实主义者，他不仅看到这个时代的伟大，还看到了这个时代的疯狂和荒唐。在他身上，不乏正义感，他不满现实，对县里所谓"筑巢引凤"持怀疑态度，他不赞同县里解决上访问题的方法，因为田二闹访给书记骂了一顿，他还敢于和县委书记争辩。得知杨站长喂田二吃屎，他怒不可遏，听说因为田二闹访要被拘留，便及时阻止。他对现实不满又无能为力且无处诉说，因此，常常生出茫茫人海中的孤绝感。但他又胆小怕事，他甚至"晚上怕走夜路，开会怕说真话"。因为他胆小怕事就缺乏担当，田二爬电视塔之后，他担心田二去北京，便提出补偿给田二一笔钱，但是当牛乡长要他批示一下时，他却不敢担担子，百般推诿。他虽不满现实，但又常常安慰自己"不求有功，但求无愧于心"。作家通过人物生活的具体环境描写和人物语言、行动、心理的刻画，立体地塑造了一个充满矛盾的政府官员形象。

小说在凸显主要人物的立体形象之时，顺带展现了村长麻子远、村会计皮兴财、乡经管站杨站长、县信访局马局长等次要人物的不同的个性侧面。就连一直在背后的专横跋扈的县委书记、应景式接访的市有关领导等等，都能给人留下深刻的印象，也使作品有了一种纵深感。这一系列人物群像构成了田二生活的具体环境，使田二的上访之路矛盾重重、荒诞不经。

语言的原生态是小说的另一大亮点。首先是大量沅水流域的成语、俗语、歇后语的运用，赋予小说的语言鲜明的湘西北地域特色，这些语言既保留了地方口语中富有生命力的成分，又吸收了具有时代感的语汇，增强了人物的个性色彩，还富有浓郁的乡土韵味。其次是小说的叙事极具风格，小说开篇并无惊人之语，但看似平淡的叙述中却暗示了田二与村委会矛盾的严重性，并交代了田二上访的原因——有这样处理问题的村委会，才会有田二，才会有农民上访。作家不厌其烦地描写田二的上访、闹访、缠访和基层干部的接访、拦访截访、包保的过程，在看似拖沓的叙事中，再现了田二上访之路的艰辛和屈辱，表现了农民对土地的依赖和深情以及基层"小吏"在夹缝中生活的尴尬和无奈，深刻揭示了 21 世纪初社会生活的矛盾侧面，尖锐地提出了一个无法回避的社会问题，并探讨了解决这一问题的途径，显示了作家对题材处理、主题提炼的一份从容。

（郭虹　　原文刊发于《文学风》2016 年第 6 期）

第八节　博观约取　厚积薄发

——写在钟儒勇长篇小说《管家》出版之前

　　也许一个名字真的只是一个代码，但是名字无论对长辈还是对本人的巨大的心理暗示作用却是不容忽视的。因此，每当有孩子降生，家中长辈无不搜肠刮肚、绞尽脑汁，请先生，查字典，非得将祖辈的祝福与希望，宇宙自然与历史文化等浓缩于其中不肯罢休。钟儒勇——不知道这个名字寄托了长辈多少的厚望，也不知道这个名字承载了他本人多少的梦想，只知道他一直是朝着这个方向努力着、奋斗着的。

　　钟儒勇笔名钟声，早些年，一直朝着能文能武的目标前进——种过田，扛过枪，教过书，经过商。但无论何时，文学始终是他的梦想，1996年参加全国路遥小说散文征文大赛，其短篇小说《狭路相逢》捧回三等奖。诗歌《一个平凡的我》获市级广电征文大赛二等奖。初次参赛，便有斩获，大大地激发了他的创作热情。但是阴差阳错，他进了行政机关。在生活的磨砺中，他反而沉静下来，此后的十多年间，仅不时有短篇文章见诸报刊。

　　可是，梦还在。

　　在机关工作中，他细心观察，潜心感悟，积极思考。他观察着身边的人和事，体验着他们的喜怒哀乐，经历着他们的升迁荣辱，品尝着他们的酸甜苦辣，多年的积累之后，近几年，钟儒勇的文学创作呈现出井喷的态势。2013年10月，他的第一部长篇小说《红唇》问世，这部小说因其成功地塑造了一个名叫成功的人在追求成功的路上惨遭失败的故事，道出了这个社会小人物生存的艰难和内心深处的哀伤而获得市级第一届原创作品大赛二等奖。32万字的《红唇》甫一完稿，他立即着手创作第二部长篇小说《管家》，2013年3月至2014年11月，仅用一年多时间，他就完成了这部近30万字的小说。期间，还在《都市小说》杂志上发表了约4万字的中篇《假如明天会再来》。目前，他正在构思第三个长篇。问及钟儒勇的创作，他坦言没有什么功利，就是想表达，想写出自己的所见、所闻、所思、所感。我想，这就是所谓"不用扬鞭自奋蹄"的境界了，无论人生，还是创作，境界如此，夫复何求！

钟儒勇是一个善于将工作和梦想统一起来、把生活提炼为艺术的作家，《管家》既是他的工作再现，也是艺术地呈现。小说以 20 世纪改革开放之初的 20 世纪八九十年代南方的江东县为背景，以主人公刘锦扬走马上任县财政局局长开始，到他得到离任的消息即将履职县财经委主任结束。从一个侧面反映了滚滚而来的改革大潮带给人们的深刻影响，展开了一幅幅充满时代气息的社会生活图景，成功地塑造了刘锦扬这个新时期人民"管家"的典型形象。

作为全县人民的管家，刘锦扬走马上任伊始，便深感其责任重大。作为财政局局长，他要管好江东县这个大家；作为男人，他又要管好自己的小家，他当然希望两全其美。但是当二者无法兼顾时，他毅然舍小家顾大家。为了工作，他无法照顾身患绝症的妻子；为了纪律，也不能徇私把儿子调到身边。这就导致了他妻子患病而亡、儿女弃他而去，最后只落得孤家寡人的凄凉结果。

作为人民的"管家"，他站得高，看得远，钻得透。上任伊始，他面临的形势是严峻的：天天都是找他要钱的人，有讨薪的酒厂退休工人，有县老干局的局长，有县水泥厂、氮肥厂、县公安、政府办……还有全县人民，仿佛有千万只手、千万张嘴伸到他的面前，可是县财政收入不过亿元，僧多粥少。面对困境，刘锦扬深知要管好这个"家"，一方面要节流，另一方面要开源。节流方面他采取紧急的事慢处理，不太紧急的事先放一边的做法。而开源则首先制定了"三、五、八、一"财政收入上台阶的规划，然后调查走访，讨论研究，不放过任何一个聚财的机会。为了从根本上扭转全县财政的困难局面，刘锦扬采取了极其有效的措施。

第一，他从儿女孝敬他的食物中发现了商机——利用自然资源生产猕猴桃酒。一方面发动山民采摘野生猕猴桃，另一方面组织山民栽种猕猴桃，并不断拓展基地，这一举措不仅使酒厂摆脱困境，也解决了退休工人的工资及医药费，同时，以刘锦扬为首的基层官员也赢得了人民的爱戴。第二，他看准了香糯米的市场之后，动员村民栽种香糯稻。虽然第一次遭受了天灾，但并没有动摇刘锦扬的决心，终于获得成功。第三，充分利用本地资源，伐竹造纸，终于使纸厂起死回生。第四，为县药材公司提供资金收购中药材并打开了市场。

刘锦扬在开源节流的同时，暗访市场，整肃财政纪律。他从严治家，发现女儿女婿偷税的情况，要求他们补缴税款，并由此发动了一场依法缴税的运动，收到了显著的成效。

工作中，刘锦扬是个敢于碰硬的人，他明知控购办石三宝有靠山，而贪污超生罚款的吴仁是同事也是财政局副局长吴福正的儿子，他还是痛下决心，将触犯法律的石三宝交给了司法部门，对情节较轻的吴仁则采取较温和的退还的办法。

刘锦扬主政县财政期间，深知打铁还需自身硬，所以，他顾了大家，忽略了小家，但他无怨无悔。可是，正当局面打开，工作取得初步成绩之时，却传来了他即将离任的消息，这种人在江湖、身不由己的境遇不能不使他深深地感伤。

小说通过这一系列情节，再现了改革开放之初基层工作步履维艰的情势，刻画了刘锦扬这一人民的好"管家"形象，反映了基层工作者的无奈与艰辛。同时，作家更将笔触延伸至历史，将人物命运与国家的命运联系在一起，揭示了历史在人物心里的深深烙印，并为刘锦扬忠于职守、舍小家顾大家的道德操守找到了落脚点，皮之不存，毛将焉附？没有大家，哪有小家——升华了主人公的道德情操和思想境界。

小说中还有一个人物不容忽视，那就是财政局副局长吴福正，作家精心安排这个人物与刘锦扬联袂出现是深有用意的。虽然他良心未泯，知错能改，工作上也找得准自己的位置，懂得合作。但是，他却是自私的、软弱的、暧昧的，作家让他的这些负面的性格来衬托刘锦扬的无私、坚强和明朗，如此，刘锦扬的形象就更加立体了。这个有能力、有魄力、有人格魅力的刘锦扬正是我们时代、我们人民需要的好"管家"。

长期供职于县一级财政部门，从事着"管家"的职业，其中的哀乐荣辱，汗水泪水、世态人情，在在自知。可贵的是作家将这些提炼为艺术，并通过刘锦扬这一艺术形象表现出来，赋予了这一形象以不朽的现实意义和审美价值。

在《管家》出版之前得以欣赏，何其有幸！为报作者赐读之恩，匆草如上感想，聊作序言。浮光掠影，不及深探，是一憾！

（郭虹　　原文刊发于钟儒勇《管家》，团结出版社 2016 年版）

第九节 钟声不常鸣，只在未敲时

——序钟声长篇小说《红唇》

在我们这个江南小城里，有一个时聚时散的文人小圈子，亦可以说是乡土式的文学"沙龙"。常常是有人挥手一吆喝，大家立马飞奔而来，在饭桌，在K房，在郊野，从国际形势到家长里短，从天文地理到官场政治，从社会生活到文学现状。从鸿篇巨制到精短笑谈，颇有"指点江山，激扬文字"的架势。而每当这时，只有一个人，常常静坐在一旁，一烟在手，两眼向上，听众人天马行空任评说，他始终沉默不语，其淡定犹如一得道高僧，一陌生路人。而其实，或许他还是这场聚会的发起者和组织者——这个人就是钟声。

钟声，本名钟儒勇，其人一如其名。出生于20世纪60年代的他，由于生活在洞庭湖畔的常德，自小即深受湖湘文化的濡染。当过兵，上过大学，当过教师，做过报社记者，工、农、商、学、兵、政、教——如此丰富的阅历，使得外表粗犷的他有一颗十分细腻敏感的心，成就了他儒勇的双重人格。钟声现在湖南省常德市鼎城区财政局工作，任常德市鼎城区作家协会主席，省作协会员。

钟声敦实身材，宛如一口厚重的钟；钟声不爱说话，又像一口不常鸣响的钟。然而，就是这口钟，一声轰鸣，又写出了一部40万字的长篇小说！作为一个基层公务员，为饭碗奔波之余，痴迷于文学创作，多少年锲而不舍，多少个寒来暑往，孤灯下伏案书写，一个个人间场景，一个个鲜活人物，一个个如戏情节，从世态炎凉中提炼常见又未能参破的主题。确实非常不易，尤其在我们这个浮躁冷漠、物欲横流和及时行乐的社会。

钟声不常鸣，只在未敲时。

其实早在部队服役期间，钟声就和参加过对越自卫反击战的老战友一起，共同创作了长篇报告文学《战火中的青春》，并于1980年在《河南文学》上发表，这是钟声的处女作。从部队回到家乡，不甘平庸的钟声放弃了工作的机会，选择了通过高考进入大学学习。毕业后分到山区中学工作，山区生活艰苦，条件恶劣。由于生活阅历的逐步丰富，对生活的感悟也更深切，所以教学之余，他又重拾搁置已久的文笔，一盏煤油灯陪伴他度过了多少个漫漫长夜。那些如烟的往事，那些精彩的部队生活片段提炼成长篇散文《笑的回忆》（1982 年在《散文》杂志发表）。那些追求、迷茫、徘徊、痛苦和奋进都浓缩在长诗《不必回答》（1985 年在《芙蓉》上发表）。那些五味生活，七色阳光，那些鲜活的人物都映射在中篇小说《是对还是错》（1996 年在《上海文字》发表）、《红颜厂长》（同年在温州市公开杂志《文学青年》上发表）。1996 年是钟声创作的丰收之年，也是这一年，他的短篇小说《狭路相逢》获全国青年作家征文大赛三等奖。自此钟声不仅文思泉涌，而且创作日渐成熟，之后十年，他时有小说诗歌在市级以上报刊获奖。用钟声自己的话来说：90 年代是我精力最充沛的时期（而立之后年龄），也是我文学作品创作的鼎盛和丰收时期。步入中年，钟声的目光日渐敏锐，思想日趋深刻，善于观察思考的他开始了一些宏大叙事之作，其中包括长篇小说和影视文学作品。长篇小说《红唇》即是这一时期的力作。

在这样一个崇尚人生时速的时代，长篇小说的遭遇可以想见。尽管第八届茅盾文学奖出现了共 39 卷 450 万字的长篇小说《你在高原》，据说这是作家张炜倾 20 多年心血完成的被称为"已知中外小说史上篇幅最长的一部纯文学著作"，中国作协主席铁凝也曾高度评价这部小说是我国当代长篇小说创作具有重量的新收获，认为"作品对于人类发展历程的沉思、对于道德良心的拷问、对于底层民众命运和精神深处的探询、对于自然生态平衡揪心的关注等方面，都给我们留下了深刻的印象"。但是，据我所知（请恕本人孤陋寡闻）到目前为止，有关这部长篇小说的批评似乎只有一些获奖点评，少见其故事情节人物形象抑或创造手法的集中评论。并不是这部作品名不副实，而是在这样一个快节奏的社会里，人们很难停下匆忙的脚步来欣赏这样一帧人类历史、社会生活的长幅画卷；在这样一个浮华的世界里，谁能潜下心来走进如此恢宏的架构，品味五味杂陈的人生。

其实作家未必始料不及，但是他们仍然热爱，依然追求，依然坚守——钟声亦如此！

《红唇》截取改革开放前后这一特殊历史时期作为人物活动的背景，展现了这一时期广阔的社会生活图景，通过农村青年成功在人生道路上的执着追求，情感与迷茫，以及痛苦抉择，提示了时代变迁带给人物命运及心理的深刻变化。

《红唇》主人公成功是一个生活在巨变时代而试图通过个人奋斗来

改变命运的小人物。他从小生长在农村，20 世纪六七十年代，国家经济发展缓慢，物质匮乏，由于成功家里人口多，劳动力少，每每年终结算，别人家里可分得收入，可他家却还要出口粮款，其生活艰难可想而知。这样的生长环境使成功从小就养成了沉默少语的习惯，但同时也造就了成功坚韧不屈的性格。高中求学时成功就立志上进，学习勤奋。因此能进入大学学习。但是大学毕业分配，由于没有关系，他只能去山村学校教书。学非所用，他心里有怨气，但他不仅从来不表露，而且一心扑在教学上，希望能做出成绩证明自己的才华。他的干一行爱一行的精神，得到上级领导的认可，终于调入教委工作。从此他从一名山村教师成了一个小市民、一位机关干部，这种社会地位的变化或多或少会对他的心理产生一定的影响。

　　时光进入 80 年代，虽然改革开放的春风已经吹来，但世人还睁着迷蒙的眼观望，此时的成功除了努力认真地搞好工作，还和妻子共同经营着小家庭，夫妻恩爱，孩子健康，生活其乐融融。可是，当改革的洪流以滚滚之势汹涌而来之时，都市生活的色彩缤纷也浸染着成功的灵魂。及至他调入设计院，终于学以致用，随之而来的是生活条件的改善。成功也开始呼朋唤友，推杯换盏，唱歌跳舞。由于成功为人耿直，心地善良，多情善感，乐于助人，无疑广结人缘，但这也为他后来感情生活上的可悲纠结埋下祸因。90 年代开始，都市生活发生了飞跃性的变化，歌厅舞厅如雨后春笋一般，谋生的各色人等从四面八方涌进城市，城里人纷纷放弃原有的铁饭碗，下海捞钱的手段五花八门，有钱老板也多了起来。面对浮华生活的诱惑，人心躁动不安，似乎一夜之间，城市变得让人无法指认。而此时的成功，人生似乎走入低谷，工作不顺心，才华得不到应有的发挥，家庭关系开始出现裂痕。他看不惯巴结上司、做表面文章的人，也不愿与不廉政廉洁的领导打得火热。因此在设计院被排挤、好的工作岗位没有他的份儿，有油水的科室没有他的位置，他心灰意冷。但成功性格中的不服输促使他决定闯出自己的一片天。他只身来到另一都市谋求发展，凭着他的智力、能力、毅力获得了成功，赚了很多钱，但是他的心却是学生的，感情的折磨、同事的排挤、上司的玩弄权术使他深深认识到人心难测。钱为何物，情为何物？他除了将自己挣来的三百多万留给父母小儿少部分外，其他大部分毅然决然地捐了出去，用来修筑防洪大堤、敬老院，造福生他养他的家乡。

故事围绕主人公成功的工作、生活、情感变化而展开，深刻剖析了社会大变革背景下中下阶层小人物的心理变化，有力揭示了社会环境对人物命运的影响，成功的心路历程和命运轨迹始终交织在一起：由积极向上深得上级赏识到工作受挫心灰意冷到志得意满情感出轨再到看破红尘出家为僧。这是成功个人的悲剧，也是社会的悲剧。成功追求、坚守和挣扎，但他似乎不能掌控自己的命运，他被某种洪流所裹挟，身不由己，小说字里行间透出命运无可把握的悲凉。作者将主人公命名为"成功"也颇具有反讽的意味，从成功的人生悲剧来看，甚至可以说"红唇"意象也有某种诡异的暗示。

最具震撼力的是小说的结尾，心力交瘁的成功在雨中跪向苍天大海，跪向自己的家乡。那声声悲怆的呐喊，字字撞击读者的心灵，用作者自己的话来说，写这部小说的目的，是想通过对成功人生悲剧的描写，警示人们在当今万尘千染的社会里应有道德底线，不能迷失生活坐标。

《红唇》，一部反映20世纪末期跨入21世纪之际，自然人在精神坚守，事业沉浮，情感得失上人的本性暴露的鸿篇巨制。作品运用现实主义表现手法，一个个人物和故事仿佛就在读者的身边，那样真切，那样动人，催人警醒，催人奋发。

全书以主人公成功的情感变化，事业成败为主要线索，塑造了雅洁、白云、吴乘南、柯岩、曾琴、叶梅等一群鲜明生动的人物形象，成功地再现了新旧交替时期中下等阶层的众生百相。

小说内容丰富，情节生动，结构严谨，格调凝重，未经打磨的语言保留了生活的原汁原味，读后令人深思，不忍释卷。

在一般人眼里，至今仍在基层工作的钟声，仕途上或许算不得很成功。但作为业余作者，钟声对文学的那份热爱，那份追求，那份坚守，却是难能可贵的；而他在文学创作上取得的成绩，更是令人瞩目。

从80年代初开始，钟声即在全国十多家省市级公开报刊发表文学作品三百余篇首，共计六十多万字，其体裁包括小说、诗歌、散文、报告文学、法制评论等。先后有《狭路相逢》等五个短篇小说，《一个平凡的我》等六十多首诗歌获奖。钟声的创作主线总是跟随生活的脚步，应和时代的脉搏，从山村到城市从乡人到市民。

钟声说"生活是自己写作的生命"，长篇小说《红唇》出版，证明此言不谬!

（郭虹　　原文刊发于长篇小说《红唇》，团结出版社 2010 年版）

第十节　多棱镜中的现代中国

——邓爱珍和她的长篇小说《一家人》

一个青年有着文学之梦不足为奇，而一个老人还怀揣着文学的梦想则不能不令人称奇了，仅仅梦想一下文学也不足为奇，而让人惊异的是她还一步步地去实现这个梦想——这位老人作者就是邓爱珍。

近几年，邓爱珍的创作热情集中爆发，先是推出她的第一部长篇力作《残荷》，今年又推出倾其心力打造的另一长篇——59 万多字的《一家人》。如果说在《残荷》中作者手里拿着的是一面单面镜，主要以自己为模特儿，叙写一群有身体缺陷的人的生活，将他们心灵的纯净美好与外表的残缺、内心的坚强与现实的残酷对照起来，反映他们生存之艰难，奋斗之艰辛，成功之不易。那么，在《一家人》中，作者手里握着的则是一面多棱镜，她不断转换视角，试图映射出当今社会的方方面面，以达到全面反映现实生活的目的。

第一，它是一面官场腐败之镜。小说中的重要人物雍师烈、甄言志、解亚沃三位官员与商人黄兰英相互勾结，在土地买卖中输送利益；市长秘书解亚沃更是为了自己的前途，不惜抛弃怀上他骨肉的恋人也是大学同学的梅借春，而娶市委书记之女高金兰为妻，为其仕途铺平了道路；雍师烈本有美满的家庭，如意的仕途，却为了利益与商人黄兰英关系暧昧。这些人事，堪称当代官场腐败的缩印版。作者还在其中穿插了解亚沃与黑文才、毕相高等黑心商人狼狈为奸的情节。这一系列腐败行为终于引起了中央高层的注意，最后，最高人民检察院检察长宝剑出鞘，所有恶人得到了应有的下场。邓爱珍是一个信奉善恶有报的人，所以她的作品中一般都蕴含惩恶扬善的主旨。

第二，它是一面食品、药品安全之镜。小说安排了制假、掺假、售假商人黑文才等与以李建勋等为代表的良心食品、药品商人之间的生死较量，提出了伪劣食品和"洋垃圾"食品组合而成的"新鸦片"对人们的毒害问题，试图引起有关方面的密切关注，并唤醒愚昧的国人不要为了一己私利而互相戕害。

第三，它是一面环境保护之镜。在反映这一主题时，作者选取了湖南省郴州发生的历史上罕见的冰冻灾害和汶川地震、玉树地震以及湖南省某县某铝业公司等现实中的真实实例，尤其小说中击光铝业铝锭生产不仅给周围的环境造成了无可估量的破坏，甚至威胁到了当地居民的生命安全。虽然作为小说这样的题材未免太实了些，但却极大地彰显了作者的主观意图——为华夏子孙，保护好环境。

第四，它是一面中华道德之镜。新时期以来，传统道德的不断被打破，而新的道德秩序又尚未建立，所以，社会上尔虞我诈甚至杀人越货已让人司空见惯。作品中这一部分内容似乎是重头戏，涉及的人物上至最高人民检察院检察长周思来，下至普通农民，还有生物系教授、长寿专家、"国讲团"成员，他们之间不仅各有使命，而且关系错综复杂。作品还叙述了寡妇文富英身患两种绝症之时，在媒体的帮助下，得到了申父市政府及社会各界人士的大力捐助，并使其获得重生的故事。林林总总，都指向同一意义——呼唤道德良知的回归。

《一家人》的主线是邓九司等6位女子在失去丈夫之后，从农村来到城市，走上经商之路并获得成功的故事，作品中也若隐若现贯穿着这条主线，并围绕着这几个人物安排了申父市一千多名规模企业家及12位北大毕业生纵横商海等多条副线。作品中人物众多，关系错综复杂，线索千头万绪，场面不断变换，有如万花筒般，让人目不暇接。

邓爱珍的古典文化底蕴在作品中也得到了彰显，小说运用传统的章回体形式，又在叙述中夹杂大量的古典诗词，使作品具有古雅的韵致。不过这也给阅读带来了极大的难度，毕竟古典诗词语言浓缩，需要一定的古典文学功底，这就限制了阅读群体。好在读者也不必在诗词上费太多心力，因为这并不影响对作品的理解。

作者将对梦想的追求和对现实社会的关注密切结合，将自己的文学梦想融入大中国梦之中，将小我的命运与国家的命运紧密勾连，不仅给新时期中国文学增添了新的篇章，也给所有追梦之人树立了很好的典范。

（郭虹　　原文刊发于《工人日报》2015年12月27日）

第十一节 邓爱珍——一个追梦的女人

—— 长篇小说《一家人》序

她，命运多舛。年轻时两次失败的婚姻留给她的除了噩梦般的回忆，就是一双年幼的女儿。独自将一对女儿抚养成人，用含辛茹苦不足以言其艰辛。到了该享清闲的时候，不料厄运降临，癌魔缠身，手术后右上肢残废。南方冰灾之年，更因跌跤而至尾椎骶骨骨折，右眼底动脉硬化，玻璃体混浊，辗转病榻达三月有余。

然而，她又是坚强的、坚决的、坚韧的。抚养一双女儿的责任没有将她压倒，无数的困难没有将她难倒，残酷的病魔没有将她打倒。那时谁也不知道是什么力量在支撑着这位平凡女子病弱的身躯。

2007 年，她的第一部长篇《残荷》出版发行，人们始而惊诧，继而佩服。读者在这位朴素的女子身上发现了她坚强的意志，坚定的决心，坚韧的毅力——而隐藏在这些背后的对爱情和文学的美丽梦想，却还没有被人发现。

及至她的又一部长篇《一家人》完稿，人们才明白，这位普通的女子对梦想的追求几近狂热的程度。与邓女士交谈，我惊讶地发现这位年过半百的女性内心里深藏着许多美好——比如爱情，比如文学——那都是无数妙龄少女的梦想啊！可是梦想终究是梦想，当瑰丽的梦想被残酷的现实击碎，谁还有心情去一一捡拾？谁还有能力捡拾得来呢？邓女士在坎坷的人生旅途上一路跌跌撞撞地走来，一颗柔软的心、一些彩色的梦经历了三番五次地风吹雨打，早已凋落得七零八碎。然而她却捡拾来了，并且拼出了比原先更美的形，涂抹了比原来更美的色。

《一家人》共 29 万字，小说以改革开放之后的善州为背景，再现了在商场上摸爬滚打而至叱咤风云的人物生活图景，进而展现了善州的风土人情、历史文化、现实风貌，讴歌了改革开放的伟大成果。更难得的是小说采用章回体式，加上书中不少地方用古诗词的形式来传达思想感情，让人在典雅中觉出有些回归传统的味道，用这种传统的形式来承载"时尚"（因为书中所记皆为追赶潮流的人和事）的内涵，颇为新颖。

一个有梦的人肯定是热爱生的人，对生活的热爱必定得到生活的馈赠，邓爱珍女士凭着她对美好梦想的追求，凭着她对生活的热爱，也得到了生给予的丰厚馈赠。书中所写之人是她熟悉的人，书中所述之事是她身边的事。因而，这本书她写得很顺手，也很有情感色彩，尤其是其中一些描写人与人关系的章节写得非常动人。

　　承蒙邓女士不弃，嘱我为该书作评，不胜荣幸。只是时间仓促，先呈上一点感想，拙评随后奉上。

　　　　　　　　　（郭虹　　原文刊发于邓爱珍长篇小说《一家人》，

　　　　　　　　　　延边大学出版社 2014 年版）

第二章　诗歌散文评论

第一节　守望红旗

——关于萧汉初诗歌新作《红旗诗人》的断想

　　一个时代有一个时代的中心话题，这个话题便清晰地显示着此一时刻人们的"干什么"和"想什么"。在这个市声喧腾、人欲汹涌的年代，关于期货与股票、招商与下岗、"洗面"与"洗脚"（雅称"足道"）、麻将与交易、"精品"与垂钓……一类交响，充斥于芸芸众生所营造的生活空间和精神空间，由此而构成一个庞大的民间空间——涵盖着普通老百姓的真实生态景观、人文景观的一种文化空间。此刻，这个"空间"不免哗然而又孑然、了然而又惑然、嚣然而又惶然，现实界有如艾略特所指出的那个"荒原"，呈现着一派冷冰冰的闹哄哄！

　　于是，湘籍诗人萧汉初的诗歌新作《红旗诗人——为中共中央文献研究室编〈毛泽东诗词〉出版而作》（《中流》1997 年第 9 期）就显得别具理致。作者认定"红旗"这一全新意象在毛泽东诗词中贯穿始终，或隐或显、或虚或实，贯通着一代伟人的济世豪情，高扬着人民领袖特出的革命品格。这也就意味着，"红旗"这一意象实际上凝聚着领袖的人格魅力和意志力量，作者进而由衷地盛赞了"红旗诗人"的"红旗诗篇"与"红旗诗品"。然而，透过这层显性意义，我们分明更真切地体味到作者隐含在诗作中的深层话题：红旗，已经因其独特内涵而获得一种永久性，醇化为人们内心中的一种精神守望，尤其在这样一种物化背景下，人们更迫切需要以这种坚执的文化信念与精神固守来对抗心灵世界的"荒原"。

　　这的确是一个全新而又永恒的话题。自古以来，人们习惯了对"春阳，秋月，高山，大川，美人，香草，古道，雄关……"一类意象的吟哦叹息，使其成为经典性的文化母题。一般来讲，母题是一种历史沉淀，它具有相对稳固性，但它最初也曾是某个时代的中心话题，而在历史发展中，它又要被注入新的内涵，因此，母题不是不变的。母题之所以成其为母题，是因为它最能接纳新的时代要求，能精练、准确地表达出时代要义。同时，新历史也必然在产生、凝结着新的文化母题，也就是说，经过时代的砥砺、撞击，在时代的倾斜与阵痛趋于完结时，一些即时性的话题被淘洗、冲刷、淡忘了，留下的便是具有永恒意义的母题。毋庸置疑，"红旗，光焰无比的红旗"，是一个世纪以来具有"全新意旨"的"最最美好的形象"，是人们"梦绕魂牵""最最钟爱"的"永生永世形象"。她"漫卷西风"、缭乱如画；她"开天辟地""志得意扬"。她是 20 世纪的骄傲，也是千百年来最深刻、最真切的辉煌。她还必定成为最具广泛意义的、最有历史延展性的精神操守，她又已经内化为一个世纪的"理想""信仰""规范"和"方向"！这类诗思，是作者对"红旗诗人""人品与诗品"的全面肯定和彻底认同，更是一种守望、一种期待、一种召唤。也许正是在这一层面上，诗作才真正显示出特有的坚实与力量，它所歌咏、依托的"红旗"意象令这个物化时代蓦然一惊，这也就难怪"李希凡同志和贺敬之同志看到了"要"加以称赞"了（作者致魏饴、李达轩同志书信）。

这是一种对信仰和理想的守望。现代人在经历了太多的游弋、撞击、躁动、反叛和挣扎之后，在为"创造"与"破坏"的撕扯而倦怠而心力交瘁的时候，就会自觉寻找心灵的栖息地，自觉调整和校对自己所思和所做的一切。《红旗诗人》把一种崇高、神圣和真诚昭示于世人眼前，力图让人们明白，那"不倒的、持续长征的红旗"流贯着深刻而生动的人文理想，表现对命运前途的大悲悯、大关怀。事实上，人并不总是、也不可能"一点正经没有"（王朔语），否则孔繁森们就真的成了神话或来自遥远星球的怪物！人天性中都有一种崇高感，一种英雄意识，有实现理想的强烈冲动——可以激励人的一生的一种原冲动。当然，这种崇高感和原冲动等必定要注入共同社会内涵，要能体现出时代要求与使命感、责任感，具体来讲，就是要具备社会共同的"理想""信仰"。诗作认真地树立了崇高、神圣的典范，坚信她"如日月丽天，江河行地"，"似明镜高悬，金钟长鸣"，她必定要给这个物化时代注入新的文化精神。这种对现实的诗化思考、诗化情感与诗化判断，这种浪漫的诗意与诗意的浪漫显然流露出作者本人的人文理想，反映了时代的文化心理。人，是要有一点儿精神的。陀思妥耶夫斯基说过："假如上帝不存在，一切都是可能的！"信仰和信念是人类生存的根本理由，是一切现实行为的最后结果或终极指向。人文精神、人文理想的实质即在于向极端肤浅的、浮躁的世俗诉求挑战，关注现实，就是关注未来，这就需要激情，需要一种境界，一种出于世俗而又高于世俗的神圣，如此，现实行为方才获得某种合理性，而一旦具备这种合理性，人们也便最终找到了心灵的依托。

这又是对某种既定规范与秩序的守望。回眸昨天，"红旗是无产者革命的信念"，"是革命激潮时的呐喊"和"革命征途上的标杆"，她"开天辟地""血染弹伤"；她"惊世骇俗""志得意扬"！那是多么硬挺帅气的一根"标杆"啊！那上面深镌着新时代的道德律条和价值标准，那时的革命于是显得格外亲切、格外本真，而贫瘠的土地上，穷苦的泥腿子们也便用仅有的一根线缝补红旗的弹洞，拿出仅有的一把米挽救饥饿的革命……然而，曾几何时，某些人无形中就丢弃了那根"标杆"，致使道德"滑坡"、价值失范。在这样一个心灵钝化的泛商主义时代，满目物欲，遍地术机，或巧取豪夺、蚕食鲸吞，或假冒伪劣、坑害无辜。更有甚者，某几个"沉渣"靠"玩空手道""泛起"之后，本性难改，腆着脸反过来讥诮红旗的清贫！总之，接受着拜金主义的蛊惑，一切原生或新生之恶都得到充分暴露。当然，诗作者并没有具体展示这类恶的形态，但这并不意味着他在避隐自身惶惑、逃脱现实积重，并不是看不到困苦和痛楚、感受不到丑恶和愤怒。也许是经历了太多的沉重而不忍再言沉重，也许是不愿在污浊之中久作淹留、挣扎，诗人更愿意展示一种明丽美好，更愿意憧憬和召唤一种纯净、简洁，或者，这才是一种真的大悲悯、大深刻？

这也是对理想的意志、品格的守望。传统文化品格大概主要是洁身自好，也就是要讲究内心修持、自我磨砺，于是才有了"屈原爱兰，陶潜爱菊，/太白爱月，放翁爱梅……"一类具体文化形态。而一代"红旗诗人"与此有所不同。作为一名诗人，他也热爱"战地黄花香劲秋"，惯看"郁郁葱葱韵"，也喜欢"豪情天际悬明月"，欣赏"俏枝雪梅不争春"，但作为人民领袖，他"最最钟爱的是红旗"，因而所体现出来的，是肩负历史使命的"磅礴大气"的革命品格，这就在传统人格之上实现了新的超越。这里的"守望"意义即在于，人应该自觉地接受这种理想人格的烛照，努力使自己走近最纯粹意义的人。人不一定能使自己伟大，但一定能让自己的灵魂高尚：高尚的灵魂总是毫无愧疚地裸露着，无论是面对自然、面对社会，还是面对人本身。

当代诗史中的确深烙着政治抒情诗的清晰轨迹。作为"炸弹和旗帜"，作为一种"红旗诗"，它曾是那样的激情如潮，轻灵灿然。它使 50 年代充满豪迈，60 年代写下自信，80 年代洋溢着热情，90 年代流贯着理性精神。虽然有些前卫诗人曾毫不掩饰地对此加以诋毁，说诗歌几十年来的最大失误就在于不知道教育别人是一种恶习，虽然政治抒情诗本身也确实有待提高水准，却始终不能消解人们的需要这一事实。特别是在这个亟须救赎的时刻，政治抒情诗更具有无法替代的职能，所以作者也说"现在政治抒情诗受到重视和扶持，是好时机"（作者致魏饴、李达轩同志书信）。几十年来的实践恰恰证明，我们最大的失误就在于教育！人们接受的教育不是多了，事实上，人们在很多方面甚至缺乏起码的常识，这也就恰恰是一个需要唤醒、需要拯救的年代。政治抒情诗在这里本应大有作为，本应"受到重视和扶持"，实际创作却寥寥无几，除了那首《中国人：不跪的人》，恐怕就只剩下这首《红旗诗人》了，而这同时也就从另一个侧面表现着某种难能可贵的守望精神。

人间要好诗。

人们需要对时代、对历史负责的真正的诗歌精品。

（夏子科　　原文刊发于《理论与创作》1998 年第 3 期）

第二节　缤纷的"桃花"　斑斓的诗情
——谈彭其芳散文的意境美

就这样走进一片"桃花"的掩映之中！到处是岁月和心灵绽放的花朵，到处是寻芳觅诗的眼睛。这是一片江南的桃花，也是一种文学的境界。在这个境界里，既有通向古典情怀的幽径，又有承载现代诗意的芳亭；既有空灵的抚之若梦的花瓣，又有真切的触之如诗的枝干；既有含玉吐翠的依依柔情，又有经风沐雨的铮铮铁骨。这就是我读湖湘散文作家彭其芳先生的散文最初的也是最美的感受。在散文创作成为作家个人的心灵独语或者成为思想碎片文化化石的今天，踏进这样一方花影摇动的诗化意境，枯寂的心间仿佛淌过涓涓溪流升起缕缕幽香……

一　诗意美：人生境界的提升

可以说，彭其芳的散文深受古今以来散文中的"美文"一格的影响，特别是接受了当代"散文三大家"的诗意熏陶，甚至最初的创作未能走出"大家"的影子和气息。但是他毕竟在诗意意境的营造中找到了自己的美学追求。如果说当年杨朔们对诗意的刻意追寻是为了把诗意的光辉黏附到"时代"的画卷上去的话，那么彭其芳对诗意的发掘除了表现时代的主题外，更多的是把这一诗意焊接到"人"的心灵和精神中去。彭其芳的散文主要出现在 20 世纪 80 年代以后。这时文学的目光在对昔日中国社会的狂欢和动荡进行冷静的审视之后，转而深情地投注到"人"的身上来，或者说从人的诗性的角度思考和表现一种理想的生活形态。彭其芳的散文就是在这样的文学背景下展开对美好的人生境界的追求的。

作家一双优雅的眼睛在蓝天碧水间搜寻，一颗诗意的心在青山白云间飞翔。然后突然静止，如风姿翩翩的蜻蜓悄然静止在花瓣！于是我们看到作家极写大自然的美以及美中的宁静之态，并把人的种种追求和人格精神投映到这一方方静美的"池塘"，从而交融成一种诗意沛然而又灵性灌注的意境。在《水府阁眺望》中写江湾村庄"宁静得像失去了自身的存在，与城市里的喧闹、浮躁的氛围形成了鲜明的对照"；在《静静的犀牛湾》中写宁静的江湾"流溢出尘世间少有的闲情之中的甜美"。如此宁静的画境再安放上人的活动，就立刻使人有了去尘忘忧、澄澈满怀的感觉。在《白鹭的节日》中，写静美的湖光山色之间人与白鹭的和睦相处，在人与大自然的琴弦上轻抚出悠扬的"和曲"；在《洞庭秋色赋》中，写人"对着高远的蓝天举杯，对着千顷波涛举杯"，在一种古雅的意境中酿造出淡淡的"酒香"。在大自然的怀中，人不仅恢复了自由天性，更重要的是从山水的个性中生长出超尘脱俗的优美人格。《世上有个野炊岭》借"青山的怀抱"拥抱人的纯真的理性："在这野岭上，没有大腹便便的对财产的占有者，没有佝偻着身子屈服于压力的奴婢，也没有行乞者，卖唱者，吆喝者。要说'穷'，大家都穷，穷得吃的尽在锅里；要说'富'，大家都富，偌大的青山任你拥抱，绚丽的美景任你去欣赏。"因为渗透了人的理性精神，这一方诗化意境在烟雨朦胧中便隐现出奇崛和伟岸。人与大自然的和谐交融，人在青山绿水间的飘逸和超脱，这是智慧的生存，也是诗意的栖息，同时又是文学穿越时间隧道的永恒追求。在彭其芳的笔下，因为有了现代社会的虚假、庸俗、浮躁等世相和心态作为参照，人与自然从性灵到气质的契合便成为一种有别于传统山水文学所提供的人生境界。亦即不是在虚静恬淡中求无为，求无争，而是在诗境仙源里追求一种更充盈更有为的生命存在。

而当把这种大自然的诗意向着人的心灵延展时，我们又看到了一片特异的风景，这便是人的至诚至笃至善至美的心灵！假如说写人与大自然的浑然交融是为了展示人的性情和理性精神，那么作家写人的心灵的诗化则是为了捧出人性的优美风光和情感的丰富资源。《青青的茶亭》是一篇令人感动得落泪的作品，那棵生长在老家门前的古枫在盛夏里给过往的行人遮荫送凉，同时它也无异于是一汪情感的温泉使那些在路上"挣扎的生命"感到神清气爽，因为在古枫下面奶奶开设了一座免费茶亭，奶奶把她的善良的德行像"茶叶"一样天天放在茶罐里让那些匆匆行客提神解乏，于是郁郁葱葱的"古枫"便成为奶奶慈善的象征，而普普通通的"奶奶"则成为传承"中华民族的美德"的长青不衰的古枫。另一篇作品《清清的小河》也是通过一位女性展示人性的富含诗意的一面，如同清清的小河"在我心中汩汩流过"的是人间至纯至真的情感。同样外在的美景成为人的心灵的辐射。人的诗意心灵与大自然的融合，这也是人类亘古不变的梦想。于是我们才从《边城》中听到沈从文对"人类最后一首抒情诗"的咏叹，从《菱荡》中看到废名对人的内心的微波细澜的捕捉。显然彭其芳也在开拓着这样一片点缀着人性花朵的"山水自然"，这样一方纤尘不染的心灵境界。

是优美的意境，也是诗意的人生境界。或者说是通过诗化意境的建构，来从凡俗和尘世中提升人的生存境界。这样一朵鲜艳的"桃花"，引导着人的目光和心灵向着高处攀缘！作家的审美视野和文字血脉里弥漫着一派古典诗意的芬芳，他试图用传统的、典雅的美——自然的和人自身的美来丰富和修复现代人的生活和心灵。

二　理性美：哲理思辨的包容

桃花摇红，绿树生香。彭其芳的散文在缤纷的花朵之中暗藏着智慧的枝叶，在诗意的意境中也充满着理趣。于是，我们从卵石的身上"于普通中发现了特别，于平凡中见到了不平凡"（《一条璀璨的河》）；借助山里人那双明亮的眼睛"分出美丑、辨出真伪"（《悟道花岩溪》）；在烈士纪念碑和现实生活的比照中，发现了"伟大与渺小，高贵与卑贱的深深内涵"（《在烈士纪念碑下》）……这些富含哲理的奇花异草，如果掐下来都是平平常常的，但是生长在具体的"意境"中，和一定的人事组合在一起则意味深长，由此引发我们对生活真谛和生命存在的思考。散文作品中的这些"智慧果"使我们想到当代著名散文作家秦牧。秦牧在他诗意栖居的"花城"搭建了无数智慧的宫殿。可以说彭其芳是深受秦牧创作的影响的，他在回忆秦牧的散文中说自己读过他不少作品，并感谢他的引导（《两江情》），可见他在秦牧散文宫殿中穿行的时候一双眼睛也镀上了智性的光芒。

也许更重要的是由此获得一种充满思辨色彩的思维方式，即通过巧妙的构思来营造一种富有哲理韵味而又情致深藏的意境。构思时，作家常从事物矛盾着的两方面切入。具体来说，他喜欢在"新"与"旧"的对比中拓宽意境的内在空间，在"动"与"静"的互补中展示意境的多种情态，在"小"与"大"的思考中揭示意境的丰富内含。

作家笔下出现了"新"与"旧"的系列对比：新街与老街，新塔与古塔，新亭与旧亭，新桥梁与古渡口……在新旧对比中，以旧衬新，用古旧的、苍老的背影来展示此刻春风沐浴着的生命轮廓，从而传导出历史的沧桑和生活的巨变。并继而引申出新生与衰亡、现代与传统等多方面的对比，思维开阔，笔势腾挪。于是诗化的意境不是在一个平面、一个向度上展开，而是有了立体感和纵深感，同时在对照和映衬中使人的充分的想象和联想也得以展示。

彭其芳的散文偏于写大自然的宁静之态，在"静"中体悟人生的自由和恬适、心灵的诗意和浪漫。但从整体来看，他又有一批作品是在"动"中构筑他的意境的。《天声》从长江的"慷慨激昂"中听到了三峡建设拉开序幕时"气壮山河"的声音，《葛洲坝抒情》从大型水利枢纽工程感受到"一种显示力度与意志的旋律美"，《柳叶湖上听桨声》在一派桨声的"感应"和"共鸣"中感受历史长河中的欢笑与叹息……我们发现，当作家侧重写人的生活情状寄托人生理想时渲染一个"静"字，而偏于写时代的变化进行社会写真时才带出一个"动"字。这样"动""静"结合，犹如在静美的湖光山色之中"飞来"一只沉勇的白鹭，整个意境在优美之中又多了一线壮观。

　　构思造境时，彭其芳往往小处落笔。一枚卵石，一处江湾，一只白鹭，一片桃花，一线溪水，一方翠竹……细细审视和把玩，慢慢品味和感受，写透它们的诗性和灵气，然后从这里扩展，向着"大处"探寻。桃花之中掩映着理想的梦境，翠竹深处生长着刚直的精神，宁静的江湾"找到了自己最合适的位置"，僻野的山岭让人恢复了"尊严"和"理性"。这种构思立意上"小"与"大"的辩证关系，使其散文既布局工巧，诗情浓郁，又境界广阔，胜景迭出。

三　气质美：湘楚文化的浸润

　　生活在湘楚大地的彭其芳先生，他的散文无疑也浸润着湘楚文化的意蕴。当然他没有也不可能对湘楚文化作过多理性的梳理和挖掘，但是他创作时的审美眼光和价值取向，使他的作品带有一脉湘楚文化的余香。沅澧流域兰芷的芬芳，桃花源里千年的梦境，洞庭湖浩渺的烟波，夹山寺古老的钟声……都在作家笔底酝酿出一种浓烈的含着文化芳香的氛围。与此同时，许多历史文化名人如屈原、范仲淹、刘禹锡、柳宗元等也在一派诗化的意境中缓步登场，他们携带的诗风词雨、梦幻叹息和人格精神，都如缤纷的落英化入春泥，发散出一种悠远的若有若无的文化气息。

　　更重要的是从这样一种意境中弥漫出来的湘楚文化的精神气质：进取向上，奋发有为，忧国忧民，经世致用。虽然在作品中只是一星半点的抒发和倾吐，但却让人触摸到一片芳草萋萋的精神高地。在《翠竹新笋》中作家这样写翠竹："那挺拔高洁的身姿，勃勃向上的精神，迎风摇曳的倩影，却另有一番情趣。"在《绿色赋》中作家在描写桃花源里深绿无边的美景后写道："我似乎感觉到自己周身奔流的血液里也注入了绿色的成分，使我精神焕发，步履更快，满怀信心地投身到四化建设事业中去。"在《夜宿珊珀湖》《追求》等作品中作家都写到普通人超越了自我的崇高追求。这一方山水的气息，这一方生民的精神，都深深植根在湘楚文化的深厚土壤中。正如作家在《招屈亭》中所表达的那样，"诗人的爱国之心，高尚之志，坚贞之举，正如生命力旺盛的种子"，在一代又一代人的心田"发芽、开花"。

　　不仅如此，我们还看到作品中包含着具有湖湘地域特色的民间文化风情。作家生活在水乡泽国，他把耳闻目睹的民俗风习连同他个人的真切感受写进作品，制造了一种乡情浓郁诗味醇厚的意境。做年粑，劈莲子，捞鱼虾，摘野菱，种种日常的生活情景，被作家描写得极富乡土气和人情味，仿佛一幅幅风情民俗画在江南的墙壁挂了千年，使人感受到一种源自民间的清新别致的文化情韵。对源远流长的湘楚文化的眷顾，使彭其芳散文的意境多了一种高洁的气质。这其实也寄寓着作家的一种生活理想。当现实生活中的人在物欲卑俗中变得浅薄、空虚的时候，当人的心灵在市井尘埃中丧失深度而变得平面化的时候，当某种人文精神和文化品格处在低迷甚至失落的时候，彭其芳先生借湘楚文化的余韵呼吸一种芬芳之气，体现一种充盈人格，一种精神力量。作品中的文化气质因此被赋予一种现代意义。

这样彭其芳散文的意境就具备了三个层次——第一层次：诗意美，对自然景物和人的身心交融的诗意观照；第二层次：理性美，透过自然景物进行哲理的思考和表达；第三层次：气质美，在自然景物、现实人生和乡土民情中发掘文化的潜质和内含。诗意美，有如一片风姿绰约的桃花，让人留连不已；理性美，则如桃花背后挺拔入云的青山，引人寻奇探险；而气质美，就像青山间飘逸淡远的烟云，使人思绪绵绵。三者的浑然融合，构成了一种诗画并存情理兼具的意境美。

这样一种美的意境，远可从古代的"性灵派"找到渊源，近可从"三大家"找到范式。但毕竟彭其芳以自己的生活经历、气质修养和审美追求给他创造的散文意境注入了新的质素。从作家屡屡对童年趣事一往情深的记叙可以看出，他正是始终带着一颗童心的真纯、执着来看待自然和世界的，因而才有那么多诗的发现、诗的感悟！而从"乡野"走出来的他，黄土山冈、一望无际的原野孕育了他飞动的想象，虎渡河清澈的流水淘洗出他一双满含诗意的眼睛，而南楚之地"山川风物，皆骚人所赋"的丰厚的文化积淀滋润了他的心灵，因而他才能创造出这样美的意境、美的梦想！我们的时代，我们时代的文学，很需要这样一种美的"意境"！与其用单纯的理念和图式去征服人的精神，不如用美的"意境"去滋润和感化人的心灵，从而使人变得更纯净，更美好。从这方面说，彭其芳的散文有着其生存的现实的和文学的意义。我们有理由看重这样一位湖湘散文作家！彭其芳先生已出版了《桃花源新记》《飞翔的梦》《桃花雨》等多部散文作品集，有相当一部分作品发行到海外，有数十件作品获奖。他的创作越到后来，越入化境。老树新花，祝愿彭其芳迎来创作的又一个繁花似锦的春天！最后让我把他在《白鹭的节日》中写给白鹭的赞语寄赠给他："你掠过长空的英姿，让人们看到了你拥抱白云的气概，读到了你写在天地之间的挚爱的诗行，同时也品出了你沉着、坚韧的性格。"

（张文刚　　原文刊发于《湘潭师范学院学报》2001 年第 6 期）

第三节　向民间草根艺人致敬

——读彭学明报告文学《映山红遍》

著名作家彭学明撰写的长篇报告文学作品《映山红遍》近日由湖南人民出版社出版，这是一部聚焦民间艺术团体和草根艺术家的力作，用真实生动的材料和本色而具有穿透力的语言表现了常德这方美丽神奇的土地上的民间艺术之花和民间艺人之魂，内容丰富，感情充沛，诗兴洋溢，是当今文学贴近生活、接通地气的一个范本。常德目前活跃着 2000 多个民间艺术团体，近年来常德市委、市政府接连组织举办"百团大赛"，吸引了成千上万的草根艺术家积极参与，也极大地丰富了群众的文化生活。这一民间文化现象，赢得了省市领导乃至中央领导的重视和好评，也受到了从地方到中央多种主流媒体的关注。那么作为一种文学的描写和表现，《映山红遍》将遍布乡野的民间艺人和艺术喻为"映山红"，标举其旺盛的生命力和洗尽铅华的诗意，不仅给艺术的发展和繁荣以有益的启迪，也为今天的先进文化建设和群众文化建设注入了一缕新鲜的春风。

《映山红遍》用文学的形式思考了包括艺术传承与艺术创新、艺术自立与引导扶持、民间艺术与时尚文化、群众艺术与社会和谐等在内的诸多问题，尤其是不惜笔墨对艺术与百姓人生的关系进行了生动描写和议论深化。常德丝弦剧团团长朱晓玲说：民间艺术不能是博物馆艺术，群众文艺不能没有群众基础，民间艺术必须与群众的心灵和审美达成一致。津市的荆河戏剧团、临澧的百家乐艺术团等都遵循"演老百姓喜欢的，为老百姓演"的服务宗旨，因而深受老百姓欢迎和喜爱。作者在客观采写的基础上阐释道：要为老百姓认可和接受，艺术就得"接老百姓生活的地气、心灵的地气和情感的地气"，就得从老百姓的生活中发现艺术、挖掘生活中的艺术之美。正因为"接地气"，"为群众写，让群众爱"，一切问题都迎刃而解：艺术在群众的喜爱和涵咏中得到传承和弘扬；基于大众的价值维度和审美取向催生和激发了艺术的潜力和活力；群众的参与让艺术有了根基和气场，有了广阔的市场和前景；老百姓从贴近自身的艺术中得到精神陶冶和心灵净化，从而达到人心向善求美、社会安定和谐的艺术教化效果，充分发挥"正能量"的作用。

艺术的风采源于艺术家的生命追求。作者饱含深情地叙述了民间艺人在艺术道路上的生命历程和追寻。正是一个又一个民间艺人对艺术的痴情和坚守、把艺术融进自己的生命才成就了一道道绝佳的艺术风景。艺术可以使老年人老有所为、老有所乐。影视明星瞿颖的母亲丁家珍引领的银龄艺术团，帮助一批老年艺人克服了生活中的种种困难和疾病的折磨，艺术馈赠给他们生命的光华和心灵的快乐。艺术可以使孤儿有爱有家、孤儿不孤。肖宏国任团长的九龙孤儿艺术团，艺术的翅膀和梦想使一只只孤雁成为飞翔于天际的雏鹰。艺术也能改变人的生命航道，使浪子回头、迷途知返。临澧县打鼓说书的民间高手肖伍曾是一个混迹于社会的浪荡青年，是艺术的熏陶和教化帮助他向善向美，成为一个有涵养和品位的人。作者用一个又一个鲜活的事例说明：艺术神奇而伟大的力量激活、丰富和完善了人的生命感觉和心灵世界，净化和提升了人的精神境界和艺术品格，同时也延续了人的艺术生命和梦想。在长期对艺术的追求和守望中，艺术家的生命和艺术融为一体，生命变成了艺术，艺术变成了生命，或者说艺术就是生命，生命就是艺术。作为花鼓戏国家非物质文化遗产传承人的杨建娥，把常德丝弦移植到戏剧中，传承和发展常德丝弦 20 余年；常德丝弦国家非物质文化遗产传承人谌晓辉，是"常德一根少不得的丝弦"，作为武陵区少儿艺术团首席编导，她和杨建娥一样把艺术生命的种子播撒在后起之秀和孩子们的心田。这些都是民间艺术得以薪火相传的精神火种。

《映山红遍》在展示常德民间艺术的繁荣景象时，对常德的地理风物和历史文化进行了诗性描写和开掘。如果说广大民间艺人对艺术的追求和自觉传承、对生命激情的演绎和对精神家园的守望是民间艺术之花得以舒放、灿烂的"内力"，文化环境的清明和地方政府的引导及扶持是民间艺术得以发展、繁荣的"外力"，那么地理风物的诗性和灵性、历史文化的丰富与厚重则孕育和滋养了这一方土地上的艺人和艺术，成为一种"背景力量"和"生态力量"。作者以"外来者"的身份感知和体验常德的一山一水、一草一木，涉猎和描写了常德的著名自然景观和历史文化积淀。

桃花源的浪漫奇幻，太阳山的鬼斧神工，夹山寺的风雨幻象，壶瓶山的原始森林和流泉飞瀑，刘海砍樵的美丽传说，孟姜女的悲情遗梦，城头山遗址的城市文明和稻作文化，等等，都被作者悉数道来、如数家珍，恰到好处地镶嵌在五光十色的民间艺术长廊里，起到了一种烘托、映衬和渲染的作用。这样，对地理风物的诗意描写和对历史文化的浪漫怀想就与倾力表现的民间艺人和艺术呈现出一种诗性契合和内在感应的关系，使得作品通篇弥漫着一种诗性氛围和艺术气息。

作者采用一种诗意的结撰方式来传达艺术的或者说诗性的内容。这种结构方式，从艺术展示的角度看，可以命名为"花瓣式"结构；而从人物描写的角度看，可以概括为"串珠式"结构。所谓"花瓣式"结构，是指作者将常德的地方艺术种类和艺术团体如同花瓣一样一瓣一瓣打开，巧妙地组合成五色斑斓、丰盈迷人的艺术花朵，装点出民间文化的盛宴，散发着泥土的清香和青春的气息。京剧、汉剧、荆河戏、常德丝弦、湘北大鼓、车儿灯、土家族山歌，常德市海燕歌舞团、汉寿东方龙歌舞团、澧县春之歌艺术团、草坪艺术团……每一个花瓣都是那么明丽而富有特色。"串珠式"结构，是指作者将那些草根艺术家、剧作家和基层文化工作者一个一个串联起来，构成一串历历在目、光彩照人的珠宝，蕴含着时代的光芒和理想的光辉。

（张文刚　　原文刊发于《文艺报》2014 年 5 月 30 日）

第四节　城头山古城遗址的文学表达

——《穿越城头山》序

城头山古城遗址本身就是一篇"大散文"，在精美的布局和宏大的叙事背后有着深厚的底蕴和无穷的魅力。用怎样的姿态和心情去走近、品读并阐释它？当然可以有考古学、历史学、人类学、文化学等多种视角去研判、挖掘其存在的价值，而唯有文学的方式能够赋予这座古城以想象、情感、诗意和灵动飞扬之气。6000 年前的先民用勤劳、智慧书写的这篇杰作，在被考古发现、重见天日的欣喜中也催生、呼唤着一种文学的表达。由中共澧县县委宣传部主办、澧县城头山古文化遗址管理处和澧县城头山遗址博物馆承办的"中华城祖，世界稻源"文学征文活动，共收到来自全国各地的散文作品200多篇，经组织专家评审评出一等奖1篇、二等奖5篇、三等奖30篇，现在呈现在大家眼前的作品集就是该次征文评奖活动获奖作品的结集。我应邀担任评委，亲眼见证了征文活动组织者的高度重视和严谨、热情的工作态度；尤其是澧县宣传部副部长、城头山古文化遗址管理处主任刘勇先生以一个领导者的识见、胸襟和一个文学追梦者的创作阅历、慧眼与灵性为我们描绘了城头山的过去、现在和未来，使我们得以感知城头山的一砖一石既是历史文化的遗存和符码，又是诗意的寄寓和象征。这就不难想象，为什么会有这样一次关于城头山的文学征文活动，为什么会在征文活动中产生如此多优秀作品；也不难想象，为什么会在推出《人间第一城》《神秘的高岗》等诸多史叙城头山、图说城头山系列书稿之后会出版这样一部关于城头山的文学作品集。

这些散文作品尽管在思想的深度和艺术的表达上有参差感，但总体来说，所有的文字叙事和抒情有机地勾勒出一幅幅古色古香的画作，串联起上下几千年的历史记忆，让我们徜徉其间流连忘返，亦汇聚成一壶壶香醇的老酒，在渐入佳境的品饮中让我们走上回归和怀乡的路途。应该说，这是一次对城头山古城的集体文学表达，每个人走近城头山的角度和方式不同，获得的感受和理解也不完全相同，但都能够透过风雨剥蚀的历史遗存寻觅到一种诗意的存在，尽可能接近和抵达实物的真相与本原，并且在古与今、源与流、常与变、实与虚等辩证关系的追索中具有一种理性的穿透力和较为圆融的艺术表达。对历史文物的文学书写，作为静态存在能够被作者所共同感知的是"史"的一面，即那些被烟尘掩埋等待被发现、被发掘的文化符号，而能赋予历史以生命气息体现作者思想与才华的是对"史"的深度认知、理解和充满灵性的表达；换句话说，对历史的文学化描写首先面对的就是史料，史料进入散文作品当然就是表情达意的材料，这些材料本身是有限的，不能随意添加和附会，但却可以深刻领悟、合理想象和多方位挖掘这些材料，并予以意境化、审美化的呈现。整体而言，这些作品主要从四个方面提炼材料，即作为文物存在的城头山、作为生命存在的城头山、作为文化存在的城头山和作为诗意存在的城头山。作为文物存在，是写其"真"，即描写那些客观的、本来的存在，如城头山的陶片古钺、断垣废墟、壕沟船桨等，这是散文作品中基本的也是必要的物化层面，是激发想象和议论深化的触媒；作为生命存在，是写其"情"，渲染一种生命的情致和生活的情韵，作者凭借丰富的想象，在规划井然的民居和升腾的稻香、酒香与炊烟中发掘这座古老城市的家园感和浓浓的乡愁；作为文化存在，是写其"气"，表现一种人事生存与传续的气场和气脉，一种穿越人事表象的精神气象与气度，如城镇文化、陶艺文化、稻作文化乃至宗教文化等，无不在一种创造性的实践活动中得以彰显和发扬；作为诗意存在，是写其"美"，即描写城头山遗址在带给我们视觉的震撼、生命的体温和文化的想象的同时，还凭借对城头山古城的艺术感受和敏锐发现在审美化的叙说中带给我们一种心灵的愉悦。如此多层次表现，所有文字的路标引领我们不仅进入一座古老神秘的城池，更是进入一种暗香浮动活力四射的境界与氛围。

拥有丰富的材料之后，如何布局谋篇，如何剪辑、内化、深化和美化材料，这是显示作者能力和水平的重要方面。这些获奖作品，应该说胜出的理由也主要体现在对材料的驾驭和理解、整合与描写上。可以看出，作者在对材料的处理上主要体现为四种能力。一是构思能力，即寻找恰当的视角和方式组织材料并进行有机安排，使材料内在勾连、浑然一体，并且能够根据主题的需要决定材料的详略取舍。有的作品运用"铺陈法"，即按照游记的写法，移步换景，层层铺展，如余晓英的《走近城头山》重点描写古城墙、古墓群和古稻田，中间穿插了陶窑、环城河、东城门等景观，线索清晰，重点突出，并且把个人的感受和体悟自然而然地融入其中，突出了历史文明所积淀的厚度和所达到的高度。有的作品运用"断面法"，即截取历史遗迹的片断进行集中描写和深入思考，如易炀的《让心灵去远足旅行》由"城头山遗址"邮票上的图案入手，撷取四个方面的远古片断进行描写，探询文物碎片背后深藏的有关文明、阶级、王权乃至国家的深刻含义，笔墨集中，文脉连贯，融知识性和思想性于收放自如的点染、勾画之中。有的作品运用"串珠法"，即用一根主线串联起同一个方面的材料，突出表现某一主题，如王国枚的《我是一粒远古的种子》以"种子"为线索，种子的孕育、成长和传播的历程就是人类文明落地生根、开花结果的进程，独特的角度和主客融合的表达方式使人耳目一新。二是扩展能力，即在对既有材料叙述的同时通过丰富的联想由点到面、由此及彼，有着更宏阔的时空转换和更丰富的意义呈现。有的作品把城头山遗址和整个澧阳平原的历史遗迹，以及长江流域、黄河流域的历史文明连接到一起比较思考，思维活跃跳转，视野开阔宏大；有的作品把城头山古文明的诞生及其传播、影响与现实联系起来，发掘其时代价值和当下意义。如易宗明的《废墟之上》以史为凭展开丰富的想象，把城头山遗址置于澧阳平原发现的近 400 处史前文化遗址中考量，继而上升到对"中华文明的摇篮"的凝望和咏叹，夹叙夹议，情文并茂，显示了作者思想的活跃和笔墨的老到。王国干的《城头山：一截崴进泥土的苍老岁月》从城墙、民宅、稻田等几个方面入手着重表现人与自然的关系以及人类的智慧、意志品格和创造力，尤其可贵的是由古及今，用现代人的眼光打量历史文明的延续和发展。三是深化能力，即基于对材料的具体感受和理性分析之上的一种从容、透彻的智性表达，主要是通过议论和抒情的方式把静态的材料意态化、情态化，因而在将作者的思考引向深入、作品的思想导向深刻的同时，也使文本变得灵动而充满意趣和生机。在作者笔下，那些纷繁的材料如同星罗棋布的沟渠和山岳，恰到好处的议论和抒情就是潺潺清泉和纤纤流云，立刻使作品智性充盈、灵性流布。作品立意的高下和思想的轻重也就从这里区分开来，优秀的作品总是不失时机地对史事和器物进行审美阐发和解读，伴随陶片、稻种、城池和废墟的是饱含情韵和知识的锦词妙句。四是表达能力，即以审美为前提的文学表达。这些作品，作者都是在具体感知或查阅大量文献资料的前提上行文，史料丰富，以史为据；在这个基础上，作者思接千载，沉吟涵咏，抽绎出思想和情感的经纬，织成古朴而又鲜活的文学云锦；然后凭借各自的文学经验和技巧，回到语言层面的诗意表达。

　　这次征文的出彩之作、一等奖获得作品刘尚慧的《站在古城池的入口》，可以说集合了以上提到的特点，是一篇难得的佳作。在构思立意和对材料的开掘与深化方面，在层次的安排和悬念设置、层层相扣方面，在描写、议论抒情和虚实结合、辩证思考方面，在语言的锤炼、提纯和气势方面，都超出了其他征文作品。不仅如此，作者将自我丰沛的感情映射到描写的风物之中，深切体验和感悟历史的厚重与苍凉、先祖的悲辛与坚韧，从"文明的碎片"和"失落的城池"中捕捉到人类文明史上内心的闪电和命运的风雨。尤其可贵的是，在浓烈的抒情和超验的思考中传达出一些永恒的主题，比如时光、生命、爱情、守候、寻找，一如城头山遗址上空的霞光云影，引发我们更深邃、更辽阔的思绪。可以说，这是一篇史事、情思、智识与美感内在交融的上乘之作。

　　用文学艺术去唤醒沉睡的城头山，除了散文之外当然还有很多体式，比如诗歌、曲艺、戏剧和影视等。前不久澧县文联副主席、作协主席谭晓春在微信中说最近正在创作一部长诗集，题为《中国最早的城——文明舒卷城头山》，我相信，凭借他多年诗歌创作的丰厚积累、对城头山的了解与热爱以及自觉肩负的责任感和使命感，必定会奉献一部具有宏大叙事主题和非凡气势的鸿篇巨制，从诗化的角度让我们聆听和感悟美丽的城头山。我们期待关于城头山古城遗址的更多文学描写和诗意表达！

（张文刚　　原文刊发于散文集《穿越城头山》，现代出版社 2015年版）

第五节　善卷：从传说到史实

——周友恩和他的《德祖善卷》

20 世纪 90 年代初期，当时还在中学教数学的周友恩就在杂志上公开发表了两篇历史学论文。在当时，这两篇学术论文的观点并没有在学术界引起多大反响，但作者对历史的浓厚兴趣和强烈的质疑精神却初现端倪。后来，由于某种机缘，周友恩开始关注地方文化，在对沅澧流域文化的考察中，他发现武陵乃至中华文化之根在于一个传说中的人物——善卷。十多年前的那种质疑与探索又占据了上风，不为职称的晋升，不图官位的提拔，周友恩一头扎进善卷研究之中，十年光阴，业余时间都交给了善卷。2010 年 6 月，由团结出版社出版了他的第一部长篇人物传记《德山——上古高士善卷评传》，这本书的出版在社会上引起了不小的影响，众多评论家纷纷给予了很高的评价，他们认为，该书"资料丰富，论述清楚"且"有理有据"，"丰富和完善了善卷道德体系和历史文化"，对于弘扬中华传统道德文化是个不小的贡献，因此获颁"常德市第一届原创文艺作品二等奖"。但是，作者并没有就此满足，而是接着又投入到了更进一步的研究之中——把善卷放到中华文化的大背景下，探讨这一历史人物的核心价值及其对当代社会发展的意义。2015 年 5 月，其研究成果《德祖善卷》这部 30 万字的巨著由湖南人民出版社正式出版发行。比较第一部，读者不难发现，《德祖善卷》的研究更全面、更深入、更科学，具体来说，有以下三方面的突出贡献。

一　坐历史之实

虽然善卷的故事在长江与黄河流域广泛流传，但仅止于传说。《辞海》对"传说"如此释义：民间文学的一种。是对民间长期流传的人和事的叙述。内容有的以特定的历史人物、事件为基础，有的纯属幻想的产物。在一定程度上反映了人民群众的愿望和要求。那么，善卷的传说究竟属于哪一种呢？根据前人的研究和史料的记载，基本可以确定不属于后者。然而，纵然该传说有其历史性，但隔了厚厚的时间屏障，善卷仅仅是浩茫的历史云烟中的一个影子，而且这个影子不仅模糊还极不完整。要复活这一人物，非一日之功。首先是耕深载厚的积累；其次是矢志不移的毅力；再次是对搜集来的素材加以集中、筛选、概括并恰当地组织安排，将成果完整地呈现给读者——这也是一个学者必须具备的素质。只有这样，才能坐实这一历史人物。

在近三千个日子里，作者访问了十多家图书馆，查阅了一千多种史料——凡是与善卷有关无论文字记载还是考古发掘，远至先秦近至当代，共搜集、整理了三十多万字的有关善卷的历史资料，作了近五十万字的笔记，并从大量的史料中梳理出了善卷的主要生平事迹：第一，善卷的出生。一个人的出生之地都坐实了，还能怀疑他的存在吗？于是作者从大量的方志和古迹以及出土文物中，坐实了善卷的出生之地——山东单县。第二，善卷事迹。即两次拒绝帝位，第一次退隐江苏宜兴，有善卷洞为证；第二次到湖南常德，这次时间更久，并再次隐遁至沅陵，这一次退隐不仅有德山善德观为其有力的物证，其遗迹善卷坛、善卷井、善卷亭、善卷书院等更是遍布枉山（即德山）。善卷的再次遁隐，由于沅陵地处湘西腹地，崇山峻岭，少有人烟，交通信息严重闭塞，所以前人对善卷生命的最后时光常用"不知所终"来形容，这也是后人怀疑其真实性的原因之一。但辰溪西山不仅留下了善卷设坛传道授业之遗迹，更有清乾隆年间陶金锴、杨鸿观所修《溆浦县志》的清楚记载，善卷晚年"隐于卢峰山中，葬于辰溪大酉山之九峰岭"——这就坐实了善卷的葬身之所。第三，善卷身后之事。作者用宋朝两位皇帝先后为其封茔、立祠、赐额并加封为"高蹈先生"、"遁世高蹈先生"的史实来证明善卷为历史人物——国之君绝不会为一个虚拟的人物赐封的。通过对其生平事迹的考察，善卷从久远的传说中有血有肉、有思想、有个性地出现在读者眼前。其前情后事清楚有力地证明了善卷实有其人，其所为确有其事。

二　溯道德之源

让善卷这个历史人物丰满地、立体地清晰起来不是研究的最终目的，用作者的话来讲，该研究的意义在于给物质和精神严重失衡的当代人注入"精神之钙"，那么，作者所说的这个"精神之钙"是什么呢？就是善卷之德。因此，作者综合所掌握的史料，并加以提炼，从中抽象出善卷这个人物的核心价值——善卷之德的具体内容，即重义轻利、轻名务实、敢谏善谏、就利避害、贪廉懦立、顺应时势、心意自得、守节、修身、逍遥、耿直、教化、谦让、重生、知止、勤劳、中庸、果敢十八种德。确切地说，这些"德"集中地体现了善卷的智慧，或者说是中华民族的智慧，有的就是一个智者的处世之道，比如顺应时势、就利避害、心意自得、中庸等。在归纳出善卷之德的这些具体内容之后，作者指出，这就是长江流域文明史以及汉民族道德文化的重要源头及其在历史长河中的悠悠回响。

三　定善卷之位

在坐实了善卷其人其事、概括了善卷之德之后，作者进而确立了善卷在历史上的地位、影响及其当代性意义。

首先，定其历史地位。作者把善卷放在上古高士群体中，运用对比烘托的手法，尤其通过与同为尧帝敬重的许由在生活态度、生活方式以及人生目标追求等方面的比较，又以尧舜二帝拜师让贤而善卷的直言进谏和拒绝帝位、一再退隐的史实，并辅以大量的历史文献中关于善卷的论述，凸显了善卷之德，确立了善卷"古之贤人也"（嵇康《圣贤高士传》）的历史地位。

其次，就其文化影响方面。作者以善卷两拒帝位、三次遁逸于湘西北蛮荒之地设坛传经讲学，教化乡民，一扫"信神弄鬼、好巫喜傩、粗鄙无礼"之风，使之"人气和柔"，成为"守节礼仪之国"的史实之外，更兼其日出而作日落而息，春耕秋收，在大宇宙和小宇宙之中逍遥自得的人生追求，从而揭示了善卷在禅让文化、道家文化、释家文化及儒家文化，尤其中华民族"立"的精神等方面的影响——这不仅是华夏文化的重要源头，也是长江流域文明史之滥觞。

还有值得一提的是，作品将翔实的历史资料与大量的风物、人物图片结合起来，其直观性增加了真实感。又辅以诗歌、神话传说，使作品既具有理性的思辨，又具有感性的形象。

《德祖善卷》的作者以探根溯源为基本思路，从最原始的材料出发，以一种全新的视角，求真求实的科学态度，充分运用文献研究、定性研究、系统科学等研究方法，将科学的严密性与文学的可读性有机融合，开拓出了传统道德研究的新境界，打开了一条通往上古文明的通道，为华夏文明的探源工程做出了重要贡献。

（郭虹　　原文刊发于《当代商报》2015 年 11 月 26 日）

第三章　戏剧影视评论

第一节　在“花朵”和“地面”之间

——汪荡平戏剧作品分析及对现代戏剧创作的思考

戏剧，这轮从远古的仪式和歌舞中升起的太阳，以她逐渐升腾的辉煌，照亮了宋元杂剧、明清传奇，照亮了中华民族一双优美的眼睛和一腔古典的情怀。可是近年来，戏剧却被人喻为“夕阳艺术”。在各种艺术多元并存的今天，在大众审美选择日趋多样化的今天，我们谈论的不应该是戏剧的“消亡”，而应该是它的重新“定位”。戏剧的舞台究竟应该搭建在哪里？作为戏剧演出的范本——戏剧文学究竟应该提供怎样的舞台形象、审美空间和戏剧效果？

当“危机”之声四起的时候，许多戏剧作家进行了辛勤的探索。戏曲也好，话剧也好，在一段时期内，以其探索的新锐给戏剧疲软的躯体注入了一丝活力和生机。可惜沸沸扬扬之后仍复陷入沉寂。无疑，戏剧艺术在潮起潮落的现代生活、步履匆匆的现代人面前要探索，要创新。但究竟探索到一个什么样的层次，创新到一个什么样的境界，找寻一个怎样的“点”，把握一个怎样的“度”，这是摆在我们戏剧作家面前的一个长期的课题。

探索仍在进行。剧作家汪荡平就是探索者行列中的一员。因为探索，他先后几次荣获全国“五个一工程奖”和“戏剧文华奖”；因为探索，他摘取了“国家一级编剧”的桂冠；因为探索，他找到了一个属于他自己的戏剧创作空间。以具有强烈现实感和深厚历史感的“地面”为底座，以具有斑斓的色彩和诗性的光辉的“花朵”为冠巾，在“花朵”和“地面”之间，汪荡平搭起了他的“戏剧舞台”。这是在空灵和实在之间，在诗意和世俗之间，在创新和传统之间，在"高层"和"平俗"①之间搭起的"戏剧舞台"！汪荡平的创作实践，引发了我们对现代戏剧创作的思考。

一　主题的现实性和超越性

中国的戏剧在经过最初的狂欢之后，逐渐负载起最现实最沉重的主题，亦即不断强化其"高台教化"的功能。作为舞台艺术的戏剧，它所面对的是群体，是在戏剧情境感染之下敞开的心灵，它的实施教化的目的能够最广泛、最有效地贯彻。封建时代的戏剧，所要宣扬的主要是统治阶级的"理性原则"，是把"群体"纳入某种心理模式和行为模式的思想意识和道德观念。"五四"新文学时期，戏剧传承了这种"教化"功能，但它打出的主题旗号飘扬着新思想和新道德的光辉。此后在阶级矛盾、民族矛盾激烈的岁月，戏剧以其强烈的现实性和战斗性，成为一声声气贯长虹的呐喊，成为宣泄民众情绪的惊雷。

戏剧，作为现实生活高度提炼后的一种"复现"，应该有着鲜明的时代主题。汪荡平的剧本着力描写的就是当代中国的改革现实。黑格尔曾说："艺术中最重要的始终是它的可直接了解性。事实上一切民族都要求艺术中使他们喜悦的东西能够表现出他们自己，因为他们愿意在艺术里感觉到一切都是亲近的、生动的、属于目前生活的。"②汪荡平的戏剧表现的正是这种"目前生活"，这种令我们感到亲切、振奋的现实生活：《桃花汛》托举的是现代农村改革的春天，《青橄榄》品尝的是工厂改革之初的苦涩中的欢乐，《世纪风》展示的是生活的十字路口的艰难选择……汪荡平从改革的主渠道切入生活，以江南的山光水色和改革的春风夏雨作为背景，展开对现代人的生存方式、生活观念和喜怒哀乐的描写，从而展示出中国大地上涌动的春潮。这是时代的"主旋律"！它有如戏剧舞台上那一束强旺的追光灯，照亮了戏剧舞台，也照亮了生活舞台上大写的人生！这是汪荡平戏剧作品主题的第一个层次：现实性。

汪荡平戏剧作品的主题还有一个更高的层次：超越性。这是以坚实的"大地"为支撑的一种超越，是向着至善至美的"花朵"的一种超越。这

---

① 汪荡平：《歧路难准托》，《新剧本》1991年，第5页。

② ［德］黑格尔：《美学》第1卷，商务印书馆1984年版。

种超越表现为对"人"的理性审视和对"真善美"的讴歌。如果说主题的现实性还与作品生成的时代有着密切的政治关联的话,那么主题的超越性就从描写的具体的人事中升腾出一种普遍的意蕴、一种可以超越时空的魅力和价值。历史剧《三备棺》,我们最后看到的是受宫刑而凛然不屈的司马迁用史笔刺绣的八个大字:"落落胸怀,灿灿人生!"花鼓戏《桃花汛》,在那条跑运输、奔致富的春风骀荡的河流上,我们听到的是一声发自乡村深处的呼喊:"好好做人!"题材只是一个入口,故事只是一种依托,冲突只是一种手段,一切最后都指向大地上"人"的高度,指向人的心灵深处的真善美的花朵。《换亲记》在爱情和婚姻的现代诠释中,亮出的是一面古典的旗帜,上面书写着两个饱经沧桑的大字——"善"和"美"。《三备棺》写悲烈的人生在命运的沉浮中,坚守着"不求虚名求真文"的可贵品格。《世纪风》在两种心灵力量的交锋中,完成了对假丑恶的批判,对真善美的张扬。这曲戏更像一个"现代寓言"。大夫王富根发明的"心脏治疗仪",可以治疗心脏病患者,更可以治疗商品经济时代那些堕落的"人心";而他发明的续代产品"性功能治疗仪",不仅仅意味着治疗生理上的"性"的疾患,更是意味着治疗"人性"的冷漠。这种隐含的寓意,使剧本的主题进入一种哲理的层次。

　　这种现实性和超越性的结合,使汪荡平的戏剧文学有了比较丰富、深刻的主题内涵,从而摒弃了主题的单一和苍白。应该说,主题的丰厚和深刻与否是衡量一部剧作轻重、好坏的一个重要方面。已故著名导演黄佐临先生在 1962 年的"广州会议"上,曾就"怎样才算是一个最理想的剧本"这个问题,提出十大要求,把"主题明确"放在首位,继而又强调剧本要"哲理性高",并解释"哲理"说"不仅指一般的思想性,而是指时代的世界观、人生观,透过作家的心灵,挖到一定的深度"①。古今中外那些经典性的剧本,无一不是从彼时彼地、彼情彼境上升到对"人"的观照——命运的观照,性格的观照,人性的观照,体现出一种人本思想,一种宇宙意识,一种悲天悯人的情怀,一种追古索今的思考,进入到"哲理"的层次。那么,汪荡平剧本主题的现实性和超越性,可以说已经开始具备了这种哲理性的内容。

　　于是,我们就可以这样给现代戏剧的主题进行审美定位,即:在现实

---

① 黄佐临:《我的写意戏剧观》,中国戏剧出版社 1990 年版。

性和超越性之间，在一般思想和深层意蕴之间，在具体可感和哲理思辨之间。这样，一方面可以让我们充分领略和感受到我们生活着的这个时代，目睹我们身边发生的故事；另一方面可以让我们超越时代，超越时空，获得某种永恒的启迪和昭示。

二　人物的世俗性和诗意性

戏剧作为叙事文学，无疑，要把塑造人放在首位。王国维在《宋元戏曲考》中把戏剧定义为"以歌舞演故事"。自古以来，戏剧就是在人与环境、人与人以及人自身的矛盾冲突中塑造人的。生活中那种大忠与大奸、大贤与大愚、大善与大恶、大崇高与大卑鄙在激烈的矛盾冲突中表现得泾渭分明。那么今天，戏剧该怎样表现新的时代、新的环境中的人呢？

汪荡平突破了人物塑造中的类型化、模式化倾向，表现了现代生活中世俗化的人生和诗意化的人生，表现了人生世俗中的诗意和诗意中的世俗，以及世俗和诗意的纠缠和转化。这样，他把传统戏剧中的情理冲突和性格冲突转化为人的生活方式和生活观念的冲突，而更多的是转化为人物内心深处崇高和平庸、正直和邪恶、诗意和世俗的抗争。这种自我人格的较量和情感的回旋，使剧本放弃了外在的矛盾交锋，转而倾全力表现人物内心的冲突。

他的两部获得全国"五个一工程奖"的剧本——《桃花汛》和《世纪风》都着重表现人物在经过激烈的内心冲突之后走向新的人生境界："桃花汛"不仅带来了农村改革的消息，而且以它的亮丽和斑斓照亮了人物过去黯淡的生活；"世纪风"不仅翻开了新的一页，而且以它的刚健和清新拂去了人物心灵中的灰尘。《桃花汛》中的虾仔，如何从迷恋牌桌到加入发家致富的行列，作为一个农民怎样在"积习"中战胜自我，这种心理转变过程写得丝丝入微。《世纪风》中的王宁，如何从金钱的欲望中解脱出来肩负起一种高尚的社会责任，作为一个知识分子怎样在心灵的困惑、矛盾和挣扎中一步一步走向灵魂自救，这种精神历程刻画得波澜起伏。不仅如此，剧作家还把这种"世俗人生"的自我救赎放在"诗意人生"的参照中来写，写出"诗意人生"怎样牵动"世俗人生"的心灵变化。极富时代气息的农村新女性"桃花"，成为虾仔迈向新生活的一缕诱人的亮色；浸透着传统文化意绪的老一辈知识分子王富根，以他的仁厚、慈爱和真诚终于使女儿王宁良心发现，迷途知返。还不仅如此，在现代社会中，"诗意性"的人物也要不断地与内心中的"尘俗"抗衡，使"诗意"更加光辉。

这就是今天的生活！这是一个诗意和世俗并存的时代，这是一个可以从平凡乃至平庸中滋生诗意的时代。仰头，是生活和梦想中的花朵，是高天流云、朗朗明月；俯首，是现代生活的巨轮扬起的灰尘，是坎坎坷坷、坑坑洼洼的地面。每一个人都生活在"花朵"和"地面"之间，感受着诗意的人生，也受制于世俗的生活。汪荡平准确地把握了现代人的生存位置和心理现实，写出了"诗意"和"世俗"之间的冲突，并努力展示出诗意的强悍和郁勃，展示出诗意对人性中弱点的消泯，以及诗意如何从萌芽走向壮大。

由此，我们想到，现代戏剧创作对"人"的表现，应该从传统观念中走出来，超越人物塑造中的类型化和模式化，抛弃那种简单的两壁对垒和两极对抗，而去表现人的丰富性和完整性，表现人的生活中多种色彩的组合，多种因素的渗透，多种力量的互动，表现现代世俗生活中人的灵魂的自我拯救、人的心灵向着诗意的攀登！

三　情感的喜剧性和悲剧性

汪荡平的剧本大多为现实剧，他善于发掘现实生活中的喜剧性因素。近年来，一些人在对喜剧本质的探讨中，将喜剧分为"否定性喜剧"和"肯定性喜剧"①，认为否定性喜剧是以反面人物为描写对象，对丑恶的社会现象进行否定，肯定性喜剧是以正面人物为描写对象，对美好的生活现象进行肯定和歌颂②。这种划分，依据的是过去的喜剧，所以才有反面人物和正面人物之分。按照我们的理解，今天的生活主要是"诗意"和"世俗"两种生活状态和心灵力量的冲突，那么喜剧也要根据这种诗意和世俗的成分来确立。对"世俗人生"进行嘲讽就是否定性喜剧，对"诗意人生"给予讴歌就是肯定性喜剧。这样理解，我们发现汪荡平的戏剧创作兼有否定性喜剧和肯定性喜剧，但以肯定性喜剧为主。

《老板何来》可以说是一部否定性喜剧作品。商品经济大潮中的"老板"何来完全是一个利欲熏心的世俗人物，他的言行令人啼笑皆非。作

---

① 王增浦：《浅论喜剧的本质》，《社会科学评论》1985年，第3页。
② 周国雄：《中国古典喜剧本质的哲学探讨》，《语文辅导》1987年，第2页。

者对他的嘲讽实际上是对假丑恶的批判。虽然作品展示出的这种社会现象叫我们担忧，但本质上给我们的仍是一种"愉快"，因为我们在人物的喜剧性表演中发现，经济改革大潮卷起的泡沫正在被现实击破。汪荡平的肯定性喜剧是在对人生诗意的慢慢展露中完成的，它带给人的也往往是一种欣喜的发现和一种期待的满足。这种喜剧情境中的诗意，不是提纯的，不是凝固的，它是生活的原生态，混合着杂色。《换亲记》《桃花汛》等就是在剧情的发展中逐渐蒸腾出一种喜剧性的诗意效果，伴随着轻松、愉快的笑声，人物心灵中明亮、高尚的一面被推到了前台。

　　但从汪荡平的作品中传出来的绝不仅是笑声。他的剧作在喜剧性的愉悦中又往往潜伏着悲剧性的感情。这种悲剧性的感情，不是由命运的莫测、性格的剧烈碰撞或者人生和社会的尖锐冲突造成的，不是那种欲生欲死的深哀剧痛，而是因为愿望受阻、诗意蒙尘或者由于历史的伤痛和人生的忧郁，是现实的滞重、生活的沧桑带来的苦涩。孟广生用"花圈"祭奠那些因改革被精简而一蹶不振的"心死者"（《青橄榄》），"桃花""梅花"在人生进取的路上挂着痛苦的"泪滴"（《桃花汛》），遭遇过挫折的王富根在发明创造的过程中心有余悸（《世纪风》）……

　　这样，喜中含悲，悲中有喜，更加切近了现实生活的本质。这不同于传统戏剧中的悲喜交加。传统戏剧作品中喜欢采用大团圆的结局，用喜剧来消解悲剧，那只不过是一种虚幻的喜剧性安慰，而且重心在悲剧。今天，人们更多地生活在喜剧情境之中，送旧迎新的社会变革，人生价值观念的调整和心灵的重塑，使真正的精神愉悦和生命欢笑成为可能。由此看来现代戏剧创作的重心应放在喜剧性情感的营造方面。但是又要防止走向情感的单一层面，应该在"大悲"或"大喜"的戏剧情感模式后面，以现代生活的丰富性和人的情感的丰富性为依据，表现人类情感的"综合"和"交杂"，在心灵的放松中有收敛，在情感的紧张中有松弛。

四　艺术表达的传统性和现代性

　　戏剧是一门古色古香的综合艺术，那种悄然流淌的艺术血脉是无法割断的。当然也需要创新，但不应是简单的抛弃。前些年那种戏剧艺术上的探索体现了一种革新精神，但有些剧作家离开传统的"根须"遁入天空"云朵"般的奇思妙想，一味运用荒诞、魔幻、象征等手法，在自我意识的扩张中割断了戏剧舞台和观众之间的心灵感应和交流。

　　首先应该回到"大地"！戏剧中那些传统的艺术表达，在时间的流转中，已积淀为一个民族的审美方式，不断地满足着大众的审美期待，并成为他们眷恋、回瞻戏剧的一种审美动力。

　　汪荡平没有放弃这种来自地心深处的引力，他的剧作中遍布着那些古典的艺术表达式，比如巧合、误会、突转、道具等手段的运用。这样增添了戏剧性，形成了戏剧内在的张力，丰富了人物的思想性格。特别是在构思方面，他借鉴了古典戏剧结"结"的艺术方式。传统戏剧往往有一个外在的情节线，即从设"结"开始，再到藏"结"，最后解"结"。汪荡平的戏剧很少有那种激烈的外部冲突，故而他安设的"结"也主要是一种情感的"结"、心灵的"结"，从而慢慢把内心的冲突引向紧张，然后在火山般的情感释放中达到新的内心平衡。这样的戏就能抓取人的"心"，甚至成为一种勾魂摄魄的无形"磁场"。

　　中国戏剧的本质是"诗性"的。清代的吴宽曾用酒来比喻戏曲："生活变成戏曲，就有点米酿成酒的意思。也好比以诗来反映生活的意思，所以说戏曲是剧诗自有道理。"（《笔下竹入神，米酿酒变形》）戏剧的这种诗性，来自它的歌词、对白、戏剧情境等。这种诗性风格历来有"丽藻"和"拙素"之分，或曰"文采派"和"本色派"，但更多的是崇尚那种优美典雅的诗情诗境。汪荡平的剧作也浸润着一种诗意，这种诗意从总的倾向来看，是一种朴素的诗意，甚至俚俗的诗意。他的现代戏，对话与唱词全用方言和俗语，其间又充满情趣和机智，加之他描写的冲突主要是诗意和世俗的冲突，提供的戏剧情境有着浓郁的地方色彩和乡土气息，因而他的剧作的诗意充满本色味和乡土气，可以说是现代的"拙素美"和"本色派"。

　　同时他也在创新和超越。从体式看，他除创作戏曲外，还有一些大胆的创造，比如他命名的"摇滚音乐剧"，即采用"话剧+歌剧"的写法，比较好地表现了现代人丰富的、杂色的、充满动感的思想情绪。从音乐安排看，他除采用宾白和唱词相结合的方式外，还富有创意地安排有主题音乐，渲染强化作品的思想主旨；还有幕间副歌，构成一种整体性音乐布局，成为贯串整个作品的一股情绪潜流；还有歌舞演唱，极富有现代感，对舒缓、程式化的戏曲歌舞是一种突破性的尝试。就时空处理看，他也接受了现代艺术的新的时空观念，比如在空间安排上对戏剧舞台进行分割，安设多个表演区同步表演，这样容纳了更为丰富的现代生活内容。

汪荡平作品的价值和意义主要在于引发我们对现代戏剧创作审美定位的思考。戏剧的表演性、综合性和观赏性，决定了它应该把"舞台"搭建在"花朵"和"地面"之间、"诗意"和"凡尘"之间、"高层"和"平俗"之间；现代戏剧应该追求主题的"现实性"和"超越性"的融合、人物的"世俗性"和"诗意性"的渗透、情感的"喜剧性"和"悲剧性"的交织、艺术表达的"传统性"和"现代性"的互补。只有这样，戏剧才能体现它自身的艺术优势；只有这样，戏剧才能满足大众的多层次的审美需求；只有这样，戏剧才能真正使国民的精神得到提升、民族的情感得到净化！

（张文刚　　原文刊发于《常德师范学院学报》2000 年第 4 期）

第二节　周志华剧作的守望品格

志华君《自画》诗云："人到壮年不见壮，仕至七品少乌纱。半生写戏不做戏，两本薄书慰年华。"样子不免谦恭、拘谨，内里倒也颇显风骨、极尽苍凉：为了戏剧，我们卑微地活着；为了戏剧，我们尊严地活着。

"两本薄书"，即 2002 年出版的《周志华喜剧选》和 2012 年出版的《县长与老板》，收录作者从艺 30 年来的大戏、小品、曲艺等戏曲剧本代表作。30 年戏曲创作，让人看到的是艰辛和不易——和当代中国戏曲本身戏剧性步履协谐一致。而令人感佩的是，他没有选择逃逸，始终守望在戏曲写作园地，30 年如一日。正是这份难得的坚守，透现出凝重和苍凉意味。

这是一份厚实的大地守望。

周志华戏剧根植现实，关注民间，整个写作深接地气。大体来讲，《从头再来》《红桔情》《清官巧断家务事》《获奖归来》《我们村的退伍兵》等作品展现的是新世纪背景下新的乡村生活场景；《县长与老板》《冤家路宽》《审贼》《手机变奏曲》《电话搞定》等一类作品则显然是以同普通大众密切关联的生活现象和较普遍的社会问题为表现对象的。

在一个时期的城市游走和异地闯荡之后，今天的乡村已然是个明丽、纯净的世界，尽管流动的日子依旧缠绕着各种各样的生活矛盾。《从头再来》中的"夫"与"妻"终于认识到"城里长不出乡下的苗"，此时，儿女、家才是最可靠的生命港湾。与这种家园召唤相呼应，乡村生活从各个角度和侧面显示出自身固有魅力：橘子丰收后的滞销、姐妹之间的房产纠纷、文化活动的冷清、"留守"人员的生存、领头致富的退伍兵李建军等"人民的好公仆"的付出和努力，从中凸显的，是一种立足大地的担当精神。

无疑，大型戏曲《县长与老板》《冤家路宽》是倾心竭虑的代表作品。前者以安康县县长余启礼所体现的民众意愿为聚焦点，以民营企业天成集团并购破产企业、原县机械厂事件为中心，通过并购过程中不同诉求之间对立、冲突、调整、转化的演进轨迹，真情、真实、自然、合理地展示了由县长与老板、县长与工人、县长与家庭亲人、县长与同事和朋友、县长与上级领导等广泛社会联系而构成的复杂生活情态，流贯、跳脱着为人民代言的可贵品质，袒露、表述着一种立足大地的民间情怀。《冤家路宽》取材新颖，视角独特。一段时间，城管部门在艰难谋生的小商贩眼里简直就是"土匪"，是冤家。事情当然是因为占道经营的不法行为引起的，但作品思考和探求的却是"为什么执法者常和百姓斗"这样一个深层问题，而作者所站立的是一种清晰的民间立场，体现出强烈的民本情怀。

以揭示现代畸形或病态现象为主的那一类创作，体现的是一种立足大地的问题意识与批评态度。现代大戏《何枝可依》提出的是环境污染问题，化工公司的短期行为与环境检测站所代表的长期利益，其实已经是关于时代发展的某种象征图示。反腐倡廉题材的几部戏大多采用喜剧化手法，告诫那些为官的儿女应该谨记一个朴素的道理："最大的孝顺是让父母安心、放心。"讽刺小品《常回家看看》，用夸张的语言巧妙批评了长不大的"啃老簇"；因为奇志、大兵的出色演绎，化妆相声《审贼》一时之间不胫而走，几令大街小巷随口成诵。

这又是某种特殊的价值守望。

狄尔泰在《我们时代的历史哲学》中指出："我们这一代，要比以往受到更大的推动去试着探索生活的神秘面孔，这面孔嘴角上堆满了笑容，但双眼却是忧郁的。"所以，呈现在我们眼前的生活，远不像初看起来的那样简单。

其实，"夫"与"妻"最后的价值抉择，既是一种实践意义的返乡，更是一种精神、灵魂层面的"回家"，其表达的，是亘古绵延而来的"乐土"期待，是"田园将芜"的深深忧虑。由此可以看出，现代民工潮背后真正暗涌的，是萦绕不去的"弯弯的忧伤"和摆脱贫穷、建设家园的执着、倔强。同时，我们也深深理解了，《获奖归来》中，为什么草坪村支书陈大耳家境并不宽裕，居然还要自掏腰包"修水库，修村路，通电通水"；为什么在"乡村冷落人心散"的危机面前，又准备自己出钱办乡村文化站。

也许，有人会要诟病创作中的这样一种诗性态度。然而，正所谓"山月不知心里事"，诗性，恰恰是家园形态的最高凝结。本质上讲，诗性源于苦难。诗意如醉，是超越，是飞升，是看轻煎熬，是抖落沉重。与其说诗性价值判断、诗化价值选择是一种生命实践，毋宁说是一种固守、一种召唤。这样的固守和召唤几乎贯穿周志华所有剧作，也就是说，对于生活矛盾与生命沉重，其处置态度是灵动轻盈的，即令那些问题剧，对于具体缺失和丑陋也往往进行着某种喜剧式的消解。正因为如此，我们才能在剧作中更多地体味亲情、友情，感受诚意、良善，看到明丽、纯净。我们欣赏县长余启礼的智慧、品格和怀抱，还有常法官、王乡长、陈支书们的朴素情怀；我们赞许城管干部韩笑的人民立场，以及吉康、汪苕儿、绵队长们的内心操守；我们感动于生命旅程中相互体谅、彼此搀扶、一路前行的姐弟情、姊妹情、夫妻情、同事情；我们甚至震撼于税务干部燕姐面对粗暴和侮辱所表现出来的那种近乎自我受难式的庄严、神圣。

《何枝可依》《孝女和"孝爹"》《亲密敌人》《电话搞定》《常回家看看》等剧作表明，诗性的固守与召唤本身也在表达某种对抗：以智慧对抗无知，以圣洁对抗丑陋，以良知对抗腐恶，以信仰对抗贪欲。人类生存其中的远远不是一个尽善尽美的年代：精致的手机传输了太多不满，似乎不骂点儿什么就不见深刻；豪华的小车承载了太多野蛮，似乎不骄横一点儿就不能显示存在。人类被过度物化、被严重宠坏，亟须自我拯救。这样看来，环境问题就决然不是一个单纯治理自然的问题，人有病，天知否，问题的根本恰恰在人心的治理。桃花村的鱼死了，并不显得特别不堪，"塘水枯了海不干"；报社记者方雨的灵魂被污染了，这才是真正可悲的事情——谁说的？人心倒了，就真的难以扶起来了。

（夏子科　原文刊发于《艺海》2014 年第 9 期）

第三节　镜头下的湖湘文化精神

——评电影《辛亥元勋》

根据常德作者周星林《蒋翊武评传》① 改编的电影《辛亥元勋》不日将登陆银幕以飨观众，这部充满湖湘文化特色的大剧动人心弦、大气磅礴。电影截取了武昌起义的领导者，湖南常德籍革命家蒋翊武先生在大革命前夕的一段传奇历程，塑造了一批近代湖湘革命先驱者激昂大义、蹈死不顾的英雄群像，真实地再现了湘西北秀丽的自然风光和人文风情，将带给观众空前的精神震撼和视觉盛宴。笔者有幸观赏了该剧并拜读了全部剧本，深深地感受了该剧浓郁的湖湘文化特点，这部电影可以说是对湖湘文化精神的大礼赞！

首先，《辛亥元勋》中反映的湖湘文化精神是开辟创新、敢为天下先的尚武精神。尚武精神，可以说是近代湖湘文化有别于其他地域文化的鲜亮对照。关于湖湘文化的尚武，可以上溯到屈原的《国殇》乃至更早，是以崇尚武力、保家卫国为中心的爱国英雄主义，充满着斗志昂扬的乐观进取精神。传至近代，湖湘革命家对尚武精神赋予了更具方法论的实践意义。他们继承了尚武精神中的爱国、悲愤，但过滤掉了其中关于个人情感中怀才不遇的哀伤成分，以具有集体意识的反叛展现在社会人生的大舞台上，涌现出一大批赴汤蹈火的湖湘革命家。《辛亥元勋》中就用一批湖湘文化革命先烈的群体形象来展现这种地域集体意识的湖湘尚武精神。影中宋教仁、蒋翊武、黄兴、马福益、黄贞元、刘复基……这些不同面孔不同职业的革命家，都拥有湖湘革命家特有的文化魅力。他们都是知识分子出身，具备深厚的文化修养；他们都年轻有为，乐观自信；他们都拥有远大的抱负和不达目的不罢休的执着理念。这些使得湖湘革命家具备独特的人格魅力。而电影中主人公蒋翊武就是湖湘青年革命家的典范，是湖湘大文

---

① 周星林：《蒋翊武评传》，光明日报出版社 2008 年版。

化精神和鲜活个人性格的完美结合。影片中的蒋翊武青年才俊，少言寡语，雷厉风行，对于理想的坚定使他在面对白色恐怖时展现出从容和镇定自若。在发动新军组织暴力革命时表现出特有的执着和奋不顾身，这位革命领袖身上散发出的特有的湖湘文化精神与当时其他地域知识分子普遍文弱的文化特色完全不同。湖湘文化既继承了传统文化中入世的文化精髓，又具备强烈的独立性，这其中，强调创新、实践，侧重组织性和爆发力的尚武精神是湖湘革命先驱的最明显特征。这一精神气质彻底改变了封建士阶层羸弱务虚的精神面貌，把知识分子从虚头晃脑、空谈理学的禁宫中解放出来，投入到社会现实更广阔的领域中去，实现了近代中国思想层面的最早觉醒，成为割除旧敝的最先决条件。在影片中，蒋翊武从湖南公立西路师范学堂中传播反清思想开始，到组织刺杀暴动，再到创办文学社，在新军中创建和组织革命力量的历程，就是湖湘文化这种尚武精神在社会生活层面实践的过程，也是以蒋翊武为代表的湖湘革命先驱锐意进取的精神面貌的写照。在尚武精神的根基上，敢为天下先的锐意进取，则使得湖湘文化成为引领历史潮流的根本。敢为天下先，强调率先领先，勇立潮头，与时俱进而走在时代前列，敢做时代先锋，高扬大无畏精神气概，这使得湖湘文化精神具备了先进性和时效性，是对封建社会故步自封的强烈反叛。在敢为天下先的精神气质的引领下，影片中以蒋翊武为代表的湖湘知识分子从容不迫、奔走相告、笑傲江湖，在大迫害的黑色社会条件下展现出崇高的革命气节和具有浪漫性的人生态度。

其次，湖湘文化是乐观自信、自强不息的文化。这一点从剧情的选取上能够得到集中的体现。纵观蒋翊武戎马一生，个人感觉最能体现其性格特点的时刻，莫过于就义赴死一幕。当时，蒋翊武因讨袁失败，被袁世凯的亲信广西军阀逮捕，被押赴桂林丽泽门外行刑时，士兵环立，围观者无数。蒋翊武端坐在大红毡上，向观众宣讲革命，听众动容，有些为之痛哭。行刑士兵凝神静听，迟迟不肯开枪。领头的排长见状，担心有变，突然从背后向蒋开枪。后湖北革命党人温楚珩回忆说：蒋翊武"从容就义，无半点乞怜，尤令人肃然起敬"。可以说，舍生取义最突出一个革命党人在坚守与弘扬信念的过程中最为闪亮的一刻，蒋翊武的生命和对理想的追求确实也在那一幕中获得了升华。但编剧却剑走偏锋，特别选取了蒋翊武在武昌起义前的生命历程作为镜头的焦点。这让影片在革命战争的快节奏上突然慢了下来，也貌似使观众一直期许的影片高潮迟迟没有来临，给人些许的"失望"。但仔细分析该片剧情和编剧的立意，我们不难看出，作为革命的先驱者、元勋，他们在开拓期和上升期的观念、准备和精神面貌，才是决定社会前进的基调，更是该片所要集中塑造的精神风貌。这和自强不息的湖湘文化是一脉相承的，因为从精神层面来讲，湖湘文化是入世的，是前卫的，是继往开来的，编剧的用意正是要撇除战争过程的叙事层面，深入人物的内心世界，展现湖湘知识分子的锐意进取，推陈出新的精神风貌和情感历程。所以，从这个层面来讲，塑造一个乐观的、活跃的、上升的蒋翊武就远比塑造一个悲壮的蒋翊武更加重要，因为他更能反映出湖湘文化自强不息的一面，也真正地突出了影片的主题"辛亥元勋"蒋翊武。所以，我们从影片中更多地看到了革命党人神秘莫测，前赴后继的生活细节。影片中蒋翊武和刘雯的感情可以说是整个快节奏基础上的情感调节剂，从这些细腻的感情中，我们看到一个不一样的蒋翊武，使得观众把历史符号化的人物还原到现实生活当中，显得有血有肉，如在眼前。

再次，强烈的经世致用的儒统精神是湖湘文化的灵魂。反映在影片中，折射出一批具有鲜明时代文化气质的形象。除主人公外，一大批小角色的形象塑造也十分成功，他们不同的性格特点，共同的精神面貌，表现了晚清湘西北地区浓郁的革命思潮。这其中，小角色刘铭达的性格特点就完美地诠释了湖湘文化的入世精神。刘铭达本是湖南西路师范学堂的教员，本应两耳不闻窗外事，一心只教圣贤书的他却带有强烈的情感趋向，支持维新，关注洋务，对处在不同社会环境下不同观念的学生具有鲜明的价值观认识，他快意恩仇，对官府里曾经他的学生横眉冷对，对地下党人则打心底里的支持；他面对劫难临危不惧，镇定自若，并将自己女儿，也是自己唯一的亲人许给通缉犯蒋翊武为妻，为包庇革命党人不惜丢掉工作；表现了湖湘学者对现实生活的投入，对理想信念的执着和付出，是对那个时代封建道统学者的强烈反叛，影片中像刘铭达一样的大批小角色人物，共同打造了湖湘知识分子的精神面貌，同晚清腐儒形成了鲜明的对比，是湖湘文化明理求真的指示符。另外，在具有强烈地域特色的环境拍摄中，影片也融入了强烈的感情色彩和价值观念。湘西北名城常德是该剧拍摄的主要场景，下南门、高山街、沅江渡口这些实景实情穿过历史烟雨的迷蒙，矗立在晚清沅江如豆的萤火中。西洞庭柳叶湖秀丽的景色也在剧中与上海武汉等大城市的对比下显得风光旖旎，令人神往。而观众对这些具有湖湘特色的景致不是单纯的欣赏，更不是道统物我两忘的价值观的徜祥，而是带有强烈感情色彩的解析和爱恋。人们看到的八百里洞庭不仅是静的，更是动的。它的动，来自蔓草间疾驰的草船，来自湖心岛酒肆里淳朴重义的情感。它是革命先驱的避难所，是孕育革命思想的根据地。观众带着对江山如画的热爱，在剧情的跌宕起伏中赋予了静态自然和人文风情以动态的先入为主的价值观念，从而使得全剧的节奏明快，情感真切，产生具有催人上进的精神余震。

一部电影就像一张网，它要捕捉各种各样的人物、事件和生活，优秀的编剧和导演总能按照自己的思路条理分明地驾驭它，让每一个人物活灵活现，让每一个事件清清楚楚，让每一段生活有血有肉。《辛亥元勋蒋翊武》将以自强不息的湖湘文化精神融入大革命主题的影片中去，演绎出非同一般的动人心弦的剧情震撼每一位观众！

（汪苏娥 原文刊发于《湘学研究》2014 年第 2 辑）

第四节 被遗忘的铁血英雄、被演绎的历史传奇

——评电影《辛亥元勋》

说起辛亥革命，就不能不提武昌起义的成功，但大家都知道，武昌起义爆发时，伟大的革命先行者孙中山当时远在美国，还有黄兴、宋教仁等知名革命党人最初也都没有参与。那么，是谁策划了这次举足轻重的起义，使中国几千年的封建帝制最终土崩瓦解呢？武昌起义的总指挥蒋翊武，正在历史的尘埃中被人们渐渐遗忘。历史学者周星林教授编剧的电影《辛亥元勋》，还原了被孙中山先生尊称为"开国元勋"的蒋翊武真实的历史传奇，讲述了这位在辛亥革命中功勋卓著但身后寂寞的英雄，他的凌云壮志、他的侠骨柔情、他的舍生取义，穿越了百年的历史长河，通过影片出神入化的艺术加工和渲染，使观众在进行娱乐享受的同时也收获一份思考。

一 历史学家的严谨与革命英雄的传奇相交融

影片《辛亥元勋》的编剧周星林，是湖南文理学院的一位历史学教授，作为学者的严谨与实事求是使周教授不同于一些随意戏说历史的作

者，他把真实看作是传记文学的生命。由于种种原因，"辛亥元勋"蒋翊武的事迹不为世人所知，周教授对此深为叹惋，立志要为这位沉寂的英雄立传。这部改编自学术著作《蒋翊武评传》的影片，是作者潜心研究多年的心血之作。本着一位历史研究者必须对历史负责的态度，周教授在故纸堆里爬梳钩沉，深入研究了武昌起义爆发前后的各类相关文献，并查阅地方史料，以确保对主要人物和主要事件叙述的真实准确。他还克服重重困难搜集当时蒋翊武主编的报纸，多次采访蒋翊武后裔，研究蒋氏家谱，多次往返蒋翊武的出生地湖南澧县以及就义之处桂林丽泽门，获得了大量珍贵的第一手资料。可以说，周教授的研究，第一次真实再现了武昌起义总指挥蒋翊武波澜壮阔的短暂人生，还原了英雄人物中流击水的豪情壮志。

但《辛亥元勋》作为一部人物传记片，能否真正打动并吸引观众，是绝对不能忽略的一个现实问题。影片在尊重历史，弘扬主旋律的前提下，将暗杀、战争、爱情等商业元素融入其中，使革命英雄的传奇具有了好莱坞大片的惊险刺激。再加上作者对历史的再现处理上，没有像一般反映革命题材的电影那样充满说教意味，人物形象类型化，而是以人物行为细节和微妙心态刻画人物，使人物形象血肉丰满、真实可信。如影片选取了蒋翊武茶馆脱险、避走柳叶湖、洪江起义、暗杀湖广总督、谋划武昌起义等富有传奇色彩的情节，从而刻画了一位胸怀大志、勇敢沉着、机警过人又不失侠骨柔情的英雄形象。特别是影片描写起义军赶制炸弹，不慎引起爆炸，起义计划败露，敌人疯狂剿杀革命党人。关键时刻，蒋翊武痛定思痛，当机立断："我不杀贼，贼就杀我；此时不干，更待何时？"立即以起义总司令的名义，发出了武昌起义的命令。此时，一位有勇有谋、临危不乱的革命起义首领形象生动而真实地呈现在观众面前。

二　生动的细节描写与浓郁的民俗风情相交融

在影视剧的创作中，细节是指"那些具有典型意义的人物表情、动作、语言或物件、环境等"①。细节在刻画人物形象上具有举足轻重的作用，富有表现力的细节能刻画人物的性格，还原人物形象的真情实感。如影片中常德下南门茶馆抓捕蒋翊武这个细节描写就十分生动：远处几声狗

---

① 李俊：《影视文学论纲》，汕头大学出版社 2004 年版，第 137 页。

吠，引起正在开会的蒋翊武等人的警觉——他走近窗前，朝外察看；报信的革命党人黄贞元眼睁睁看着前来抓捕的清兵从身边跑过，情急之下，买了一挂鞭炮点燃就跑。蒋翊武听到鞭炮声后马上心领神会："巡捕来了。大家别慌！我们从隔壁豆腐坊走……"大家通过一个狭窄的通道进了一旁的豆腐坊，成功脱险……这样的细节描写场面惊险、一波三折，革命志士黄贞元的随机应变，革命领导蒋翊武的机警沉着、攻于谋略在屏幕上跃然而现。

同时，影片中诗化的细节提升了历史的感染力，为硬朗的历史增加了人情味。作为一部反映辛亥革命英雄人物的影片，《辛亥元勋》虽然承载主流意识形态的重任，但其情感和价值取向还是面向大众审美取向的，娱乐和流行要素的加入，细节上融情于景的细腻描绘，能获得年轻观众的青睐和认可。如蒋翊武的恋人刘雯因父亲同情革命被学校开除，无处可去，决定暂居常德柳叶湖。柳叶湖号称中国城市第一大湖，沿湖风光美过杭州西湖，影片中对柳叶湖的秀丽风光作了诗化的描写：水草丛生的柳叶湖边，水鸟齐刷刷地飞向空中。就是在这样世外桃源般的美景中，这对志趣相投的恋人在战火与白色恐怖之中结成了连理，这样的细节很符合年轻人的审美。这样融情于景的细节在影片开头就有体现：湖南巡抚大院阴森之气弥漫，巨大的院落内几颗古树落叶纷纷，暗示了当时革命党人所处环境的极其险恶。

地方民俗风情的植入更是为影片增加了无数看点。蒋翊武是常德澧县人，影片中很多故事都发生在常德这个湘西北古城，因此影片中有30%的实景是在常德拍摄的。常德秀美的自然风光、独特的民俗风情让观众仿佛置身沈从文先生笔下的《常德的船》。蒋翊武参与刺杀两江总督端方失败后，潜回常德柳叶湖，和早先避难柳叶湖的刘氏父女汇合。影片中有这样的场景：夕阳染红了湖面，一叶小舟正划向湖中。刘雯双手划桨，蒋翊武坐在船头，两人又说又笑，一幅美轮美奂的渔舟唱晚景象。此时，一曲浓郁地方色彩的乐曲响起。影片中还再现了常德独特的饮食民俗：方桌上炖着一大钵鱼，还有腊肉、萝卜干等摆满一桌。——刘雯用汤勺将一个鱼头放进蒋翊武的碗里："翊武哥，吃鱼头，万事皆顺头。"影片除背景音乐采用具有地方色彩的乐曲外，主题曲《从从容容不回头》更是地道的常德特色——常德丝弦，常德丝弦是国务院批准的第一批国家级非物质文化遗产。影片主题曲格调高亢、激情澎湃，常德丝弦更是唱法独特、乡土气息浓郁，使辛亥元勋蒋翊武的英雄事迹具有了更为独特的韵致和更为感人的魅力。

三　历史的厚重与青春的激情相交融

辛亥革命的这段历史本身是厚重的，辛亥革命爆发缘于当时不可调和的阶级矛盾与民族矛盾。《辛亥元勋》通过影片中刘大姐的一番话揭示了阶级矛盾已趋白热化："当年官府杀了我全家，要不是复基你们几位兄弟的帮助，我只怕也活不到今天。"而帝国主义企图瓜分中国的民族矛盾，更是使每一个有良知的中国人紧紧团结起来。影片中作为清廷爪牙的捕快魏平，最初也是助纣为虐，疯狂抓捕革命党人，后来在革命书籍的指引和蒋翊武等革命志士的感化下内心有所触动。特别是当他目睹了帝国主义的穷凶极恶与清廷的腐朽后，终于幡然醒悟，站在了革命者的行列。影片紧紧抓住当时特定历史时期的各种矛盾，并将这些矛盾纠葛隐含在历史事件的叙述中，使历史评说与客观事件紧紧联系在一起，使得影片具有更为深远的现实意义。

由于进入电影院观看电影的大部分是年轻人，他们对于辛亥革命的这段历史了解相对较少。为了避免与年轻观众的隔阂，《辛亥元勋》在不改变主要人物历史形象和命运的前提下，对某些情节加以剪裁，重点展现了辛亥革命那一代年轻志士的青春激情和坚定信仰。开头、中间均有字幕介绍，消解年轻观众和对近现代史不熟悉的人对历史的陌生感，影片最后在武昌起义的高潮中戛然而止，结尾字幕作为补充，交代了武昌起义的胜利以及英雄最后的结局，结构完整而余味无穷。影片前半部分节奏相对较快，镜头较多，开头一段暗杀戏，紧跟其后的脱险戏，镜头简洁利索，充满了悬念，中间和后半部分感情戏则较为舒缓。片中人物既有革命性又有人情味，生活鲜活、丰富，比较符合年轻观众的审美，又基本切合当时年轻革命志士的思想和秉性。

总之，《辛亥元勋》是一部以史料为骨架，通过细节描写和艺术烘托，用影像展示辛亥英雄传奇人生的电影。影片充满了历史使命感和忧患意识，但同时又情节生动而富有观赏性，能极大程度地调动年轻观众的共鸣与好奇，触动中老年观众对历史的怀旧与思索，从而使他们更加向往青春激情。可以说，《辛亥元勋》是一部老少皆宜的成功的革命影片。

（李琳　　原文刊发于《艺海》2014年第10期）

第五节　英雄童话剧的诗意表达

——动漫连续剧《雷锋》评析

熊菁菁、熊明导演的 26 集动漫连续剧《雷锋》，近日由常德华智动漫设计有限责任公司出品。这是一部英雄童话剧，用唯美的画面和富有时代气息的生活故事表现了家喻户晓的一代英雄雷锋和雷锋精神，这在今天重建道德生态的心灵诉求和社会氛围下，有着十分特殊的意义。

半个世纪以来，对雷锋的宣传和文学表现可谓数不胜数，但用动漫的艺术形式演绎与讴歌雷锋，还并不多见。学习雷锋，我们要从少儿抓起。用生动活泼的动漫形式表现雷锋的成长历程和对至善至美的追求，更契合少儿的欣赏喜好和心理特点，能起到潜移默化、润物无声的审美教化作用。正是立足于少儿审美的视觉传达，动漫连续剧《雷锋》精心设计一个又一个平凡而又寓含深意的故事，完整地表现了雷锋的成长过程。这个过程，就是心灵在承担中变得越来越成熟的过程，少年时代的苦难和不幸以及后来遇到的种种挫折，塑造了雷锋内心的坚毅和强大；这个过程，就是爱的孕育、生长和发散、传播的过程，雷锋心中爱的幼苗在淳朴民风、人间真情和美丽自然的滋养、濡染下长成参天大树，继而为这个世界留下人间真爱、大爱的天籁之音和无字之书；这个过程，就是在对世界的感知和对知识的渴求中慢慢学会"做人"的过程，在心灵变得聪慧、敏锐和充盈的同时，雷锋逐渐确立了自己的人生坐标和努力方向；这个过程，就是在生命的旅途中学会不断尝试和不断超越的过程，唯有尝试，才有超越，雷锋在生活历练和实践摸索中成就着自己的梦想和追求。正是表现了雷锋成长的过程，不神化、美化和拔高英雄，我们就能看到英雄丰富的内心世界，感知其生命历程的来龙去脉和精神源流，因而更能理解英雄、走近英雄。显然，动漫剧《雷锋》讲述的成长故事和成长主题，对少年儿童具有启迪和引导作用，能够帮助他们在对英雄成长故事的艺术感知中激励自身的成长，体会人生成长的点滴积累和艰巨性与渐变性，获得激扬心灵的感性力量和理性烛照。

该剧在表现雷锋成长的生命历程中，通过一系列故事时时传导出的艰苦奋斗、勤俭节约、助人为乐等优秀品质，具有时代的昭示意义和训诫作用。在雷锋身上，这些美德已经成为一种观念、一种习惯和一种信念，成为一种"雷锋操守"和"雷锋精神"。剧中雷锋那句口头禅"我应该做的"，平淡、平凡的背后是绚丽和崇高，有如电闪雷鸣振聋发聩、令人深思。动漫剧剪辑、铺排生活中那些蕴含深意的小事和琐事，都是为了艺术地叠加一种精神的高度，擦拭一种思想的亮色，澄澈一种做人的境界。雷锋精神影响和带动了身边的人，形成了一种精神场域和道德气候。可是，曾几何时"雷锋精神"被人淡忘甚至不屑一顾。面对社会上的不良风气，面对人的麻木和道德精神的失落，艺术有责任批判、唤醒和警示。今天，在实现"中国梦"的道路上，弘扬、激发和助推"正能量"，艺术责无旁贷。从这个方面说，动漫剧《雷锋》是一部不可多得的思想性、艺术性和观赏性俱佳的优秀作品。这部作品感应、契合了当前社会现实的新诉求、新风尚和新氛围，是一部难得的艺术教材和范本。有学者指出，要像建设生态气候一样建设道德气候。我认为，道德气候的建设和形成，更要从源头上运筹和营造，要从少年儿童的道德教育、道德养成抓起。通过艺术的方式、寓教于乐的方式把道德的神圣之光打进少年儿童的心扉，不失为道德教育与道德养成的一条艺术审美途径。动漫剧《雷锋》就集束了这样一道"道德的强光"，并借助生动感人的故事、和谐动感的画面和催人奋进的音乐投映于少年儿童的心灵世界，必将起到其他教育方式不可替代的作用。今天的动漫世界，益智类、娱乐类作品满天飞，有人甚至断言：动漫只有丢弃"寓教于乐"的教化观念才能更好地赢得市场。作为观赏群体主要是少年儿童的动漫，当然要适应他们的欣赏心理和习惯，满足他们的好奇心、探求欲和愉悦感。但不能一味地用市场效益来衡量动漫作品，我们在追求市场效应的同时更要追求社会效应。动漫剧《雷锋》选择英雄童话作为题材和建构的艺术世界，坚持"寓教于乐"的艺术理念，是值得我们赞许的。

与表现英雄的成长历程和道德操守相表里，在艺术传达方面，动漫剧《雷锋》在富有时代气息的艺术设计中融入了许多诗性符号、文化元素和思辨色彩，极大地拓展了审美想象空间，丰富了作品的内涵。诸多象征镜头的复现与定格，增添了动漫剧的空灵和幻美，引人遐想，耐人寻味。如"树"的形象，常常被诗意地拉近和放大，青枝绿叶、器宇轩昂的特写形象提升为一种符号和象征，既衬托雷锋精神的高洁和伟岸，又含有"十年树木百年树人"的道理，表现心灵成长的艰难性和曲折性，同时也昭示雷锋精神如绿色华盖对社会空气的净化，对人们心灵的感召和涤荡。而"小鸟展翅"的镜头，在其反复隐现的背后，象征着人生成长的历程。道具及背景设计极力彰显"红色文化"的磁场和魅力，涌流着一种内在的激情和诗意。如高高飘扬的五星红旗、庄严闪亮的红五星、富有时代感的宣传标语、励志暖心的背景音乐，等等，无不动人心扉、引人向上。对画面细节的处理，包括人物神态、语言、动作及心理活动等方面的表现，富有张力，一方面体现"动画"的特点，细腻、真实，回归人物的内心世界和性格特征；另一方面强调"漫画"的夸张效果，突出一种理想情怀和浪漫色彩。在普通话语和日常生活中映射出的哲理和辩证思想，使动漫剧摒弃了肤浅、琐细和单纯的娱乐化效果，超越平淡和生活的表象而走向深刻和睿智。如"螺丝钉"的道理在不经意中侃侃道来；求知与做人、学习与实践、平凡与崇高、个人与集体等关系问题，也在精心设计的故事和画面中得以自然而然的表达。

（张文刚　　原文刊发于《新农村商报》2014 年 6 月 25 日）

第六节　问渠那得清如许 为有源头活水来

——《武陵优秀文学作品选》点评

当初朱熹读的是什么书已不可考，但这位宋代的大学问家通过读书获取新知所达到的心境澄明的境界却给后人启发与激励。此处借用这位古代的大学者的读书感想，除了表明自己阅读《武陵优秀文学作品选》的感受，更重要的是要说明该文集众作者不竭的创作灵感，是因为有汩汩而流的源头活水，既包括读书，亦包括生活。

改革开放以来，常德文化生态环境不断改善，以善卷文化为核心的大桃花源文化建设取得了可喜的成绩。今年是常德文化的丰收年——继年初《常德优秀小小说选》出版之后，武陵区委宣传部、武陵区文联又推出了《武陵优秀文学作品选》。该集收录了 51 位作者的 219 篇作品。因为集子分诗歌、散文、小说三种题材，所以，本文将分类加以点评。

诗歌卷——情动于衷而形于言。毋庸置疑，诗歌是情感的产物。《毛诗序》说："诗者，志之所之也。在心为志，发言为诗，情动于衷而形于外。"这里的"情""志"都是指思想感情。白居易在《与元九书》中也曾说:"诗者,根情、苗言、华声、实义。"他将诗歌比喻成植物,形象地说明了情感、语言、声律和意蕴对于诗歌的重要性。的确,一首好诗需这四个要素才能达到一种意境之美。而在这四要素之中,情感尤为重要,没有这个根本,遑论语言声律和意蕴。

该集中共收录诗歌 107 首,每一首都是饱含深情之作,其中既有"小我"的亲情、友情、爱情,亦有家国之大爱。其抒情手段亦有不同:有借景抒怀,有托物言志,有直抒胸臆,有寓理于事。

陈小玲的《你要一个不少地还我》,这首诗放在开篇除了作者姓氏的原因之外,仔细品味,还真有其合理性。这首诗既模糊又明晰,究竟是爱情、友情还是其他,不能很确定,但主题却又明朗:物质的可以买回来,但精神的没法弥补,所以不得不计较。善于思索的戴希常常在平凡的事物中发现深刻的哲理,他的《凝视》《一个人的生存状态》《伞》和《钓鱼》,都是饱含哲理之作,尤其《凝视》,极富画面感。生命如夏花般美丽而短暂,最后都将如石头般冰冷坚硬,感慨深沉,蕴理深刻。熊刚在《与石榴对话》中,从石榴由青涩到成熟的色彩变化发现了两种人生不同的况味,最后得出"最亲近你的人也是伤害你的人"的感慨,水到渠成。邓朝晖长于叙事与抒情,并将二者巧妙融合,她的《安居》,抒写对于时光流逝的感慨,对于"安居"的现状,心已宽恕,又有不甘,这种心态颇具人类共通性。还有《一个人》中那些"寻找"的辛苦,《尘世之外》中那些莫可名状的忧伤都写得也很细腻,很动人。从《远去的补碗人》和《农民兄弟》可见冯文正内心深处的平民情结,没有深刻的体验,做不到如此体察入微。集中收录了龚道国的《祖国,我看见你》,这首诗书写的是一种大爱的情怀。我们无时无刻不在寻找,很多美好就遗落在寻找的途中。我们天天高唱爱国之歌,却不知如何去爱。诗歌通过麦子、油菜、水稻、桂花等具体物象告诉我们:祖国不是一个空泛的概念,爱祖国就从爱家园开始,从爱生活出发。而胡诗词的《故园》则是一首清新的田园牧歌,其中蕴含着对宁静生活的向往之情。

黄修林的《流浪》,写出了现代人无法逃避的流浪的宿命,也是人类共同的宿命。他的《汨罗吊古》,借屈原几遭流放,投身汨罗的史实,落脚在歌颂花开如月、五谷丰登、千舟竞渡、珠白酒黄、畅赋新词的新时代,两首诗构思都非常巧妙。罗鹿鸣的《两地桃源一处相思》很能让人想起"一种相思两处闲愁"的诗句。但此诗并非写爱情，而是用两岸相同的地名"桃源"为诗歌触媒。尤其是诗歌最后一小节将情感推向高潮，抒发了家国难圆、骨肉分离的民族之痛。

麦芒，这位 80 年代初毕业于北京大学的才子，虽然站在美国大学的讲台，但那颗心似乎一直未能找到安放之所。他的《我扼腕叹嗟，面对喜鹊……》，面对一只报喜的鸟儿，诗人嗟叹命运的无可把握。寓理于情，情理相生。在这群诗人中间，麦芒是独特的，他的笔下也有温馨的田园：枯萎的金黄色的向日葵、盛开的粉红木槿，还有绿的叶、蝉声、鸟鸣……但心却在远方，于是不断地鼓励自己：开阔些，坚韧些，因为还未到寻根的时候。谈雅丽很善于用一些清雅的诗句，勾勒一幅幅风情画。她的《给我一座临水古镇》，有如水墨点染，意象清丽，澄澈静美。唐静的《红叶》里的那份婉约的心事，精致一如其人。读《枉人歌》《薰衣草花田》《沙棘》，怎也不能和唐益红这位瘦弱的女子联系起来，她的诗风可以用她《沙棘》中的三个词来形容：耀眼、真实、尖厉。艳丽的桃花、火焰般的阳光、飞奔的马蹄、尖厉的呼喊，这种尖厉还表现在语言的速度和力度上。杨徽的笔总是满含情感，所以用"一切景语皆情语"来评价她的散文诗最恰切。

在这群诗人中，除了麦芒，资格比较老的要数雅捷了。她最早的诗集是 1996 年由广西民族出版社出版的《赶路人》，还记得集中有一首构思非常精巧的小诗《梦》。这位勤奋的诗人在 2004 年先后出版了《折扇》和《第三只眼的歌》。雅捷长于从生活中提炼诗意，读她的《妈妈的新衣》《我是短信，你是电话》《下雪了》和《幸福的滋味》，有时真搞弄不清是她诗化了生活还是生活本来如诗。她的《男不男女不女》也很有味道，通过描写当今典型的几类女性形象，抨击变态的社会，入木三分，却又无怨无怒甚至有些淡泊，这是诗人自我精神的写照，字里行间透露出夹缝中生存的无奈。从日常生活提炼诗意的还有涂林立的《外婆》和熊刚的《母亲的菜篮子》。

谢溟认为："景乃诗之媒，情乃诗之胚，合而为诗。"（《四溟诗话》）周碧华面对今日的洞庭，眼前之景触发心中之情。他的《忧伤的洞庭》是一首蕴藉深沉的佳作。是谁将一碧如洗的洞庭摔得支离破碎？是谁掠夺了鱼的家园？是谁将那一望无际的光芒点点收藏？随着思索的深入，追问也步步紧逼，最后直达对人类的终极关怀与拷问。余志权在

《城市已无收获可盼》中，突出了现代城市人的焦虑与不安，对比强烈。在众多的现代诗、散文诗中，还有一首形式独特的律诗，即铁明东的《曲阜行》，这也是一首借景抒情格调高昂之作。

多数论者认为当今没有好诗，这种看法不是没有道理，但又难免偏颇。第一，中国素有诗国之称，文学史上有几次诗歌创作的巅峰，实难超越。第二，由于欣赏和评论者的个体差异，包括学识素养、年龄气质、品评角度，等等，所以标准难以一致。当然还有诸多原因，此处不一一分析。

我所认为的好诗，就是生命饱满、情感真挚、蕴含深刻、语言清新、神韵飘举的诗作，因此，在我眼里，集中所收皆为佳作。

散文卷——随物赋形，不拘一格。散文的概念可以从古代、现代和当代去认识。古代散文与韵文骈文相对而言，即指不押韵和句法不整齐的文章，是广义散文。现代散文指除小说、诗歌、戏剧之外的文章。当代散文是一种从题材内容到表现形式都是相当自由的文体，它题材广阔，大到战争风云，高山大川；小到一缕思绪，一花一草。它巧于营构，形式自由，随笔、杂感、写景、叙事，随物赋形，手法灵活，语言优美，篇幅短小。该集散文卷收录了22位作者的散文作品54篇。这些作品记述了在良好的常德文化生态环境之下我们曾经的生命体验，抒写了我们曾经的情感波动。也比较集中地反映了常德的历史文化、现实风貌、山川风物以及风土人情，笔法不拘一格，其中不乏意境有深度有力度的作品。

彭其芳的《情寄招屈亭》通过对招屈亭及其环境的描写，书写怀古之幽情，感叹人世的沧桑巨变，语言简练，感慨深沉。毛欣法的抒情系列散文《心系宝峰湖》《准格尔晨曲》以及《长河落日圆》，写得虽是不同的景致，但情景交融所达到的一份境界却是令人神往。戴希的《一堂深刻的解剖课》步步为营，结论自然彰显，是小说家的当行本色。谈雅丽的《沅水的第三条河岸》，由一条沅水牵出久远的历史，牵出了善卷、屈原、刘禹锡这些丰富了常德历史文化的人物。刘绍英的澧水系列，细节生动传神，她的《点马灯的日子》和《打赤脚的日子》，将人带到了那段宁静的岁月，字里行间洋溢着澧阳平原的生活气息。而《捕生》更是通过日常生活的描写，将笔触探至母性柔软的心灵，感人肺腑。唐静的笔调一如既往，《十七岁的单车》抒写的是岁月流逝，青春不再的淡淡感伤情怀。海蝨本名李晓海，这是一位历史文化底蕴非常深厚、思维异常活跃的作者，且兼工书画，曾创作反映常德史前社会生活和辛亥革命烈士蒋翊武生平事迹的电影剧本《太阳城》和《蒋翊武》。他的《外婆的"警报袋"》，通过对"警报袋"其名由来的考证，带出一片抗战的历史烟云，既有历史的深度，又有现实的亲切感。胡秋菊的随笔《一个台子的恨》，由燕太子丹悲情的一生引出一段精彩的议论，由个别上升到一般，名写历史，实警今人，颇具深度。冯明亮的《怡情桃花溪》和张文刚的《栀子花》都属于情感浓郁的小品文，语言精练，小而可品，怡人性情。而诸柏林笔下的故乡、祖父、古枫、血土以及青毛牯，则是一片鲜活的生命的场，发散着原生态的旺盛活力。平凡的生活，泛着健康而自然的底色，饱满生动。在周碧华眼里，有很多时候很多东西都要换个角度来看，比如刘禹锡，他的坎坷的经历就玉成了他在文学史上的成就，这就是《幸福的流放》所要表现的——失之东隅收之桑榆。

黄修林的三篇散文，一篇写景抒情（《澧阳平原》），格调粗犷；一篇因事缘情（《养花》），笔触细腻；一篇杂感（《文学与文化》），颇显文气。随物赋形，写景叙事，抒情议论，皆见功力。周晖的《渔樵村赏荷》，将前人咏荷的诗句引入文中，意境古雅，格调清新。杨徽的《打糍粑》，将打糍粑的民俗写得喜气洋洋。其中有对如水时光的感慨，有对辛勤劳作的回忆，更有丰收的欢喜和对未来的憧憬与祝福。曹先辉的《常德水文化》与《落路口》两篇，笔墨洗练，极富特色，小地方却有着极为丰富的历史文化内涵。

窃以为，散文源自人的生命的律动，应予人以生命的深层感动，予人以心魂的震撼。散文须心灵开阔、精神超拔，情思饱满、气韵生动。散文必须有"我"，有"我"的情感、"我"的体验，但这里的自我，不是缘于身边琐事、儿女情长、囿于一己之私的小我，而是有着深刻的生命体验、深入自我灵魂的深处，体现出作者灵魂的渴望和追求，进而反映出作者对国家和民族命运的思考，折射出时代的风貌。这一点，这些散文做到了。

小说卷——见微知著，言近旨远。近几年，常德的小说迅速崛起，不仅有陶少鸿《花枝乱颤》和《大地芬芳》那样的宏大叙事之作，亦有白旭初、戴希、伍中正这样的小小说作者跻身于全国小小说50强。该优秀作品集共收录小说作者33人的58篇小说。除了一个短篇之外，其余都是小小说。就是这个短篇字数也只略超2000字，因此就篇幅而言，都是小制作，但就其内蕴来看，则可称作大担当，正所谓一滴水能折射太阳的光辉。

作为首篇，白旭初的《农民父亲》，通过在城里做官的儿子带人帮乡下父亲收割稻子的叙述，反映的不仅是代沟，也是城乡的鸿沟，更有传统与现代的矛盾冲突。他的《反响》笔锋直指新闻的务虚性。而《寄钱》，表面上似乎是母亲需要儿子寄生活费也就是寄钱，实则表现了当今的老人对亲情的深层渴望，在父母眼中，钱，只是亲情的载体。

王军杰的《女婿之间》在情节安排上很见功力。一个高高在上、自以为是的记者怎么也想不到要采访的技术革新能手就是平日里自己当小工使唤的连襟，人物关系设置很巧妙，很有余味。伍中正的《向果》，则用散文诗一般的形式、诗歌的语言，将真善美、假丑恶对立起来，既具语言的美感，又有警醒的力度。

读欧湘林的《野味》，则是另一番感受。穷得丁当响而指望着市里的希望工程款改造危房的白校长，福至心灵变戏法一般弄来五花八门的所谓"野味"，正当他惴惴不安之时，却意外得到好消息，他如愿以偿，可是，他还没来得及高兴，却又得到了上级还要再来吃一顿"野味"的指示。尺水之中，波澜迭起，层层推进。

如果说这篇《野味》对现实的批判还比较温和的话，那么戴希的《羊吃什么》则要犀利一些，一个养羊专业户成功了，但相关或不相关的部门则纷纷前来剥皮，并巧设陷阱，弄得户主啼笑皆非。这两篇作品有着异曲同工之妙，同是写现实的丑恶和小人物的无奈，都是生活中的喜剧，也都是苦涩的喜剧。喜剧是把无价值的撕破给人看，现实中我们不难找到与之类似的现象、类似的人物，但作者并非只是呈现现实的风貌，而是让人们涩涩地笑过之后深深的思考。戴希是一个关于思考的作者，他的《请进包房》既是表现中西文化差异带来的尴尬，也是对当今国人素质的严肃叩问。《每个人都幸福》，叙述的是苏老师与一群有生理缺陷的学生围绕着"我不幸福""怎样才幸福"这两个问题的对话，通过苏老师睿智的启发，最后得出不幸只有一点点，幸福却有那么多，所以"我们每个人都幸福"的结论。作者通过一个很浅显的故事，揭示生活中晦暗不明的现象和生命的超越性意义，严肃地破解人生之谜。戴希还善于在时代进程中发现问题。集子中收录的《死亡之约》，取材于历史，却警醒着世人。

　　杨徽善于运用对比手法来写人，《不缺钱》中作者简笔勾勒了游小姐和画家两个人物形象，并用对比手法突出表现了两种不同的人格，引人思考。

　　胡秋菊的《拯救》，通过一个孩子的心灵疾病，折射出当代家庭以及社会的疾病，两篇作品，取材都很小，但却具有深远的时代意义。

　　少鸿的《穿错鞋》，通过丈夫醉酒穿错鞋而导致离婚的故事，揭示了细节决定命运的生活哲理。李永芹的《擦鞋匠》，叙述的是"我"和一个擦鞋匠打交道的故事，揭示了生活中的许多平衡就是靠不平衡来维持的道理，真可谓言近而旨远。这世上没有绝对的平衡，只要心态平衡了，就没有不平之事，平凡中蕴含着深刻的人生哲理。

　　品读这个集子里的小说，也会有浓浓的诗意氤氲左右，而尤为拨动读者心弦的当属《渔鼓》《三棒鼓》和《美人如花隔云端》，前两篇出自刘绍英之手，后者为唐静所作，虽同为女性作者，同为诗意浓郁之作，但其诗意却有着不同的风格。刘绍英的作品，向我们敞开了一扇小窗，透过这个窗口，读者可以窥见这位豪放女子苍凉的心境，并触动对于时光流逝的感伤情怀。与刘绍英敏感于历史的变迁不同，文文静静的唐静的心思则更加细密，感情之弦更细更柔，只需轻轻一触，就会奏出幽幽的乐音。《美人如花隔云端》，题目就很诗意，而作品表现的又是青春的美好与成长的苦涩，感伤的是青春与爱情的流逝。更难能可贵的是，作者将一段刻骨铭心的美丽恋情写得云淡风轻，一如她浅浅笑靥里的轻愁。

　　让人惊异的是，在小说卷中，居然有人远袭小小说志怪的传统，以达到对现实作变形反映的目的。读者看这样的风景，就如看哈哈镜一般。

　　海蠡的《野人》即是该集中这一类的代表作。和他的散文《外婆的警报袋》不同，《野人》中作者假借邑人赵某与好事之富翁敷衍成文。作品用文言的形式表现今人之事，篇幅短小而内涵丰富。这个故事对当今媒体的胡乱炒作、有钱人的炫富以及类似赵某的愚蠢的执着，都有很深的讽刺。作者虚构一个怪诞的故事以影射现实的荒谬。

　　作为压卷之作，《李国干升官记》是这个集子里唯一的一个短篇。作者张志平，文学艺术修养深厚，才子而不风流，口碑极佳。小说看起来与传统写法无异，但仔细品读就会发现其构思之巧妙。小说开头交代了李光荣升官的缘由，不甘平庸的李光荣通过自学获得大专文凭，正赶上创建学习型社会的当口，因此，他顺理成章地转成了国家干部。不久，部长升迁，李光荣又如愿地升为副科级。小说通过李光荣转干、升官之后的一系列遭遇，刻画了当今机关的人生世态相，反映了李光荣由平民到官员的心路历程。小说选取两个转折点，一是李光荣转干。身份变了，人物的内心也随之而变，这些变化虽然是微妙的，但作者仍然从李光荣对出差中报到时登记的身份、住宿的档次以及称呼的计较这些细节上捕捉到了。二是李光荣升任副主任之后，小说截取人物一天的生活来描写，职位的变动带给人物的心理的变化，写得极为细腻、生动、传神。

听到升迁消息，李光荣心里"春风荡漾"，兴奋得一夜未眠。可当他第一天坐在办公室时，脑袋里却是"一片空白"，怎么也找不到以前的那份自在。但凭着多年的机关工作经历，他迅速地找到了支点，可谁知"满腔的热情"又给人搅了。还好他窝着的一肚子火，在廖博士这个迂夫子身上得到了发泄，李国干心里的那份畅快就像"六月天扇油纸扇"一样——这么一个在民间流行的比喻，既形象传达出了李国干的心理，又颇富亲切感，十分贴切。因为是第一次以副主任身份参加会议，李国干心里未免还有些"发虚"，果然遭到了行政科长讥讽，李国干的心里"越想越沮丧"，于是就想去老伙计那里找点安慰，可是他自己的心态变了，他居高临下的手势惹人反感。触了半天霉头，李国干心里"烦透了"。此时的李国干心里已经俨然是一名副科级国家干部，可在周围人眼里他仍是一个司机，这种周围环境与人物内心构成极大反差，矛盾由此产生，喜剧效果也由此而来。包括他接下来在打印社碰壁，管闲事差点惹火烧身都是这个原因。在信访办的遭遇看起来似乎是他"爱管闲事"的性格使然，其实质还是李国干领导身份的心理作祟。

最后一场戏很重要，在接待上级领导的过程中，李国干先后遭到冷遇，燃烧的热情已经完全熄灭，可是山重水复而又柳暗花明，李国干受到了空前的重视，找到了前所未有的"自信"的感觉，李国干的这一天尝遍了人生五味。小说情节跌宕起伏，峰回路转，尤其是心理描写，生动传神、极富张力。

记得钟嵘曾在他的《诗品·序》中说："若乃春风春鸟，秋月秋蝉，夏云暑雨，冬月祁寒，斯四候之感诸诗者也。嘉会寄之以亲，离群托诗以怨。至于楚臣去境，汉妾辞宫，或骨横朔野，魂逐飞蓬；或负戈外戍，杀气雄边；塞客衣单，孀闺泪尽，或士有解佩出朝，一去忘返；女有扬蛾入宠，再盼倾国；凡斯种种，感荡心灵，非陈诗何以展其义？非长歌何以骋其情?"钟嵘阐述的是诗歌产生的根源,其实,散文、小说又何尝不是如此呢?只要有一颗敏感的心,就能捕捉到由四季更替带来的景物的变化并由此产生的人的心灵的变化,捕捉到人世间的悲欢离合,捕捉到时代发展带来的沧桑巨变。"渠清如许",是因为有"源头活水"。

我是幸运的,于第一时间欣赏到这么多优秀的作品,只是作品太丰富,又文类繁多、风格各异,虽通读数遍,反复品味,却是无法一一点评,甚是遗憾,无论是对作者、读者还是我本人;作者是幸运的,生而逢时,又在常德这块风水宝地;常德是幸运,她不仅得天独厚,并且进入了一个改革开放发展的新时代,还拥有这么多深爱这片土地的作者。

(郭虹　原文刊发于《武陵优秀文学作品选》,湖南人民出版社2013年版)

第四篇　影响论

中国现当代文学史上，有两位著名的湘籍作家：丁玲和周立波。其骄人的创作成就和宝贵的创作精神对后起的作家和地域文学创作有着深刻和持久的影响；多维度、多层次分析洞庭湖畔这两位著名作家的创作特色和精神特质，对包括地域文学创作在内的当下文学书写有着重要的启迪和借鉴作用。李云安从民俗学的角度对丁玲的创作进行分析，认为20世纪上半叶是我国民俗的新生期，丁玲等许多现代文学作家受到"五四"时代精神和左翼革命思想以及延安文艺座谈会讲话精神的激励，摄取不同时期、不同地域的婚姻民俗入其文学作品，独抒己见，烛照中国妇女解放图景，最终铸就成具有丁玲式和丁玲们的现代文学作品和文学风格。李云安还认为，民间口承民俗以特殊的方式哺育着丁玲文学创作。丁玲在文学创作中向民间学习，学习口承民俗，历经了从无意识采撷到有意识仿写的阶段，摄入文学作品中的口承民俗，在不同时期其样式以及其在整部作品中的分量不同，作品呈现的地域风格、时代特色也就各异。在丁玲的作品中，这些样式主要有方言俗语、民间神话、民间传说、民间故事、民歌等。另外，李云安还撰文认为，丁玲以灵性之笔诗意呈现民众生活化的传统组织民俗图像，历数传统社会组织民俗的"恶之花"，展现新型社会组织民俗建构历程，礼赞新型社会组织民俗的精神与力量，留下了意味深长的民俗文学作品，从而积淀生成具有丁玲特色的社会组织民俗叙事模式。

佘丹清认为写农民、把农民写好是周立波的文学理想。周立波书写的农民世界，对农民的认同与理解，一是源于自小生活在农村，二是因为回到农村体验生活。周立波的乡土小说因写农民的差异构成了两个不同的体系：一是以《暴风骤雨》为代表的农民暴力革命；二是以《山乡巨变》为代表的农民生活憧憬。这两部小说可以视为写中国农民的姊妹篇。我们需要书写当下农民生活及其精神世界的作品，周立波的创作无疑是极好的参照。佘丹清还从叙述策略创新方面分析了周立波女性叙事、景物书写和茶子花意象运用等方面的特色。另外，佘丹清解读了周立波在20世纪三四十年代的转型，认为周立波经历了从自由主义文人转换为革命的鼓动者以及完成知识分子"蜕变"走向工农兵生活的精神历程。

第一章　丁玲论

第一节　"左转"中的民俗叙事模式探讨

——以丁玲文学作品的婚姻民俗叙事为例

中国现代文学伴随着中国现代民俗的发生、发展、壮大而发展、壮大，文学的"向左转"是这时期文学的重大事件。这种转向，就叙事重心而言，从五四时期的个人自由、个性解放向左翼时期、延安文艺讲话时期的民族解放、社会解放转变。民俗叙事主动参与并推动此进程。民俗，是指人俗，指在社群中自行传承或流传的程式化的、不成文的规矩，一种流行的模式化的生活相。而民俗叙事则指作家为创作需要采撷民俗生活以参与叙事，使创作出来的文学作品具有浓郁的民俗色彩、民俗氛围和民俗意蕴①。丁玲是现代文学史上"向左转"转得顺利、转得成功的作家。在她转型的过程中，始终有民俗的积极参与。为此，笔者就以丁玲文学作品中的婚姻民俗叙事为例，来探究"左转"中的民俗叙事模式。

众所周知，丁玲作为深受"五四"精神感染的现代知识女性，她饱吸了由男性启蒙者所唤来的妇女解放时代新风气，接过他们"写女性"的彩笔，运用女性叙事视角、挥洒灵性之笔来"写女人"，将"觉醒的娜拉"所理解的中国妇女解放图景示人眼前；但随着时代风云的变化、丁玲自身情感的巨创，丁玲思想的"向左转"引发文学创作的"向左转"。这种转向，就叙事学而言，其叙事重心从原来的个人主义、个性解放向民族解放、社会解放转变，引发叙事主体"易个人而为群体"、再易为"工

_____

① 陈勤建：《文艺民俗学导论》，上海文艺出版社 1991 年版，第 3 页。

农兵", 导致话语形式从个人主义话语被集体主义话语转化①。这种转化, 是以1929年冬的《韦护》创作和《一九三零年春上海》(之一、之二) 的发表为过渡, 以1931年《北斗》杂志创刊号发表的《水》为转换性标志 (1931年是其思想的急转期), 之后《母亲》则扬其波,《太阳照在桑干河上》则逐其顶, 成为转换最成功、最彻底的民俗化作品。为此, 丁玲文学创作的分期, 从其文风的转向分为三个时期: "五四"话语时期 (1927—1930年)、"左转"时期 (1931—1942年)、成熟时期 (1942—1986年)。现在, 我们以此顺序来理解丁玲文学作品中的婚姻民俗叙事肌理。

一 自由者的爱情梦呓: 早期对恋爱至上时尚的追逐

丁玲是吃着"五四"精神的奶长大的。个性解放的张扬、个人自由的追求, 是"五四""人"性、"人"韵的重要内容。青年男女乘此时尚, 追求恋爱自由与婚姻自主。顺此时风, 早期的丁玲总是以自己耳闻目睹、亲身感受的自由婚恋生活相为表现形式, 质感再现主动出击的自由恋爱女性形象。这些故事都是在祛除"父母之命, 媒妁之言"的生活情境中得以展开, 并将叙事聚焦于年轻女性的内在心灵冲突。其处女作《梦珂》显露了她的这种创作倾向。作品描写了一个受"五四"思想洗礼的新女性追求恋爱自由、婚姻自主的过程。女主人公梦珂受时代的感召, 到男女同校的上海新式学校求学, 给她寻找理想的意中人创造了条件; 她反对父亲"包办"的婚姻, 相中了体贴她的姑表哥, 并挚爱着他。可当她得知自己的心上人只把她当作玩物时, 就毅然将其踢出局!

《莎菲女士的日记》则将自由女性对理想夫君的主动选择继续向前推进。丁玲登上文坛以前的作品, 其男性往往被预设为情感相悦、心灵相通的对象, 可丁玲则将其定位为时尚女性——赤诚热烈的主体性情感和独立自尊的平等人格为基础上的现代女性——的审视物: 安徽壮汉喜欢她, 她因嫌粗俗而予以否定; 苇弟忠诚厚道, 懂得体贴人又痴情于她, 而她又对他自私地占有和卑琐的外貌而深恶痛绝; 凌吉士俊美风流、潇洒富有, 她又嫌他灵魂卑劣。这种审视是觉醒了的自由女性对自身生命形态的自我观

① 贺桂梅:《知识分子、革命与自我改造——丁玲"向左转"问题的再思考》,《中国现代文学研究丛刊》, 2005年, 第2页。

照和爱情定位。诚如莎菲所渴望的："我总愿有那末一个能了解得我清清楚楚的，如若不懂得我，我要那些爱，那些体贴做什么？……我真愿意在这种时候会有人懂得我，便骂我，我也可以快乐而骄傲了。"而这种"懂得"女性心理为基准的心灵渴望和独立人格的追求，不仅是爱情的呼唤，更是生命主体个性、自由精神的张扬。可以说，莎菲是"五四以后解放的青年女子在性爱上的矛盾心理代表者"[①]，是个性解放、自由意识的代言人。

如果说梦珂、莎菲对自由爱情的追求集中体现在现代知识女性对城市新风尚的追逐，那么《阿毛姑娘》集中笔墨来展示清纯村姑对全新幸福婚姻生活的觉醒、追求与破灭。阿毛在 16 岁以前，生活在"对于嫁人的观念始终是模糊的，以为是暂时做一个长久的客"的家庭氛围里。生活环境的改善和夫婿的怜爱，让阿毛的精神面貌得以改观：阿毛梳头发时，替她擦点油；在做鞋时，替她理线；单独留在两人的小屋时，溜进去给她许多爱抚。这种最本能、最纯真的情爱启蒙了她的女性之躯，引起阿毛的动心、兴奋、爱慕，惹得"她也更乐于接受那谑浪""她总算是很幸福了"。随着幸福婚姻的到来和蓬勃生命力的自然生发，不安现状的阿毛开始憧憬、追求新的婚姻生活。这种追求建立在自我意识的、女性意识的初步觉醒——对"别一种生活方式"的向往——基础之上。阿毛朦胧地认为，作为一个"有所觉悟"的女子，应该得到"一种超乎物质的爱"，即丈夫既要给妻子以"从本能的冲动里生出的一种肉感的戏谑"，更要珍视妻子"隐秘着的女人的心思"，深晓妻子的"美好梦想"，在精神相悦中达到灵肉相谐。为此，作者在细腻刻画阿毛的那份"隐秘着的女人的心思"的同时，还深究"美好梦想"的破灭原因——丈夫小二对妻子价值的忽视。小说先从正面阐释丈夫要学会珍视妻子的价值，"为他妻生出一种超乎物质的爱"，随时理解妻子"隐秘着的女人的心思"，如得知"妻耐苦的操作中，压制的有极大的野心"、懂得"她的苦衷，跑过来抱起她，吻遍她全身，拿眼泪去要求，单单为了他的爱，珍惜她的身体，并发出千百句誓言，愿为他们幸福的生活去努力"，等等。接着从反面强化不珍视妻子价值所带来的严重后果。"无奈小二只是一个安分的粗心的种田人"，他只"知道妻是应该同过生活的"，不仅不可能"了解其余的事"，

---

① 茅盾：《女作家，丁玲》，《文艺日报》第 1 卷，1933 年 7 月 15 日。

甚至误认为阿毛在深更半夜"拨那眼睛皮"把他推醒是为那事（实则阿毛"美满的好梦，纷乱的便来挤着她的心"）！结果，不懂女性情怀的小二醒了，用拳头在她光赤身上打了一下，还伴以"不要脸""小淫妇"的恶骂！这打骂相加，将阿毛实现"极大的野心"的途径，将其渴望了解其精神实质、体贴其生命情绪等想法，统统否定掉，最终将阿毛逼死！

阿毛之死，是丁玲为阿毛而设，亦为梦珂、莎菲而设。如小说描述，时常在她眼前晃动的只是城里"幸福"、浪漫的一面，而没有亲见艰辛、龌龊的一面。当她为迷恋城里"别一种生活方式"而死时，享受这种生活的人儿却发出"不如静悄悄死去"的游丝叹惜。迷恋也罢，叹息也罢，共同指归洞悉欲望者的精神实质、体贴欲望者的生命情绪。基于此，阿毛婚姻生活在现实生活中的展开，毋宁说是梦珂、莎菲理想生活的实践，而这恰好说明："莎菲的空虚和绝望，恰好在客观上证明她的恋爱理想固然也是时代的产物，却并没有拥有时代前进的力量，而她更不能依靠这样的一种热力当作一种桥梁，跑到前进的社会中去，使自己得到生活的光和力。"① 对此，冯雪峰特开三副处方：一是照旧写那些恋爱圈里的充满伤感、空虚、绝望的作品；二是搁笔，不能再写；三是和青年的革命力量去接近，从而追求真正的时代前进的热情和力量。并且，冯雪峰还指出："恋爱的热情的追求是被'五四'所解放的青年们的时代要求，它本身就有革命的意义，而从这要求革命跨到革命上去是十分自然，十分正当的事。"②③ 形势的变化、普罗文学的特质和主体情感的创伤以及革命青年本身的情感诉求都指引丁玲文学创作走第三条道路，"向左转"，谱写普罗者们的爱情生活。

二　普罗者的浪漫苦涩：左转时期红色恋爱中双重抉择的刻摩

30 年代初，丁玲在思想上完成了"挑起革命的'印贴利更追亚'的

---

① 冯雪峰：《从〈梦珂〉到〈夜〉》，《中国作家》1948 年 2 月，第 96—99 页。
② 冯雪峰：《从〈梦珂〉到〈夜〉》，《中国作家》1948 年第 1 卷第 2 期。
③ 李蕾、凤媛：《早期普罗小说"革命+恋爱"模式的青春特质》，《中国现当代文学研究丛刊》2005 年第 5 期。该文认为，在"革命+恋爱"的普罗小说中，"革命"与"恋爱"都具有截断、破坏日常生活记忆、日常生活秩序的品性，它们给现实的疲软生活带来的巨大破坏力，大大释放了青年束缚被挣脱之后引起的快感，同时也给 20 年代后期的期待"激情和叫喊"的青年阅读者提供巨大的想象和释放激情的空间，促发青年个体再向外寻找革命终极理想的同时伴随着对个体本身存在价值的不断追问和反省。它们经常使用激切的第一人称叙事方式，为其表达"激情和叫喊"提供了方便之门。就此而言，这类小说具有青春特质。

责任"，"克服自己的小资产阶级的根性……开步走，向着醒醒的农工大众"① 的转变历程，成了史沫特莱所说的"一个非常政治化的人"。政治意识的左转连锁引发丁玲文学作品恋爱生活相描写的转向，转向革命者激情火辣的恋爱生活图景。但苦于生活体验的缺乏，她就只好充分挖掘"革命+恋爱"小说模式具有的青春特质，构建卷入革命浪潮的女性生命体验的真实②，集中笔墨刻画普罗者在自身的自然本能和"阶级性的责任感"、在个人爱情自由与革命工作服从等诸多问题中心灵的痛苦抉择，创作出充满"革命浪漫蒂克"的苦涩之花——《韦护》《一九三〇年春在上海》"之一""之二"等系列作品。这里仅以《韦护》为例。《韦护》以五卅运动前的社会现实为背景，撷取瞿秋白与丁玲挚友王剑虹的爱情故事为素材，运用双声齐鸣的间接引语，将革命者韦护还原为鲜活的生命体，描述他在追求、获得新女性丽嘉爱情的过程中处理"革命""恋爱"两大生活相的灵魂自我拷问以及最后的抉择③。

小说开始就以革命专制者身份的叙事者声音旁白："女性，他不需要。……他真受够了那所得来的不痛快……他目前的全部热情只能将他的时日为他的信仰和目的去消费。"借口"他不需要""受够了那所得来的不痛快"，剥夺恋爱的合法性，为整个小说情节的发展奠定了基调。可事实上，他的"生命的自然需要"，只要有机会就唤起他谈恋爱的欲望，并掀起他心中的三次"喧哗与骚动"。如当他被同事柯君央求着到丽嘉寝室玩时，第一次偶见丽嘉睡姿，"不觉在心上将这美的线条作了一次素描，他愿意这女人没有睡着"。当察觉她果真没睡觉时，"韦护的精神也提起来了，陡然清爽"，生理本能把革命工作对恋爱的设防撕了小小的口子。

① 成仿吾：《从文学革命到革命文学》，载中国社会科学院研究所现代文学研究室编《"革命文学"论争资料选编》，人民文学出版社1981年版，第136—137页。

② 李蕾、冯媛：《早期普罗小说"革命+恋爱"模式的青春特质》，《中国现当代文学研究丛刊》2005年第5期。该文认为，在"革命+恋爱"的普罗小说中，"革命"与"恋爱"都具有截断、破坏日常生活记忆、日常生活秩序的品性，它们给现实的疲软生活带来的巨大破坏力，大大释放了青年束缚被挣脱之后引起的快感，同时也给20年代后期的期待"激情和叫喊"的青年阅读者提供巨大的想象和释放激情的空间，促发青年个体再向外寻找革命终极理想的同时伴随着对个体本身存在价值的不断追问和反省。它们经常使用激切的第一人称叙事方式，为其表达"激情和叫喊"提供了方便之门。就此而言，这类小说具有青春特质。

③ 魏颖：《丁玲中篇小说〈韦护〉爱情悲剧的内涵》，《求索》2005年第12期。

为此，他有意寻找话题与她室友聊天。到后来，他离开时，还自作多情认为丽嘉在窗户边目送他远去。第二天，本无心情加入游玄武湖，而"一跳的丽嘉的影儿"诱惑他欣然前往，碰到了丽嘉，还在湖边欣赏丽嘉的美姿，首次引发心灵的阵阵"骚动"。

之后，高强度的革命工作让韦护似乎忘却了丽嘉。而偶然的上海相逢推动恋情发展，解构了他内心的信念，开始为自己恋爱合理化寻找理论的支撑点。他觉得"人是平凡的，并不是超然的东西，得有动力。譬如我们就是架机器吧。我们有信仰，而且为着一个固定目的不断的摇去，可是我们还缺少一点燃料呵！需要一点这助动的热力"。从丽嘉取到的思想上的信用就是他在革命工作中所不可或缺的"动力""燃料""助动的热力"（回家途中的心灵独白，构成第二次"喧哗"）。基于这种思考，他才心安理得地去与丽嘉交往、约会（约会前灵魂深处的自我拷问，是第三次心灵喧闹）、谈恋爱，忘情享受二人世界。

我们用叙事学理论，只集中剖析其中的首尾两次心灵的骚动。它们通过间接引语中所隐含的叙事者声音、韦护声音来体现。首次是在湖边欣赏丽嘉美姿时。"它象酒一样，慢慢将你酥醉去……它诱惑了你，却不压迫你，正象一个东方式的柔媚的美女，只在轻颦轻笑，一顾盼间便使人无力了，这里没有什么紧张，心动的情绪。"其中叙事者声音是："你已经受到了东方式柔媚美女——丽嘉的诱惑，慢慢将你酥醉去，你还没感到"；韦护的声音则是："我无力抵抗她的轻颦轻笑，顾盼相间，但我还没有为之紧张、心动。"细品前者，叙事者剥离韦护醉眼领略江南风味的皮相，复现被征服的"本我"之本性；而品后者，感觉到阶级属性理论来抗拒丽嘉诱惑的苍白无力，见其"超我"之虚像。这种心理"骚动"，影射了革命者本我的试图陷入与超我的强烈抵制之间的剧烈抗争，陷入对女性"革命"而不"美"与"美"而不"革命"的"革命"／"美"之间的能指对立。

尾次是答应丽嘉约会后的灵魂拷问："他并不反对恋爱，并不怕同异性接触。但他不希望为这些烦恼，让这些占去他工作的时间，使他怠惰。他很怀疑丽嘉。他确定这并不是一个一切都能折服他的人。固然，他不否认，在肉体上，她实在有诱惑人的地方，但他所苦恼的，却不只限于这单纯的欲求。"此中叙述者的声音是："恋爱让人苦恼、怠惰。可丽嘉真的都能折服你，值得占用你的工作时间？"韦护的声音为："我不反对恋爱，也不怕同异性接触，怕就怕因此影响工作。丽嘉在肉体上诱惑着我，在精神上尚不能折服我！但单纯的欲求时时在咬我的心。"透过前者劝慰的背后，我们仿佛看见叙事者酷似对丽嘉底细了如指掌的过来人，并对韦护用情过于投入以致影响正常工作予以质问；而细品苍白的半坦白、半辩解，发现革命者明为追求、实则理性审视，将女性视为"我的生理欲求"的"诱惑"物，进而凸显男性革命者在流动的肉欲与"革命"欲望之间的张力。或许，这种潜在的张力，造成二人内心深处巨大的精神鸿沟，导致两人无法真正"对象化"。当丽嘉将自己本有的桀骜不驯的个性抛掉，向着男人传统认同的女性回归，每天被动等待心爱男人的爱抚时，竟加剧韦护精神上的困苦，更使他陷入"牵挂爱情就不忠于革命信仰、忠于革命信仰就不能牵挂爱情"的双重自责之中。这种双重自责是"不可动摇的工作"与"生命的自然需要"的冲突。"接受了另一种人生观念的铁律"的韦护，最后选择结束了这种浪漫的苦涩，留下告别信，奔赴广州干革命。这是革命者无奈的、义无反顾的抉择。丁玲就是这样巧借构建红色恋爱生活图景的平台，既完成了其作品风格的转型，又延展了当时"恋爱＋革命"小说的宏大叙事主题，以具体的文学创作实践声援"革命文学""文学大众化"的呼声。

三　农民革命者的情感荒漠："回家"后私人挚爱缺位的宏大叙事

延安是丁玲的新家。回到延安的怀抱，实现了丁玲的夙愿。延安特定的人文环境，锚定了丁玲文学创作为工农兵服务的转变方向。"上海亭子里的队员"① 的礼遇身份和延安初期宽松自由的环境牵引着丁玲对革命产生亲和力，创作了许多喜洋洋、暖融融的"颂歌"。去马列学院学习后，后方平静的生活给她以冷静思考与进一步深入现实的可能。丁玲以女性艺术家的批判眼光，对革命队伍尤其农民革命者的情感质量有了多维的打量，作品中的婚姻民俗描写也因此越来越真，力度越来越大，民俗意蕴越来越浓，最终积淀成民俗化的现代文学经典作品《太阳照在桑干河上》。这时期的作品主要有《我在霞村的日子里》《泪眼模糊中的信念》《夜》《太阳照在桑干河上》，等等。丁玲对解放区婚姻民俗描写力度的不断增

---

①　当时延安的知识分子在地域上主要有三个来源（大后方、沦陷区和根据地）。这三类知识分子被毛泽东形象而笼统地归纳为"上海亭子间的队伍和山上的队伍"。其中前两类被称为"上海亭子间的队伍"。

加强度和密度，是其女性人文关怀的真实再现。

《我在霞村的日子里》描写了一个接受"慰安妇"角色①的边区情报员之情感世界。贞贞因反抗父母的包办婚姻，要将她嫁给根本就不爱她的米店小老板做小，赌气跑下山到教堂当修女，却在日军的扫荡中被掳，做了"慰安妇"，但她忍辱负重，利用自己特殊的身份给游击队送情报，使敌人遭受严重打击。这样，作品中的贞贞具有"失节者"和为抗日力量送情报的"革命者"两重身份。可按当地传统婚姻观念，"失节者"应当在羞愤中自尽，否则整天得遭"亏她还有脸面回家""这种缺德的婆娘是不应该让她回来的""怎么好意思见人"的指点。面对周围的白眼和鄙视，她毫不退缩，不仅坚强地活下去，而且好心拒绝往日情人夏大宝的怜悯舍婚，决绝地向一切压迫女性的传统婚姻民俗势力"复仇"。贞贞是在三四十年代中共领导的妇女解放讨论的文化背景下绽开的苦菜花。1939 年在延安发行的《中国妇女》的两篇文章，就以晋西地区为例，指出女性问题的整体解决，需要从女性的工作、教育、婚姻、思想意识等方面做整体性改变，特别提出不能伤害救国运动的"破鞋"的自尊心，通过它们促进她们自我意识的觉悟和变化②。这种"民族大义"夺走了她的爱情奢求，荒芜了她的私人感情，留给她永恒的感情荒漠，从而将"原是一个并不深奥的，平常而不过有少许特征的灵魂"在"落后的穷乡僻壤中"，"在非常的革命的展开和非常事件的遭遇"烛照下，"展开了她的丰富和有光芒的伟大"③，尽管这种展开的方式和展开的内容，而今觉得是苦涩的！

《夜》截取乡指导员何华明对三个女性清子、桂英和老妻的情感取向，刻摹了农民革命者感情世界的荒漠。小说开笔就以男性眼光描摹了一幅具有挑逗意味的画面：夕阳西下，桃花盛开，一个大姑娘坐在自家窑门口，不时扭转头，带动耳环摇晃得厉害。"还""不时"两个频率副词是密切注视的那双男性眼睛的暗示；耳环摇晃得"厉害"又是此男性欲望

---

① 董炳月：《贞贞是个"慰安妇"——丁玲〈我在霞村的时候〉解析》，《中国现代文学研究丛刊》，2005 年，第 2 页。贞贞作为被迫充作性工具的女性接受了日军强加给她们的性角色之后，非但没抵抗那种屈辱的生活，亦没逃出虎口控诉日军罪恶以激发同胞的抗日斗志，而是与日本士兵关系暧昧，故暂时将她定位为"慰安妇"。

② 《第八次丁玲文学创作研究国际研讨会论文集》，陕西人民教育出版社 2000 年版，第 107—108 页。

③ 冯雪峰：《从〈梦珂〉到〈夜〉》，《中国作家》1948 年 2 月，第 96—99 页。

的潜意识流露。紧接下文则是其具象呈现："那发育得很好的清子……十六岁的姑娘，长得这样高大，什么不够法定的年龄，是应该嫁人了的啊。"何华明迅速捕捉到她"发育得很好"，然后根据延安传统的婚嫁年龄，迅速联想到嫁人，其潜在的情欲冲动昭然若揭。可清子"落后"分子的政治帽子惊醒"革命"者，她只能让他过一把潜意识的艳羡瘾，别无他求。而邻居桂英则不同，她政治"红"、年轻妩媚，又在他孤独寂寞、讨厌老婆时频频施以暗诱。他也因此动了心，"恨不得抓过来把她撕开，把她压碎"。他对她因饥渴而生爱，因忌讳而生恨。两性相悦，他自可听从情欲的呼唤，然而在偏僻落后、政治氛围浓厚的边区，本能的冲动应绝对服从政治的需要，于是即将上演的爱情故事戛然而止，"咱们都是干部，要受批评的"，政治理性战胜了生理情欲的考验，桂英因而被赋予男性革命者政治立场的考验品的角色。此外，老何的妻子，是一个大他十二岁的黄瘦女人，四十几岁，身体多病，生的一儿一女均夭折，让他觉得生活少了帮手，很让他生气；而妻子觉得"她老了，而他年轻，她不能满足他，引不起他丝毫的兴趣"。自从做了乡指导员后，"他们便更难以和好，象有着解不开的仇恨"。他"嫌恶地看着她已开始露顶的前脑"，责怪她不会再给他生孩子："这老怪物，简直不是个'物质基础'，牛还会养仔，她是个什么东西，一个不会下蛋了的母鸡"，而"落后，拖尾巴"的"落后帽子"差一点儿就成为被休掉的理由。恰恰"闹离婚影响不好"的政治紧箍咒又将他脱缰的厌妻情绪遣送归位。在这政治标准审视一切的特殊时代，公共理性取代私人挚爱空间，留给农民革命者更多的还是私人挚爱的缺位。骆宾基对《夜》的主人公评论就有更透彻的了解，说何景明是"四十年代到五十年代的中国历史过渡时期的人物，背负着旧社会所给予死亡枷锁，而开垦新时代的农民"的典型。

而《太阳照在桑干河上》全方位展现翻身者的婚姻质量。这篇小说是丁玲书写农民革命者群像中艺术水准最高、社会反响最好的文学作品，是中国现当代文学史上"政治家+文学家+女性意识"完美结合的一部"工农兵化"文学巨著。它以华北暖水屯为背景，真实生动地再现了中国农民在共产党领导下的"翻身""翻心"历程，同时也折射出在这种历史进程中"翻身者"女性价值、女性意识的缺失、感情世界的荒漠。这正如美国历史学家 L. S. 斯若夫里阿洛夫曾指出近现代世界各国革命中的妇女解放的共同弱点："争取妇女权利这项事业在妇女自身中间就没有得到优先考虑，在革命期间，她们主要适应本阶级的需要而没有适应她们作为女性的需要。"①

的确，边区的"男人对付女人的老规矩是'娶来的媳妇买来的马，任我骑来任我打'"②。在这种视打老婆为男人本事的封建陋俗背景下，再加上边区革命是一场武装到牙齿的阶级斗争，而非深入细致的男女平等、珍视女性价值、尊重女性意识的思想启蒙，翻身就只能是政治意义的翻身，"翻心"也只为社会心理意义上的"翻心"，还没有深入至家庭伦理、性别平等层面，根本就不会遑及爱情的甜蜜和幸福。为此，小说中，妇联会副主任周月华，她的丈夫羊老倌之前是五十多岁的单身汉，放了大半辈子羊，他们的婚姻是羊老倌用二十头羊买来的，周月华在每次挨打时，认为"只怪咱前世没有修过好的"；而妇联会主任董桂花与李之祥的婚姻是经乡亲说合的，董桂花是一个逃荒者，四十多岁，图李之祥人老实，李之祥是三十多岁的光棍贫农，图娶她不花钱；李昌家里有"二尺半"，即他老婆是个童养媳；共产党员刘满，因心中充满了复仇的火焰，当着杨同志的面，要收拾他老婆，理由竟然是老婆催他吃了饭！区工会委员老董，结婚的目的很单纯，"替祖先留个后"。而被作者视为时代宠儿的黑妮，同病相怜，爱上了一个长工程仁，而且矢志不移。可单因收养她的二伯父钱文贵是个地主，她的感情被农会主席程仁不分青红皂白地赌气拒绝。要不是"受贿"事件发生，要不是他亲眼看到黑妮分"胜利果实"的高兴劲儿，程仁就不会明白她的独特身份和居家时的受压迫、受奴役地位，那么，两人的感情迟早会被这场政治风暴所淹没。

因而，无论是贞贞、何华明，还是程仁、老董，他们都打着深深的历史烙印，都表现出历史纵深感。当时，中国的革命是反帝反封的武装暴动，而不是启人心智的思想革命。解放区残存的婚姻旧俗如"百足之虫，死而不僵"。置身其中的男性革命者，特别是在贫穷落后的农村革命者，由于他们文化水准就不高、见识不广，没机会受"五四"精神的洗礼，因而他们就只能用当时的主流话语形态——政治积极性作为标尺，来粗暴评价女性价值观念和审美尺度，即使在欣赏、审视、批判女性诱人的性征

---

① ［俄罗斯］L. S. 斯若夫里阿洛夫：《远古以来的人类生命线——一部新的世界史》，中国社会科学出版社 1992 年版，第 192 页。

② 赵树理：《赵树理全集》第 1 卷，北岳文艺出版社 1986 年版。

上也是一样，根本就谈不上深入了解她们的内心世界。男性评价标尺的单一化、政治化，造成男性革命者本身情感世界的荒漠与干涸。而延安的革命妇女，把争取妇女解放作为她们的坚定信仰和自觉追求，但在婚姻问题上，她们其实还没有完全获得真正的自由和解放，获得的是准男性身份和准男性性格，革命者（翻身者），无论是男性还是女性，他们的感情世界并没有因社会心理的翻心而变得浪漫，他们的感情生活也没有因此而更加充实、丰富多彩，而是依旧贫瘠、荒漠！

结 语

20世纪前半个世纪是我国民俗的新生期。是时，我国传统民俗由于其存活土壤自然经济的逐渐解体而渐次发生裂变，现代民俗也就从裂缝之中渐次滋生成长，可传统陋俗仍像死灵魂一样盘根在我国国民的心灵深处。丁玲等许多现代文学作家，实是此流程的历史见证人和亲身实践者。他们受到"五四"时代精神和左翼革命思想以及延安文艺座谈会讲话精神的激励，饱吸由男性启蒙者所唤来的妇女解放时代新风气，拿过各自写女性的彩笔，运用自己的心性和灵性，摄取不同时期、不同地域的婚姻民俗入其文学作品，各抒己见，烛照中国妇女解放图景，最终铸就成具有丁玲式和丁玲们的现代文学作品和文学风格。而今，我们运用文艺民俗学理论，对其作品中的婚姻民俗进行叙事学分析，深入探讨当时的民俗对丁玲文学作品叙事的渗透、参与，试图更好地总结出现代文学宏大叙事中的婚姻民俗参与范式。这种思考方式，迄今为止，尚未进行开拓，不过，"有一块从未有人探索过的新境地，谁都可能找到许多无价的事实。只要找到路径，就应该知足了"①。

（李云安　原文刊发于2008年第8期《长江大学学报》。最初题目是"中国现当代文学作品的文艺民俗学切入——以丁玲文学作品中的婚姻民俗学叙事为例"，系作者参加"2007年北京师范大学全国博士生学术论坛（中国语言文学）"的交流论文。之后，改为"丁玲文学作品的婚姻民俗叙事"，参加2007年8月17日在第十次丁玲国际学术研讨会所提交的大会交流论文。该会议由同济大学、上海市作家协会、中国丁玲研究会主办）

---

① ［德］格罗斯：《艺术的起源·自序》，《艺术的起源》，蔡慕辉译，商务印书馆1984年版，第3页。

第二节　论丁玲文学作品中的口承民俗叙事模式

口承民俗即民间文学，它以接近生活形态的本真和清新刚健的风格，哺育着作家文学的创作。古今中外作家的创作实践证实了这点："不懂得民间文学的作家是坏作家。"的确，民间口承民俗艺术以特殊的方式哺育着丁玲文学创作。丁玲在文学创作民间学习，学习口承民俗，历经了从无意识采撷到有意识仿写的阶段。学习、贯彻、落实《延安文艺座谈会上的讲话》精神是此转型的重要分水岭。向民间学习，揣摩文学题材的民间化走向，仿写民众的口头表达方式和表达风格，瞄准民众向上的精神世界，开启民众抗日救亡、解放翻身之门，以此来"革"文学创作欧化、文言化之命，招"大众化""民族化"之魂，走文学创作"民间化""工农兵化"之路，是中共中央对"来自亭子里的作家"的政治期盼，也是丁玲这般知名文艺工作者在特定气候下所做出的政治回应。这是她积极响应党中央号召而迈开的关键性一步，也是后来丁玲受人诟病的拐点之要。不过，丁玲文学创作民间文学，是一个动态的、不断渐进的过程。这样，摄入文学作品中的口承民俗，在不同时期，其样式以及其在整部作品中的分量不同，作品呈现的地域风格、时代特色也就各异。在她的作品中，这些样式主要有方言俗语、民间神话、民间传说、民间故事、民歌等。现按丁玲不同时期的文学作品所呈现的地域特色来予以论析。

一　浅尝即止的都市方言采撷

是人都会说话，是人都该说话。人善于用语言来表达、交流自己的想法，分享自己的喜怒哀乐。可由于人类各自生存的地域环境、水文气候不同，各人群所操的语言也就各异。当人身处异地，尤其是"乡野陋民"初次涉入大都市，试图与城里人进行交流时，都市人特有的方言讲述神情，成为自卑心理特强的"乡野陋民"特别反感的文化特征，同时也因此成为他们特别深的文化印痕。20世纪二三十年代的上海，是真正的国际化大都市、国人心目中新生活的代名词。那时，会说上海话、能以上海话来进行文学写作、创写上海人的生活时尚，几乎是当时文人引以为自豪的资本。而丁玲家乡，相对上海而言，在当时仍属于蛮荒之地。为此，当"乡野陋民"丁玲怀着满腔热情投奔到上海来寻求"新生活"时，才发现上海市民追赶"新生活"的大潮已过，其心中的郁闷之情可想而知。"大凡物不平则鸣"，且用自己熟知的语体来鸣、来怨。按常规，丁玲该选择其家乡方言来抒写自己内心深处的痛楚才是。可在视传统为落后、愚昧之源而需要革除的特定语境下，家乡方言也因此被激进者指责为理应革除的愚昧、落后、封闭物。割掉方言，就得寻找新的文化表述语源。当时，引领时代新生活潮流的上海人所操的上海话，自然就成为蛰居上海的文人大书特书骚怨之情的语源。为此，丁玲作品中时常冒出几句海味十足的上海方言。如"啥事体（什么事）""侬（你）""伊（他或她）""阿拉（我）""格个辰光弗在此地（这个时间不在这里）""弗晓得（不知道）"，等等。或许是吴方言与湘方言的差距特别大，或许是丁玲在上海停留的时间不长，造成丁玲对大都市方言的掌握不很娴熟，这样，丁玲早期作品只是浮光掠影地对上海方言进行采撷，是整部日记体的小花絮，也就不足为怪了。

二　乡韵十足的湖湘口承民俗援引

丁玲思想上的"左转"，必然引发文学创作的"向左转"；日记体式的上海方言采撷，只能算作是丁玲语体转向的前奏；要想真正追逐时代潮流，妙笔生出具有文化底蕴的时代精神之花，还得使用自己熟悉的语体来进行写作，从而才能喊出时代的强音。为此，对自己小说创作出路反思的不断加深，丁玲开始有意识地寻求新的语体之源。如果说，前期小说主要是"异域求新声"，那么到担任"左联"机关刊物《北斗》的编辑之时始，就开始"礼失求诸野"，拉开了她主动向民间学习的序幕。这诚如丁玲本人在给《创作不振之原因及其出路》征文作总结时对青年作家提出的要求："用大众做主人；不要使自己脱离大众，不要把自己当成一个作家。记者自己就是大众中的一个，是在替大众说话，替自己说话；不要空发议论，把你的思想，你要说的话，从行动上具体的表现出来；说话要合身份。"① 所谓"记者自己就是大众中的一个，是在替大众说话，替自己说话"，"说话要合身份"暗示了丁玲文学创作语源的民间化、方言化取向。不仅如此，丁玲还以自己的创作实践来践履自己提出的文学创作主张。

---

① 彭淑芬：《丁玲与湖湘文化》，南方出版社 2000 年版，第 137—154 页。丁玲为 1932 年 1 月《北斗》第 2 卷第 1 期《〈创作不振之原因及其出路〉征文的总结》，收入 1933 年天马书店《丁玲选集》时，定名为《对于创作上的几条具体意见》。

　　丁玲这时期的向民间学习，主要弥散在《水》《奔》《田家冲》《过年》《母亲》等文学作品中。丁玲到底学了哪些具体的口承民俗样式，彭淑芬教授在其力著《丁玲与湖湘文化》中，仅就人物对话和相互称谓的湘方言运用方面稍微展开过描述①。如"几多要好""告妈去""骇死我了"、把话"学把他听"，"晓得"、"莫说"、"姆妈（妈妈）"、"幺叔（最小的叔叔）"、"幺弟"、"幺妹"、"天晏了"、"吃汁儿"（吃奶）、"毛头"（小男孩）、"好事"（儿孙满堂的老人家寿终正寝的委婉语）、"放人家"（出嫁），等等。研究者知识结构的合理性影响其研究结论的全面性，被迫喝水的牛是喝不了多少水的。其实，小说《水》本身就是以本地人对龙王的崇信及其传说为文化背景来展开的。这在丁玲母亲 1927 年日记中曾如此记载："五更时，大雨滂沱，雷电交加，其势甚凶。我起床下楼查看……西城出蛟了，矮城倒了，压坏民房屋子，平底一刻水深数尺……"② 所谓"出蛟"，是潜伏在某地的龙，因为要从潜伏地冲出来，就得靠大洪水的冲击而造成该地塌陷。而像这类出蛟而惹发的大洪水，丁玲儿时的记忆中经常浮现："我对水灾后的景象，从来印象很深。"③

　　而在《母亲》中，丁玲有意识地采用《红楼梦》的手法来创作。或许，她认为没落、腐朽的蒋氏家族与《红楼梦》中的贾府有惊人的相似性，而日记体的创作手法根本就无法历数蒋家丑恶的封建人伦，欧化句式更无法卷书曼贞在该家族中所忍受的困苦，为此将创作源转向传统世情小说，并选取从口承民俗入手来行文就显得顺理成章了。而《红楼梦》正是此类小说的典范。它以精细的封建大家庭生活描写和闲谈中写活人物性格的典范，为寻找出路的丁玲指出一条光明大道。小说中，既有"家花没有野花香，野花没有家花长""池塘边洗藕，吃一节洗一节"等妇孺皆知的俗语，又有充满童趣的摇篮曲："摇啊摇，摇啊摇，弟弟睡觉……"更有"总管"老幺妈紧紧有条的安排语："好，大家睡吧，于大叔那边客房开得有铺，被、褥都是干净的。长庚引轿夫到你家里，也有现成的铺，走了一天了，歇歇吧。明天杀三只鸡，不必去买肉了。乡下就只有小菜，再吗，蛋。比不得你们城里。三姥爷在时，家里人多，要东西还方便……

①　彭淑芳：《丁玲与湖湘文化》，南京出版社 2000 年版，第 137—154 页。
②　丁玲：《丁玲母亲自述》，《丁玲研究》，湖南师范大学出版社 1992 年版，第 101 页。
③　丁玲：《谈自己的创作》，《丁玲文集》第 5 卷，湖南人民出版社 1984 年版，第 395 页。

怠慢了，不要见怪吧，不要拿到城里说笑话，说我们小气。我们奶奶是贤惠的，就只没有人手，喊起来不方便。"语言简洁干脆，生活趣味浓，同时又有条有理，将能干的"义仆"形象展现在我们面前。

而在《田家冲》中，直接援引口承民俗的就多了：如写到幺妹幻化出的三小姐形象是白嫩嫩的，像"田螺精"。这里的田螺精取材于民间广为流传的民间故事《田螺姑娘》，"一只修炼成精的田螺，爱上了一个勤劳、能干的农家小伙子，便化做一个貌美的姑娘，趁小伙子出去劳作时，在他家里帮他做好饭菜"。这样，三小姐白嫩嫩、善良、聪明、美貌的形象活脱脱地映在了幺妹的心里。大哥、幺妹唱的那两段情歌："大哥：……二月菜花香又黄，/姐儿偷偷去看郎。……幺妹：蔷薇花，/朵朵红，/幺妹爱你……"其中大哥唱的就是"灯草花儿黄"调，而幺妹唱的则为"十字调"，前者为苦情歌，歌唱姐儿对郎的苦思，思念得脸都发黄；而后者则是姐儿的回敬歌词。这类歌词，在丁玲少儿时经常听到。此种情形，在《母亲》中是常见到。典型者如中小菡唱的摇篮曲："摇呀摇，/摇呀摇，/弟弟睡觉……"就是直接援引，未经删减。

丁玲的这种向民间学习，首先是她对当时时代思潮的主动回应。从30年代开始，文学大众化、通俗化、民族化的大讨论从未间断，语言的通俗、朴实本身就是这大讨论的重要议题，而左联机关刊物《北斗》则始终以积极的态势导引该大讨论的方向①。置身此中的丁玲，在《给〈大陆新闻〉编者的信》中，如此预报创作《母亲》在文风方面的构想："力

---

① 据笔者对《北斗》刊物所刊载内容的检索，发现此时的文风仍大多为文言体、欧化语句和五四新的文白夹杂体，真正从直接援引民间口语入文者鲜矣；此时所讨论的大众化，主要集中在题材的大众化（尤其是市民、知识分子和都市普通劳工）、语言的拟市民化；通俗化，是指语言能为识文断字的都市普通知识分子所能读懂，而非全体国民。如"在现在的作品里，能够抓住反帝的工人罢工斗争作题材，是极少见的。你（阿涛）以为大家都看不起工人，认定工人都不配创作，都写不好文章，而且就不要看工人写的东西。我想这也是偏见。……我们非常重视这类作品，因为这里面更能反映大众的意识，写大众的生活，写大众的需求，更接近大众，为大众所喜欢；同时也就更能担起文学地人物，推进这个社会"。"文学大众化如何实践，是现阶段文学运动中的一个主要的问题。""本期刊载了三篇新作家的作品。这三位作家的作品，还谈不上是好的新作，可能还很幼稚，但出于拉石修马路的工人白苇君，从工厂走向军营的炮兵叔周君，以及从事与工农文化教育工作而且生活在他们中间的慧中君之手，这是值得特别提倡的。"（刊于1932年7月20日《北斗》2卷3、4期合刊编后）就此层面上说，此时的向民间学习，此时的"民间"应为具有一定文化素质和企盼具有一定政治觉悟的市民。丁玲，开始汲取乡村俗语，确实为一大进步。

求着朴实和浅明一点的，像我过去所常常有的，很吃力的大段描写，我不想在这部书中出现。"① 其次也是"童年记忆"库的被激活。精神分析学派理论认为，作家儿童耳濡目染的民俗知识，具有丰富的文化原型意义，在一般情况下，它会随着作家年龄的增长和社会阅历的逐渐丰富，潜伏到作家心灵深处，转成为作家混沌无序的意绪团。这种意绪团，家师陈勤建先生认为，"软控"作家的转型轨迹。受特定时代思潮的激荡，它能"呼唤""推动"作家创作的民族化、通俗化②。丁玲自小就生活在口承民俗矿藏相当丰富的荆楚文化区——常德市临澧。中国"民间文学三套集成"③ 临澧县资料本（内部资料：1986）则以第一手资料来形象展示该地区绚丽多姿的口承民俗；王建章教授《中国南楚民俗学》对荆楚民俗资源全貌进行系统的梳理和描述；巫瑞书教授《荆楚文化与民间文学》则以特定的口承民俗为切入口，对荆楚文化的文艺灌溉潜力予以理论概括。家乡特有的、丰富的口承民俗资源理应成为丁玲文学作品民族化转向的"呼唤器"和"推动仪"，但丁玲本人尚未从理论上认识到这点。

三　轻快雄壮的陕甘口承民俗集结

民间歌谣"原是民族的文学的根基"，是民众"表达民族心声"的"韵文作品"，"是原始文学的痕迹，也是现代民众文学的一部分"。"民歌的最强烈、最有价值的特色就是它的真挚和诚信。"④ 周作人在 20 世纪 20 年代所预设的口承民俗价值和特质，终于为积极倡导文学大众化、通俗化、民族化的左翼作家群所认同，更为回"家"后的丁玲所赞赏、所运用。"创造了苏维埃的人们……具有新生的气质，在各种工作上显示了独特的明快的作风。在文艺上也呈现出活泼、轻快、雄壮的特点。最能证明的，便是在苏区流行着好似比全中国都更丰富的歌曲，采用了江西、福建、四川、陕西……八九省的民间歌谣，放进了适合的新的内容，如《送郎当红军》《渡黄河》等，历史上证明这都是不朽的佳作。"（《文艺在苏区》） 丁玲就是以激赏民歌为切入点，来集结轻快雄壮的陕甘口承

---

① 丁玲：《给〈大陆新闻〉编者的信》，《现代》第 4 卷，1933 年第 1 期。
② 陈勤建：《文艺民俗学导论》，上海文艺出版社 1996 年版，第 385—387 页。
③ 指中国民间故事集成、中国民间歌谣集成、中国民间谚语集成。
④ 周作人：《中国民歌的价值》，《歌谣》周刊，第 21 号。

民俗，从而推动其作品的民族化。

（一）援引陕甘谚语

此等口承民俗，在丁玲回"家"后的文学作品中，类型齐全，数目众多。首先是谚语歇后语。谚语是口承民俗的一种样式，是传承地民众在言语交际过程中所形成的富有地域特色的固定的通俗的简短话语。古称"谚""俗谚""时谚"，等等。《说文解字》："谚，传言也。"段注："凡经传所称之谚，无非前代教训。"朱介凡在《中国谚语论》中说："谚语是风土民性的常识，社会公道的议论，深具众人的经验和智慧，精辟简白，喻说讽劝，雅俗共尝，流传纵横。"① 美国民俗学家阿兰·邓尼斯亦如此评价："每个谚语都是一个传统的有教育意义的炼话。"② 这类"炼话"，雅俗共赏，易为目光敏锐的丁玲发现，并直接援引入文学作品中。而歇后语则为汉语口语的独特语体，它以"歇后"形式、谐音外相来凝练传达民众思想、感情和生活哲理。这类语体，因其题材广泛、形象生动、诙谐有趣、哲理深刻、富有生活情趣，而常被书面语言系统所化用。这在《太阳照在桑干河上》中的实例很多，例如有"好好坏坏全装在肚子里""事变知人心""好汉不吃眼前亏""一朝天子一朝臣""寡妇做好梦一场空""出头的椽子先乱""死活一般大""英雄难过美人关""天上下雨地上滑，各自跌倒各自爬，翻身得要靠自己""和尚念经，那么也是那么""大海里的鱼，自由的游来游去""墙上的草，两边倒着呢""六月里的梨疙瘩，有的酸""赖泥下窑，烧不成东西，白下力""老婆面前不说真""人多成王""井水不犯河水""大河里的水向东流，没法子挽回""一个长翅膀的党员——飞了"，等等。

（二）化用民间传闻、民间传说和民间幻想故事

民间传闻（谣传）则为对当下发生事件或可能发生事件的描述、猜测，而民间传说是民间口承民俗的另一体式，是某区域民众描述特定历史人物、历史事件，或解释特定地方古迹、自然风物和社会习俗由来和特征的口头传奇故事，是民众口承的历史，且前者关注民众群体的政治预测和政治嗅觉，而后者则指向民众集体的历史记忆和历史情怀，尽管二者关涉的维度不同，但呈现的生活情趣、创造者、传播者与改编者三者各自的心

① 朱介凡：《中国谚语论》，台北新兴书局1964年版，第62页。
② 张紫晨：《民间文学基本知识》，上海文艺出版社1979年版，第113页。

态、观念均仍可鉴，在时局动荡和社会大变革时期更为可鉴，鉴民心的向背，可见它们常被丁玲类有识作家所化用，就不足为奇了。在《太阳照在桑干河上》中，融这类口承民俗入文的很多。

小说中，集中运用民间传闻者多，这里仅介绍两处。

一处为小说第三章。小说以胡泰全新的胶皮车被顾涌赶到暖水屯这一传闻引出的"耳语"开篇，并层层叙述该传闻的逐步扩散、传播，进而包抄到小说中的"热点人物"钱文贵；然后借屯民传闻与猜测，追述钱文贵潜在的势力和民众对他的敬畏，此中可见民心浮动及其向背："共产党又来帮穷人闹翻身，该有钱的人倒霉了！"

而另一处则为钱文贵被秘密逮捕之后民众的种种猜测。鉴于钱文贵身份的特殊性和隐蔽性，逮捕钱文贵也就只能采用秘密手段，而此人的被逮捕同时又是件大快人心的事，为此，当此消息秘密传开后，小说实录了当时消息扩散的神情、"滚雪球"的添枝加叶方式以及传播者复杂的心态："这家的人跑到那家，老头子找老头子，青年人找青年人，妇女找妇女，人们见着时只用一个会意的眼光，便凑拢到一起了。他告诉他这件事，他也告诉他这件事，他们先用一种不相信的口气来谈，甚至用一种惊骇的声调，互相问询。他们去问那些靠近干部的人，去问民兵，有的就去问干部。消息证实了，可是消息也增多了。有人说当张正国去到钱文贵家的时候，已经找不着他了。后来是在圈牲口屋里的草堆里拉出来的。有的说他还躺在炕上，看见张正国时只说：'啊！你来了！咱老早就等着你的。'又有人说民兵都不敢动手，张正国捆了他一绳子。还有人说他走的时候，把一双新洋纱袜子也穿上了，还披了件青呢大衫，怕半夜冷哩，嗯，说不定是怕捞不到一件像样的衣服回老家咧。"首先是同龄人之间用某种会意的方式互相问询、相互印证、彼此确证被捕消息的真实性，之后则是从直接参与逮捕的靠近干部的人、民兵、干部层层询问、点点证实、步步确证消息的可靠性，最后则是消息证实之后的被捕细节猜测，且版本很多，被捕的细节越来越完整、丰满，从而将民众特殊的心情、心态刻画得入木三分。

如果说民间传闻和民间传说具有较强的现实色彩，那民间幻想故事的幻想色彩浓郁，它常以拟人化的手法、遵循变形理论来描写动物、植物甚至无生命体的叙事，增加故事情节的生动性和生活性。在这类口承民俗中，人类与动植物之间相互转换，甚至可结婚生子。典型者如村民开宝堂叔的如下玩笑:"早就听人说你跟园子里的果树精成了亲呢,要不全村多少标致闺女,你都看不上眼,从来也不请个媒人去攀房亲事,准是果树精把你给迷上了,都说这些妖都喜欢老头儿啦。"此外,还有"人变狼"的故事,等等。

(三) 妙采陕甘民歌

民歌是押韵的口承民俗。陕北是民歌的海洋。这里民歌数量繁多,种类齐全,歌词简洁优美,韵味无穷。为此,小说首先收录了不少优美的陕甘民歌歌词,此中有情致飘逸新鲜的情歌,如十字调韵的《五月的夜》:"太阳光,金黄黄,照遍了山冈……","好一朵鲜花,好一朵鲜花,满院的花儿赛不过它,我有心采一枝儿来戴,恐怕那看花人儿骂","你今儿把奴瞧,明儿把奴瞧,瞧来瞧去爹娘都知道了,大哥哥儿刀尖儿死去,小妹子悬梁吊","刀尖上死不了,悬梁上吊不成,不如咱二人就偷走了吧,大哥哥头前走,小妹子随后跟","雪花儿飘飘,雪花儿飘飘,雪花儿飘了三尺三寸高,飘下一对雪媚人,小妹妹怀中抱","太阳出来了,太阳出来了,太阳出来雪梅人儿消,你何必怀中抱";如《太阳照在桑干河上》的"五更里,门儿开,多情的哥哥转回来,咿呀嗨……";也有新编的时政歌谣,如《五月的夜》中,就有"……骑白马,挂洋枪,三哥哥吃的是八路粮,有心回家去看姑娘,打日本顾不上","延安府,开大会,各区调咱自卫队,红缨杆子大刀片,保卫边区打土匪。西安省,太原省,毛主席扎在延安城,勤练兵来勤生产,抗战为了救中原……",而《太阳照在桑干河上》则有如此歌词,"共产党,人人夸,土地改革遍天下!穷乡亲,闹翻身,血海冤仇要算清。想当兵,受压迫,汉奸地主好欺诈。苛捐杂税不得完,田赋交了交附加。附加送到甲长家,公费杂费门户费,肥了咱村八大家。西头逼死李老汉,张真送儿铁红山,侯忠全到一贯道里受欺骗,疯疯癫癫傻刘乾……";另外还有礼俗歌的歌词,如《民间艺人李卜》就记载了李卜在闯荡江湖时所说的开场白:"一报堆金多吉有,二报夫妻俩双全,三保三阳增开泰,四报四季大发财……荣华富贵万万年。"不仅如此,小说还再现了民歌歌词展演的程式、演唱的氛围和艺术魅力。如《民间艺人李卜》就如此书写仪式歌的演唱程式:"(李卜)身穿旧单卦,头戴顶旧麦秸帽,胳肢窝里夹个包包,走到别人门前坐在别人柜台边,把右腿放在左腿边,然后拿出一个三岔岔板边敲打,边唱着吉庆话……之后,等众人围拢来后,接着唱:'出门人缺少盘缠,请大家凑合凑合，高抬贵手点几出吧。唱得不好，大家包涵。'"《太阳照在桑干河上》则如此再现民歌的创作过程："咱还能编上几段，咱念，你写，村上的事，咱全知道，把张三压迫李四的事编上一段，又把王五饿饭的事也加上一段，他们听说他们自己上了报，谁也愿意看。只要是讲到他们心里了，他们就会伤心，一难受，看见仇人就眼红了……"而《永远活在我心中的人们》，不仅实录翻心老太太陈满的一首民歌："太阳出来红彤彤，太阳好比毛泽东，庄稼没太阳不生长，穷人没毛主席万年穷"，而且还通过老太太之口，品评这首歌谣的艺术特征及其表达的内涵。而《太阳照在桑干河上》，则借小说人物之口，将民间歌手的创造力比肩曹子建："咱老吴肚子里多着呢，他是出口成章，比曹子建，就是那个曹操的儿子还不错呢。"复出后，丁玲还在运用民歌来刻画贺龙元帅的新风貌。在《元帅呵，我想念你！》一文中，丁玲转述了电影《元帅之死》的画面：贺龙元帅"文化大革命"期间因于狱中，一阵醉人的歌声，"洪湖水，浪打浪……"从堤边悄然飘来，元帅亲切地跟年轻哨兵谈话，谈话的内容即为家乡人民的生活，从而将革命者身在江湖、心系魏阙的博大情怀凸显出来。

（四）抓取西北方言

作品中运用了大量的西北方言。诸如"婆姨（老婆、媳妇）""老汉（即可指老头又可指丈夫）""难活（生病）""适才（刚才）""闺女""看承（照顾）""尖（聪明、狡猾）""炕桌""扳拉（显摆、张扬）""二五眼（傻蛋）""矾盒子（肥皂）""俐洒（麻利）""知不到（不知道）""冰葫芦""白先生""下马""羊栏里面的驴粪球""软骨头，稀泥泥不上墙的角色""背棍打旗的人，吆喝吆喝，唱正台戏就上不得台啦！咱不敢出主张"，等等。更有甚者，《太阳照在桑干河上》还形象地记下了如此具有历史意义的入党誓词："死活替穷人干一辈子；跳黄河一块跳，异口同音，叫我怎办就怎办；要交党费；凡不在党的，不管父母妻子，该守秘密的事，也不能告诉他们……"

（五）不同历史语境下的陕甘口承民俗集结变易

上文讨论的方言俗语，大多出自定本十卷本的《丁玲文集》。其实，丁玲文学作品在传承过程中有许多版本。在现当代文学研究领域里，不同的版本就是不同的文本，版本的差异往往是文字上的差异，且基本上是由作家本人修改所造成的文字差异。这等修改，源自作家本人在应对新中国成立前后历史语境的不同、流行文风的各异以及读者接受空间的转换而造成的文字规范、语体规范和叙事"洁化"。"一个可靠的版本，我们可以有这样下定义，就是一个能够代表作家意志的版本。"①丁玲文学作品的版本修订，是丁玲不同时期意志的自然流露。为此，我们以《太阳照在桑干河上》为例来动态考察口承民俗在各种版本中的变迁。《太阳照在桑干河上》版本众多，据金宏宇教授在《中国现代长篇小说名著版本校评》一书中梳理，该书有两个系统共八个本子②，其中版本变化较大的，据当代文学史料学家陈子善先生考证，主要是初版本、校订本与修改本。在此，笔者借鉴现当代文学研究中的版本研究成果来对摄入初版本（主要是指 1948 年 9 月出版的光华书店本和文艺丛书初版本）、校订本与修改本本文中的口承民俗变迁进行简单的钩沉。

1. 口承民俗在校订本中的变化。在初定本第 21 章结尾，本来援引的是赵匡胤发迹后忘本的传说："赵匡胤诗歌放牛娃出身，陈桥起义，黄袍加身，该算是个穷人当家了，可是他做了皇帝，还不是把原来的弟兄们都收拾了，老百姓还是老百姓。"后来，丁玲接受了胡乔木、萧三、艾思奇共同讨论的修改意见，将传说的主人公更换成朱洪武："他从他读过的听过的所有的书本上知道，没有穷人当家的。朱洪武是个穷人出身，打的为穷人的旗子，可是他做了皇帝，头几年还好，后来也就变了，还不是为的他们自己一伙人，老百姓还是老百姓。"这一改动，符合了历史真实，亦更能说明侯全忠的思想特点。同时，若细校校订本与初订本，我们发现，初订本使用了许多本土的生僻方言（括号中的为校订后的规范字）：如道絮（道叙）、过身（走过）、一阵（一同）、豆面子（面子）、小妮子（小

---

① ［瑞士］沃尔夫冈·凯塞尔：《语言的艺术作品》，陈铨译，上海译文出版社 1984 年版，第 23 页。

② 其中初版系统两个版本，东北光华书店（《桑干河上》1948 年 8 月版）和新华书店版（文艺丛书本，《桑干河上》，收入《中国人民文艺丛书》，1949 年 5 月天津版）；修订版系统六个版本，校订本（《太阳照在桑干河上》，新华书店 1950 年 11 月北京版）、人本初印本（《太阳照在桑干河上》，人民文学出版社 1952 年 4 月北京第一版）、人文修订本（《太阳照在桑干河上》，人民文学出版社 1955 年 10 月北京第二版）、人文重印本（《太阳照在桑干河上》，人民文学出版社 1979 年 12 月版）、文集本（《太阳照在桑干河上》，湖南人民出版社 1983 年 8 月版，收入《丁玲文集》第 1 卷、定本（《太阳照在桑干河上》，人民文学出版社 1984 年 12 月版，收入《中国现代长篇小说丛书》），具体介绍见金宏宇《中国现代长篇小说名著版本校评》，人民文学出版社 2004 年版，第 199—200 页。

女子），等等。透过语体变迁，我们仍能看出初订本中方言俗语的使用程度。

2. 口承民俗在初订本到人文修改本中的失落。据金宏宇教授校对，发现人文修订本几乎把初订本和校订本中的脏话全部予以修改，甚至删除掉。据金教授统计，删掉的共 15 处，例如校订本 30 页 "'寡妇梦见鸡巴'一场空"，修订本 22 页则为 "'寡妇做好梦'一场空"（钱文贵语）；校订本 165 页 "你鸡巴硬不起来"，修订本改为 "你的那个东西硬不起来"（组织委员张步高语）；校订本 216 页 "这些屄文章"，修订本改为 "这些鬼文章"（刘教员语）；校订本 222 页 "还改革个鸡巴"，修订本 156 页改为 "还改革个什么"（群众语）；校订本 232 页 "就出马打个屄仗"，修订本 164 页 "就出马打个什么仗"（暖水屯支部书记张裕民语）；校订本 274 页 "好狗日的们就看着咱姓李的好欺负"，修订本 192 页 "你们就看着咱姓李的好欺负"（李子俊老婆语）；校订本 340 页 "这些狗日的不要廉耻的东西"，修订本 236 页 "这些不要廉耻的东西"（宣传部长章品语）；校订本 384 页 "你打那个狗日的治安员打得好"，修订本 265 页 "你打那个治安员打得好"（群众语）；等等。这些被后来删掉的脏话、脏词，男男女女说，干部群众说，虽说不雅，但在朝花夕拾的背后，《太阳照在桑干河上》的本土色彩、民族化韵味顿出。

四　口承民俗叙事动态生态的动因探讨

（一）表层原因：口承民俗是 "冲锋这侧击和包抄的一支笔"

丁玲在文学作品中能如此大量征引口承民俗，表层上看，源自丁玲对口承民俗有较为成熟的看法，且这看法自始至终贯穿其 "回家" 后的文学创作。这种看法就是：以通俗易懂的形式来向兵士、工农宣传中国共产党的政策，教育、鼓舞他们积极投身到时代大潮。

丁玲为主持红军长征征文比赛时，撰写了《文艺在苏区》一文。在此文中，她盛赞苏区的口承民俗是 "四野" 里 "怒放着" 的 "奇葩"，"纵是一些很小的野花，却是遍地开花，如同海上的白鸥显得亲切而可爱"，且这类作品 "自有它的特点，那就是大众化，普遍化，深入群众，虽不高超，却为大众所喜爱"，因而具有 "不朽的佳作"："创造了苏维埃的人们……具有新生的气质，在各种工作上显示了独特的明快的作风。在文艺上也呈现出活泼、轻快、雄壮的特点。最能证明的，便是在苏区流行着好似比全中国都更丰富的歌曲，采用了江西、福建、四川、陕西……八九省的民间歌谣，放进了适合的新的内容，如《送郎当红军》《渡黄河》等，历史上证明这都是不朽的佳作。"① 丁玲认为，苏区民众以当地民众熟悉的民间歌谣形式，来歌唱红军的丰功伟绩、民众的自觉追求解放事业的雄心壮志和伟大革命实践，其文风"活泼、轻快、雄壮"，社会反响很大。

这种通俗化的形式，丁玲认为不仅包括民歌，还包括相声、二簧等适合民众观看的各种旧形式②。丁玲在《本团抵陕后的公演》一文中评述："像这样的舞台剧，是只能在比较大的城市才能上演的；也只有在这种地方才有适合的观众。在一般民众中，都还不能接受这种艺术，他们更喜欢一些旧有的东西，如二簧、大鼓、说相声之类。我们要使艺术大众化，常常用了旧酒瓶装新酒，并且很重视这一项。所以我们准备第二次的公演尽量供给一些通俗的。"丁玲如是说更如是做。《写在第三次公演前面》如此说道："说相声，演二簧，唱小调，这些被中国人民大众所习惯的爱着的东西，已经一天天丰富了起来而教育着大众了。"

因为丁玲坚信，用这类通俗化语言创作的文学作品，是"冲锋这侧击和包抄的一支笔""可以死生人"的笔、"战斗的笔"："战斗的时候，要枪炮，要子弹，要各种各样的东西，要这些战斗的武器，用这些武器去摧毁敌人；但我们还不应忘记使用另一种武器，那帮助冲锋这侧击和包抄的一支笔……一支笔写下了汉奸秦桧，几百年来秦桧就一直跪在岳庙前，受尽古往今来游人的责骂；《三国演义》把曹操写得很坏，直到现在戏台上曹操的脸上就涂着可怕得白色，那象征着奸诈小人的白色。所以说一支笔可以生死人，我们也可以说一支笔是战斗的笔。""我们要各方面发动，使用笔，用各种形式，那些最被人欢迎的诗歌、图画、故事等，打进全中

---

① 丁玲：《文艺在苏区》，《丁玲延安作品集：我在霞村的时候》，陕西人民出版社 1999 年版，第 31 页。

② 丁玲对文学通俗化的理解，来自毛泽东在中国文艺协会成立大会上的讲话："中国文艺协会的成立，这是近十年来苏维埃运动的创举"，文协的同志要"发扬苏维埃的工农大众文艺，发扬民族革命战争的抗日文艺"。延安文艺和以延安为代表的解放区文艺应该继续"发扬苏维埃的工农大众文艺"。卢沟桥事变后，西战团的成立，丁玲到毛主席住处请示工作，毛指示："宣传要大众化，新瓶新酒也好，旧瓶新酒也好，都应该短小精悍，适合战争环境，为老百姓喜欢。要向群众、向友军宣传我党的抗日主张。"

国人民的心里，争取他们站在一条阵线上，一条争取民族解放抗日的统一战线上。"① 不仅如此，丁玲还借小说人物之口，评价黑板报上的口承民俗威力为"炸弹"："黑板报要像颗炸弹，嗯，让咱想想吧，炸弹，炸弹是要炸死人的，不对，黑板报不能炸死人？不是这意思。炸弹一点就着，呵，刘先生，擦根洋火点上灯，想起爹娘死得好伤心，嗯，黑板报要像一把火，把人的心都烧起来……""黑板报像个炸弹，像一把火……黑板报要使人爱看，得写上那么几段唱的，把人家心事写出来。"这种"炸弹"，直抒民众心声，点燃民众的复仇之火，消除他们内心深处的"变天思想"，鼓舞他们勇往直前，打碎套在他们精神上的种种枷锁，推翻压在他们身上的"三座大山"，彻底让他们"翻心"。

(二) 深层原因：对"民间"的"发现"."体认"

丁玲对"民间"的"发现""体认"则是其深层次动因。五四新文化运动，在某种程度上说，是"检讨各种民众的生活，民众的欲求，来认识整个的社会！""把几千年埋没的民众艺术、民众信仰、民众习惯，一层一层地挖掘出来！""打破以圣贤为中心的历史，建设全民众的历史""破坏旧文化，建设新文化"② 的运动，是发现"民间"、启蒙"民众"的文学话语革命。"关注民间的或地方性记忆与叙事，既是对历史和当下文化的一种实证态度，也是希望在主流的声音之外能够听到民间的、地方性的、边缘的叙事。"③ 中国民俗学和现代小说以各自独特的方式来发现"民间""关注民间的或地方性叙事"、倾听"民间的、地方的、边缘的叙事"，并都在此过程中生成、成长、成熟，这样，中国民俗学在生成之初就带有现代文学化基因，现代文学天生也因具有发现"民众"、描述"民众"精神困苦、开启民智职责而具有民俗化的根基。可"民间""民众"之意，历经变迁而内涵丰富，可万变不离其宗，"宗"即"民"需要启蒙、教育，使之从蒙昧初开的或受蒙蔽而未觉醒的状态中走出来，成为具有自由、独立、自主意识的生命个体。丁玲是作家，一个具有政治化倾向的作家。她以敏锐的政治嗅觉和细腻的文学情思来体悟"民间"、感受"民间"、书写"民众"，且随着自己政治素养的不断加强而对"民众"

---

① 丁玲：《刊尾随笔》，《红色中国》副刊编后记，1936 年 11 月 30 日。

② 《民俗周刊》发刊词，《民俗》周刊 2015 年 1 月 27 日。

③ 刘晓春：《民族——国家与民间记忆》，《文艺争鸣》2001 年第 1 期。

的认识步步真切。

承上文所述，丁玲最初是怀着满腔的热情，冲出小乡村奔向大都市的，乡间"民"俗被革而都市"民"俗不熟，这样，梦珂们只能躲在自己的房间里自言自语、自怨自艾、孤芳自赏，即使偶尔走出去，也只能零星猜透都市方言俗语。随着丁玲"已有了阶级的觉悟，为了大众的革命在文化上作斗争"，从自己的房子里走出来，"穿起粗布衣，到广大的工人、农人、士兵的队伍里去，为他们，同时就是为自己，大的自己的利益而作艰苦的斗争"，可"理论理解的缺乏，实际生活的更缺乏"①，导致革命者"四小姐"眼中，《田家冲》中的"民间"充满着田园牧歌式的生活情趣，"民众"生活四处洋溢着浪漫的、"爱"的气息，为此，他们在接受革命者的阶级理论教育时，也能爽快地对之予以理解；《过年》里的"姆妈（妈妈）""天晏了""吃汁儿（吃奶）"用起来显得那么顺手，《母亲》里"老幺妈"的话显得如此亲切，可以这样说，此时"民间"的口承民俗富有亲情，乡土气氛浓厚，亲和力强。"回家"后，随着对解放区民众生活的不断熟悉和对民众精神世界把握的不断加深，丁玲对"民间""民众"的认识渐为全面，作家对"民众"的感情也就越来越贴近。"她的文章从最初的到最近的都贯穿着一条红线，那就是'一往情深'。"② 陈明之言，用来评价"回家"后的丁玲文学作品更为恰当。不过，这"一往情深"的背后，还有些细微的变化。

这种变化，大抵以丁玲自觉学习、贯彻、落实《延安文艺座谈会上的讲话》为界限。在《延安文艺座谈会上的讲话》没有开始学习之前，丁玲在以满腔的热情来践履毛泽东主席倡导的"中国作风和中国气派"主张，主动深入民间，"适合群众，寻求其一切言语行为，不标新立异，与群众共喜乐，同艰苦，了解群众苦痛，帮助其解除，使他们逐渐对你的处世做人表示佩服，你不仅是他们所喜欢的，而是所敬重的，你不仅是他们的同伴，而且是他们的朋友"③，从中或"采集民间的艺术形式，

---

① 丁玲：《对于创作上的几条具体意见》，题名最初为《〈创作不振之原因及其出路〉征文的总结》，刊登在《北斗》第2卷1932年第1期，后收入1933年天马书店《丁玲选集》时改为此名。陈明：《丁玲及其创作——〈丁玲文集〉校后记》，《丁玲文集》第6卷，湖南人民出版社1984年版，第6页。

② 丁玲：《作家与大众》，《大众文艺》第1卷，1940年第2期。

③ 丁玲：《作家与大众》，《大众文艺》第1卷1940年第2期。

而配之以新内容加以应用"或改造旧形式来启蒙民众,此中发现新文学与大众的阅读能力和审美情趣之间存在着巨大的反差,这样,文艺在适合群众、服务群众的同时,还得教育群众、引导群众:"文艺必须是大众的。不是为大众服务的作品,便不是有价值的作品。……使文艺能成为服务大众的武器"①;"文学不只是在今天教育着大众,对将来也有重大价值",在"参加群众生活,抱着深深的热情的态度,能与群众打成一片"的过程中,谨记自己是"带有特殊任务的艺术任务的战斗员"②,而"不应以群众喜欢为借口,而大力贩卖低级庸俗腐朽的东西……而这些东西也常以大众化为包装,还被鼓吹说是群众喜闻乐见,这就玷污了我们大众化通俗文艺。……通俗文艺,并不是要俗,而是要雅。俗,无非是易看、易懂、能吸引人、喜欢看,读得懂和看得有味。而这趣味是高尚的。……通俗文艺具有民族特色,生动的人民语言,朴实美丽的感情"③。质言之,"我们"在"发现""民间"、体认"民间"的过程中,接受"民间""生动的人民语言,朴实美丽的感情"的教育,同时又要以"带有特殊任务的艺术任务的战斗员"角色,来检视"民间",启蒙、引导"民众",在摘取"民间"美丽光环、还"民间"以真实面貌的过程中,在宣传抗日救亡的大旗下,"我们"似乎在完成着启蒙者与启蒙对象的双重角色转换。

《延安文艺座谈会上的讲话》明确指出:人民群众是历史的创造者,广大知识分子应该放下架子,深入人民群众生活中,主动接受人民群众的改造,最终实现知识分子民间化、民众化。而王震的"将功折罪"论④、朱德的"投降"论⑤和毛泽东在《讲话》中开展的自我

---

① 丁玲:《丁玲文集》第 5 卷,湖南文艺出版社 1986 年版,第 132 页。

② 丁玲:《谈通俗文艺》,《丁玲文集》第 6 卷,湖南文艺出版社 1986 年版,第 284 页。

③ 丁玲:《晋察冀日报副刊创刊漫谈》,《晋察冀日报》1946 年 5 月 5 日。

④ 何其芳:《记王震将军》,《何其芳全集》第 2 卷,河北人民出版社 2000 年版,第 208—209 页。王震谈到知识分子为工农兵服务时,感叹地说:"对于工农,大家真是应该努力为他们做事,将功折罪呵。"

⑤ 何其芳:《朱总司令的话》,《何其芳全集》第 2 卷,河北人民出版社 2000 年版,第 223 页。朱德的名言为:"我原来不是无产阶级,因为无产阶级代表着真理,我就投降了无产阶级。"

批评①以及大诗人何其芳的"带头忏悔"，粉碎了"我们"检视"民间"、启蒙"民众"的迷梦，中断了"我们"在启蒙者与启蒙对象的双重角色转换历程，推动着"我们"义无反顾地朝着单向的民间化、民众化进军。此时，"民间"为"我们"改造提供了广阔的空间，"民众"则摇身一变成为指导他们改造的先生。自此，丁玲"洗心革面""脱胎换骨"，主动拜"民众"为师，"深到群众中去，在群众中生长。我们愿意向群众学习，学会思想。我们要切实负责，按照群众的意见随时改进"②。"这些人使我感动，我不能不深情地望着他们，心里拥抱他们，而把他们的眼泪洒在这乱石涧上，洒在这片土地上。"③ "在我的感情上，忽然对我曾经熟悉却又并不熟悉的老解放区的农村眷念起来。我想再回去，同相处过八九年的农村人民生活在一起，同一些土包子的干部在共同工作。"④ "这时的生活主要是生产斗争、阶级斗争，向生活学习，主要是向工人、农民、士兵学习他们的这种生活，尤其是农民生活和农民语言。民族化，说白了，就是'农村生活的味道，士兵说声的味道。'"⑤ 这时期的作品，口承民俗弥散于整部文学文本中，使作品具有浓厚的民俗韵味和乡土气息，但或许是作家当时过于深爱"民间"，爱屋及乌，过多地保留了"民间"生活的原生态，竟在小说初版文本中大量照搬脏话！

结　语

作家创作的根基深植于口承民俗的沃壤中，口承民俗丰富多彩的文艺特质为作家文学的出现准备了充分的养料。从这个层面说，"民间文学是

---

① 毛泽东在《讲话》中如此说："我是个学生出身的人，在学校养成了一种学生习惯……那时，我觉得世界上最干净的人只有知识分子，农民总是比较脏的。知识分子的衣服，别人的我可以穿，以为是干净的；工人农民的衣服，我就不愿意穿，以为是脏的。革命了，同工人农民和革命军的战士在一起了，我逐渐熟悉他们，他们也逐渐熟悉了我。这时，只是在这时候，我才根本地改变资产阶级学校教给我的那种资产阶级的和小资产阶级的感情。这时，拿未曾改造的知识分子和工人农民比较，尽管他们手是黑的，脚上有牛屎，还是比资产阶级和小资产阶级知识分子都干净。这就叫做感情起了变化，由一个阶级变到另一个阶级。"

② 丁玲：《129 师与晋察冀边区自序》，《延安集》，人民文学出版社 1954 年版。

③ 丁玲：《太阳照在桑干河上·重版前言》，人民文学出版社 1979 年版。

④ 丁玲：《"五四"杂谈》，《丁玲文集》第 5 卷，湖南人民出版社 1986 年版，第 55—62 页。

⑤ 丁玲：《作家与大众》，《大众文艺》第 1 卷，1940 年第 2 期。

作家创作的范式……作家的创作仅仅是对民间文学范式的转换"①。可每个作家对"民间文学范式的转换"方式各异。丁玲以"给社会一个分析"为由头来无意识采撷都市方言，开始了她的口承民俗转换征程（尽管是很稚嫩的转换），之后，随着对文学大众化、通俗化理解的渐次加深以及对"民间""民众"体认的走向深化，丁玲的这种转换越来越自觉、自然、贴切，其作品的民俗味越浓，民众也就越来越喜欢欣赏她的作品。"作家要使作品成为伟大的艺术，属于大众的，能结合、提高大众的感情、思想、意志的作品，那么他必须使作品取得大众的理解和爱好。因此他不特要具备大众的情操，同时也得运用大众的语言。大众的语言是最丰富的，最美的，最恰当的；但却不一定是一个普通农民，普通士兵能说出的，这些人常常能说出最简单的几句话。不过如果在大众里去搜寻，集千万人的语言为一人之语言，则美丽的、贴切的、有味的语言全在这里了。"② 丁玲遍采大众之言熔为一人之语的做法，丰富了文学语言的"中国气派"和民族气息，铸造成具有丁玲特色的口承民俗叙事模式。为此，难怪法国作家玛丽安娜·曼如此盛赞："丁玲作品是中国思想、中国现实的艺术再现，给了我们一张进入中国世界的门票！"

（李云安　　原文刊发于《兰州学刊》2009 年 S1 专刊。之后，在2009 年 12 月 27 日以会议交流论文形式提交，参加"第十一次丁玲学术研讨会"，此次学术研讨会的主题为"丁玲与中国当代文学"，由厦门大学与中国丁玲研究会、泉州师院共同主办，并收入由中国丁玲研究会《丁玲与中国当代文学》论文编选组主编、2012 年 2 月厦门大学出版社出版的《丁玲与中国当代文学：第十一次丁玲学术研讨会论文集》）

第三节　论丁玲文学作品中的新型
社会组织民俗建构

"冰之是飞蛾扑火，非死不止。"瞿秋白对丁玲的评点准确地概括了

---

① 万建中：《民间文学引论》，北京大学出版社 2006 年版，第 12—15 页。
② 丁玲：《作家与大众》，《大众文学》第 1 卷，1940 年第 2 期。

丁玲文学革命的一生。纵观丁玲的一生我们发现，丁玲总以文学精神砥砺心灵深处的革命激情，又以革命痴情激荡灵魂深处的人文关怀，从而将其政治心与文学情浑融，萃取出在特定社会组织民俗中生成的文学形象。丁玲笔下的这些形象，不仅是从作家心灵中成长出来的，更是从中国当时的社会组织民俗中滋生出来的。细读丁玲的文学作品，我们发现，早期作品中的人物，其关系网锁定在个人生活圈子里，很少与民间社会组织交往，到了"左联"时期，丁玲才有意识地打破此种局面，使之融入特有的社会组织民俗。为此，我们就从丁玲"左联"之后的作品入手分析其新型社会组织的民俗建构。

社会组织民俗指由"民众建立并沿袭群体内的互动关系，以推动群体事件的时候所形成的习俗惯制"，既包括传统社会中的基本民间组织即宗族，又包括按照个人意愿结成的民间社团，如传统互助组、结拜兄弟姐妹，按照地缘形成的社区组织，如村落组织、屯、堡，还包括新民主主义革命所催生的业缘型民间组织，如生产互助小组、合作社等①。在日常生活中，文学家观察的多为传统组织民俗规矩的自然生活呈现，而民俗学者则透过生活表象从其组织行为、组织程序和组织功能等要素对普通民众的制约和强势者的顺势操控进行理性思考。丁玲侧重以灵性之笔诗意呈现民众生活化的传统组织民俗图像，我们透过这些生活图像对其作品中的社会组织民俗意义进行理性探讨。

一 历数传统社会组织民俗的"恶之花"

（一）控诉宗族组织民俗"礼数"的吃人

在传统社会里，宗族是同聚落居住的父系血亲按照传统伦理纲常建立起来的基层社会组织。它由若干个父系小家庭按照特有的宗法人伦及其居家"礼数"聚合而成。

丁玲在许多谈话里面，流露出对这些居家"礼数"的反感、厌恶、愤恨。"我对我出生的那个大家庭深感厌恶"，因为"这种家庭虚伪，专横，腐朽，堕落"，"对于人一点好处都没有"。"我就是背负着旧时代遗

---

① 钟敬文：《民俗学概论》，上海文艺出版社 1998 年版，第 91 页。

留下来的深重的伤痕和对新的革命生活的憧憬，一天天的向上生长。"①
的确，她从没落腐朽的大家庭中，目睹了封建家族的残酷腐朽、堕落。
《过年》《母亲》就是以丁玲所生活的两大家庭为个案来揭露宗族组织民
俗的"恶之花"。《过年》通过一系列的细节描写反映了旧的宗族组织民
俗的种种陋习。

先看吃正餐时的种种规矩。珍贵菜，家长优先吃，小孩的夹菜权根据
年龄大小决定。时值腊月，辣椒已成稀罕菜，且"香油"在当地少有，
故"香油辣椒"自是美味佳肴，舅舅是家长，拥有先吃、多吃的优先权。
表姐 11 岁，才稍稍有点自由夹菜的权利；小菡 8 岁，不能由自己夹腊
肉，只能靠表姐来代劳。

再看祭祀时的内外有别。按照宗族组织民俗规矩，过年的祭神、敬祖
仪式，由家长主持、本家庭所有男丁参与，出阁的和没有出阁的女性只能
旁观。小说先特地强调，堂屋打开的红毡只是"强哥和毛弟在毡上大显
好身手"的地方，那是于家男丁祭神敬祖的场所：当老余把所有的祭神、
敬祖物品都预备好后，"舅舅就做了一个手式给强哥，强哥和毛弟就排排
站在红毡前，连同在前面的舅舅刚成品字"，"舅妈款步走到香儿旁边，
去举起黄杨木的磬锤击打铜磬"②，老余负责放鞭炮。舅舅是于家家长，
强哥和毛弟是本家男丁，都有资格站在红毡上，而舅妈，作为于家媳妇，
负责击打铜磬，共同参与祭神敬祖，其他的人只能旁观。这是典型的内外
有别，难怪小菡悄悄地离去！

最后看居家时的主仆分明。在于家，舅舅经常不在家，大小事情由舅
妈做主。舅妈、强哥和毛弟三个主人，给如意"吃蓝竹笋子炒肉丝"（用
竹篾打手掌心的雅称）是家常便饭；腊月二十三的晚上，毛弟看见顺香、
荷花、如意三个丫鬟到厨房里推牌九，不仅给予大骂，而且扬言告状，要
舅妈捶她们。其实，舅舅每天都到别人家打牌。当全部主人新年都站在堂
屋的红毡上，想赢舅舅坐庄的喜钱时，所有的厨子、听差只能"蹲在炊
前开单双去了！"由此看来，主仆分明自是传统大家庭的常态，主人总是
高贵，仆人总低人一等。

---

① 丁玲：《丁玲短篇小说选后记》，《丁玲文集》第 5 卷，湖南人民出版社 1984 年版，第
285 页。

② 丁玲：《过年》，《丁玲文集》第 2 卷，湖南人民出版社 1984 年版，第 198 页。

《母亲》则以衰败的蒋家为原型控诉传统宗族组织民俗之恶。在蒋家，宗法制度严格，长幼序齿鲜明，兄弟姐娌之间尔虞我诈。爷爷辈一共七兄弟，四爷爷在七兄弟中心胸狭窄，三爷爷死后，他就成了家里最有权威的人，他在兄弟中受了气，常常找小辈发泄，不仅如此，还纵容自己的姨太太四处找小辈的麻烦。在父辈中，大老爷已死，大奶奶健在，但整天受大少爷的气；二少爷已婚，他的媳妇整天找婆婆和嫂子吵架，闹得家里不安宁，大奶奶因此受到婆婆的指责。三老爷早逝，留下遗孀曼贞苦撑，孤立无援的曼贞时时受到族房的欺凌："他们大家心里都明白，就看着孤儿寡母好欺"，"伯伯叔叔都像狼一样的凶狠，爷爷们不做主，大家都在冷眼看她"，"亲戚姐娌太多，都等着错处抓经呢"。①

小说中的"错处抓经"无情，现实生活中临澧蒋家的"逼债"更绝情。据丁玲晚年回忆，她父亲病逝后，族人恃强凌弱、趁火打劫、欺负孤儿寡母的情景，给童年丁玲的心里留下深深的印记："我从小就对姓蒋的人没有好感，普通人对人的感情都不可能有，你们是有钱的，我是穷的，我们没有共同语言。"② 传统于家的等级森严，江家日常生活的钩心斗角、尔虞我诈、腐朽堕落，无不在向丁玲昭示传统宗族组织"礼数"的吃人，也正因为如此，丁玲抓住"废姓"的机会，毫不犹豫地废掉"蒋"姓，抛弃封建的社会组织民俗。

（二）揭露传统社会组织民俗的"无形"杀人

如果说《过年》《母亲》展示的是童年生活记忆中的宗族组织民俗之恶，那么《太阳照在桑干河上》则全方位地展示了成人世界里的宗族组织民俗之恶。③

在《太阳照在桑干河上》里，地主与农民因土地依附而共生共存，"大家都是一个村子长大的，不是亲戚，就是邻里"，"不是大伯子，就是小叔子"④。这种由血缘、婚姻构成的血缘型社会组织家庭、家族和宗族

---

① 丁玲：《母亲》，《丁玲文集》第 2 卷，湖南人民出版社 1984 年版，第 142 页。

② 孙伟、彭其芳：《丁玲在临澧县的讲话》，《丁玲在故乡》，中国文联出版公司 1989 年版，第 76 页。

③ 万直纯：《冲破封建宗法罗网》，第七次全国丁玲学术研讨会组委会：《丁玲与中国女性文学》湖南文艺出版社 2000 年版，第 332 页。

④ 丁玲：《太阳照在桑干河上》，《丁玲文集》第 1 卷，湖南人民出版社 1984 年版，第 356 页。

以及亲族，与由地缘构成的地缘型社会组织村落共同构筑起"乡里共同体"，成为夺民财、害民命的无形之刀。在这种"乡里共同体"中，小说中的钱文贵是传统社会组织的最大赢家。在家中，他是绝对的权威。老婆"是一个应声虫"，"永远附和着他"；媳妇"怕他"，"就像老鼠怕见到猫"；大儿子"怕他"；侄女黑妮也"怕他"。在家族中，同胞兄弟钱文富因恐惧被算计而至死不与他往来；在宗族中，远房兄弟文虎给他打过短工，时常受其盘剥；在亲族中，欺负二亲家，又将大女儿嫁给村治安委员张正典；积极地送儿子去当兵以求"抗属"名分，这样"村干部就不好把他怎样"①。

钱文贵不仅充分利用传统社会组织民俗加紧盘剥、欺侮亲戚，而且处心积虑地安排家庭成员与政治结缘，尽量使他们成为自己的保护伞。地主侯殿魁则利用家族观念榨干侯忠全身上的血，并俘虏其灵魂。侯忠全与侯殿魁的家可谓不共戴天：忠全的叔爷鼎臣（殿魁父亲）借给他三石粮食度荒，第二年没还清，就要他妻子做点儿针线，叔爷的大儿子（殿魁的哥哥殿财）强占了她，惹得其妻羞愧跳井自杀。殿财乘机唆使妻子娘家与忠全打官司，害得他坐牢、赔地、父亲被气死，最终家破人亡，土地全被抵给殿魁。后来，殿魁当家，殿魁把忠全找去，说："咱们还是叔侄，咱哥哥做的事，也就算了。如今你的地在老人手上就顶了债，只怪你时运不好，你总得养活你娘你儿子，你原来那块地，还是由你种吧，一年随你给我几石租子。"②殿魁的这段话包含了丰富的内涵：借事过人迁和家门之名，消除深仇；澄清上辈之间的土地所有权变更原因，强调不是剥夺来的，而是忠全运气不好；为忠全家考虑，把原属于忠全家的地租给忠全，租子随意给。

此外，殿魁还"看在一家人面上没要钱"，把两间破屋借给忠全，又"总让他欠点租子，还给他们几件破烂衣服"，这样，一言、一租、几让，温情地将租佣关系宗族化，最终彻底把忠全俘虏。更有甚者，钱文贵还充分利用传统社会组织民俗中的"情面观念"，软化农民的斗志。这正如张正国在党员批斗会上所说："谁心里也明白咱村子上杀人不用刀的是谁，都碍着干部里面有他的兄弟又有他的女婿，不是怕得罪他的，就是想同他

---

① 丁玲：《太阳照在桑干河上》，《丁玲文集》第 1 卷，湖南人民出版社 1984 年版，第 356 页。

② 同上。

拉点关系的!"① "杀人不用刀"道出了传统社会组织民俗"恶之花"的本质。

二　展现新型社会组织民俗建构历程

马克思主义认为，任何一种新事物的产生并不是从天而降，而是有其深厚的历史根基和厚实的现实基础。这些新事物，往往在旧事物走向僵化、腐朽、崩溃之时，寻找合适机会对其进行分裂进而获得新生，在这一历程中，新事物的催生者、创造者们往往会从腐朽的旧事物中寻觅对接点，以便尽快地让它们早日落地生根、茁壮成长。社会组织民俗的演变离不开这种规律。丁玲是新旧社会的见证人和亲历者，受母亲的熏陶、五四时代精神和左翼革命思想的激励，她用女性特有的心性和智慧烛照世界，广泛摄取各种现代组织民俗入其文学作品，以此烛照自由、平等、互助的"同志"式人际观，播撒新型的充满"爱心"的"同志"式人际关系火种。

（一）真情倡导新型社会组织民俗建构

小说《田家冲》是丁玲首次以无产阶级革命者——三小姐开导自家佃户赵得胜反对她父亲剥削为描写内容的一部短篇普罗文学作品。它以粉红色记忆撕裂了"地主／佃户"所存在的社会组织民俗网，以全新理念点燃了新型社会组织民俗的熊熊"圣火"。小说先写三小姐到赵家之前社会组织民俗所弥漫的"主/仆"难以跨越的等级民俗文化。三小姐是姐姐和大哥儿时的朋友，但这种关系很容易为现实生活中土地依附关系而形成的身份差异所粉碎："也许她不再理我们了，她是小姐……我也不想同一个小姐做朋友。"② 由于现实生活中的身份落差，成人的姐姐接受了"不想同一个小姐做朋友"这一无奈的通识；更有甚者，大哥因"粗野得怕人，不懂理"，"怕小姐不喜欢"，被取消了与三小姐一同吃饭的机会，并且"以后都不要他们进来吃饭"。这种由业缘型社会关系所积淀的封建"主/仆"关系的鸿沟横亘在他们之间。但三小姐以解放区新型的"同志"式日常生活理念对封建"主/仆"关系予以消解。她"不拿身份"，同他

---

① 丁玲:《太阳照在桑干河上》,《丁玲文集》第 1 卷,湖南人民出版社 1984 年版,第451 页。

② 丁玲:《田家冲》,《丁玲文集》第 2 卷,湖南人民出版社 1984 年版,第 324 页。

们一家人玩得像亲兄弟姐妹一般亲热：不准他们在厨房吃饭；吃饭时讲点
使人笑的故事和道理，使人忘倦；常常帮他们做事，譬如打谷、填鞋底、
看猪、放牛、采摘蔬菜、给菜施肥等；闲暇时，倾听他们可怜的喜乐。春
风细雨润无声，三小姐的这些表现，赢回了儿时朋友的信任，点燃了他们
心中向往、追求新生活的希望。也就在此时，趁监督者兼陪护者幺妹不注
意，三小姐利用放牛的机会，溜出去和她的"同志"联络。这又让老赵
的心绷得紧紧的。因为老赵知道，三小姐是革命者，是个"危险"的
"可怕的人"："你应该知道你的危险，他们要你呢！而这干系，也太重
了，我们一家人老老小小吃饭都在这上面，你是懂得的，只要你们家里有
一个主子喊我们滚，我们就死无葬身之地了！"① 老赵从保护小姐的生命
安全和自家生计安危两个层面来劝说。三小姐却对老赵数落自家的腐朽、
堕落：大老爷成天躺在烟灯边，百事不管；家中兄长都是公子少爷，都不
干好事，整天压制、禁锢她。她还趁放牛时，揭批自家人是"虎狼"、
"吃人"，因为"惟有虎狼才住在高大的房子"里，并给幺妹解释，幺妹
则原话转述给姊姊、大哥等家人听，老赵家人因此逐渐认清了传统宗族组
织民俗剥削、残酷的本质，明白了三小姐所说的"我们现在更接近了，
我们是'同志'"的话，开始参与阶级友爱的新型社会组织民俗建构。

　　丁玲认为，重构新型社会组织民俗，既要运用新型的"同志"友谊、
平等意识来讴歌农家生活中的田园牧歌情调，同时又要对传统居家"礼
数"的龌龊、腐朽、堕落进行猛烈批判与揭露，进而开启建构新型社会
组织民俗的接地气之门。就此看来，这篇普罗文学作品是作家"对生活
在农村的人物，真正农村的思想、感情、要求，还只是一些抽象的表面的
理解"② 的情况之下创作出来的，其中有许多核心情节还没有展开，不过
新型社会组织民俗建构之心已露端倪。在《母亲》中，丁玲对新型社会
组织民俗建构的内容进行了具体细致的描写。作者使用母亲的真名以母亲
的生活经历为原型，讲述"以曼贞为代表的我们前一代女性，怎样挣扎
着从封建思想和封建势力的重围中闯出来，怎样憧憬着光明和未来"③。
作为"从封建思想和封建势力的重围中闯出来"的新女性，曼珍打碎了

---

① 丁玲：《田家冲》，《丁玲文集》第 2 卷，湖南人民出版社 1984 年版，第 324 页。
② 丁玲：《写在〈到前线去〉的前边》，《汾水》1979 年 11 月。
③ 张炯：《丁玲全集——我母亲的生平》第 5 卷，河北人民出版社 2001 年版，第 64 页。

宗族社会民俗的种种枷锁，"从一个旧式的、三从四德的地主阶级的寄生虫变成了一个自食其力的知识分子，一个具有民主思想，向往革命、热情教学的教育工作者"①。

《母亲》浓墨重彩地书写曼贞用超越血缘关系和地缘关系的结拜形式将这种平等互助的精神予以固化："杜淑贞特意同曼贞和夏真仁说道：'我以为我们再邀几个人结拜一下也好，都要志同道合，大家一条心，将来有帮手。'""曼贞又叫了腊梅来帮忙，一家人都晓得这天姑太太请酒，结拜姐妹……交换蓝谱，蓝谱上仿了流行的那一套，只加了一些'共同努力互助，如有违约，人神共弃'"②的话。小说中"志同道合""共同努力互助"等誓言，是有其现实生活根据的。《向警予同志给我的影响》一文详细记述了丁玲母亲与向警予等七姐妹结拜的仪式，他们本着"共同努力互助""互相帮助、互相提携"的原则结拜姐妹；她们"在那里向天礼拜分发蓝谱，蓝谱上印着烫金的花边和名字，上面写着洁白的誓言"。誓词是"同心协力，振奋女子志气立志读书，在男女平等中，达到教育救国的目的"③。这些誓言，成为丁玲母亲求学、日常生活、教育实践的精神武器。小说接着展现了几个结拜姐妹共同学习、共同商讨国家大事的画面。在《我的中学生活的片段》中，丁玲记叙了母亲在中学教书时，将"共同努力互助"化为自己教育思想的细节。如母亲在 1918 年夏天，与"数友风雨无阻四处奔走，筹备组织妇女团体'妇女俭德会'"；"联合几位贫苦女孩办了一个小小的'工读互助团'，学生可以不交费学文化，学手艺，还可以得店工资以补家庭"④，结果办学效果特别好，学生越来越多。丁玲母亲就是这样充分享受新型社会组织民俗的惠泽，一步步蜕去少奶奶习气，"变成了一个自食其力的知识分子"，一个尽自己绵薄之力回报社会的新时代女性。丁玲母亲的这种精神内化为丁玲新型社会组织民俗建构的精神食粮。

（二）真实描写新型社会组织民俗的艰难启程

1. 切身感受新型社会组织民俗魅力，自觉接受新型社会组织民俗的

① 张炯：《丁玲全集——我母亲的生平》第 5 卷，河北人民出版社 2001 年版，第 64 页。

② 丁玲：《丁玲文集——母亲》第 2 卷，湖南人民出版社 1984 年版，第 217—218 页。

③ 张炯：《丁玲全集——向警予同志留给我的影响》第 6 卷，河北人民出版社 2001 年版，第 26 页。

④ 张炯：《丁玲全集——我母亲的生平》第 5 卷，河北人民出版社 2001 年版，第 64 页。

洗礼。1936 年 11 月，丁玲历经千难万险，抵达陕北，找到了"回家"的归宿感。丁玲到后，中宣部举行欢迎晚会，毛泽东、周恩来、张闻天等党中央领导人出席。据丁玲回忆："这是我有生以来，也是一生中最幸福最光荣的时刻吧。……我就像从远方回到家里的一个孩子，在向父亲、母亲那么亲昵的喋喋不休的饶舌。"① 之后，丁玲先后拜访毛泽东、周恩来等领导人，切身体会到共产党内人与人之间同志般的温暖。11 月 24 日随前方总政治部北上，之后随军南下。在这些优秀的指挥员中间，丁玲深切体会到红军将士政治平等、团结友爱的同志真情。1937 年 7 月至来年 7 月，丁玲受命组建、领导"西战团"，成员之间互称同志，分工合作，平等无间。总之，"我们骄傲地称呼同志，这个称呼比什么都亲切"。在这新型社会组织民俗土壤里，如沐春风的丁玲将体认的新风尚反映到文学作品《杨伍成》中。

《杨伍成》通过丁玲培养勤务兵杨伍成平等意识的几个画面描写，正面展现"西战团"成员内部的平等、坦诚、团结进步。作品首先描述了勤务员杨伍成对丁玲的"忠实"画面，如每次都要坐着等到丁玲回到窑洞，给丁玲端茶送水侍奉后，才安心去睡觉，等等。对这种近乎"奴隶性的忠实"，丁玲非常不满意。为此，丁玲采取多种办法，如同他亲近、给他糖果吃、跟他聊天、教他识字等，用"西战团"的"亲爱精神，团结互助"团规启发他，希望他"对我用平等同志的态度，而不是把我当成是主人"②。因此，"西战团""几十个像一个人那样，不分高低，抢着干活，成天乐呵呵的"③。"近朱者赤。""乐者，乐也，人情所不能免也。"（《礼记·乐记》）"人心之动，物使之然也。"（《乐记·乐本》）每天生活在这种民俗氛围中，丁玲感受到了散发着平等互助芳香的新气息，她为之激动、兴奋、感染，昔日感情细腻的"文小姐"变成了豪放粗犷的"武将军"。"情动于中而形于言。"（《毛诗大序》）欢悦的心情促使丁玲谱写着时代的颂歌，而酝酿这些欢悦心情的社会组织民俗则成为其歌颂的重点。

---

① 丁玲：《写在〈到前线去〉的前边》，《汾水》1979 年 11 月。

② 陈明：《丁玲延安作品集——我在霞村的时候》，陕西人民教育出版社 2000 年版，第 175 页。

③ 同上书，第 178 页。

《秋收的一天》展现了新型社会组织民俗——"生产小组"。1939年起，国民党颁布"限制异党活动办法"，对陕甘宁边区实行军事、经济封锁，使边区军民的生活难上加难。为了回击国民党的经济封锁，增强抗战的经济实力，减轻人民的负担，党中央召开了发动大生产运动的干部动员会，马列学院的全体教职员工响应党中央的号召并积极投入到这场运动中去。马列学院党总支决定，在每个教学班成立一个"生产分会"（每个分会有分队长一名），再将该班级分成几个学习小组，把每个学习小组编组为"生产小组"（每个小组由一名组长负责）。学习之余，由分队长和组长组织学员开荒、播种和收割。置身这种新型社会组织民俗的青年，关系亲密无间，他们互相帮助、共同进步。现实的美好催生出了丁玲《秋收的一天》，作品真实地反映了"生产小组"的劳动场景和劳动之后的心灵对话：

> （背糜子的苦力）腿骨酸疼了，下山时都有些站不住，却还坚持着。他们不愿意换掉工作，他们心里想："要是我们不能做，他们不是更不行么？"①
>
> "小鬼，请你注意，我们是集体行动，不是个人逞强，把镰刀给我。""李同志，镰刀要斜着上来，腿分开，不然要割着腿的。"②
>
> "休息的时候，大家把四肢摊在地上……风拂在炎热的面孔上，感到一阵异样的舒服的微凉。"
>
> "饭后一点钟的休息里，散开了躺着的人都拿起一本书来了，大家都记得生产与学习的结合，谁也不愿意做一个落伍者。"③

"人是应该明朗的，阴暗是不可爱的。""愉悦是一种美德。"这种愉悦来自这种亲密无间的民俗生活环境：

> 你以为我以前是这样的吗？我以前忧郁得很呢，是一个不快乐的人呢。自从来到这里，精神得到解放，学习工作都能有我发展，我不

---

① 丁玲：《丁玲文集秋收的一天》第2卷，湖南人民出版社1984年版，第121页。

② 同上书，第120页。

③ 同上书，第122页。

必怕什么人，敢说敢为，集体的生活于我很适意。①

在这种"精神能得到解放"、能随时"感到我的生存价值"的生活氛围里，人与人之间"不必怕什么，敢说敢为"，坦诚相待，共同"改造"，每个参与者都从精神和肉体上迅速融入这个大集体，"别的一切的事，都不在她们心上"。集体大生产，既改造了延安马列学院周边的自然环境，更磨砺了参与者的精神世界，浸融其中的知识分子们，尤其是从上海亭子间里逃出来的知识分子们，自觉接受着新型社会组织民俗的洗礼。

2. 切除新型社会组织民俗的"肿瘤"，推动新型社会组织民俗的良性建构。据江帆《一瓣心香——怀念马列学院逝世的师友》中回忆，1939年开展大生产运动时，支部决定把丁玲同志留在家里办生产墙报，让江帆做助手，可丁玲只在这里工作三天就调往《解放日报》担任副主编②。为此，她怀揣建设新生活的热情，多次深入边区生活。此间，边区生活的某些消极面不断刺激、拍打着作家求真求善的心灵，促发了她"给社会一个解释"的创作欲。丁玲认为"文章是要在熟练中进步的，而文章不是为着荣誉，只是为着真理"③。这一时期，丁玲创作的"为着真理"的典型作品有《干部衣服》《"三八节"有感》和《在医院中》。

《在医院中》以小说形式，借受过现代文明熏陶的青年共产党员陆萍的生活经历和感受，真实、客观地再现了弥散于边区医院中缺乏真诚、平等与友爱的人际关系。这种人际关系，存在于医院上下级之间，也表现于同事之间。诚如小说中所描写的：医院院长接见陆萍时，"象看一张买草料的收据那样懒洋洋的神气读了她的介绍信"；有着"一幅八路军里青年队队长神气的"指导员，竟被工作负责的医生划归为"不好对付"的对象；化验室里的林莎，看人时眼光里总含着"敌意"，语调"显得很傲慢"；还有那"总用着白种人看有色人种的眼光来看一切"的冷冰冰的王太太，颇有对上溜须拍马、对下敷衍塞责"本事"的行政科科长。生活在这样的民俗环境中，陆萍感到不适应，于是她以"足够的热情，和很少的世故"，在会上毫无顾忌地提出自己的意见，"倾吐着她成天所见到

---

① 丁玲：《丁玲文集秋收的一天》第 2 卷，湖南人民出版社 1984 年版，第 123 页。

② 吴介民，江帆等：《延安马列学院回忆录》，中国社会科学出版社 1991 年版，第 53 页。

③ 丁玲：《丁玲文集——我们需要杂文》第 4 卷，湖南人民出版社 1984 年版，第 383 页。

的一些不合理的事，她不懂得观察别人的眼色，把很多人不敢讲的、不愿意讲的都讲出来了"①。她常出于公心，为病员们的生活管理和医疗改善与一些人发生冲突；病员们和一些医生、护士拥护她、支持她、同情她，可另外一些人却用异样的眼光，把她视为"小小的怪人"，甚至被支部领导"批评"、遭指导员"责问"、受院长"说了一顿"，闹到最后，"连病人们也对他开始冷淡了，说她浪漫"。陆萍置身的民俗环境，折射出新型社会组织民俗还残存封建主义、官僚主义、教条主义和宗派主义的毒菌，确实需要清理。

《干部衣服》对新型社会群体中的陋俗进行批评。作品描述了如下画面：×同志在夏天要么选择穿破旧的棉大衣，要么用"一件破到遮住衬衫的洗白了的灰衣裹住身体"，要么把这件破衣服送到"女大"定做一件，就是不愿意穿刚发下的新灰色衣服，尽管"定制"会遭受如下罪过：被别人经常性的催还债、被别人骂；下个月不抽烟、把津贴和稿费一并还账。这位同志认为，他是仿"干部衣服"样式定制的。丁玲询问其原因，其回答是："因为我穿这身衣服不管走到什么地方，都要被人看得起些，可以少受些气，因为这是干部服。"② 原来，"这身衣服"的样式恰如孔乙己所穿的那件长衫，具有浓厚的政治身份和文化属性。这位同志看准了这点。他那"神经质的""得意的笑"恰好是孔乙己式的假老爷心思流露。丁玲抓住这些，联想到延安的一位女同志穿衣时的种种心机：把一段很漂亮的藏青色的布换成蓝不蓝、绿不绿的灰布做衣服，因为在延安军事机关里，许多首长穿着的就是这种颜色的衣服。如果说上述某位同志穿的是"干部服"，那么这位女同志穿的就是"首长服"。其实，"干部服""首长服"，不仅仅是一段经历，更"重要的是可以改变对自己的观感"③。这种"观感"，是一种狐假虎威式的虚荣、虚伪，与丁玲心中的新型社会组织民俗格格不入。

有鉴于此，丁玲在《我们需要杂文》中如此写道："即使在进步的地方，有了初步的民主，然而这里更需要督促、监视，中国几千年来的根深

---

① 陈明：《丁玲延安作品集——我在霞村的时候》，陕西人民教育出版社 2000 年版，第236页。

② 同上。

③ 同上。

蒂固的封建恶习，是不容易铲除的，而所谓进步的地方，又非从天而降，它与中国的旧社会是相连结着的。"① 丁玲的这种批判，并非出于对新生社会组织的恶意攻击，而是激励在新环境中 "生为现代的有觉悟的女人" 应养成如下品性：下定决心，牺牲一切蔷薇色的温柔，真正为全人类的幸福而奋斗！因为丁玲坚信："明天将有一个晴天。我为着明天的胜利而微笑，为着永生而休息。"② "新的生活虽要开始，然而还有新的荆棘。人是要经过千锤百炼而不消融才能真正有用，人是要在艰苦中生长！"③

三　礼赞新型社会组织民俗的精神与力量

（一）放声歌唱 "合作社" 的互助精神

延安文艺座谈会召开之后，丁玲积极响应毛泽东同志 "长期地、无条件地、全心全意地深入工农兵" 的号召，以高昂的政治热情扎根边区的各种社会组织民俗，深入工农兵群众生活，和他们同甘苦、共呼吸，写出了《田保霖》《三日杂记》《袁广发》等一系列作品。

在深入工农兵民俗生活的过程中，丁玲熟悉催生这些英雄人物的新民俗组织之活力，对其丰富多彩的生活细节和错综复杂的社会关系变迁如数家珍，为创作《太阳照在桑干河上》奠定了坚实的基础。1946 年，对晋察冀一带的政治形势及风土人情有初步了解的丁玲，主动请求参加晋察冀土地改革工作团。她在深入访贫问苦、全面调查研究和实际土改斗争中，与身上长着虱子的老大娘睡在一个炕头，走家串户，访贫问苦，兴致勃勃地和他们交谈。逢到老乡分浮财时，她帮助老大娘们挑；村里分房子，往往不能一下子分合适，她在旁边马上就能说出来，某处还有几间什么样的房子，分给什么人住合适。丁玲在土改工作中认识百姓、熟悉百姓，洞悉他们在新民俗环境中的 "翻心" 历程，对人民群众关系演变的动因及其脉络有丰富、翔实的了解。"由于我同他们一起生活过，共同战斗过，我爱这群人，爱这段生活，我要把他们真实地留在纸上。"④ 彻底工农兵化

---

① 丁玲：《丁玲文集——我们需要杂文》第 4 卷，湖南人民出版社 1984 年版，第 384 页。

② 陈明：《丁玲延安作品集——我在霞村的时候》，陕西人民教育出版社 2000 年版，第 262 页。

③ 同上书，第 251 页。

④ 丁玲：《丁玲文集——太阳照桑干河上》第 6 卷，湖南人民出版社 1984 年版，第 600 页。

的丁玲完全融入新型社会组织民俗，将自己的一片丹心凝铸成一朵朵炫目的"谢春花"。

典范作品如报告文学《田保霖》。该作品展现了昔日流浪汉田宝霖在边区经济合作社这一新的社会组织民俗氛围中的成长历程，这也是丁玲自己对该社会组织民俗强劲活力的现场体认。1944 年初，丁玲为从事文学创作，深入延安二乡麻塔村体验生活，被当地火热的斗争生活中丰富的创作素材所深深打动。同年 6 月，延安召开边区合作社会议，丁玲出席会议，广泛接触互助合作中的先进人物和了解他们的模范事迹。新的人物在新的社会组织民俗氛围里发生的翻天覆地的变化，呼唤出新型文学作品《田保霖》。合作社是劳动人民为改善生产生活条件，获取共同的经济、社会利益，以资金、劳力、技术或生产资料入股的方式，自愿联合建立的业缘性社会组织。它具有如下优点：合作者是包括体力劳动者在内的劳动人民，他们是合作社的主人，内部实行民主管理；自愿联合，入社自由，退社自由；运用社员股金做合作社集体资本，以公平交易、互助互利的原则，从事生产、加工、供销和运输等经济活动，赚取的利润为社员所共有。《田保霖》以鲜活的事例和具体的数字展现了新的社会组织——合作社的经营方式和所焕发的活力。作品既有对办合作社发展潜力的展望，"春天一匹布才卖八百元，秋后就卖八千元"，二者如此大的利润差，充分说明其巨大的发展空间；又有办合作社的人力支持，"人多不怯力气重"，"人心同一起，黄土变成金"；还有政府帮助，民众也以实际行动支持办社，十余天内就收到"七十四万零四百元"的股金。民众入社的方式多样，既有"二百四十一户都把公盐代金入了股"，也有赶牲口入股、拿麻子（当地经济作物"胡麻"的俗称）粮食入股、将人工打成"分子"（当地"工分"的俗称）入股，等等。经营的方式由单一走向多元。最初是单一的运输队，走盐池到延安贩盐，一个牲口驮 1321 元钱的盐，到延安就能卖到 20000 元，除去运费，净赚 1 万多；返回时，牲口驮布匹，又赚 10000 元，一个来回就能赚 20000 元，半年时间赚了 96 万多元，效益颇丰。之后，由单一的运输队扩展到开油坊榨油。该油坊共榨 64 榨，出油 15740 斤，净赚 230 多万元。透过这一串串具体的数字，人们看到了新型民俗组织的潜力、活力和效力，也使丁玲真正实践了毛泽东提出的文学为工农兵服务的创作方针。文章发表的第二天，毛泽东就在家里款待丁玲，并给予该作品较高评价："这是你写工农兵的开始……为你走上新的文学道路而庆祝。"① 不久，毛泽东在延安干部会议上，公开称赞"丁玲写了《田保霖》很好嘛"！受主席的激励和鼓励，丁玲迈开大步，以一片丹心，继续谱写着边区新的社会组织民俗新篇章，笔耕不辍地以文学为大众服务。

《袁广发》是《田保霖》的续篇。如果说《田保霖》主要是以合作社发展为线索来展示新社会组织的魅力，那么《袁广发》则侧重于以该组织的具体运行来描绘其丰姿；如果说前者重在新组织的正面、稳步发展，后者则详于新组织观念对旧行会观念的步步战胜。传统行会组织之间，"同行是冤家"。同行间的技术活，相互保密、互不外传，并且越是关键性的技术越是如此。浆纱、漂染以及对织机的维修，在传统织布行业中属于关键性的技术，掌握者是不会外传的。传统的熟练工人老崔就是这样："老崔织布不愿意有人在旁观看，假如袁广发在旁边，他就用一只脚踩机子，一只脚跷起来，洋洋地唱着河南调。"② 参加合作社的袁广发则克服老崔式的落后观念，用打仗的精神，日夜加班，暗地留心老崔的一举一动，虚心地向朱技师学习，终于掌握了织布的关键性技术；又向朱技师学习装修机子，与老工人王凤仁研究浆纱；最后，将自己掌握的技术手把手地传教给同行。《田保霖》里的纺纱能手是自觉、主动地把自己掌握的技术手把手地教给别人，《袁广发》里的纺纱新手则对纺纱技术自觉学习和推广，展现了新的社会组织民俗的新理念、新风尚。

（二）高声欢呼传统社会组织民俗的重生

强调社会民俗组织中新旧观念斗争且以新观念最终取胜的书写理念，是丁玲延安文学的主旋律。《太阳照在桑干河上》是代表作。小说生动地展现了乡村社会宗法网络的撕裂与农民宗法意识的消解。暖水屯是我国典型的乡村共同体，可就是这样一个看似牢不可破的宗法关系网络，在经历过初步的土改斗争后开始松散，家庭和亲族内的宗法关系结构开始裂变。

作品主要描写侯忠全家、钱文贵家宗法观念的消解。侯忠全是典型的宗法农民，思想很顽固，连老伴儿也逐渐与之分化。开始侄媳董桂花劝侯忠全老伴儿开会，她因害怕丈夫而不敢去，尽管内心对丈夫的所作所为相

---

① 张炯：《丁玲全集——毛主席给我们的一封信》第 5 卷，河北人民出版社 2000 年版，第 285 页。

② 张炯：《丁玲全集——袁广发》第 4 卷，河北人民出版社 2001 年版，第 237 页。

当不满；后来这个"平日拗不过老头子"的老太婆当着侄儿李之祥的面，"发起牢骚来"，还提起当年被迫害的旧事，与侯忠全发生了争执，要李子祥"少理他姑丈"。儿子侯清槐早就与他决裂。当年父亲把分的地退给侯殿魁时，清槐"气得跳脚，骂他老顽固"；后来清槐又被他父亲锁在屋里，不准参加村里的土改活动，但"这次不像以前了，他决不妥协"，以放火烧房子相威胁，后来在母亲、妹妹的支持下逃出来了。在家中，侯忠全是十分孤立的，他家的封建宗法关系结构发生了大裂变。

钱文贵家的封建宗法关系也在分化瓦解。顾二姑娘回娘家被兄弟所疏远，"回来后，大哭着要分家"，还撺掇大嫂子闹。这一闹虽未拿到地契，倒是分灶另居了。对此钱文贵恼怒地说："如今村子上闹共产，你们就先嚷起来，先从家里杀起，谁知道当先锋，打头阵，倒是你们。"① "从家里杀起"是钱文贵所未料到的。钱义贵要利用侄女黑妮去拉拢程仁，叫女儿大妮劝说，叫老婆哀求，可是黑妮不为所动。在大伯钱文富的警告下，黑妮坚决不去找程仁，干脆地答复了二伯父钱文贵："你们要再逼咱，咱就去告张裕民。"黑妮已经敢抗拒钱文贵了。斗倒钱文贵，黑妮获得解放，她高兴地加入了群众庆祝土改胜利的游行队伍。这使她的伯母钱文贵老婆感到惊恐不解："她忽然发现了什么稀奇物件一样，她惊讶地摇着头，手打哆嗦，她朝队伍里面颤声叫道：妮！黑妮！但没有人应她……她觉得这世界真是变了。"② 狡猾的钱文贵从前利用宗法武器逃避斗争曾获得一定程度的成功，但这一次他失算了，黑妮不就范，程仁不上当，媳妇们内讧，亲戚家决裂。他操持的宗法武器不灵了，众叛亲离。钱文贵的失算，真正标志着以封建宗法为核心的传统社会民俗观念的被冲破、被消解。这种观念的被消解，意义重大。"这些自给自足的公社不断地按照同一形式把自己再生产出来，当他们偶然遭到破坏时，会在同一地点，以同一名称再建立起来，这种公社的简单的生产机体，为揭示下面这个秘密提供了一把钥匙：亚洲各国不断瓦解，不断重建和经常改朝换代，与此截然相反，亚洲的社会却没有变化。"③ 这种不为政治领域中的风暴所触动的，

---

① 丁玲：《丁玲文集——太阳照在桑干河上》第 1 卷，湖南人民出版社 1984 年版，第398 页。

② 同上书，第 561 页。

③ 《马克思恩格斯全集》第 23 卷，中央编译出版社 1986 年版，第 396—397 页。

就是乡里共同体中以封建宗法观念为核心的社会组织民俗。《太阳照在桑干河上》依据共产党将马克思主义理论与中国革命实践相结合的新理念，以鲜活的事实表明：只要割断地主与农民共生的基础，打破地主与农民的租佃关系和宗法关系，消除宗法意识形态，最终一定会触动"这种社会的基本经济要素的结构"。

结　语

岁月悠悠，情亦悠悠。经历了血雨腥风洗礼之后的丁玲，逐渐与工农兵同呼吸共命运。正如丁玲所言："我曾经经历过很多的自我纠正的痛苦，我在这里开始认识自己，正视自己，纠正自己，改造自己。这种经历不是用简单的几句话就可以说得清楚的。我在这里又曾经获得了最大的愉快。我觉得我完全是从无知到有些明白，从一些感性到稍稍有了些理论，从不稳定到安稳，从脆弱到刚强，从沉重到轻松……走过来的这条路，不是容易的，我以为凡是走过同样道路的人是懂得这条路的崎岖和平坦的。"[1] 丁玲在漫长的人生道路上，不仅亲历了旧社会人伦之恶，也感受到了新社会民俗组织所焕发的活力，更触摸到了置身其间的民众心跳。此间，作家一路风风雨雨，拾级而上，留下了靓丽的身影，也留下了意味深长的民俗文学作品，从而积淀生成具有丁玲特色的社会组织民俗叙事模式。

（李云安　张瑞　　原文刊发于《武陵学刊》2016 年第 4 期）

---

[1]　陈明：《丁玲在延安——她不是主张暴露黑暗派的代表人物》，《新文学史料》1993 年第 2 期。

第二章　周立波论

第一节　周立波书写的农民世界

也许你认为，这不是一个文学命题，而是一种社会学的表达。周立波在他的时代把文学的直觉裹挟在政治声浪中，裹挟在与时代的共进中。他处的那个时代，定位农民、定位干部、定位农村的发展等，农村的风俗、传统的风习，以及无法预见的时代变化。可以说，周立波对农民的认同与理解，一是自小生活在农村，二是回到农村体验生活。但是，他肯定缺少两个方面的东西，对土地的无限眷恋和对农村民俗的深切理解。周立波所理解的农民世界当指与其同时代的农民的生活与原生态的农民精神。周立波笔下的农民是新中国成立以后的具有模糊理想的农民，他们在追求男耕女织中，从土地是自家的好的思想中解放出来。

当下，中国当代农村消失了多少东西：生活、习惯、传统民俗甚至语言，等等。新一代农民愿意到城里去，即使无法融入城市，但多年的农民工生活，对农村多为回忆了。但在以后的生活中，农民的习性依然存在，即使作为多年生活在上海、北京、长沙的周立波也无法脱离该"魔咒"。当然，周立波用笔描述的农村生活不断变化，农民问题依然是不变的问题。目前，农村的文化生活，电视成为主流，过去的说书、聊天、文本故事阅读渐渐消隐；年节的渔鼓、舞狮、写春联等，被打牌等娱乐替代了。我们需要书写当下农民生活及其真实的精神世界的作品，周立波的创作无疑是极好的参照。

当然，书写农民的方式历来有所不同，即使同时代的作品也是大相径庭。而中国小说对农民的书写应该从《水浒》开始，但《水浒》中的农民形象是扁平的。我们不得不肯定周立波的贡献。

农民的内涵，因为使用时代的差异、学者视野的差异，学者对它的解释也是五花八门。一般阐释者认为，职业"农民"，应该与"工人""商人""渔民""牧民""医生"等并列。农民的一个很显著的（也是非常直观的）特点就是从事农业劳动。既然是农民，当然主要的职业就是从事农业生产。我国的《辞海》对农民的解释是，"直接从事农业生产的劳动者，主要指集体农民"①。《现代汉语词典》对农民的解释是，"在农村从事农业生产的劳动者"②。我国学者也多是从职业的角度对农民概念进行界定的，农民是具有农业户口、居住在农村、从事劳动生产的劳动者。这里需要指出的是，农民一般应同时具备上述三个特点，尤其是"从事农业生产"一条必不可少。有些学者认为农民有狭义和广义之分，狭义的农民概念是，个人或集体占有或部分占有生产资料，长时期直接从事农业生产为主的劳动者；广义的农民概念是，长时期从事农业生产为主的劳动者。这些阐释根据时代特点来看，仍然是保守和狭义的。

中国关于土改和合作化运动的小说，在主流意识的笼罩下，人们总是企图表达地主阶级和农民阶级的对立，而这种对立的连接点是土地。其实，对土地的情感，随着现代化的进程逐步减弱。越是传统农民对土地的依恋情绪越强，而21世纪的年轻农民们因多种原因对土地却怀有一种排斥情绪。因此，当周立波去像彭家煌等那样深刻而具体地描写农民对土地的苦愁时，当代农民不以为然，甚至认为小题大做，这也是当代读者排斥他们的小说的理由吧。

我们再回到农村农民和地主的对立关系，看看这种对立究竟是怎样产生的。其实，任何两件事物之间都会存在对立和平衡，当画地为牢，相安无事则是平衡；或当外部有势力渗透，或平衡的一方产生挤压姿态时，平衡就会被打破。因此打破平衡的因素用剥削和压迫两字是十分精当的。

人们所说的农村社会，其实也是一个非常自然的共同体，在这共同体中，一旦产生过度的反差就会产生矛盾，也会产生对立。当这种矛盾达到一定极限就会产生农民暴动。一般来说，由于中国儒道的影响也由于传统习惯的影响，农民的满足感是非常强的，他们可以沉醉于按计划挖了一块地，或者蔬菜长得郁郁葱葱，或者母鸡某天生了蛋。而一旦这种满足被外界侵扰或打破，

---

① 《辞海》，商务印书馆1979年版，第3044页。

② 中国社会科学院语言研究所词典研究室编：《现代汉语词典》，外语教学与研究出版社2002年版，第1423页。

他们就会失去内心平衡，进而造成人际关系的紧张甚至恶化。农民属于复杂的转载，虽然过去他们的生存是封闭的，但是并不缺乏对未来的设想，即使设想很肤浅。由于诸多原因，探究农民历来不是简单的议题。

因此，关于农民，不仅当今学者，马克思的阐释也曾是不完善的。他转引了额尔金勋对鸦片战争时期中国农民的描述，鉴于农民状况变化之缓慢，在以前的中国尤为突出，特引之作为土改前中国农民的真实状况的证明，当然，其中因社会形态的不同而存在差别是肯定的：

> 我所看到的情形使我相信，中国农民一般来说是过着丰衣足食和心满意足的生活的。我曾竭力想（虽然收获不大）从他们那里得到关于他们的土地面积、土地占有的性质、他们必须缴纳的税金以及诸如此类的材料。我得出了这样的结论：他们大部分拥有一块极有限的从皇帝那里得来的完全私有的土地，每年须缴纳一定的不甚繁重的税金；这些有利情况，再加上他们特别刻苦耐劳，就能充分供应他们衣食方面的简单需要。①

马克思的阐释仍然是针对中国土改前的农民，没有广义的包容性。因此，中国农民，应该在动态的背景下进行论述，不能够仅做静态的释义。也许有些东西真的只可意会，不可言传。

可以这样说，中国农民是一个巨大的又受千百年农耕文化约束的群体，他的自足性远远大于他的开放性。周立波的乡土小说因写农民的差异构成了两个不同的体系：一是以《暴风骤雨》为代表的农民暴力革命；二是以《山乡巨变》为代表的写农民的生活憧憬，叙述上用一种乡土语言和知识分子语言交织来表现他们。当然，两部小说可以视为写中国农民的姊妹篇。后者同样显示"暴风骤雨"的到来，不同的是在热爱与企盼土地的农民心理上产生的"暴风骤雨"，一种外静内动的斗争。

于是，写农民，把农民写好，真正成为周立波的理想。但是，理念往往约束了他的文学创作艺术的展开，早在《后悔与前瞻》要"革命历史上和现实生活里的真正的英雄"。的确，通过周立波的努力，他塑造了一

---

① ［德］马克思：《对华贸易》，《马克思恩格斯选集》第 2 卷，人民出版社 1966 年版，第 171 页。

系列农民形象。老孙头、亭面糊是小说中塑造得最好的人物，这已经在评论者那里得到共识。对于人物塑造的评价，孔范今在他的文学史书写里有比较中肯的说法，他说："《山乡巨变》有公道勤恳、默默无闻的农业社主任刘雨生，沉稳和气、磊落开朗、因'右倾'受过批判却毫无埋怨和悔疚心理的乡支书李月辉，有将女性的温柔细致与政治上的原则性和敏感和谐统一的好干部邓秀梅……但塑造得最成功的是外号'面糊'的老农盛佑亭，这个热爱新社会却又留恋过去'也起过几次水'的荣耀，拥护合作化又听信谣言砍后山竹子卖的老倌子，心地善良又有些世故，好吹嘘自己又胆小怕事，热心公务自报奋勇又屡屡误事，好占点小便宜却又无害人之心，他在家里搞家长制，批评妻子，调遣儿子，嘴巴子骂上天却又没有一个人怕他。他的善良、淳朴、开朗和他的虚荣、狭隘、糊涂矛盾地统一在一起，使他干出了许多荒唐可笑的事。周立波笔下的这个'亭面糊'，几乎在北方和南方的每一个农村都可以找到。"① 特别是对亭面糊的评价，合乎小说中的具体形象。农民思想的狭隘、农民理想的粗浅无疑是那个时代造就的，但作为作家和学者的周立波戛然于形式的描写，使亭面糊的精神世界展露得太直白，个中原因值得探讨。

当然，小说不仅写农民的性格与成长，还写农民的视野与理想，并写得很到位。但是，一般评论者却未能关注这一点。请看下引的原文：

〔陈大春〕"我要能像他万分之一，就算顶好了。"陈大春说，"我不会说话；性子又躁；只想一抬脚，就进到了社会主义的社会。我恨那些落后分子，菊咬金，秋丝瓜，龚子元，李盛氏……"②

寥寥几语，将性子急躁、阶级对立意识强且对社会主义新生活充满憧憬的新式农民形象鲜活地耸立在我们面前。可他们理解的新生活，其具体规划如何？下面则再引陈大春的两个"单口相声"片断来分析：

"我们准备修一个水库，你看，"陈大春指一指对面的山峡，"那不正好修个水库吗？水库修起了，村里的干田都会变成活水田，产的

---

① 孔范今：《二十世纪中国文学史》，山东大学出版社 1999 年版，第 1057 页。
② 周立波：《山乡巨变》（正篇），作家出版社 1958 年版。

粮食，除了交公粮，会吃不完。余粮拿去支援工人老大哥，多好。到那时候老大哥也都会喜笑颜开，坐着吉普车，到乡下来，对我们说：'喂，农民兄弟们，你们这里，要安电灯吗？''要安。煤油灯太不方便，又费煤油。''好吧，我们来安。电话要不要？''也要。'这样一来，电灯电话，都下乡了。"① "快了，要不得五年十年，到那时候，我们拿社里的积蓄买一部卡车，你们妇女们进城去看戏，可以坐车。电灯，电话，卡车，拖拉机，都齐备以后，我们的日子，就会过得比城里舒服，因为我们这里山水好，空气也新鲜。一年四季，有开不完的花，吃不完的野果子，苦楮子，毛栗子，普山普岭都是的。"②

上述两段文字，将这位新式农民所设想的新生活图景分阶段、分步骤地展现在我们面前：水库建设好之后，灌水便利、粮食充裕、城乡联动发展，安享美好的、美妙的"楼上楼下，电灯电话"的农村"共产主义"生活；然后，随着农村合作者的建好，农村现代化、机械化的交通设施的齐备，农村闲适的生活远超城里。这种前景的描绘，代表当时农民对农村发展的美好梦想，一种我们（处于 21 世纪的高级知识分子）现在看来还停留在低级的粗浅的物质理想的生活梦想。

先进与落后总是并存的。没有落后哪来先进。如果说陈大春代表的是已经翻身做了国家主人的、对国家土地集体所有政策有一定了解的新式农民，一种大公无私的农民式的理想家，那么，陈大春的父亲陈先晋则代表着传统农民形象，一种试图保住传统的土地个体所有又最终不得不失去的苦闷农民形象：

> 如今，晴天里响了一个炸雷，上头说是要办社，说田土要归并到社里，这使他吃惊、苦恼和悲哀。有好几天，他想不开。到后来，他想，田是分来的，一定要入社，没得办法；土是他和耶老子，吃着土茯苓，忍饥挨饿，开起出来的，也要入社么？政府发给他的土地证，分明是两种。分的五亩田，发的"土地使用证"，开的一亩土，领的

① 周立波：《山乡巨变》（正篇），作家出版社 1958 年版。
② 同上。

"土地所有证"，如今为什么一概都要归公呢？[①]

　　这段陈先晋的心理独白，既有获得土地前的热烈期盼和获得土地之后的珍惜与欢愉，更有即将把土地交归入社而不得不面临再次失去"私家"土地的痛苦、苦闷和悲哀，这样将当时情境的陈先晋对土地政策的不理解揭示出来，也表现工作得不够深入，其实其中也反映了作者的疑虑：农民到底该拥有什么。

　　作品还塑造了一些农村英雄，赵玉林就是代表。有人这样评价赵玉林，"赵玉林虽然牺牲了，但千百个赵玉林式的农民英雄却在农村里成长起来，他们正象赵玉林一样坚忍不拔的斗争着。在《暴风骤雨》里，作者用赵玉林的死显示着农民这种新品质的普遍的成长。当然，在这里，由于作者没有很好地揭示出赵玉林思想成长的内部矛盾。（只在最初有点动摇，犹豫。）这样就使赵玉林显得单薄，不够突出，不够有力，不象孙老头那样栩栩如生，而对他的历史的烘托也显得有些贫弱"[②]。从评论者的文字中可以看出，赵玉林之所以成为英雄，是因为有他的对立面存在。而作为一个新人，是在没有参照下的创造，性格发展的可塑性极强。赵玉林是因为仇恨，才变得勇敢；是因为穷困，才变得比任何人坚决。

　　而作为阶级农民的存在，需要对立面地主的存在才存在。在中国的现实生活中，地主和农民之间的矛盾与斗争，不是因为土地占有的多少，而是在乡村内部人际关系的紧张，甚至恶化。周立波在他的小说中也这样描述，但由于理解的偏差，他只走了要展现农民状态这一段。

　　今天，农民问题深受重视，众多的学者研究农民。但是，作为作家，却缺乏对农民的深入研究，深度书写，致使广袤农民世界（农民生活、农民心理、农民情感、农民习惯、农民精神世界等）没有得到充分的展现。因此，借鉴周立波，全方位书写当下的农民世界，是必要，也是责任。

　　　　（佘丹清　　原文刊发于《周立波评说——周立波研究与文化繁荣
　　　　　　　　学术研讨会文集》，长江文艺出版社 2013 年版）

---

　　①　周立波：《山乡巨变》（正篇），作家出版社 1958 年版。
　　②　蔡天心：《从〈暴风骤雨〉看东北农村新人物底成长》，李华盛、胡光凡编《周立波研究资料》，湖南人民出版社 1983 年版，第 320 页。

第二节　周立波的叙述策略创新

在新中国成立后周立波的作品中，女性、景物、山茶花意象等的叙述，成为文学叙事的必要概念，在功能上与故事、情节等密不可分，具有必然的逻辑性。这种选择是策略的创新。在叙述话语形式中，周立波多以第三人称（直接说话）结构小说（《山那面人家》采用第一人称）；在叙述视觉上，通过内聚焦（间接表达故事与情节的内容与思想）来完善作品。由于有叙事策略选择与创新理念的支撑，周立波作品中的女性、景物、山茶花意象等在同类作品中独树一帜。

一　以直接说话叙述女性，疏离于其他作家对女性的叙述

由于周立波所处时代文学的主流要求家庭生活、爱情要让位于革命或者其他重大题材，因而女性在作品中常为人性不完备的形象。但周立波感到乡村女性具有浓郁的生活气息，要表达农村，必须表达女性及其婚姻和家庭生活。因此在他的政治叙事长篇和众多短篇中，都给人展示了具有鲜明个性的女性形象，这些女性具有动感和生活气息，并且爱欲凸显。对女性以及她们的爱情、婚姻、家庭大胆地叙述，使周立波的创作不自觉地疏离于当时的文学主流要求，进入人性世界，进而有别于其他作家的创作。

同时代的许多作品对爱情的表述是极有限的。因此，在1958年第3期《人民文学》上，黄秋耘的文章《谈"爱情"》，大胆提出作家和诗人之所以不敢描写爱情，是因为这样会被"卫道者"扣以"充满着小资产阶级情调""宣扬了资产阶级的庸俗趣味"的帽子。因此可以认为黄秋耘是文学作品应该描写爱情的坚定者。在当时的环境下，爱情在一些作品中有所体现，但都有些遮遮掩掩：柳青在《创业史》中就写了梁生宝情不自禁把改霞搂在怀里的情节，可惜后来改了；赵树理关于爱情的描写，多是通过对话和叙述语言表现；唯有周立波大胆地描写了爱情。《暴风骤雨》中，虽然有人认为郭全海和刘桂兰的婚姻属于政治婚姻，但作者在很多场合下写了他们的两情相悦，到郭全海去当兵时，这种情感表达得更加细致。在《山乡巨变》中写了邓秀梅、盛佳秀、盛淑君的爱情，还大胆地写了盛淑君与陈大春月下示爱，因情而相拥相吻。这是一种大胆的突破，而且在再版中也一直没有改变这些情节。因此可以认为，周立波对爱

情的书写是对黄秋耘的论述回应，也是他对叙述主体的严格要求，特别是对作为主人公的女性的尊重。

　　当时，关涉爱情、家庭的小说并不多。《红岩》《青春之歌》《林海雪原》《野火春风斗古城》《红豆》《小巷深处》等对爱情、家庭虽有所关涉，但因不以人为本而多为概念性的表述。《红岩》《青春之歌》《林海雪原》《野火春风斗古城》等表现的爱情，被英雄理念所扼杀。江姐、双枪老太婆、华为、刘思扬等对丈夫或女友的爱被革命事业安放在第二位。《红豆》《小巷深处》等由于表现带有小资情调的爱情，立即遭到棒喝和清洗，作品以及作家旋即变为异类。同样，这些作品也写家庭，特别是《红岩》，江姐的家庭和双枪老太婆的家庭都在革命斗争的洗礼中书写，家庭日常生活的细节，被复仇和英雄主义的描写掩盖。而作品中所细致描写的甫志高对老婆的留恋，则成为对英雄主义的强烈反衬。作为情爱归宿的家庭纽带断裂，爱情变得无所附依。从该角度而言，周立波的小说不能不说具有异质性。

　　描写女性，离不开性格特征。在性格的完善中，通过现实性的叙述，周立波把女性叙述构筑成一个特有的"叙述板块"——个性、欲求、婚姻、家庭、爱情。

　　其他作家不是放弃了女性叙述，放弃了叙述的策略，而是在策略下把时代需求膨胀得太大，而掩盖女性本质的特性。赵树理在他的小说中也刻画女性，但他用对话形式进行书写，对女性的泼辣、率直有着特别的追求。赵树理不喜欢的女性，他通常贯之以绰号，比如"小腿疼""三仙姑""吃不饱"。赵树理从外在因素刻画女性，让叙述的潜在思维流被作家垄断，而构不成完美与深刻。

　　柳青在他的小说里塑造的最好的是改霞，作者对她的心理刻画倾注了很多的心血。在写改霞想约会梁生宝的细节时，作者细致地描绘了改霞为见意中人照镜打扮的样子和心态。本来，作者的刻画是入木三分的，但是，作家过多的议论淡化了人物性格，加强了人物的概念化。也就是说，柳青在自己的叙述策略选择中，把叙述者的声音多重发声，而忽略了阅读者的主体性。

　　周立波惯于先用肖像法勾勒女性形象，再用语言、情节进行动态的补充。他排除细腻的心理描写，在粗犷中表达温情。他常常用景物作为女性出场的背景，并用家庭生活刻画其生活化特征，在人物的行动中刻画人物的性格成长过程。这些方面，在丁玲、赵树理、柳青等的小说中，怎么也找不到类似的情形，不能不说是一种叙述的创新。

周立波在《山乡巨变》中刻画的邓秀梅，是一位具有典型湖南辣妹子特点的女性，她热爱工作，大胆泼辣，具有温情。小说开篇就写干部下乡的环境，烘托出邓秀梅的泼辣性格；在入户谈心、开会作报告等活动中展现她的性格渐渐成熟的经历。作者让她在主流话语、家庭婚姻、社会风习中行动，并用非常浓的笔墨描写这样一个人物，用步步推进的方式来描写她的"成熟"以及成长经历。小说通过她离开丈夫独当一面、第一次开会失败、多次家访、不怕人骂等完善了她的政治身份，但在其叙述中，又写出了她作为女性的有肉有血。他关心刘雨生、陈大春的爱情，当收到丈夫的信时又有那么点喜悦和羞涩。虽然由于过多说教性的语言导致人物比较单薄，但正如周宪新所说的："作者的成功在于在政治与艺术的紧张中来明亮的表现现实生活，而非由于作家的旨趣过多的放在当时的政治、政策上，有的人物不能说没有演绎、图解政策的痕迹。作家的悲剧在于跟政治太紧，影响了他的杰出的才华的发挥，但这也是特定时代的悲剧，不能苛求于作家。"①

周立波小说中的女性比赵树理、柳青小说中的女性真切、动人、立体感强。周立波在他的小说中，总是书写那些具有典型意义的女性，这些女性往往与男性成为相应的对立或互补。虽然周立波在塑造大量正面迎接生活挑战的女主人公，刻画人物心理时又受苏联社会主义现实主义模式的影响，显得不完整或不深刻，但是，周立波在他的小说中创造的女性应该是"新的一个"，而这"新的一个"的成长与发展，需要自身的发展推移，而不是通过停留在表层的直观地评说。书写女性应该以日常生活的现实性作为依据。应用纯粹女性的冲动——性格的姿态和符合女性的语言来表现女性，在生机勃勃的生活之中展现出性格差异。周立波努力这样做了，虽然不完美但已经超过了同时代的作家，而且，在那个文学中家庭不完整的年代，描写那么多爱生活，有情感的女性，不失为一种胆识。

总之。周立波关于女性"新的一个"的刻画，本身是一种进步，也说明在共时的政治语境中，找到了一种展示生活的新的叙述策略。

---

① 周宪新：《周立波反映故乡生活小说中的女性形象》，湖南文艺出版社 1988 年版，第 214 页。

二　以景物进行内聚焦式叙述，异于其他作家对景物的书写

从传统角度看，景物描写与人物活动息息相关，因为文学描写是以人为中心的活动，而人又常常在具体的环境里活动；在文学上，景物是作家主观性与自然风景相遇产生的结晶，是对具体风景的描绘与超越；从现代的角度看，景物描写强调的是景物所蕴含的多义性、象征性、隐喻性。在文学创作中，周立波利用内聚焦的叙述方式，从景物出发重建故事情节，使景物与故事、情节的叙述密不可分，进而完成了在策略上的又一次创新。

1. 减缓叙述速度，节制叙述者情感，为事件的发生做铺垫。

周立波在他的作品中非常注意景物的描写，这种描写的目的不是单一的，并非仅仅对当地场景描写而已，他的作品中的乡土景观实际上是社会生活场景。作者常以全知视角把生活场景艺术化。《暴风骤雨》的开头这样写道：

> 七月里的一个清早，太阳刚出来。地里，苞米和高粱的确青的叶子上，抹上了金子的颜色。豆叶和西蔓谷上的露水，好像无数银珠似的晃眼睛。道旁屯落里，做早饭的淡青色的柴烟，正从土黄屋顶上高高地飘扬。一群群牛马，从屯子里出来，往草甸子走去。一个戴尖顶竿帽的牛倌，骑在一匹儿马的光背上，用鞭子吆喝牲口，不让它们走近庄稼地。这时候，从县城那面，来了一挂四轱辘大车。轱辘转动的声音，杂着赶车人的吆喝，惊动牛倌。他望着车上的人们，忘了自己的牲口。前边一头大牦牛趁着这个空，在地边上吃起苞米棵来了。①

这是一幅北国美丽的图景，就像一幅风俗画：阳光、大地、炊烟、绿叶、牛马、牛倌、马车夫的吆喝声、奔走的马车声。而美丽的图景后面隐含着罪恶和沧桑，就如同俄罗斯油画的表现力。一幅静态的图景，旋即动起来了，也预示这里的平静将不再了。孙犁也写景，但他的小说中的景与事件的发生有很长的距离。并且孙犁写景从叙述时间上看，比不上周立波结构紧凑。柳青也写景，他的景物是人物的对照，而不重事件的暗喻。但

① 周立波：《暴风骤雨》，人民文学出版社 1997 年版，第 1、22、42 页。

是，有些评论家对这段关于乡土的叙述颇有微词，认为不是简单地描写农村美景，而是"没有获得主体性的中国农村与农民的象征"。不管怎么说，景物叙述为小说故事和情节的推移提供了必备的空间。

同时，事件的发生不会无缘无故，总有它的前兆，就像下雨之前会起乌云一样。因此铺垫成为小说创作的重要表现手段。周立波在他的小说中，就多种视角叙述景物，用以为即将发生的事件提供预设。

> 小王坐在窗台上，背靠窗框。他隔着窗玻璃瞅着外面。近边是一条横贯屯子的大道跟柳树障子。绿得漆黑的柳树丛子里，好多家雀在蹦跳、翻飞，啾啾叫个不停。燕子从天空飞下，落在电话线上，用嘴壳刷着在水面上打湿的胸脯上的绒毛。大道的北头，一帮孩子正在捉藏猫。

这是土改工作队刚进屯时的景象。通过工作队员小王的眼睛看到：雀叫、燕子翻飞、小孩自由玩耍，一派自由祥和的景象。可是马上就是与韩老六的第一次较量，而且工作队败下阵来。这就像小动物的游戏、孩子的游戏，没有定准。但是，这段描写和下面的景物描写联系在一起，构成了"斗争"的复杂性，也构成了农村景色的全景。

> 第二天，是八月末尾的一个明朗的晴天，天空是清水一般地澄清。风把地面刮干了。风把田野刮成了斑斓的颜色。风把高粱穗子刮黄了。荞麦的红梗上，开着小小的漂白的花朵，象一层小雪，象一片白霜，落在深红色的秆子上。苞米棒子的红缨都干巴了，只有这里，那里，一疙瘩一疙瘩没有成熟的"大瞎"的缨子，还是通红的。稠密的大豆的叶子，老远看去，一片焦黄。屯子里，家家户户的窗户跟前，房檐屋下，挂着一串一串的红辣椒，一嘟鲁一嘟鲁的山丁子，一挂一挂的红菇茛，一穗一穗煮熟了留到冬天吃的嫩苞米干子。人们的房檐下，也象大原野一样，十分漂亮。①

上述叙述人物关系、情感变化含蓄地隐伏于场景中，如果没有这些景

---

① 周立波：《暴风骤雨》，人民文学出版社 1997 年版，第 1、22、142 页。

物的描写，剑拔弩张的运动的到来显得生硬。因此，以景色的平静写即将来到的"暴风骤雨"，并为故事的展开设置展开之卷。用景物聚焦故事的推移，用美丽收获的北国之景聚焦即将有的收获，使周立波的小说特色鲜明。

2. 以全知视角自由转换视点，为实现作者的创作意图和现实生活的对接服务。

生活场景的展现是周立波小说实行全知视觉叙述的又一特色。通过全知视觉，小说的视点得以转换，通过转换还原生活场景。周立波的叙述朴素而意味十足。

家乡在周立波的记忆里有山茶花，还有青山翠竹、茅屋瓦舍，他这样描述自己的故乡："这个离城二十来里的丘陵乡，四围净是连绵不断的、黑洞洞的树山和竹山，中间的大塅，一坦平阳，田里的泥土发黑，十分肥沃。一条沿岸长满刺蓬和杂树的小涧，弯弯曲曲地从塅里流过，涧上有几座石头砌的坝，分段把溪水拦住，汇成几个小小的水库。一个水库的边头，有所小小的稻草盖的茅屋子，那是利用水力作为动力的碾子屋。"①家乡并不是一幅美丽的画，但它朴质、自然。就是面对这朴素的土地，作家才产生了一种依恋情绪。起伏的丘陵、绵延的松树、青翠的楠竹、油黑的泥土、杂草间的小溪、清凉的流水、喔喔的鸡鸣、小小的水库、散落的茅草房，都给人一派清静、原生态的感觉，城市的喧嚣，人事的复杂在这里都如炊烟飘走。

故乡很质朴，但居住条件却具有典型的南方特色。朝阳、小屋、袅袅炊烟，在山树之间，静态可掬。

邓秀梅远远望去，看到一座竹木稀疏的翠青的小山下，有个坐北朝南，六缝四间的瓦舍，左右两翼，有整齐的横屋，还有几间作为杂屋的偏梢子。石灰垛子墙，映在金灿灿的朝阳里，显得格外的耀眼。屋后小山里，只有稀稀落落的一些楠竹、枫树和松树，但漫山遍地都长着过冬也不凋黄的杂草、茅柴和灌木盖子。屋顶上，衬着青空，横飘两股煞白的炊烟。②

---

① 周立波：《山乡巨变》（正篇），作家出版社 1958 年版，第 14、20、40、166、189 页。
② 同上。

周立波小说中的生活场景描写比比皆是。但南国的图景给了人们一份静谧和安详。在一幅幅风景画中，可以读到南国的秀丽，以及南方人的性格的清明透彻。正是风景描写，以及风景衬托下的生活情趣的展现，周立波的小说，在主流意识作品中才能真正表现为乡土文学特色。

但并不是说，其他农村题材作家不写生活场景，只是其意味已经远离乡土了。比如赵树理就在《三里湾》里写万宝全、玉梅家："靠在西山根，大门朝东开，院子是个长方形，南北长东西短；西边是就着土崖挖成的一排四孔土窑，门面和窑孔里又都用砖镶过的；南边有个小三间南房……；北边也有个小三间，原来是厨房，现在还是厨房；东边，大门在中间，大门的南北各有一座小房……西边这四窑，从南往北数，第一孔叫'南窑'，住的是玉生和他媳妇袁小俊；第二孔叫'中窑'，金生两口子和他们的三个孩子住在里面；第三孔叫'北窑'，他们的父亲母亲住在里面；第四孔叫'套窑'，只有戈大窗户，没有通外边的门，和北窑走的是一进门，进了北窑在进一个小门才能到里边，玉梅就住在这个套窑里。"①

这是《三里湾》中唯一的景物描写，可能在严格意义上还不能算风景，充其量是一幅风俗画。很少的景物描写可能和赵树理用话本模式创作，以及他受中国传统文学影响有关。赵树理的作品虽有些泥土气息，但风景的缺席使其作品乡土文学特质残破。因此，赵树理虽是写农村的"铁笔圣手"，却不是写景的好手。这说明，赵树理创作手法的单一，吸纳他人长处的不够，以致创作技术上没有突破，进而影响作品的阅读品质。

柳青也是写景的好手。《创业史》中有这样一段风景描写：

> 早春的清晨，汤河上的庄稼人还没睡醒以前，因为终南山里普遍开始解冻，可以听到汤河涨水的呜呜声。在河的两岸，在下堡村、黄堡镇和北原边上的马家堡、葛家堡，在苍苍茫茫的野滩的草棚院里，雄鸡的啼声互相呼应着。在大平原的鹅蛋路上听起来，河水声和鸡啼声是那么幽雅，更加渲染出这黎明前的宁静。②

---

① 赵树理：《三里湾》，人民文学出版社 2005 年版，第 6 页。

② 柳青：《创业史》，中国青年出版社 2005 年版，第 25 页。

　　梁三老汉分得了土地，儿子也成人了，过去的重压已经消失，终于有机会心情愉快生活了，一种畅快的心情随景物张弛。但是，由于作者的介入，议论的过度参与，景物的要义被排开了。同时，也拉开了和周立波之间的距离，即景物描写缺乏纯粹性。

　　因此，赵、柳与周立波在当时地位平分秋色。虽然今天人们对赵、柳评价高于周立波，但是周立波在景物描写上远远超过了他们。摇曳着文人气质的景色，朴素中有韵味。正是文人气质浓郁的景物描写，使叙述的速度减缓，文人写作的意蕴凸显，从根本上异于其他作家的创作。

三　反复运用山茶花意象，使叙述品质高于其他作家的创作

　　茶子花在周立波的作品中是不舍的意象，在他的多部作品中反复出现。而在叙述中这种反复出现现象称为反复性单一叙述，也就是说周立波作品中对山茶花的叙述属于反复单一性叙述。按照文学常规，一般人认为，只有抒情作品才会有意象。而现代派的出现，让意象的适用范围得以拓展，甚至把意象的意义表达得更加模糊不清。在小说中，喜好推出意象的作家当是张爱玲。张爱玲用她特有的方式，化用一些修辞手段，把意象的意义阐释得淋漓尽致，比如水珠、镜子，等等。注意，张爱玲的作品现代主义方法为构建基础。作为现实主义作家，作为一名典型的左翼作家，描写意象有什么意义？其他作家在小说中也会如此吗？周立波的茶花意象历时漫长，表达意义醇厚。在反复性单一叙述中，现实主义创作方法在周立波的创新策略下得以拓展。

　　周立波在《山乡巨变》《山那面人家》等小说中都描写了山茶花，把它作为意象与当地农民以及生活进行照应。在反复的意象营造中，表达更深的内涵。

　　　"一连开一两个月的洁白的茶子花，好像点缀在青山翠竹间的闪烁的细瘦的残雪。"①

　　　"温暖的茶子花香，刺鼻的野草的青气，跟强烈的朽叶的腐味，混在一起，随着山风阵阵地飘来。"②

①　周立波：《山乡巨变》（正篇），作家出版社1958年版，第14、20、40、166、189页。
②　同上。

　　"飘荡茶子花香的一阵阵初冬月夜的微风，送来姑娘们一阵阵欢快的、放纵的笑声。"①

　　"看这茶子花好乖，好香呵！"②

　　上述对山茶花的描写都出自小说中，一是烘托环境，二是表现少男少女的心情愉快。前两段写陈大春和盛淑君恋爱背景，年轻人的爱情之花，像山茶花开放。如果没有山茶花意象，小说所表达的爱情没有那么纯真，是叙述频率的结果。

　　当然，为了意象的丰富性，周立波在它的散文和诗歌中也写山茶花。

　　在散文《毛泽东同志的故居》中，他说："山坡上的茶树开花了。"这是一篇散文中的记述。作者站在毛泽东故居前，思绪万端，而此时主席故园的山上，山茶花在开放，用纯净迎接着崇敬主席的友人。这种意象的运用也表达了周立波对领袖的真诚与忠诚。

　　在诗歌《可是我的中华》中，他充满回忆地吟道：

　　　　我想起了山茶花下的笑与情意；我想起了山茶花下金色的年头。那时候，人还在，春花未尽，秋叶先凋了。那山茶花下的笑和情意呵，于今是，梦一样的迢遥。

　　　　四年前北地江山的消息：最难忘记的，是微风十月的秋山里，飘荡着的标致的蓝布小围裙；那正是洁白的山茶花，杂着红叶，斑斓地掩映在青松林里的季节，金色的朝阳，已经布满林间，花片上的露珠还滴。谁最美丽？是含露的山茶花，是花下的人的微笑，还是人的情意？

　　可以说，茶花在作者的心境的感召下，变成具有质感的艺术形象，具有多重含义，寄予了作者的情感，也暗示了作者一生追求的是纯净、坦荡。正是对意象的追寻，"山茶花"这种具有典型南方特色的实物的反复

---

① 周立波：《山乡巨变》（正篇），作家出版社1958年版，第14、20、40、166、189页。
② 周立波：《山那面人家》，《周立波文集》第2卷，上海文艺出版社1982年版，第408页。

出现，往往给作品涂上了一层思乡情绪。叙述的作用让意象所指明显，文本节奏与时间具有应有的逻辑性，引导读者情感具有推动力。

周立波在自己的创作路上，不断地调整自己，向自己内心中期许的艺术偏移。叙述策略的创新令周立波的文学在那个时代具有可读性和艺术性。从其作品叙述的多元素分析，周立波对叙述元素精心选取基础上以博采传统与现代叙述手法的优长并化而运用，使其叙述话语显示出"内延""外展"的张力，为故事与情节的叙述打开方便之门。

（佘丹清　原文刊发于《湖南文理学院学报》2009 年第 6 期）

第三节　左翼坚守与文学转换：
——论周立波在 20 世纪 30—40 年代的转型

我们检索周立波成长史，不难发现：从亭子间到左联，至延安和解放区，最后到新中国，他的转换都是自觉的。在亭子间，当左联之雄风似乎风去人走，他却加入左联并成为革命者；在延安，当许多作家遭遇批评时，即使他写出了《麻雀》等与延安气氛不一的小说，他也没有受到类似丁玲一样严厉的批评；在鲁艺，讲授外国文学的种种，同样没有人因他传播西方资产阶级文学而对他产生歧议。本处于安静之中，他却以《后悔与前瞻》《思想、生活和形式》等文章来自我剖析与批评，自我确立为改造对象，并引起人们关注。在延安整风运动之后，为了和大众保持一致，他毫不犹豫地以记者身份随王震部队南征北战，并在东北为剿匪和为土地革命鼓与呼，进而写下带给他极大声誉的长篇小说《暴风骤雨》。由此可见，他身上已经固有的左翼文学理想，和已经付诸行动并确立的革命姿态，都足以证明他的文学立场与时代立场的一致性。总体来说，他的转换在集体的转换中完成；在集体的排队中，在加入合唱与交融中实现独立。总之，他的每一次转换都可以视为历史性事件，其中的根由就是他从一名亭子间作家转换成左翼作家不仅代表他自身这一个体，而且转换中有随行的大众，只是他的转向总独树一帜。

一　从自由主义文人转换成革命的鼓动者

（一）亭子间的艰辛造就倔强的性格

1928 年为回避家乡的恶势力，新婚未足一月的周立波随远房叔叔周扬来到上海，住进了闸北区北四川路恩德里的一个亭子间，从此开始了另外一种生活，这种生活是他一生的跨越。西方文艺素养在此期间完成，加入左联也在此期间，创作也在蛋室里起步。最为重要的是，在亭子间里，一个作家成了革命者，一个自由文学者变成了革命作家，恒固的革命意识必然地影响了他的后半生。同时，周扬也成为其后来命运重要的形成因素。而无产阶级革命的火焰在中国大地燃烧时，周立波的创作也受到极大影响，以后的作品《暴风骤雨》《山乡巨变》等小说的革命姿态如影相随。即便有着后面的变化，与其他亭子间作家一样，周立波对亭子间刻骨铭心。

关于亭子间，周立波在《亭子间里》后记中这样说："上海的弄堂房子采取的是一律的格局，幢幢房子都一样，从前门进去，越过小天井，是一间厅堂，厅堂的两边或一边是厢房；从后门进去，就直接到了灶披间；厅堂和厢房的楼上是前楼和后楼，或总称统楼；灶披间的楼上就是亭子间；如果有三楼，三楼的格式一如二楼。亭子间开间很小，租金不高，是革命者、小职工和穷文人惯于居住的地方。"① 多年后，周立波还那么具体地描述亭子间，可见亭子间在他心中留下的印象之深。

应该说，上述也是周立波在描述上海许多现代文学作家和艺术家的生活。在描述中，我们可见，亭子间作家的生活相当清苦，基本属于上海社会底层或准底层。而在今天上海残存的"保护"建筑和一些资料中，可以看到亭子间作家和房主人条件的巨大反差。一间仅仅能放置一张单人床和一张书桌等，面积仅六七平方米，而且既不透风又不见阳光的屋子，近乎蜗居。因此许多人常常因为贫穷和住宿条件恶劣，染上肺病而亡。为此，姚克明对此也进行过考察，他记述道："亭子间，可以说是石库门房子里最差的房间。它位于灶披间之上、晒台之下的空间，高度 2 米左右，面积 6、7 平方米，朝向北面，大多用作堆放杂物，或者居住佣人。"② 在如此条件

---

① 周立波：《亭子间里》，湖南人民出版社 1963 年版，第 113 页。
② 姚克明：《亭子间作家新考》，《文汇报》2005 年 11 月 27 日。

下，从 1928 年春天到 1937 年秋天，除开在上海提篮桥监狱被关的两年半以及回家的三月，伴随着一帮穷兄弟，如叶紫、戴平万、何家槐、林淡秋、梅益等，周立波在亭子间里写作、生活近 7 年。同样待过亭子间的还有胡也频、丁玲、欧阳山、草明、张天翼、蒋牧良、朱凡、杨伯凯、韩起、沙汀、艾芜、任白戈、何家槐、吴奚如、叶紫、陈企霞、彭家煌、黑婴、白苓（钟望阳）、徐懋庸、舒群、罗烽、白朗、关露、王实味等，其中大部分后来去了延安或其他解放区，成为周立波后来的同行者。

因此，亭子间，是周立波们在上海谋求生存的据点，除此之外，他们没有任何求居的地方。他们与公务员、职工、教师、卖艺者、小生意人、戏子、弹性女郎、半开门的、跑单帮的、搞地下工作的，乃至各种洋场上的失风败阵的狼狈男女，以及那些做了坏事而在此回避的人们，不得不混在一起。当然，生活在亭子间，不只穷困，也不只身份的卑微，还在于讹诈、抢劫、传染病等笼罩那里的人们。在这里生存，需要毅力与勇气，因为明天谁也无法预料。在此，所谓知识分子的面子、地位都得抛掷一边。

当然，穷困可能滋生很多东西。正是因为穷困，亭子间作家们面对着生存的困境与地位的卑微，面对社会的动荡不安与国家的危难，他们自觉和不自觉地产生一种反叛和抗争意识。他们见证了上海乃至中国 1927—1937 年的变化。"九·一八"事变、"一·二九"、鲁迅逝世、"七·七卢沟桥事变"等无不震动他们的神经。在骚动不安中，他们加入了左联。而周立波加入左联却走了一条不平坦的路。

由于穷困，周立波用一张中学假毕业证考入了上海劳动大学，但好景不长，由于参加飞行集会，他被学校开除。1932 年，因参加印刷工人举行的大罢工，贴传单时被抓进了监牢，在苏州监狱一待两年半。其实，在他进监狱前，左联已经成立，他也曾在周扬的指导下加入了中国左翼戏剧家联盟，没有直接加入中国左联，但对他的影响很大。对此，周扬在答胡光凡问时说："一九三〇年夏，通过赵铭彝介绍，他和我一起参加了左翼戏剧家联盟，我们跟赵铭彝是在亭子间认识的。"[1]

在亭子间里，周立波在求生无门的情况下，他开始自学外语和自学写作，并于 1929 年发表了第一篇散文《买菜》，1929 年发表第一篇翻译作品《北极光》，在生活的艰难中开始文学之路。在此期间，周立波不仅广

---

①　周扬：《关于周立波同志的一些情况》，《三周研究》2006 年第 1 期。

泛涉猎了西方许多进步作家的文学作品，并对其中所喜爱的作品、文学评论进行翻译、介绍，不仅如此还结合自己所积累的文学经验和些许文学理论，对日本、波兰、西班牙等国外的文学现状、文学思潮进行评析、综述，这大有益于他西方理论修养的培养（见下表）。

周立波翻译作品一览

国家	作家	作品	类别	备注
俄苏	普希金	杜布罗夫斯基	小说	在《1934年的日本文坛》评论日本作品31篇，作家63人；《最近的波兰文学》评论波兰作品9篇，作家15人；《西班牙文学近况》评论西班牙作品13篇，作家19人；《西班牙的法西文化》评论西班牙作品1篇，作家6人。
	高尔基	论戏剧中的言语	文学评论	
	高尔基等人	百海运河	报告文学	
	皮尔尼阿克	北极光	小说	
	亚历山德洛夫	歌曲在苏联红军中	散文	
	柯尔佐夫	意大利法西斯蒂在瓜达拉哈拉的遭遇	报告文学	
	顾米列夫斯基	大学生私生活	小说	
	肖洛霍夫	被开垦的处女地	小说	
	吉尔波丁	杜勃罗留波夫诞生百年纪念	论文	
	斯帕斯基	为什么莎士比亚为苏联人民所珍爱	论文	
	列兹内夫	肖洛霍夫论	论文	
爱尔兰	詹姆士·乔伊斯	寄宿舍 尤利西斯	小说	
捷克	基希	秘密的中国（报告文学集）	报告文学	
美国	马克·吐温	驰名的跳蛙	小说	
	哥尔德	一个琴师的故事	小说	
	约翰·多斯·柏索斯	西班牙游记	游记	
巴西	洛巴多	贵客	小说	

可以说，周立波的大部分翻译、文艺理论批评来自亭子间。在低微寂寥的生活中，周立波学会了忍耐，也得到了充分的积累。和他一样，丁玲、胡风、叶紫、彭家煌、萧军、萧红、欧阳山、徐懋庸等一样在此完成了积累，并在此成名。这一大批人也就称为"亭子间作家"，并成为延安以及解放区的艺术工作者的三大来源之一。

所以，毛泽东多次把延安的文学家和艺术家分为"亭子间的人"和

"山顶上的人"。1938 年 4 月 10 日，毛泽东在鲁迅艺术学院成立大会上说"亭子间的人弄出来的东西有时不大好吃，山顶上的人弄出来的东西有时不大好看"。可见，赵树理们是山顶上的人，周立波、周扬、萧军、欧阳山、草明等一大批作家都来自上海的亭子间，自然是"亭子间的人"。这一方面扩大了"亭子间作家"的影响，另一方面说明这些作家不是根红苗正之辈，也就和国统区的许多作家一道成为后来的改造对象，自然就影响了亭子间作家的人生之路。而后一种思维对周立波的影响，延续到"文化大革命""爆发"，不能幸免地被红卫兵推上走资派的"斗争席"。

　　到此，我们可以小结，正是亭子间生活的艰辛，稳固了周立波挣扎的信念，也成为他义无反顾参与革命的由头。清冷的生活，冷清的文字阅读也同样让他心在偏移。不然，亭子间对他不可能那么记忆犹新。在亭子间初期，他还是一个为生活奔波的激进青年，谈不上革命。但这种生活就是他革命的源头，在观望中，他的心在倾斜。激进姿态在初期愈演愈烈，最后变成进入左联的必然条件。

　　（二）加入左联，在调整身份与争取角色中转型

　　值得说明的是，周立波出监狱后再次来到上海，仍然居住在亭子间。实际上，后来加入左联并没有使他的经济生活得到改变，"亭子间文人"的头衔依然箍在他的头上。同样的，与他同为左联成员的许多盟友，也依然居住在亭子间。但是，他们的政治生活自此起步，由孤立或三五成群变成了集体的一员，群体意识被强化，并以此扩大了视界。左联的成立，给亭子间作家带来新的契机是显而易见的。当然，并不是说，当时，如果不加入左联就没有出路。沈从文、梁实秋、周作人等都无缘左联，也因左联的过度激进而不屑于加入左联，同样在创作上影响巨大，甚至超越左翼作家。周立波从小就在益阳、长沙等政治激进环境下生活，即使来上海的时间比他人晚，却正好赶上了革命文学兴盛的年代，同时，亭子间几年的蛰伏，让他认识到只有革命才是他的出路，他必然以一种更直接的姿态加入左联，乃至革命。

　　虽然左联自动解散，但周立波却在思想和行为上始终赋予了极大的热情。自 1934 年加入左联后，周立波参加了诸多左联活动。他为呼应左联做了如下大量工作：一加入左联，马上加入中国共产党，并成为党团成员，这就决定了他的革命文学者的身份。参与编辑过左联刊物《时事新

报·每周文学》；阅读了大量外国文学作品，翻译过苏联的作品，在报刊上发表过大量阐述文艺理论问题和评介许多中国左翼作家的作品，如艾芜等，一个革命理论家的素质也在养成。撰写了《关于"国防文学"》《我们也来谈谈"国防文学"和"国难文学"》《"国防文学"和民族性》《希望于文学者们——反对谩骂要求团结》《非常时期的文学研究纲领》《怎样使国防戏剧运动深入民间》《我们应当描写什么》《中国新文学的一个发展》《为"国防文学"的民族性问题答周楞伽先生》等一系列论文，积极宣传"国防文学"，这又让他成为革命文学的鼓动家。这些工作倾注了他的热情，也生出了一些不足。在左联活动中，他与周扬走得更近，特别在"国防文学"和"民族革命战争的大众文学"论争中，他在配合周扬和鲁迅"争正统"中产生不和谐。因此，后来他检查自己："在两个口号的论争中，对鲁迅尊重不够"，"应当作为历史教训来吸取"。[①]

但也说明一个问题，和当时本已经十分向"左"的鲁迅都发生争端，周立波的激进态度已经与早期亭子间时完全不同了。

周立波通过加入左联和参与左联活动，而成为社会公众的一员，这是他转变的重要收获。1963 年他在《〈亭子间〉后记》里回忆左联："左联是我热爱的一个文学团体。鲁迅是它的骑手；胡也频、柔石、殷夫等等五位作家的鲜血染红了它的精力的首页；它有郭沫若、茅盾、周扬、夏衍等等同志这样一些杰出的、活跃的作家和领导者；它冲破了国民党无数次文化'围剿'，虽然遭受了敌人几次重大的破坏，它还是继续地战斗。左联的特点之一是战斗性强韧。自始至终，它和我们的阶级敌人和民族敌人总是针锋相对地不停不息地战斗。左联的工作是有缺点的。在这篇短短的后记里自然不能全面地评价这一团体，我只想就文学问题谈点个人的意见。记得左联的刊物曾经讨论文艺大众化，但是没有得出切实可行的结论；而关于文艺的方向，创作的源泉，作家深入群众的活动以及普及和提高等等一系列问题，他都没有提出来处理。这些根本性的问题，直到毛泽东同志《延安文艺座谈会上的讲话》问世以后才获得了真正的、正确的解决。"[②]这是周立波二十多年后的评价，多年的思考，他对左联的评判有了微妙变

---

① 岳瑟：《鲁艺漫忆》，程远主编《延安作家》，陕西人民教育出版社 1992 年版，第232 页。

② 周立波：《亭子间里·后记》，湖南人民出版社 1963 年版。

化，但对左联时代行为的不后悔，甚至以此为荣，流露在字里行间。

虽然左联的发起者中不会有周立波，成立大会召开时他也没有赶上，但他对这一组织有着天然的亲近感，这使得他一出监狱就加入中国左翼作家联盟，并马上加入中国共产党，成为左联的党团成员，实际上是谋得了负责人身份。同时他还是左联常务委员、马克思主义研究会委员，比他早四年加入的人都未担任这样显要的职务，个中原因当然是他的争取和周扬的扶掖。他获得席位时的心情无法考证，我们也不能妄加猜测。我们只能说，一个蛰住亭子间、为生计奔波的人，一个只想在文学上谋求发展的青年，通过奋争，有了新的念想。他也要革命，也要像他的引路人一样，成为真正的革命者。文人要革命，走的必然是一条未知的路。周立波是文人，就这样开始了他的革命作家之路。在中国现代历史的演进中，文人们经受的风雨，以及受到煎熬时的内心律动，甚至彷徨，要比其他类型人剧烈。特别是，当他们企图成为职业革命家时，为自己辩护的要求就更强烈，文学之火必须熄灭。在未来的路上，周立波选择了一条具有自己个性的路，他自觉地不断调整自己，不去与人争强好胜，不去追求权力，默默地教书、写作、编文稿、当记者，做一些与文学有关的活动。但受过西方文学影响，具有知识分子身份的他，要抛开知识分子特有的个性、行为、思想，必然很难。在面对新的时代和新的要求，许多知识分子的转变弄成玉石俱焚的结局。虽然他们革命了，但在职业革命家的眼里，仍然还是闯入者。因此，周立波怎么也不会想到，《暴风骤雨》会弄出响动，《山乡巨变》《韶山的节日》会受到那么严厉的批判。他的《暴风骤雨》以后的小说一直坚持社会主义现实主义创作原则，而且在研究中，我们找不到他妥协于自己的创作理想的证据，这是不是与左联时代确立的理想有关？

二　完成知识分子"蜕变"，走向工农兵

在延安后期，作家和其他知识分子面临着空前的危机。那就是知识分子所具有的本来姿态，已经不能在延安这个军队、农民、工人占主导的地方生存，而且抗日战争的一天天残酷，知识分子的担当之心必须化为实践才合时宜。在这样的环境下，延安开始整风，知识分子的心灵受到猛烈的清洗。知识分子面临脱胎换骨的重大选择。很多人选择了去农村，而周立波则自觉地选择了到部队生活。周立波的这种选择代表了他革命性的一

面，也许他清醒地认识到，这个时候只有部队是最能证明个人真诚的。而延安的知识分子大批量迁移，在中国历史和知识分子史上绝对是一个显要的事件。

（一）"忏悔"：远离人道主义

人道主义是现实主义创作的没有停歇的母题，它对中国文学的影响十分巨大，并且引起了中国文坛阵阵波澜。它在中国一直是文艺摆脱不了的话题，就像梦魇般压着有良知的知识分子和有担当的文学家。因此，人道主义创作，在中国文学史上，一直残酷地拷问知识分子的心灵。它在中国，路漫漫。人道主义创作，对左翼文学来说，时断时续。20世纪三四十年代王实味、丁玲、周立波的人道主义创作刚生萌芽即被掐灭；到了50年代，宗璞、邓友梅等的创作也是昙花一现；80年代张贤亮、张洁、谌蓉的现实主义创作终于把人道主义延续。中国人道主义创作由于受到主流意识的干预，影响了它的深刻性，艺术上既不大气也不细腻。从50年代起，人道主义在中国，常常冠以"革命的""社会主义的"等修饰语。但是，从中国的社会现实来看，书写人生命运的作品很有存在的必要。而作为一种创作方法它应该不断被创新，才有生命力。从它在中国的命运看，它既没有得到推广，更没有得到创新。因此，一种文学思潮，一种创作方法，要生存，必须具有可能生存的土壤。和人道主义在中国文学里并行的话题是小资产阶级情调。小资产阶级情调之说与人道主义一样，同样来自法国。夏多布里昂等一批家境处于中产阶级与平民之间的知识分子，常常聚于小酒馆、茶室、咖啡屋或古典音乐吧，清谈艺术、人生，并且注重穿着打扮，谈吐温文尔雅，行走不疾不缓，这种生活方式被许多国家留学生带回，在不同国家产生变种。在我国，20年代产生了民族资本家、买办资本家，也产生了一些文化人构成的小资产阶级。起初的小资产阶级，不关注社会民生，只注重自己的生活方式。他们的生活方式后来被称为"小资情调"，因此，中国的知识分子后来也常常被指称为小资产阶级知识分子。对于小资产阶级知识分子，毛泽东在他的很多篇文章里都有阐释，特别是在《讲话》里，这种阐释也就决定了后来中国知识分子的坎坷命运。在面临命运的挑战时，一部分知识分子保持沉默，而另外一批知识分子则选择了"忏悔"，用以达到与主流的沟通与同步。按照卢梭的逻辑，"忏悔"就是对人道主义的一种阐释，而在中国40—70年代的知识分子那里走了形。

我们研究的周立波，就是后一种知识分子。

从亭子间狭小的个体到投入左联集体，那是周立波的第一次转变。而40年代的"忏悔"，则是周立波的第二次转变。这次转变对周立波来说，意义丰富而深刻。我们不能说这只是一个具有人道主义精神的新星被遮蔽的过程，还必须证明周立波转向了现实主义典型化，并且确立在中国"新小说"创造中的重要位置的开端。无意之间，他成为十七年文学规范化的典型作家之一。而回到我们的文题，周立波的"忏悔"是在发表了《麻雀》等六篇小说后开始的。

1941年6月6—7日，周立波在《解放日报》上发表了以陕北农村生活为题材的短篇小说《牛》，这是他的第一部写农村生活的小说，也是他一生中的第一篇小说。随后，他又分别发表了《麻雀》《第一夜》《夏天的晚上——铁门里的一个片断》《阿金的病》《纪念》五篇短篇小说。这五篇小说和《牛》一起成为小说家周立波的开端。

周立波的后五篇小说结集出版时名为《铁门里》，小说写的是提篮桥监狱的囚犯们对自由生活的强烈向往，对爱与美的强烈的渴望。1996年，笔者在北京拜访林蓝时，她说何其芳到他们的窑洞里来，看了《麻雀》后，激动得手在抖泪在流。而严文井则说："这个短篇比他以后受某些条条框框束缚写出来的某些作品，更为动人，更为有着永久的艺术魅力。"

下面是周立波小说《麻雀》中的一段描述：

> 三天以前，上海提篮桥西牢五层楼上九号房间的小陈，在午睡时间，捉住了一只进铁门里的麻雀。他从白色斜纹布的囚衣的袖子上，撕下两片小布条……在外面，谁都不会喜欢这种过于平常的小鸟，但在囚室里，它变成了诗里的云雀和黄鹂。我们喜欢它，因为它是自由的飞鸟，就在这天的上午，它还沐着阳光，也许沾着草上的露水，在广阔的天空中飞翔，在街树的密叶里跳跃和啼叫。这使我们神往。我们中间有的人，已经整整四年，没有看见一根青草，一片树叶了。我们抚爱它，好像要从它身上，寻找那甜蜜的自由生活的痕迹，闻嗅那清新的草和树叶的芬香。我们亲近它，好像长久离开了家乡的人，看到一个刚从家里出来的亲人，竭力想从他的服装上，谈吐间，闻到一

些盈满了我们童年的爱和欢喜的记忆的家乡的水的气息，土的气息一样。①

从字里行间我们看到作者的人道主义情怀，看到作家心中的不变的"自由"情怀。延安自由的生活，给了他灵感，但他马上陷入题材不宏大的苦闷中。

小说发表后，雪苇在《解放日报》上发表评论，称："《麻雀》的吸引人之处，不在他的人物（因为这里没有展开人物性格的描写），而是作者给予这故事上的浓厚的抒情气氛和微妙的表现手腕。作者确实是'善于抒情'的。"② 根据这篇文章发表的日期即 1941 年 12 月 5 日来看，正是文艺座谈会和延安整风运动的前期。分析这些作品，的确可以找到"抒情意味"。同时，我们可以从雪苇的评论中领悟到，文章实际在强调周立波的这篇小说是追求一种"趣味"，一种温暖的"情调"，显然与大的政治气候不合。充满自觉意识的周立波似乎嗅到了什么。

而《讲话》发表前与毛泽东和文艺工作者的几次谈话，使周立波似乎想象到了自己的"不足"。就在这段时间，毛泽东两次邀请周立波、严文井、何其芳到杨家岭谈话，核心内容即是作品要写工农大众，要抛开上海小资产阶级情调，要深入到群众中去。同时，批判丁玲，清算王实味的思想，一种知识分子的改造之风开始兴盛。丁玲、王实味的"小资"之火是被强力扑灭的。丁玲接受了来自周围的种种诘难，在百口难辩中，痛切地自我反省，然后去河北才得以安定，但是对她的审查才刚刚开始，新中国成立后，丁玲的命运就是延安时代问题的延续；王实味则不同了，一个不关心争论的编辑无端被人带入旋涡，只能用生命解决"歇斯底里"的宣判。周立波在这个时候，表现出十分的"清醒"，坚信了自己的"不足"。于是写了两篇文章自陈不足，然后离开，当然在上海的"清白"与革命的坚决无疑成为身正的铁证。这是在延安能全身而退的重要原因。

而此时，一向矜持的何其芳的态度剧变，对自己大加挞伐，同样对周立波影响很大。何其芳在《解放日报》上撰文反省和检讨：

---

① 周立波：《麻雀》，《解放日报》1941 年 11 月。

② 雪苇：《〈在医院中〉、〈麻雀〉及其他》，《解放日报》1941 年 12 月 5 日。

　　　　整风以后，才猛然惊醒，才知道自己在原来象那种外国神话里的
　　半人半羊的怪物，一半是无产阶级，还有一半甚至一多半是小资产阶
　　级，是可耻的事情（引者注：在不断地挖掘自己身上的知识分子残
　　余）。才知道自己急需改造。而且，因为被称为文艺工作者，我们的
　　包袱也比普通知识分子更大一些，包袱里面包的废物更多一些，我们
　　的自我改造也就更需要多努力一些。这种改造，虽说我们今天已经有
　　了思想上的准备，还要到实际里去，到工农兵中间去，才能完成。
　　　　其次，文艺工作者在今天还有一种改造文艺的责任。过去的文艺
　　作品的毛病，一般地可以概括为两点：内容上的小资产阶级的思想情
　　感与形式上的欧化。（引者注：再次提到小资产阶级思想，后来成为
　　延安知识分子自审的依据）总之，没有做到真正为工农兵。使文艺
　　从小资产阶级的变为无产阶级的，从欧化的变为民族形式的，这也是
　　一种改造，而且同样需要长期努力的改造。然而改变艺术的基本的问
　　题也就是改造自己（虽说不是全部问题）。经过了自我改造之后，我
　　们有了无产阶级的眼睛去看事物，用无产阶级的私心去感受事物，文
　　艺的一个最基本的问题，就差不多可以解决了。形式问题是从属的，
　　是比较容易解决的……①

　　何其芳在文章中批判了自己作为知识分子的情调跟不上需要，阐释了
知识分子不仅要改造自己，还要改造文艺以适应时代需要，然后指给自己
一条路：下乡改造。何其芳在此自戴高帽，对延安知识分子的改造起到洞
心的作用，即何其芳的自我批判文章极大触动了延安的知识分子，也使何
其芳的一生变得更为复杂。后来人们讨论的两面的何其芳，就是从本篇文
章为分界。

　　同为鲁艺教员的周立波，当然不敢沉浸在《麻雀》等小说发表的喜
悦中。一个有着艺术修养和天分的小说家刚刚开始找到一种言说方式，但
他马上就要更换了。作为回应，周立波自觉表现出反省姿态，先后在
《解放日报》发文以表明自己的态度。

　　　　首先，"过去，为什么走了这条旧的错误的路呢？我现在反省，

---

　　①　何其芳：《改造自己，改造艺术》，《解放日报》1943 年 3 月 19 日。

这原因有三。第一，这拖着小资产阶级的尾巴，不愿意割掉，还爱惜知识分子的心情，不愿意抛除。譬如在乡下，我还想到要回来，间或还要感到过寂寞。这正是十足的旧的知识分子们的坏脾气，参加生产和斗争的群众，不会感到寂寞的，恐怕连这个字眼也不大知道，为了群众的利益而斗争的战士，在边区，也不会感到寂寞的。只有犯着偏向的小资产阶级的知识分子，才会有这样的病态的感觉。有这感觉，就自然而然的和群众保持着距离，而且自然而然的退居于客人的位置，这是我错误的头一个原因。

其次是中了旧书子的毒。读了一些所谓古典的名著，不知不觉地成了地主阶级的文学的俘虏。在这些开明的地主和资产阶级的精致书里，工农兵是很少出新的，有时出现，也多半是只是描写了消极的一面，而那些寄生虫，大都被美化了。贾宝玉，安娜·卡列宁娜，都是一出场，就光彩照人，特别是安娜，在鲁艺的文学系，有一个时期，连她的睫毛都被人熟悉，令人神往。自然，掌握了马列主义的人们，不仅不会上这些书本子的当，而且还会从那里面吸取他所需要的东西。例如，列宁就是极高地也是极正确地评价了托尔斯泰的作品的。但是对于一般的立场还不稳定的小资产阶级者，她是有毒的，它会使人潜移默化，向往于书里的人们，看不见群众，看不清现实里的真实的英雄。这是过去的错误的第二个原因。

第三，在心理学上，强调了语言的困难，以为只有北方人才适宜于北方，因为他们最懂得这里的语言。一个从南方人来表现这里的生活，首先碰到的就是语言的困难，这是事实。但这困难可以克服的，只要能努力。夸大语言的困难，是躲懒的藉口。"[①]

在检讨中，周立波用"小资产阶级情调""地主阶级的文学俘虏""夸大语言的困难"等狠狠地批判自己。在文中，可以看到周立波对外国文学的阅读仍然带有保留，也是后来在《暴风骤雨》等重大题材中出现欧化等特征的原因。文中提到的方言学习，成为他以后的不断追求。通过自我反省和批判后，周立波又一次选择了离开。那是 1944 年，跟随部队南下然后又入关，以实际行动开始了改造之路。他的新小说创作开始

---

① 周立波：《后悔与前瞻》，《解放日报》1943 年 4 月 3 日。

起步。

（二）"歌唱"：深入现实生活

作家的使命应该是用良知来书写社会民生。"延安整风运动"开始在抗日相持向战略反攻阶段，作家书写社会人生被社会现实赋予了不同意义。待在鲁艺的周立波，以及当编辑的周立波，都不能容忍自己的落后。鲁艺严肃的政治气氛和单一的教学内容，让周立波感到待下去会成问题。而中央也没有把它视为一个长期生存的机构，伴随整风运动的完成，鲁艺被并入延安大学。而"忏悔"后的周立波真正地深入到工作中去了。他是带着反省"没有好好的反映我所热爱的陕甘宁边区"① 离开的。在他的头脑中形成一种"我不能成为工农兵，那我就写好工农兵"的理念，那是显而易见的。

1944 年，他主动申请报名，参加了以王震为主的八路军南下支队，11 月开始南征，历时将近一年。11 月 10 日从延安出发，周立波开始写战地日记，三百多天未间断。张振海、丢眼镜等故事就是记录的南行中的事。行军中，作为书生的周立波，又是一名高度近视者，他的困难可想而知。王首道的《忆南征》就谈道，周立波在南行中，眼睛深陷，曾告诉王首道把娘胎里的力气都用光了。在南行中，他不仅仅是行者，还是一位歌者。他编印油印小报《解放》，报道消息，宣传政策。三五九旅南征的事迹，周立波写成了报告文学集《南下记》《万里征尘》。

1946 年，周立波被调入冀热辽区《民生报》，任副社长。同年，中共中央东北局发出了《关于土地问题的指示》，号召共产党员："不分文武，不分男女，不分资格，一切可能下乡的干部统统到农村去。"发动群众，开展土地改革。周立波被分配到松江省珠河县（今黑龙江省尚志县）元宝镇，并分别担任过元宝区的区委副书记、书记，深入屯干部和农民中，进行深入的调查，并学习地方方言。半个月的土地改革，他对农村有了全新的认识。后来被调动到松江省宣传部编辑《松江农民报》，并酝酿《暴风骤雨》的写作。经过反复调查，上卷终于写成。新的小说诞生了。它和《桑干河上》一起成为延安整风后"新小说"。

在创作小说时，他还不断参与社会活动，编辑《松江农民报》和《文学月刊》杂志，主持编写《农民文化课本》。《松江农民报》停刊后，

---

① 周立波：《思想、生活、形式》，《解放日报》1942 年 6 月 12 日。

周立波又编东北文协主编的《文学战线》，开辟了青年之页和工人创作等栏目，刊登了茅盾、丁玲、严文井、草明等人的作品，刊登了许多苏联及西方一些国家的文学作品。那些翻译的文学作品和评论，基本上属于现实主义创作，这与他的心理追求保持了一致。

在抛开自我中，在农村广袤的土地上，周立波以为终于找到了自己的位置，并大声"歌唱"起来。

至此，我们这样概括：亭子间生活是周立波作为文学家的开端，在20世纪五六十年代，那么多亭子间作家只有他敢提起，并出书《亭子间里》。反右中，他有些过左，伤害过别人，但又可以看到他的纯粹，他企图保持完整的自我和信仰。这种性格不能不影响到他的创作。在性格层面上说，他是不完整的。因而，当政治遭遇革命时，必然会碰到动荡不安；当作家遭遇政治时，必然经受更多的挑战。周立波就是作家，而且通过动荡社会的淘洗，他成了革命作家，从此他必然经受那么多的考验，在社会演进中"脱胎换骨"。这些是其坚守和转换中的必然结局。

（佘丹清　　原文刊发于《武陵学刊》2013 年第 6 期）

后　记

　　洞庭湖地跨湘、鄂两省，素有"鱼米之乡"和"天下粮仓"的美誉，自古为文人墨客所褒颂。湖区共设 33 个县（市、区），面积 6 万平方公里，常住人口 2200 多万，衣食往来独具荆楚文化质地，人文风情尽显区域灵动个性。

　　承续楚风流韵和丁玲、周立波文脉，以"文坛岳家军"及所谓"文学德军"为主体的文学创作集体走进新的世纪。经过近 20 年来的淘洗、冲刷和冶炼、转型，洞庭湖区域再次涌现一大批具有一定影响力的作家、诗人，形成区域特有文学气象，而研究和推介洞庭湖区域文学创作，亦成为本土文学研究工作者义不容辞的责任。两年前，湖南文理学院文史学院院长夏子科教授便提议成立一个写作小组，专题研究 21 世纪以来洞庭湖区域文学创作，旨在挖掘、推介和激励区域文学创作，弘扬和传承"沅有芷兮澧有兰"的湖区文韵。有了这一动议，文史学院随即开始付诸实施，由夏子科教授和张文刚教授整体策划、编排体例、修订审稿，张新红、高欢博士负责编务工作。为了使全书体例规范统一，我们将所有论文的注释改为了脚注，将所有论文的层次划分进行了统一处理，对于文章正文则未做改动。

　　为了使读者较为全面、系统地了解 21 世纪以来洞庭湖区域以常德为代表的文学创作，本书共辑录 55 篇具有代表性的学术论文，论文作者多为高校专家、学者，具体信息如下：

　　夏子科：湖南文理学院教授

　　张文刚：湖南文理学院教授、《武陵学刊》执行主编

　　佘丹清：湖南文理学院博士、教授

　　郭　虹：湖南文理学院教授

　　田　皓：湖南文理学院教授、《武陵学刊》副主编

　　肖学周：湖南文理学院博士、副教授

汪苏娥：湖南文理学院副教授

李云安：湖南文理学院博士、讲师

涂　途：中国艺术研究院研究员、《文艺理论与批评》原主编

李　琳：湘潭大学博士、教授

粟　超：武汉大学文学院硕士研究生

本书的出版得到了湖南文理学院"传统文化与文化产业研究所"和"文艺创作与评论研究所"的支持，在此表示由衷的感谢；并向中国社会科学出版社任明老师及所有对本书的编辑出版给予关心和帮助的领导、同仁致以衷心的感谢！

"新世纪洞庭湖区域文学论"著作组

2017 年 2 月 28 日